Kathy Lette

Kinderwahn

Roman

Deutsch von Thomas Bodmer

Rowohlt

Die Originalausgabe erschien 1996 unter dem Titel
«Mad Cows» als Picador-Buch bei Pan Macmillan, London
1. Auflage Januar 1998

Umschlaggestaltung Walter Hellmann
(Fotos: Alan Powdrill/Refocus)

Satz aus der Berling (Linotronic 500)
Gesamtherstellung Clausen & Bosse, Leck
ISBN 3 498 03898 2

Für Georgie – mit viel Liebe,
Benuron und Wegwerfwindeln

Parlamentarier rät ledigen Müttern zur Adoption
Der konservative Parlamentarier John Redwood erregte gestern abend großen Zorn, als er ledigen Müttern sagte: «Wenn Ihnen das Geld fehlt, um Ihre Kinder zu füttern, geben Sie sie zur Adoption frei.» Der Anwärter auf den konservativen Parteivorsitz meinte: «Das Mädchen sollte vielleicht erwägen, sein Kind von einem Ehepaar adoptieren zu lassen, damit das Baby das Zuhause bekommt, das es braucht.»

News of the World, 13. August 1995

Inhalt

ERSTER TEIL

Nachwehen

«Ihr Neugeborenes kann überallhin mit, wenn Sie gelassen und gut genug vorbereitet sind. Sind Sie gut organisiert und selbstsicher, können Ausflüge mit Ihrem Baby eine große Freude sein, und je früher Sie damit beginnen, nachdem Sie das Baby nach Hause gebracht haben, desto besser.»

Dr. Miriam Stoppard: *Neue Säuglingspflege*

1. Säugetier

«Mutter Natur ist ein falsches, fieses, mieses Miststück», murrte Madeline, während sie ihre Jumbo-Binde zurechtschob, das Babytragetuch hochhievte und schmerzverzerrt ins Kaufhaus Harrods humpelte, um ein paar Diätpflaumen zur Linderung ihrer postpartalen Verstopfung zu erstehen. «So was wie Lady Macbeth mit prämenstruellen Spannungen und einer Kalaschnikow.»

Im marmorverkleideten Foyer dieses mit Türmen, Kuppeln und Zinnen verzierten Architektenirrsinns, der London-Touristen ebenso magnetisch anzieht wie Mekka die Muslime, erblickte sich Maddy im Spiegel. Eine Außerirdische vom Planeten Igitt sah ihr entgegen. Ihr verunstalteter Körper quoll aus einem geblümten Overall, den gekauft zu haben sie sich nicht entsinnen konnte.

«Keine Angst, Schätzchen», hatten ihr die Hebammen versprochen, «kaum ist das Kindchen da, schwupp!, springt Ihr Körper in seine frühere Form zurück.»

Genau – rechtzeitig für die Wahl zur Miss Osteoporose-Rückgratverkrümmung.

Die Geburt war einen Monat her, und Maddys Bauch baumelte noch immer bodenwärts wie ein Stomabeutel aus Fleisch. Und die *Hüften*. Sie hatte noch nie Hüften gehabt. Jetzt schwabbelten zwei Seitenwagen mit, wo immer sie hinging. Sie bräuchte Stützstrümpfe – für den ganzen Körper! Ihre aufgequollenen Brüste waren so wund, daß es weh tat, gegen den Wind zu gehen. «Gehen!» Der reinste Euphemismus. «Torkeln» traf die Sache schon eher. Die Schwestern in Maddys Abteilung hatten allen Mamas beigebracht, pro Stillvorgang immer nur eine Brust zu leeren. Und was war das Resultat? Eine Schlagseite und einseitige BH-Träger-Einschnitte, die sich verdammt noch mal nur chirurgisch entfernen ließen.

Bei der Kosmetik bog Maddy links ein und schlurfte weiter in Richtung Lebensmittelabteilung, schief wie ein wundgerittener John Wayne in einem B-Movie. Als reichte es nicht, daß sie zur Spezies der vaginalen Bluterinnen gehörte, hatten sich die Flügel ihrer «Always-ultra»-Binde auch noch aus ihrer Baumwollverankerung gelöst und klebten jetzt an den Schamhaaren. Jeder Schritt bewirkte eine komplette Epilation im Bikinibereich. Na ja. Immerhin lenkte das von den Schmerzen der Episiotomienarbe ab. Während des Dammschnitts hatte der Chirurg das schlimmstmögliche Wort ausgestoßen: «Hoppla.» Und nun hatte sie in ihrer Unterhose einen Bluterguß so groß wie Helmut Kohl.

Während sie gekrümmt dahinschlich, verfluchte sie innerlich all die glückseligen Madonna-mit-Kind-Darstellungen. Auf keiner einzigen vergoß Maria Schmerzenstränen über Krämpfe, rissige Brustwarzen, Mastitis, Verstopfung, Hämorrhoiden – oder Winterkirschen, wie ihre Freundin Gillian sie so putzig nannte –, über Haarausfall, Zahnfäule oder die lähmenden, vom Nuckeln des Babys ausgelösten Kontraktionen. All das meinte Maddy, wenn sie Mutter Natur als schmutzige, schlampige, durch und durch falsche Schlange bezeichnete. Aber echt. Gott hatte sich ins Fäustchen gelacht, als er die Frau schuf.

«Kostenlose Hautanalyse?» Eine manikürte Hand, die ein mit «Tester» beschriftetes Fläschchen voll durchsichtiger Flüssigkeit hielt, wedelte ihr lockend vor der Nase herum. «Nehmen Sie Ihr Leben in den Griff», schnurrte die grazile, euphorisch strahlende Verkäuferin.

Maddy kippte fast aus den Latschen. «He, ich habe vor kurzem ein Kind gekriegt. Ich hab noch nicht mal meine Blase im Griff.»

Das bionische Strahlen nahm ab. Gut gekontert, dachte Maddy. Sie rückte den heißen kleinen Körper des Babys im Tuch zurecht und hielt einen Augenblick inne, um sich zu gratulieren. Dieser Ausflug zu Harrods war das erste Vergnügen, das sie sich seit Jacks Geburt gönnte. Nach all den Monaten geistigen Winterschlafs und hormonellen Wirrwarrs kam ihr Hirn nun endlich wieder auf Touren. Sie straffte die Schultern und requirierte den Parfümtester. Sie richtete den Sprühkopf gegen ihren Hals, drückte kräftig zu und – merkte zu spät, daß es Scheiß-Handgel war. Sie tupfte fahrig auf dem glibberigen Schaumbart herum, der von Ohrläppchen zu Ohrläppchen reichte, und schleppte sich, schlurfend und auf Schlafentzug wie Boris Karloff, weiter in Richtung Lebensmittelabteilung. Mann, dachte sie, bin ich nicht ein Girl, das sich zu amüsieren weiß?

Harrods kann es allemal mit dem Labyrinth des Hampton-Court-Palasts aufnehmen. Verwirrt schleppte sich Maddy an den Eiffeltürmen aus Früchten und Gemüse – geliert, kandiert und mariniert – und den Obelisken aus erlesenem Gebäck und Zopfbroten vorbei. Sie ließ gierig den Blick über die exotischen Leckerbissen schweifen, bevor sie zu ihrem bescheidenen Päckchen Pflaumen griff.

Eine Boa constrictor von Käufern lauerte vor der Kasse. Maddy stellte sich ans Schwanzende und zog gerade den Bund ihrer Umstandsunterhose hoch (das sah vielleicht scharf aus: Schlüpfer, in denen man eine religiöse Erwekkungsversammlung abhalten konnte), als sie etwas auf ihren Fuß tropfen spürte. Mißtrauisch blickte sie zu den garrottierten Gänsen und ausgestopften Moorhühnern hinauf, die von der gekachelten Decke hingen. Es dauerte eine volle Minute, bis ihr dämmerte, daß ihre eigene Titte die Übeltäterin war.

Im Stoff ihrer Bluse hatte sich ein feuchter Ring gebildet, aus dem eine kleine Milchfontäne sprudelte. Man warf ihr irritierte Seitenblicke zu. Es war, als sei sie aus dem *Exorzisten* entsprungen. Gleich würde sich ihr Kopf, grünlichen Schleim speiend, um 360 Grad drehen.

«Ähm ... klappt wohl noch nicht so ganz mit Angebot und Nachfrage», erklärte sie etwas lahm, während die Nadelstreifenmänner mit vernehmlichem Räuspern vor ihr zurückwichen und sich im Krebsgang in andere Schlangen verdrückten.

Na prima, zischte sie einer trübseligen Schar Smoking tragender Pinguine zu, die auf die Gefrierabteilung hinwiesen, am einen gottverdammten Ende lecke ich, und am anderen bin ich verstopft. Mittlerweile begann ihre undichte Brust vor Schmerzen zu pochen, und Maddy erinnerte sich vage an den Tip der Hebammen, daß gefrorene Erbsen als lindernde Eisauflage geeignet seien. Sie klaubte eine Packung aus dem Tiefkühlfach und bandagierte sie hastig in ihr BH-Körbchen. Eins kann ich euch sagen, diese Art von Savoir-faire bedarf verdammt großer Anstrengungen, philosophierte sie. So, und jetzt wieder auf zur Kasse ...

Der Laden schloß an diesem Tag früh, weshalb sich die Kundschaft mit der Grazie irakischer Panzerkommandos auf die Kassenschalter zubewegte. Plötzlich strudelte eine Menschenwelle in Maddys Richtung, und die abgehackten Schreie einer Frau ertönten: «Halt! Ein Dieb! Mein Portemonnaie!»

Im Getümmel geriet Maddy ins Stolpern. Der Ruck weckte Jack, der vor Schreck zu wimmern begann und dann ein ohrenbetäubendes Geheul ausstieß. Maddys Milch floß in Strömen. Das löste neue Gebärmutterkontraktionen aus, und ihre andere Brust weinte aus schierem Mitleid mit. Der Stilldrang machte ihr saharamäßigen Durst. Angstschweiß tränkte ihre Achselhöhlen und perlte von ihrem Gesicht. Sie schien verdammt noch mal ihr eigenes *Wetter* zu erzeugen. Panik packte ihr Gedärm, während sie, ums Gleichgewicht ringend, von der Menge in die falsche Richtung abgedrängt wurde. Die eine Hand schützend über Jacks Köpfchen haltend und mit der anderen wild um sich schlagend, bahnte sie sich einen Weg zum Ausgang. Japsend taumelte sie ins Foyer, ließ sich auf den gesprenkelten Marmorstufen der Eingangstreppe nieder und steckte mit zusammengebissenen Zähnen ihre empfindliche Brustwarze in Jacks Bleistiftspitzmaschinenklemme.

«Madam!» Die umgedrehten Kleiderbürsten ähnelnden Epauletten des Portiers sträubten sich vor Entrüstung. «Harrods hat strenge Bekleidungsvorschriften.»

Maddy war lax geworden, was das Stillen betraf. Doch jetzt sah sie sich plötzlich durch die Augen des Portiers: die Milchflecken, den grauen Still-BH mit dem ästhetischen Charme eines orthopädischen Schuhs. «Das ist das Schlimmste an der Laktation», sagte sie mit einem entschuldigenden Lächeln: «Das Gefühl für korrekte Kleidung kommt einem völlig abhanden.»

Der Portier musterte sie mit ausdruckslosem Gesicht. «Strenge Vorschriften, bekleidet zu *bleiben*. Die nächste Toilette befindet sich im ersten Stock.»

«In der nächsten Toilette kostet einmal pinkeln ein Pfund. Außerdem», fragte sie, «würden *Sie* im Klo essen wollen?»

Die Kinnbacken des Portiers begannen atavistisch zu mahlen. «Die Geschäftsführung hat was gegen nackte Euter.»

Er war jung, verbittert, und über seinem Nasenbein plante eine Eiterbeule ihren Auftritt: Der Mann war garantiert ins flache Ende des Gen-Pools getaucht.

«Aber sie hat bestimmt nichts dagegen, am Verkauf dieser beschissenen BHs zu verdienen, die das Stillen in der Öffentlichkeit diskreter machen, oder, du Pickelfresse?»

Jetzt verflog noch der letzte Rest seiner Professionalität.

«Na und, du australisches Beuteltier? Putz dich weg, du dumme Kuh.» Nur für den Fall, daß seine Aufforderung für Maddy zu subtil ausgefallen war, packte der Sodbrenner sie am Ellbogen und hebelte sie himmelwärts.

Sie steckte einen Finger zwischen die festgesogenen samtigen Lippen des Babys und löste sie von ihrem Nippel. Jacks noch kaum ausgeprägte Gesichtszüge verzerrten sich vor Wut. Sein Schrei hörte sich an wie ein Flugzeug bei der Landung in Gatwick. Sein Schließmuskel öffnete sich gleich einem Bombenschacht. Ein unheilverkündender gelber Fleck breitete sich auf seinem Strampler aus und tröpfelte in Maddys Hand.

«Lassen Sie mich schnell seine Windeln wechseln», bat sie, «dann bin ich weg.»

Der Portier, der offenbar nicht zu spät zum Charmeunterricht kommen wollte, bugsierte Maddy in Richtung Tür.

Während sie mit der einen Hand das Baby an sich drückte, versuchte sie mit der anderen ihren Milchdrüsenpudding in seine elastische Hängematte zurückzuschaufeln. Bin ich nicht Lieblichkeit, Urbanität und Weltgewandtheit in Person? dachte sie. So was bekommt man eben in die Wiege gelegt. Sie drehte sich um und schleuderte zum Abschied eine tropfnasse Stilleinlage wie einen Frisbee durch die Luft. Das Ding fand eine unpassende vorläufige Ruhestätte auf dem goldbetreßten Schulterpolster des Portiers und klatschte dann zwischen seinen Mastodonfüßen zu Boden.

Am bleiernen Himmel draußen hingen regenschwere Wolken. Ein Jaguar mit einem grinsenden Platinnummernschild spritzte die beiden mit Schmutzwasser voll. Im Bemühen, Jack vor den giftigen Fürzen der Taxiabgase zu bewahren, sprintete Maddy durch den Nieselregen in die beklemmende Wärme der U-Bahnstation. Sie steckte ihre Fahrkarte ins Maul des chromglänzenden, optimal zum Aufreißen von Episiotomienarben geeigneten Drehkreuzes. Während sie noch überlegte, ob ein Stabhochsprung über das Hindernis nicht vielleicht weniger schmerzhaft wäre, wurde ihr mit einemmal der Arm auf den Rücken gedreht. Sie wirbelte herum, das Knie in Straßenräuber-Abwehrhöhe angewinkelt, aber oha: die aufgesetzt lässige Kleidung, die allzu neuen Turnschuhe, die gebügelten Jeans, die gelbbraune Lederjacke, die noch nie dem Wetter ausgesetzt gewesen war – Maddy kannte nur eine Gattung, die sich in Schafspelze kleidete.

Der Ladendetektiv schleppte sie ins Kaufhaus zurück. Der Raum im Verwaltungstrakt, in den er sie schließlich schob, war bereits von einem bornierten Bürohengst und einer schwarzhäutigen Dame fortgeschrittenen Alters bevölkert, deren Lachen bei Maddys Eintritt einen glitzernden Diamanten in ihrem linken Schneidezahn entblößte.

«Herr im Himmel», johlte sie. «Nicht genug damit, daß ihr 'ne arme Alte festnehmt, die keinem was zuleide tut. Jetzt müßt ihr auch noch auf 'ner hilflosen Frau mit ihrem Balg rumhacken. Schämt euch. Schämt euch was.» Sie war groß, hinterlastig und von ehrfurchtgebietender Leibesfülle. Wenn sie die Landkarte von England war, dann stellte ihre Handtasche Irland dar, voll, so behauptete jedenfalls der Detektiv, mit den Besitztümern anderer Leute. Die alte Dame hob die lachsfarbene Handfläche mit gespreizten Fingern zum Gruß. «Mama Joy», sagte sie mit melodiöser Stimme.

Derweil kramte der Detektiv in Maddys Habseligkeiten. Sie hatte die Pflaumen ganz vergessen, bis er sie mit dem Triumph des Eiferers zutage förderte.

«O Gott. Hören Sie, ich war gerade dabei, sie zu bezahlen …»

Jack wimmerte. Erneut öffnete Maddy die Klappe ihres Still-BHs. Jack saugte sich ungeduldig fest. «Was ich bräuchte, ist eine dieser Hundemarken … wie heißen die noch gleich? So einen Patientenausweis, auf dem ‹Vorsicht: Hirntote Säugerin› steht.»

Maddy war ziemlich facettenreich: so subtil wie ein Klavier im freien Fall, so kultiviert wie, sagen wir, Kacke in einem Cocktail – aber sie war auch so warm, natürlich und unschuldig wie der Po eines Schwimmers, der sich am Bondi Beach der Sonne entgegenreckt. Das mußten die doch schnallen. Sie wollte gerade ihre Naive-australische-Touristinnen-Nummer abziehen, als das unverkennbare Aftershave des Portiers ins Zimmer drang. Wobei in seinem Fall Mimosenduft viel angemessener gewesen wäre.

«Ist das die Frau?» fragte der Ladendetektiv.

«Ja, Chef.» Zwischen Daumen und Zeigefinger hielt er angewidert die Stilleinlage wie ein blasses, breiiges Papadam.

«Moment mal. Ich hätte sehr wohl bezahlt, wenn dieser wandelnde Streuselkuchen hier mich nicht auf die Straße hinausgeprügelt hätte.»

«Ich hab sie überhaupt nicht angefaßt.»

«Klar, und Elton John trägt kein Toupet.» Maddy war sarkastischer geworden seit der Geburt; seit sie die Männer aufgegeben hatte. Wenn die Liebe eine Droge war, dann war Madeline Wolfe einst die Nachtapotheke gewesen. Tempi passati. Was Männer anging, hatte sie den Laden dichtgemacht. Sie mochte ihre neue, knallharte Rolle. Sie paßte so gut zu ihr wie ihre Kurzhaarfrisur.

«Wollen Sie den Vater des Kindes anrufen?» Von Jacks verträumtem Glucksen gerührt, schob der Harrods-Funktionär ein Telefon über das Plexiglas-Pult.

Maddy mußte so heftig losprusten, daß sie sich verschluckte. Es war einen Monat her, seit sie Alex das letzte Mal gesehen hatte. Damals im Kreißsaal hatte er sich mit den Worten «Wir bleiben in Kontakt, ja?» verabschiedet. Sie öffnete den Mund, um dem Harrods-Inquisitor zu antworten, doch vor lauter Anstrengung, nicht loszuflennen, verzerrten sich ihre Lippen, und ihr kräftiges Kinn geriet ins Zittern. Nicht daß sie Alex noch geliebt hätte. Aber wenn man süchtig war, kam es eben zu Entzugserscheinungen. Obwohl sie eindeutige Fortschritte gemacht hatte. In letzter Zeit waren schon *ganze Sekunden* vergangen, in denen sie nicht an ihn gedacht hatte.

«Glaub bloß nicht, daß du mit Geplärre da rauskommst», knurrte der Portier. «Bloß die Schuldigen heulen.»

«Ma-ma –» Maddy versuchte ihre Konsonanten in den Griff zu kriegen – «machen Sie sich nicht lächerlich. Das liegt nur am Baby. Ich weine bei der Autoreklame mit dem Schweinchen. Ich weine im Kino … und das schon bei den *Trailern.*»

«Klarer Fall», verkündete Mama Joy wissend, «das arme Mädel hat die postnatalen Depris.»

«Ich bin nicht de-de –» schluchzte Maddy los – «deprimiert.» Sie versuchte, verächtlich dreinzublicken – ein ziemlich schwieriges Unterfangen, wenn einem Mascaraklumpen über die Wangen schmieren und die Milch in den Klamotten zu Joghurt gerinnt.

«Mädel, du bist ja trauriger als 'n solarbetriebener Vibrator an einem Regentag.»

Jack begann zu zappeln und zu quengeln. Erschrocken über ihre Unbeholfenheit, hielt Maddy ihn auf Armeslänge von sich. Sie liebte ihn mehr als ihr eigenes Leben – wenn er doch bloß mit Gebrauchsanweisung geliefert worden wäre.

«Vor Gericht würden die euch nur auslachen, Jungs», gluckste die alte Dame angesichts des zögernden Funktionärs und des berufsbedingt gesichtslosen Detektivs. «Hnn. Und dann erst die Zeitungen …» Ein seismischer Lachanfall ließ Schottland erbeben und mit Wales zusammenfallen.

«Lassen Sie sich durch den Scheiß nicht verwirren, und rufen Sie endlich die Bullen», drängte der Portier. Der Mann hatte eine Persönlichkeit, die jedem Irrenarzt feuchte Träume bescheren mußte.

«Genau. Mach nur. Die werden ganz *begeistert* sein von deinem Anruf. Wo sie doch die Verbrechensrate unter Schwarzen senken wollen», fügte Mama Joy hinzu.

Während Detektiv und Funktionär die Köpfe zusammensteckten, näherte sich ihr großer, grell geschminkter Mund mit dem blinkenden Diamanten darin Maddys Ohr. «Wenn es Scheiße regnet», flüsterte sie heiser, «greif zum Schirm.» Sie nahm Jack in ihre massigen Arme, schaufelte eine Fläche auf dem Pult frei und wechselte seine Windeln. Dann legte sie ihn über ihre Knie und streichelte ihm mit beruhigenden Kreisbewegungen den Rücken. Maddy staunte über die Gewandtheit der gewichtigen Frau und berührte geradezu ehrfürchtig den zarten, makellosen Kopf ihres Sohnes. Wie zu Beginn jeder Liebesaffäre war sie nervös und idealistisch. Sie liebte unvernünftig, ungeimpft durch Gewöhnung und Erfahrung. Nun war sie schon seit einem Monat Mutter, und noch immer kam ihr Jack wie ein kostbares Accessoire vor – ein geklautes.

«Jungs, für diese Heldentat werdet ihr bestimmt zum Ritter geschlagen!» Statt Perlenketten zierten glänzende Fettwülste den Hals von Mama Joy. Sie wackelten bei jedem Kichern. «'ne arme junge Mutter und 'ne Frau in den Wechseljahren ... hi-*hi*-hi-hi ...» Ihre Bemerkungen wurden von Jacks milchigen Rülpsern akzentuiert, den seine Mutter nun wieder in Empfang nahm, so vorsichtig, als wäre er aus Glas.

Die Mischung von Schluchzen und Sarkasmus entwaffnete den Harrods-Funktionär so sehr, daß er auf Mama Joys Formular «Keine rechtl. Schritte» schrieb.

«In den Wechseljahren! Das müssen die längsten Wechseljahre in der Geschichte der Medizin sein», japste er. «Sie gehören ins Guinness-Buch der Wechseljahr-Rekorde.»

Mama Joy erweiterte ihr Operngesten-Repertoire um einen Zweifingergruß.

«Dafür haben Sie absolutes Ladenverbot», fügte der Harrods-Funktionär in einem letzten Versuch, das Gesicht zu wahren, hinzu. «Alle beide.»

Damit hätte die Sache beendet sein können, wäre der Detektiv, der Maddys Siebensachen wieder einpackte, nicht auf das Portemonnaie gestoßen. Es hatte sich – ganz braunes, pelziges Beuteltier – in den Tiefen des Babytragetuchs verkrochen. Als der Detektiv es aus seinem warmen kleinen Schlupfwinkel zog, stemmte sich Mama Joy hoch.

«Du lieber Gott, die wollen uns was unterjubeln!» Der Zorn ließ ihren Riesenkörper nicht nur erbeben, es ging eine wahre Fleischlawine nieder. Die Männer prallten zurück. Durch die Heftigkeit von Mama Joys Bewegungen hatte sich ein unter ihrem Rock versteckter Sack gelöst. Bevor sie ihn wieder zurechtfummeln konnte, rutschte er zu Boden, und eine Ladung Schmuggelware ergoß sich über den Teppich. Mama Joy verfiel in ein gnadenloses, rasendes westindisches Patois.

Der Portier grinste hämisch. Er zupfte sich im Schritt und rückte die Epauletten zurecht. «Herrschaften, ich glaube, es ist Zeit, die Schmiere zu rufen.»

Das zufriedene kleine Gesicht des Babys schnüffelte trüffelschweinmäßig an der Brust seiner Mutter herum, ohne zu ahnen, daß ihnen das Leben soeben eine Fahrkarte in die Hand gedrückt hatte – zweimal einfach ins Kackiland.

2. Herr Bolzelmann versteckt sein Hütchen

«Also, Wachtmeister ...» Der abgekämpfte diensthabende Sergeant sah von seinen Notizen zu dem jungen Polizisten auf, der Maddy vorläufig festgenommen hatte. «Wie kommen Sie zu der Annahme, bei der Angeklagten handle es sich um eine illegale Ausländerin?»

«Sie chpricht so komich.»

Maddy prustete vor Lachen. Jack pupte selig lächelnd vor sich hin, was Maddy als Zeichen dafür zu werten beschloß, daß auch er den Witz verstanden hatte.

«Sind Sie sich der Tatsache bewußt», leierte der Sergeant, «daß das Auffinden gestohlener Waren in Ihrem Besitz Ursache Ihres Erscheinens auf dieser Wache ist?»

«Erscheinens? Ich sehe immer so aus.» Maddy weigerte sich entschlossen, die Situation ernst zu nehmen.

«Sind Sie sich der Tatsache bewußt, daß eine allfällige Weigerung, hic et nunc zu kooperieren, eine Arretierung Ihrer Person unumgänglich machen würde?»

«Ich meine, ein solcher Satz gehört verhaftet und lebenslänglich eingesperrt.»

Der Sergeant rieb sich die leidgeprüfte Stirn. «Fangen wir noch mal von vorn an, ja? Name?»

Maddy starrte in ihren Styroporbecher kalten Kaffees. Die Distriktwache von Chelsea hatte den gekachelten Charme eines Pissoirs.

«Beruf?»

«Mutter.»

«Berufstätige Mutter?»

Als wäre Mutter keine Ganztagsbeschäftigung. «Nein. Mutter wie in Mutter Teresa ... Sagen Sie, kann ich jetzt nach Hause?»

«Adresse?»

Im Augenblick sah Sibirien nach einem attraktiveren Wohnsitz aus.

«Tut mir leid. Kann ich nicht sagen.»

Maddy wollte dem armen Mann nicht gezielt auf den Nerven herumtrampeln, aber sie durfte auf gar keinen Fall verraten, wo ihre Freundin Gillian zur Zeit wohnte. Gillian Cassells hatte mehr Banken von innen gesehen als Bonnie und Clyde und hielt wie diese mehr vom Abheben als vom Einzahlen. Da sie wegen des Lloyds-Debakels ihre Sucht nach Versace nicht mehr finanzieren konnte – ein sonderbares Phänomen, dachte Maddy, daß jemand durch Sparen pleite ging –, wurde sie nun von der Polizei gesucht; eigentlich wegen Kreditkartenbetrugs, aber Maddy war zuversichtlich, daß ihre beste Freundin nebenbei noch die eine oder andere Kleinigkeit ausgefressen hatte.

Ihre stumme Darbietung brachte ihr bald einen Platz im eigenen Vernehmungszimmer ein. Sie saß vor dem Schreibtisch und betrachtete versonnen die in einem halb gegessenen Kebab steckende Kippe auf dem Teppich zu ihren Füßen. Jedes Klopfen an der Tür kündigte das Erscheinen eines noch höheren Tieres an. Maddy fühlte sich an diese russischen Puppen erinnert, diese Matrjoschkas, die man ineinanderstecken konnte. Das höchste Tier von allen saß ihr nun vis-à-vis, einen Zeppelin aus Zigarettenrauch zu Häupten. Sein dunkler Anzug – von der Sorte, die man bei Todesfällen trägt –, die Achselschweißflecken auf seinem Hemd und die Polyesterkrawatte sprachen eine deutliche Sprache; ohne daß er den Mund geöffnet hatte, war Maddy klar, was für ein Tier sie da vor sich hatte: einen Wolf – im Wolfspelz.

Er richtete einen eisigen, undurchdringlichen Blick auf sie. «Wissen Sie, wer ich bin?»

Maddy wischte sich ein Spuckeprojektil aus dem Auge. «Äh ... der Präsident der Speichelbank?»

«Abteilung Organisiertes Verbrechen. Detective Sergeant Slynne. Zuständig für die Operation Kassenkampf. Überwachung ausländischer Diebesbanden, heutzutage vor allem algerischer oder nigerianischer Herkunft, früher meist australischer. Arbeiten je nach Saison. Touristen. Kaum zu erwischen. Überweisen ihre Erlöse nach Hause. Noch am selben Tag. Aus und vorbei. Keine Beweise.» Während Slynne das herunterratterte, verließ der Zeppelin seine Umlaufbahn und wurde sofort durch einen neuen ersetzt. «Schiebt man euch ab, macht ihr daheim Kurzurlaub auf Kosten der Steuerzahler und seid bald mit falschen Papieren wieder da. Haben Sie einen Paß?» Sein Gebaren hatte etwas Teutonisches. «Ist der Name im Portemonnaie ein Deckname?» Fehlten bloß noch die Reitstiefel. «Wie heißt der Anführer eurer Bande? Wie viele Dinger dreht ihr pro Tag? Vier? Sechs? Wieviel nehmt ihr mit Taschendiebstahl ein? Zweitausend, dreitausend Pfund pro Schicht?»

Maddy betrachtete die sich langsam drehenden Spulen des Tonbandgeräts. Hier gab es genug Aufnahmegeräte für ein Wiedervereinigungsalbum der Beatles. Sie konnte noch immer nicht fassen, daß ihr das wirklich passierte. Sie hatte sich immer als Glückspilz empfunden. Abgesehen von Männerproblemen (wenn das Wort kein «weißer Schimmel» war!) hatte ihr das Leben keine schlimmeren Schläge versetzt als matschige Croûtons im Salat, öffentliche Klos ohne Papier und ihre Tage mitten in einer leidenschaftlichen Nacht. Sie war eine Frau, die unter Leitern hindurchspazierte.

«Den Trick mit dem Baby könnte Fagin aus ‹Oliver Twist› erfunden haben.» Jack pennte, fest ins Tragetuch gemummelt, seelenruhig in Maddys Armen. «Ist das Ihr eigenes Balg oder irgendein armes albanisches, das Sie täglich aus dem East End herkarren lassen?»

Bei dieser Unterstellung platzte Maddy der Kragen. «Natürlich ist das mein Kind!»

Die gelben Dingoaugen des Spuckeschützen sahen durch sie hindurch. «Ledige Mutter, was? Sie dachten wohl, ‹Ovulation› sei so ein warmes Milchgetränk, das man vor dem Heiagehen zu sich nimmt, was?»

Die anderen Polizisten im Raum untermalten sein selbstgefälliges Glucksen mit einem der Bee Gees würdigen Chor von Hahas. Maddy musterte Officer Slynne aus zusammengekniffenen Augen. Wenn ein Flugzeug in den Anden abstürzte, jede Menge Nahrung an Bord hätte und der Rettungshelikopter sich in Sichtweite befände: Slynne war der Typ, den man trotzdem fräße.

Die Matrjoschka-Polizisten rückten zur Seite, damit ihr Chef frei um den Schreibtisch schweifen konnte. Unversehens packte er zu und riß Maddy den kleinen Jack aus den Armen. Das Baby schrak hoch, warf einen einzigen Blick auf Officer Slynne und brach in rasendes Wutgeheul aus.

Maddy schnappte es sich wieder; ihre Arme umklammerten schützend seinen Leib. Sofort hörte es auf zu schreien. «Bemerkenswert, wie gut so ein Kind den Charakter von Menschen einschätzen kann, finden Sie nicht auch?» sagte sie zuckersüß.

Eine der Matrjoschkapuppen kicherte. Slynnes wütende, rotgeschwollene Miene brachte sie augenblicklich zum Schweigen. «Verhör um 17.35 Uhr unterbrochen.» Er spulte das verräterische Tonband ein Stück zurück und harpunierte Maddy mit einem haßerfüllten Blick.

«Sagt der Fürsorge, sie sollen sich um das verdammte Balg kümmern!» befahl er. «Was sind Sie bloß für eine Mutter? Haben wohl den Termin für die Abtreibung verpennt, was?

Waren bestimmt zu vollgedröhnt dafür ... Ich wette, Sie gehen auch auf den Strich. Und Ihr Lude hält Sie sexuell auf Trab, was?»

«Nein», erwiderte sie gereizt, «ich liege nur so da.»

Detective Sergeant Slynne zerdrückte seinen Kaffeebecher. Styroporbrösel schuppten zu Boden. Maddy hatte das vage Gefühl, daß die Sache nicht optimal lief.

«Denken Sie bloß nicht, Sie könnten gegen Kaution hier rauskommen. Sie wollen uns Ihren Namen nicht nennen. Sie haben keine Adresse. Man hat heiße Ware bei Ihnen gefunden, und Ihre Aufenthaltsberechtigung ist noch nicht gecheckt.»

Wenn er sie noch *einmal* anspuckte, würde sie jeden IRA-Bombenanschlag gestehen.

«Hören Sie», seufzte sie resignierend, «ich war bei Harrods. Ich weiß nur noch, daß jemand rief und daß es ein furchtbares Gedränge gab. Der Dieb muß mir den Geldbeutel ins Tragetuch gesteckt haben. Mein einziges Verbrechen war, daß ich vergessen habe, eine verdammte Packung Pflaumen zu bezahlen. Ich bin wirklich müde. Falls das Ganze ein Witz sein soll, wo bleibt die Pointe?»

«Die Pointe ist, daß Sie jetzt gleich ins Holloway-Gefängnis in U-Haft wandern. Wenn Sie aber mit dem verdammten Quatsch aufhören und mit ein paar Namen rüberkommen, könnten wir einen Deal machen.»

Maddy wäre fast geplatzt vor Lachen. Gefangen war sie höchstens mal von einem Film gewesen und verhaftet allenfalls der Vorstellung, daß Polizisten sich tatsächlich so aufführten wie im Kino. Ihre unredlichsten Taten waren: einen Kettenbrief mit Vollwertküchenrezepten zu unterbrechen; jemandem eine Delle ins Auto zu machen und keine Nachricht unter den Scheibenwischer zu klemmen; ein Fertigmenü als Selbstgekochtes aufzutischen. Sie war von geradezu pathologischer Ehrlichkeit, außer daß sie mal ein Behindertenklo dazu benutzt hatte, mit Alex zu vögeln. Aber da hatten sie einfach Spielraum gebraucht. Sie bekam ja schon Schuldgefühle, wenn sie eine Baseballmütze mit dem Namen einer amerikanischen Stadt trug, in der sie noch nie gewesen war – selbst wenn sie sie verkehrt herum aufsetzte. Sogar beim Monopoly erwischte sie nie die Gefängniskarte.

Die Sache hier war weit genug gediehen.

«Also gut, ich heiße Madeline Wolfe.»

«Wie sollen wir wissen, daß das nicht erstunken und erlogen ist?»

«Herrgott noch mal ... okay, okay. Es gibt jemanden, den Sie anrufen können, um meine Identität zu überprüfen. Den Vater des Babys ...» Na, auf *den* Anruf freute sie sich jetzt schon. Er stand auf Platz zwei ihrer Liste von Dingen, die Spaß machten – gleich nach der Klitorisbeschneidung. Bis jetzt war Alex so nützlich gewesen wie ... na ja, ein Vater im Kreißsaal. Sie wollte zwar nicht diejenige sein, die den Kontakt wiederaufnahm, aber scheiß drauf. Wenigstens würde er sie hier rausholen. Erniedrigungen, instruierte sie sich, prägen die Persönlichkeit. Andererseits war ihre Persönlichkeit schon ziemlich ausgeprägt. Jedenfalls zu ausgeprägt für Alex' Freunde aus den höheren und geschwätzigeren Kreisen.

«Ach ...» knurrte Slynne unwillig. «Es gibt also einen Mann in dieser Gleichung mit lauter Unbekannten?»

Maddy überlegte. «Doch, ich glaube schon, daß man ihn immerhin der Gattung der Wirbeltiere zuordnen könnte.»

«Darf ich das so verstehen, daß Sie mit dem Kindsvater nicht auf gutem Fuße stehen?» Es war die Sarkasmus-Olympiade, und sie und Slynne waren gleichermaßen scharf auf Gold.

«Ich hätte große Lust, ihm mit einer Pinzette jedes einzelne Schamhaar auszuzupfen und es dann mit einer stumpfen Nadel wieder einzupflanzen, aber ansonsten verstehen wir uns großartig», sagte sie in ihrem süßesten Ton.

«Oh, lassen Sie mich raten.» Officer Slynne lehnte sich zurück, kippelte auf den hinteren Stuhlbeinen und betrachtete Maddy mit teilnahmslosem Spott. «Es war eine ‹Vergewaltigung› ...»

Als er hereingekommen war, hatte Maddy die zusammengekniffenen Augen und den trübsinnigen Gesichtsausdruck fälschlich als Wortkargheit gedeutet. Mittlerweile war ihr klar, daß er nur seine Beute fixiert hatte. Sie schüttelte den Kopf.

«Wenn er so ein Arsch ist», bohrte er höhnisch nach, «wieso haben Sie dann mit ihm gefickt?»

«Na, irgend jemand mußte es ja tun.» Maddy sagte sich, daß die Polizei nicht allzuviel damit anfangen können würde, wenn sie gestand, daß Alex' Kultiviertheit sie so angezogen hatte. Er war der erste Mann in ihrem Leben, der bei «Nessun Dorma» nicht automatisch an die Fußball-WM dachte. Er kannte nicht nur sämtliche Köchelverzeichnis-Nummern von Mozarts Werken und hatte sechs Abschlüsse in Biologie, er *las* auch jedes Buch, das auf der Vorschlagsliste für den Booker-Preis stand. Auf Maddy, die mit fünfzehn die Schule geschmissen hatte, hatte das ziemlich Eindruck gemacht. Die einzige Prüfung, bei der sie je ein positives Resultat erzielt hatte, war ihr Schwangerschaftstest.

Ja, es war Liebe auf den ersten Blick gewesen. Doch dann hatte sie noch einen zweiten riskiert. Es war, als hätte ihr Herz die für Alex offenbar provokante Aufschrift «Vorsicht, zerbrechlich!» getragen, denn kaum hatte sie die halbe Welt durchquert, um mit ihm zusammenzuleben, mußte sie feststellen, daß er verheiratet war und Zwillinge hatte, und kaum hatte sie ihn in die Wüste geschickt, mußte sie feststellen, daß sie schwanger war.

Eine ganze Staffel von John-Player-Luftschiffen war dekkenwärts geschwebt, bevor der Detective wieder das Wort ergriff. «Und?»

«Daß sein Penis so groß wie ein Mammutbaum war, mag mit dazu beigetragen haben ...» Maddy trieb da ein gefährliches Spiel. «Erstaunlich, wenn man es recht bedenkt: Während so ein Mammutbaum zweihundert Jahre dazu braucht, genügen diesem Mann 2,6 Sekunden nach dem Anblick eines Netzstrumpfs, um denselben Umfang zu erreichen.»

Slynnes Gesicht verzerrte sich zu einer grausigen Wasserspeiergrimasse. «Lassen Sie den Scheiß. Ich will seinen Namen und seine verdammte Nummer. Und wenn Sie nicht kooperieren, stecken Sie in Untersuchungshaft, bevor Sie das Wort ‹Prozeßkostenhilfe› aussprechen können.»

Während sie wartete, gab Maddy Jack die Brust. Die tiefgekühlten Erbsen, die sie sich in den BH gestopft hatte, waren in der Hitze gargekocht. Maddy nahm die Packung heraus, riß sie mit den Zähnen auf und verzehrte die Erbsen mit einem Plastikkaffeelöffel. Die Polizistin, die sie bewachte, fügte der Liste ihrer Vergehen pflichtbewußt den Diebstahl einer Packung Erbsen hinzu.

Beim Gedanken an Alex' baldiges Eintreffen durchströmte Maddy eine Welle der Erleichterung von der Art, wie frau sie verspürt, wenn sich die Anzeichen einer ungewollten Schwangerschaft als Symptome einer 24-Stunden-Grippe erweisen. Die Wahrheit war, daß sie der Liebe tschüs gesagt hatte ... bloß hatte die nicht zugehört. Im vergangenen Monat hatte Maddy mehr Zurückhaltung praktiziert als Pavarottis Stützkorsett, aber insgeheim die ganze Zeit gehofft, mehr von Alex zu sehen, vielleicht sogar seinen vollkommen symmetrischen Schniepel. Alex' Problem war, daß er an VPA (Verpflichtungsangst) litt. Sobald es um Verpflichtungen ging, wurde er so vorsichtig wie ein Nackedei, der über einen Stacheldrahtzaun klettert. Doch mittlerweile hatte Maddy das todsichere Mittel gegen VPA entdeckt: den an sie gekuschelten winzigen Beweis ihrer gegenseitigen Zuneigung. Wider jede Vernunft hob sich ihre Laune.

Kurz darauf kam der Detective Sergeant mit einem falschen Lächeln auf den Lippen zurück. «Der berühmte Alexander Drake, britischer Naturforscher und Moderator einer eigenen BBC-Naturfilm-Sendereihe, bestreitet jegliche Kenntnis von Ihnen oder Ihrem Bankert.»

Es war ein einfacher Satz, der, leichthin gesagt, schlagartig alles änderte. Die Realität schlug Maddy ins Gesicht wie das Eau de Cologne eines Autoverkäufers. Dieser selbstsüchtige Saukerl! Aber Alex selbstsüchtig zu nennen, überlegte sie, war, als bezeichnete man einen Zwerg als klein. Irgendwie hatte sie das Ego ihres Ex-Geliebten außer acht gelassen. Dabei reden wir hier, fauchte sie still, nicht von Größe. Wir reden von Sichtbarkeit aus dem All. Maddy wettete, daß man sein Ego auf Satellitenfotos sehen konnte wie die Chinesische Mauer und das Great Barrier Reef.

Sie legte ihre Verletztheit unter «offene Rechnungen» ab.

«Da war noch was, was ich Ihnen zu sagen vergessen habe», sagte sie und versuchte, sich ihren Schrecken nicht anmerken zu lassen: «Er ist auch Gründungsmitglied bei den Anonymen Arschlöchern.»

In dieser Nanosekunde ermaß sie, wie tief sie wirklich in der Scheiße steckte. «Ich will einen Anwalt», sagte sie mit der Selbstsicherheit einer Hochfrisur in einem Regenschauer.

Der Detective Sergeant griff ostentativ nach der Liste der Pflichtverteidiger und schlug eine Firma vor. Maddy wurde in die «Vergewaltigungs-Suite» eskortiert. Das war eine hundsgewöhnliche Zelle, bloß rosa gestrichen, damit das Ungeziefer besser zur Geltung kam. Eine Frau lag auf einer Pritsche und weinte.

«Wegen dem Baby können Sie hier drinnen warten», verkündete die Polizistin, als täte sie Maddy damit einen Riesengefallen.

«Oh! Ein Traum wird wahr!» Es kostete sie einige Mühe, ihre Beklommenheit zu verbergen. Nachdem die Heulsuse abgeführt worden war, legten sie sich zu dritt aufs Bett: Jack, Maddy – und Maddys Bauch. Sie betrachtete ihr Baby, das Ärmchen und Beinchen von sich streckte wie ein toter Käfer. Es ließ sich weder vom Licht noch vom Lärm stören, und seine Lider zuckten im Schlaf, als erlebte es die glücklichsten Technicolor-Träume.

Auch Maddy versuchte zu schlafen, leider erfolglos. Sie zählte Herden von wolligen Schafen, geschorenen Schafen, Lammkoteletts ... Sie bemühte sich, andere langweilige, hirnlose Wesen aufzuzählen – Liberaldemokraten, Neue Männer, Gary Barlow ohne Take That, den Martini-Mann mit dem nassen Hemd in der Kinowerbung und die Ex-Liebe ihres Lebens, den geilen Fernsehhelden Alexander Drake –, und sie harrte ihres Erlösers: des Rechtsgelehrten R. M. Peregrine.

Das Abdomen schob sich zuerst in den Raum. Es sah aus wie im dritten Trimester einer Schwangerschaft – kein erhebender Anblick bei einem Mann. Das nachgelieferte Antlitz hätte Anspruch auf Katastrophenhilfe erheben können. Es hatte den Hautton einer Fruchtfliegenlarve. Darüber klumpte braunes Haar, das aussah wie das Fell eines vor zehn oder zwanzig Jahren verendeten Jaks. Sichtlich angeekelt wich Maddy vor seiner Sauerkrautausdünstung zurück. Bevor sie ihn daran hindern konnte, hatte Rupert Montgomery Peregrine ihre Hand gepackt.

«Ms. ...» er suchte stockend in der Akte.

«Wolfe.»

«Peregrine. Strafrechts-Experte. Wobei ‹Strafrecht› ja eine Contradictio in adjecto darstellt wie ‹Eile mit Weile›, ‹kleines Wunder› oder ‹schlechter Sex› ... Also, was kann ich für Sie tun?»

Maddy wischte sich die feuchte Hand an ihrem Kleid ab. «Ein paar Runden in einem Swimmingpool voll Desinfektionslösung wären ganz schön. Ein Whirlpool voll Penicillin ...»

«Es ist schmuddelig hier, ich weiß», mißverstand er sie, «aber besser als in den Zellen.»

Maddy sank das Herz in die Schuhe. Dem fleckigen Billiganzug nach zu schließen, war Peregrine ein Anwalt von der Sorte, deren Kanzlei nur durch die Neonreklame vor dem Fenster besticht. Nichts als Stoppeln und Old Spice.

«Holen Sie uns aus diesem grauenvollen Loch raus.»

«Äh ... das ist leider Sache des Gerichts.»

«Herrgott noch mal, ich hab ein Baby, das erst einen Monat alt ist.»

«Meine Liebe, das einzige, was sich im Innern eines Londoner Friedensrichters rührt, ist seine Verdauung.»

«Aber ich bin doch unschuldig.» Selbst ihr tat das in den Ohren weh. Ihr Tag war auf dem besten Weg, sich in eine schlechte Country-and-Western-Ballade zu verwandeln.

«Natürlich, meine Liebe.» Peregrine ignorierte den Stuhl und ließ sich mit seiner ganzen Leibesfülle auf die Pritsche sinken. Die Bettfedern quietschten protestierend. «Alle, die im Knast sitzen, sind unschuldig. Gründe, warum sie trotzdem brummen, gibt es viele.» Er begann sie an seinen Wurstfingern abzuzählen: «Erstens: Unfähiger Anwalt. Zweitens: Unfähiger Richter. Drittens: Unfähige Geschworene. Viertens: Unfähiger Anwalt, Richter *und* Geschworene. Fünftens: Angeklagte zu aufgetakelt. Sechstens: Angeklagte nicht genügend aufgetakelt. Siebtens: Gerichtssaal zu kalt. Achtens: Gerichtssaal zu warm. Neuntens: rassistische Geschworene mit Vorurteilen gegen Schwarze. Zehntens: rassistische Geschworene mit Vorurteilen gegen Weiße ...»

Peregrine, befand Maddy, hätte mit einem warnenden

Beipackzettel kommen sollen: «Vorsicht, einschläfernde Wirkung.»

«Tatsache ist, daß den Bullen beim Gedanken an weibliche Gangs wie in den Gettos von L. A. die Eier gerinnen. In den Statistiken nimmt die Zahl junger Gefängnisinsassinnen kontinuierlich zu. Die Schmiere ist überzeugt, es mit einem neuen Phänomen der Großstadtkriminalität zu tun zu haben.»

Maddy sackte in sich zusammen. Hätte sie eine Maschine bedient, hätte sie kurz vor einem Arbeitsunfall gestanden.

«Weshalb die Richterschaft an aufmüpfigen Mädels wie Ihnen ein Exempel statuieren möchte ...»

Was Maddy aus dem Koma riß, war der Anblick der auberginefarbenen Nacktschnecke, die plötzlich ihren Kopf aus dem Hosenschlitz des Anwalts streckte. Sie lag in seiner Hand. Selbstvergessen streichelte er sie beim Reden, als handle es sich um ein Schoßtier. Das *durfte* doch nicht wahr sein! Maddys Leben letzthin: Wäre es ein Gebrauchtwagen gewesen, keiner hätte ihn gekauft.

Nun, da Peregrine ihre Aufmerksamkeit erregt hatte, begann er mit seinem Zaunpfahl zu winken. «Kein Gericht läßt Sie gegen Kaution frei, ohne daß Sie einen Bürgen haben. Ich kann einen ehrenhaften Bürger finden, der schwört, daß er Sie schon sein Leben lang kennt, und bereit ist, 10000 Pfund zu hinterlegen. Für einen solchen Dienst würde sich doch sicher jede Frau dankbar erweisen wollen ...»

Er hatte ein Herpesbläschen im Mundwinkel. Maddy starrte es verblüfft an. Aber he – verglichen mit allem anderen, was ihr zur Zeit geboten wurde, war es immer noch der erfreulichste Anblick. Ob sie wohl träumte? (Falls ja, wo blieb dann Brad Pitt, und warum war sie noch angezogen?) Oder ob sie eines dieser ekstatischen Erlebnisse hatte, bei denen man seinen Körper verläßt? *Klaro.* Antworten per adressiertem und freigemachtem Plasmastrahl.

Ihr Anwalt ging zur Tür und vergewisserte sich, daß sie verriegelt war. Dann wandte er sich um und ließ seinen Blick langsam und abschätzend über Maddys 1,80 Meter langen, muskulösen Körper schweifen, bis er auf dem 90D-Level haftenblieb. «Wird es nicht langsam Zeit, daß wir uns näher kennenlernen?»

«Oh, danke, ich habe schon ein recht gutes Bild von Ihnen. Sie sind der Typ, den John Waters gern in den Mittelpunkt seiner Filme stellt.»

Peregrine gluckste vor Vergnügen ob ihrer Widerborstigkeit. «Also dann, spielen wir ‹Herr Bolzelmann versteckt sein Hütchen›?»

«Was benutzen Sie zur Empfängnisverhütung?» bockte Maddy. «Ihre Persönlichkeit?»

Peregrines Ton wurde düsterer. «Sie scheinen den Ernst Ihrer Lage zu verkennen. Vergessen Sie *Männerpension*. Nicht alle Knackis sind lustige Menschen. Es gibt auch psychotische, lesbische Axtmörderinnen unter ihnen.» Er lümmelte sich aufs Bett und pfriemelte seine Männlichkeit wieder aus den Falten der Unterhose.

«Also gut. Lassen wir die Scherze», wies Maddy ihn zurecht. «Zeigen Sie mir Ihren *echten* Schwanz.» Zwei große Schritte, und sie war bei der Tür, bereit, durchs Gitter um Hilfe zu rufen. «Meinen Sie eigentlich, ich sei komplett bescheuert, oder was?»

«Bescheuert genug, um der Abteilung Organisiertes Verbrechen die Wahl Ihres Anwalts zu überlassen», feixte er. «Oh, Ver*zeih*ung. Das ist mir jetzt bloß so rausgerutscht. Und lassen Sie sich ja nicht einfallen, mich anzuschwärzen. Eine ledige Mutter, die unter Betrugsverdacht steht und sich noch dazu wahrscheinlich illegal hier aufhält? Da sind Ihre Chancen ungefähr so groß wie die von Christopher Reeve, je wieder Superman zu spielen.»

Maddy wurde übel. Sie konnte nicht glauben, was für eine

kafkaeske Wendung dieser Tag genommen hatte. So was passierte doch nicht Leuten wie ihr. Sie hörte sich die Talk-Show *Desert Island Discs* im Radio an. Ihr Gesichtsreiniger hieß *Clarins*. Die Feuchtigkeitscreme vor dem Toner aufzutragen fand sie schon ein *schlimmes* Vergehen. Sie sorgte sich, ob ihr 24-Stunden-Deo vielleicht schon nach 23 Stunden seine Wirkung verlor. Wenn sie ein Wort nicht kannte, schlug sie es im Wörterbuch nach. Recycling gehörte zu ihren Tagesritualen. Ebenso wie Zahnfleischmassagen ... Sie warf einen Blick auf ihr winziges Baby. Es bewegte flatternd die Hände im Schlaf, als dirigierte es ein unsichtbares Orchester – ohne zu ahnen, daß die Partitur schlagartig zu Berlioz' «Marsch zum Schafott» gewechselt hatte.

«Na, Ms. Wolfe, was soll's nun sein?»

3. Trautes Heim mit schwedischen Gardinen

Als die grüne Minna durch den dunklen Torbogen des Holloway-Gefängnisses fuhr, schwand Maddys Zuversicht, zeit ihres Lebens eine Selbstverständlichkeit, für immer dahin. Das Gericht hatte ihre Freilassung gegen Kaution verweigert, weshalb sie und Jack nun zusammen mit einigen anderen Inhaftierten (diesen erschreckten, abwesenden Blick kannte sie schon – von Schafen) in den spöttisch «Rezeption» genannten Anmelderaum getrieben wurden. Eine Gefängniswärterin, die schwarzes, wie eine Beatles-Perücke geschnittenes Haar, blauen Lidschatten und beige Stützkniestrümpfe trug und deren Busen am Hals ansetzte und am Bauchnabel endete, inspizierte Maddys Nase, Mund und Ohren.

«Ausziehen und umdrehen!»

«He», sagte Maddy mit angestrengter Jovialität, während sie aus ihrer Unterhose stieg, «wollen Sie mich davor nicht wenigstens mal zum Dinner ausführen?» Sie drehte sich gehorsam im Kreis, während sich ihr vor Angst die Eingeweide verknoteten. «Wie ist denn die Mutter-und-Kind-Abteilung so? Doch bestimmt nicht so schlimm wie das richtige Gefängnis, oder?» Sie mußte erst noch lernen, daß die Gefängnisse Ihrer Majestät eine Rekordzahl von Menschen beherbergen, denen die Aufnahme in den Schlaumeier-Orden versagt worden ist. Man nennt sie Gefängnispersonal.

«Sagen wir's mal so», gluckste die Schwerintellektuelle, «gestern abend haben die Gefangenen Fußball mit einer nassen Windel gespielt – und das Baby lag noch drin.» Maddy steckte den Finger in Jacks halb geballte Faust. Er packte zu. Oh, danke, Alex. Wie konnte sie sich ihm bloß erkenntlich zeigen? Aus einem Riesenlautsprecher vor seinem Schlafzimmer ein Wings-Album in voller Lautstärke abzuspielen wäre vielleicht ganz schön.

Sie mußte sich unter eine lauwarme Dusche stellen, ihre Habseligkeiten wurden in eine Tüte gepackt und mit Namensschild versehen. Selbst Jack wurde einer Leibesvisitation unterzogen. «Heroin. In den Windeln. Hauptdrogenschmuggelroute.»

Noch besser: nur der Begleitgesang von Linda McCartney, ohne was dazu.

Danach untersuchte ein Arzt Maddy daraufhin, ob sie selbstmordgefährdet war. (Wie die Dinge lagen, hätte man viel Zeit sparen können, wenn man nur abgeklärt hätte, wer es *nicht* war. Maddys Stimmung war mittlerweile so düster, daß sie zur Beobachtung einer Sonnenfinsternis getaugt hätte.) Man befahl ihr, ihre schmutzigen Klamotten gegen eine flotte Gefängnis-Kombination einzutauschen: eine steifleinene Hose von der Wohlfahrt und einen drei Nummern zu großen Synthetik-Pullunder in psychedelischen Farben – eine Stilrichtung, die man nur als albanisch bezeichnen konnte.

In diese fluoreszierende Persenning gehüllt, wogte Maddy ihrer Kerkermeisterin hinterher, deren Hush-Puppie-Treter quietschend durch die Gänge des B-Flügels hallten. Jack verschlief den ganzen Marsch und zuckte nur gelegentlich im Traum, als würden ihm von unsichtbarer Hand Stromschläge versetzt.

«Was die euch wohl zum Fraß vorwerfen?» grübelte Maddys muntere Begleiterin, als sie sich der Mutter-und-Kind-Abteilung näherten.

Zunächst schien es nur einen Aperitif vom Medikamentenwagen zu geben. Es war «Happy Hour». Die Knast-Variante feuchtfröhlicher Geselligkeit ist ein rasches Gurgeln mit Spüli, ein verstohlenes Schnüffeln aus der Waschküche geklauter Bleichmittel oder eben ein Pillencocktail. Frauen, die gereizte Babys in den Armen hielten, umschwirrten die Krankenschwester und kippten Plastikbecher voll schillernder Beruhigungsmittel. Das eigentliche Abendessen bestand aus einem innen noch gefrorenen Brötchen samt einer Schüssel Eintopf, der Maddy an die Sorte Tümpel erinnerte, in denen Frösche laichten. Mobiles mit pastellfarbenen Tieren rotierten lustlos unter den Neonröhren. Maddy setzte sich an einen Plastiktisch neben eine junge Brünette, die ein Baby in Jacks Alter im Schoß hielt.

«Was für schönes rotes Haar!» brach Maddy das examensmäßige Schweigen. «Hat sie das von ihrem Vater?»

«Keine Ahnung. Er hat seine Haßkappe nich abgenommen.» Die anderen Mütter blökten hämisch.

«Oh!» Maddy zuckte zurück. Sie kam sich plötzlich vor wie eine Bluterin in einem Raum voller Schnappmesser. Jack begann sich zu regen und suchte nach der Titte.

«Ich hab auf kein' Fall noch 'n Balg gewollt», zwitscherte ein Teeny gegenüber und schlug gegen den Boden der Ketchupflasche. «Tammys Vater hat versprochen, er schiebt ihn bloß 'n Stück weit rein. Wie heißt 'n dein Zwerg?»

«Jack.»

«Ein Schwanzträger», ächzte die junge Frau fröhlich. «Na, in dem Alter kann man ihm wohl noch kein' Strick draus drehen.»

Maddy kapierte schnell, daß die meisten Frauen in der Mutter-und-Kind-Abteilung von Holloway mit Männern zu tun gehabt hatten, neben denen sich Claus von Bülow wie der ideale Gatte ausnahm ... Diese Typen waren sogar noch schlimmer als Maddys Herzenswiderling, das Granatenarschloch Alexander Drake.

«Haste Gras, Äitsch, Koks?» wisperte eine andere Mami. «Bringt dir jemand was, das dich bei Laune hält?»

Beim Auftauchen eines patrouillierenden Aufsehers wandten mit einemmal alle zehn Mütter ihr Augenmerk den Babys zu, als glotzten sie in ein Aquarium oder den Fernseher. Der Schließer pochte mit den Knöcheln vor Maddy auf die Tischplatte. «Am Tisch wird nicht gestillt, das ist unhygienisch.»

Eine fußballgroße Ratte spazierte gemütlich über den Brotkorb. «Tschuldigung», sagte Maddy mit einer Geste zu den anderen Müttern hin und in der sicheren Erwartung ihrer Unterstützung, «ich dachte, in diesem Etablissement bringt man die Getränke selbst mit.»

«Du stillst ja nur, um die Schließer aufzugeilen», warf ihr Tammys Mutter vor, die aus ihrer Trance aufgetaucht war, um sich einem altbackenen Stück Brot zu widmen und eine Zigarette zu schnorren.

«Kein Mensch stillt heutzutage noch», knurrte die Brünette. Sie baute sich vor Maddy auf und reckte das Becken wie eine Schaufensterpuppe. «Damit ruinierst du dir bloß die Titten.»

Der Aufseher lächelte geringschätzig und schubste Maddys Tablett vom Tisch. Auf das Geschepper und Gedepper hin heulten alle Babys gleichzeitig los. «Oh, *hoppla*!»

Eine näselnde Lautsprecherstimme gab bekannt, daß die Tabletts nunmehr eingesammelt würden.

«He», beschwerte sich Maddy. «Stillende Mütter sollen keine Mahlzeit auslassen. Irgendwas müssen wir ja wohl zu beißen kriegen, und wenn's nur fünf bis sechs Gänge sind.»

Man händigte ihr eine braune Papiertüte aus, die eine Tube Zahnpasta, einen Kamm und ein Stück Seife enthielt, das sinnigerweise die Initialen der Königin trug. Dann wurde sie zur Tür ihres neuen Heims geleitet: einer Zelle, die so klein war, daß Maddy sich kaum umdrehen konnte, ohne mit sich selbst intim zu werden. Es gab ein Gitterbett für das Baby und eine schmale Eisenpritsche für sie. Durch die getönten Plexiglasfenster mit den schräg gestellten Lamellen – Maddy mußte auf die Pritsche steigen und sich den Hals verrenken, um überhaupt hinausschauen zu können – hatte sie einen bezaubernden Ausblick auf die von einer Stacheldrahtfrisur gekrönte Gefängnismauer. Die Innendekoration der Zelle bestand aus einem Eimer, einer Scheuerbürste, abgetretenem grauem Linoleum und weißer Tünche auf den dünnen Wänden. Die Mutter-und-Kind-Abteilung bot Müttern die beste Gelegenheit, sich endlich mal in aller Ruhe auszutauschen – etwa über die Möglichkeit, ihre 24-Karat-Dreckskerle einen Schwanz kürzer zu machen.

Um ein Jules-Verne-mäßiges Abtauchen in die Urtiefen der Verzweiflung zu vermeiden, beschloß Maddy, an ihrer täglichen Routine festzuhalten. Es war Badezeit. Sie war gerade dabei, Jack mit philatelistischer Sorgfalt auszuziehen und seine Kleider sorgfältigst zusammenzulegen, als mit einem Knall die Tür aufsprang.

«Was haben wir denn hier für eine kleine Bevölkerungsexplosion?» Die Stimme entquoll einem blühenden Gesicht, das die Art von Knopfaugen barg, die Konditoren gern auf Kindertorten spritzen. Nach einigem Eideidei mit dem Baby wuchtete die Sprecherin ihren gepunkteten Hintern auf die schmale Pritsche. Das eisern umklammerte Tempotaschentuch und die gepanzerten Schulterpolster signalisierten Maddy die fleischgewordene Lästigkeit: eine Sozialarbeiterin.

Ihr Ledige-Mutter-Status hatte sie schon im Krankenhaus mit dieser Spezies vertraut gemacht. Es gab zwei Unterarten: die mit den baumelnden Riesenohrringen, den Doc Martens und dem Sprüchlein von der allumfassenden kapitalistischen Verschwörung; oder die kunstvollen Tuchdrapiererinnen. Die Frau, auf deren an die Brust gepinntem Hausausweis

«Edwina Phelps» stand, hatte ein Tuch um sich drapiert und trug außerdem noch eine Doris-Day-Schleife, was sie als «Kreative» kennzeichnete – eine Frau also, die rührende Porzellanfigürchen sammelt, die sie aus Zeitschriften bestellt. Sie verbrachte bestimmt ihre Freizeit damit, Blumen zu trocknen und winzige Kiefernzapfen silbrig zu spritzen, damit sie an Weihnachten selbstgemachte Kräuterduftmischungen unter den Kolleginnen verteilen konnte. Nie würde die Sonne untergehen, ohne daß in Edwina Phelps' Haus ein Römertopf vor sich hin köchelte. Ihre Benzinuhr stand immer auf Voll. Auf ihrem Tischkalender war mit Sicherheit das Datum ihrer nächsten Periode eingekringelt, und in ihrer Schreibtischschublade lag eine plastikverpackte Regenhaube einsatzbereit. Sie gehörte zu der Sorte Frau, die als Mädchen Schulsprecherin gewesen ist. Die immer eine Tube Canesten mit sich herumträgt – gegen den Hefepilz, der sie zwar nie befällt, den sie aber aus der Lektüre von Frauenzeitschriften kennt. Die in eine Stripshow der Chippendales geht, um sich das *Publikum* anzusehen.

«Meine Freunde nennen mich Dwina. Und da ich deine Psychologin bin, werden wir Freundinnen werden, Madeline.» Sie beäugte Maddy wie eine Alkoholikerin eine ungeöffnete Flasche Smirnoff. «Du darfst dich nicht allein gelassen fühlen. Alle meine Mädchen in der Mutter-und-Kind-Abteilung haben tiefe emotionelle Wunden.»

«Ich brauche keine psychologische Schönheitschirurgie, ja? Was ich brauche, ist eine Anhörung vor Gericht.»

«Wir alle sehnen uns nach einer Verbindung mit dem Kind in uns.»

Maddy zuckte zusammen. «Äh – das nennt man Schwangerschaft. Und meine Verbindung mit ihm funktioniert bestens.» Sie zeigte auf ihr sich windendes Würmchen und machte sich dann an den Druckknöpfen seines Stramplers zu schaffen.

Dwina drohte ihr mit dem Zeigefinger. «Deinem abgebrühten Getue zum Trotz, Madeline, steckt ein leidendes kleines Mädchen in dir.»

«Kriege ich für das auch Kindergeld?»

«Du tust nur deshalb so flapsig, weil du gerade in der Verweigerungsphase steckst.»

«Ich weiß schon, wo ich stecke: im Gefängnis.» Beim Versuch, Jack aus seinen Windeln zu schälen, pappten ihre Finger an den Klebestreifen fest. «Und von wegen Verweigerungsphase.» Sie wedelte wie eine Wilde mit der Hand in der Luft herum, um sich von dem feuchten Ballast zu befreien. «Mir wird alles mögliche verweigert: frische Früchte, lange Nächte, guter Kaffee, schöne Kleider, Ausschlafen, Zeitungen, *crème brulée* und heißer Dschungelsex mit dem Paradestecher meiner Wahl ...»

Dwina legte den Kopf schief und lächelte überlegen. «Ich bin nicht so verspießt, wie ich vielleicht wirke. Ich habe eine Transaktionsanalyse hinter mir.» Sie sprach das Wort aus, als sei es ein magischer Talisman. «Ich glaube fest daran, daß frau sich ihre Wut aneignen muß. Wie sonst kann sie Übertragung und Ablehnung verstehen? Und gegenwärtig nehme ich an einem Rebirthing-Workshop teil.»

«Ich möchte auch wiedergeboren werden: als millionenschwere Liebesgöttin ohne Schwangerschaftsstreifen.»

«Selbst die Urschreitherapie ist mir nicht fremd», fuhr Dwina unbeirrt fort.

«Oh, toll. Genau das Richtige.» Maddy balancierte Jacks nackten Leib in der Armbeuge und ließ warmes Wasser ins Waschbecken laufen. «*Machen Sie sich ein paar heitere Stunden im Gefängnis, und erleben Sie Ihre unglückliche Kindheit noch einmal* ... Nee danke, lieber nicht. Außerdem war meine Kindheit ganz unmodisch glücklich: Sandstrände, blauer Himmel, meilenweit nichts Gefährlicheres als eine nicht ganz einwandfreie Garnele.»

Dwina hakte begeistert ein: «Klassischer Fall von Verdrängung, Liebes. Wir Therapeuten sind zu dem Schluß gekommen: Je heftiger ein Patient bestreitet, als Kind mißbraucht worden zu sein, desto gewissenhafter muß nach Beweisen eben dafür gesucht werden!»

Maddy hörte nur mit halbem Ohr zu. «Aha ...» Als das Waschbecken voll war, drehte sie mit einer Hand die Hähne zu. Sie prüfte die Wassertemperatur mit dem Ellbogen, und eine Flutwelle ergoß sich über ihre Füße. Sie gab einen Spritzer Gefängnis-Babyöl ins Wasser und ließ Jack langsam hineingleiten. Prompt glitschte er ihr aus der Hand und tauchte unter. «Scheiße!»

«Sieh den Tatsachen ins Auge, Madeline. Erfolglosigkeit im Beruf, unterentwickeltes Selbstwertgefühl» – mit der Emsigkeit der Neuinitiierten zählte die Möchtegern-Analytikerin Maddys Fehler an den desinfizierten Fingern ab –, «drohende Haftstrafe, ledige Mutterschaft. Und das soll das Resultat einer glücklichen Kindheit sein?»

Jedesmal wenn Maddy Jacks schlüpfrigen Körper zu fassen bekam, entwand er sich ihrem zittrigen Griff. Sie tauchte ihn immer wieder ein wie einen Teebeutel, bis Dwina sie beiseite schob, Jack mit geübtem Schwung aus dem Wasser fischte und ihn fest in ein Frottiertuch mummelte. Vom Gefühl überwältigt, nichts richtig machen zu können, spürte Maddy ein Schluchzen in sich aufsteigen.

«Ich weiß, wie dir zumute ist, Madeline, wirklich. Du bist keine Verbrecherin, Liebes. Nur deine Liebe zu ihm hat dich dazu getrieben, ein Verbrechen zu begehen.» Mit flinken Fingern goß Dwina Wasser auf Jacks zarten Kopf, rieb seinen Haarflaum trocken und legte ihn inmitten einer Puderwolke aufs Bett. «Du bist ein Opfer der Verhältnisse. Aber ich will dir zeigen, daß sich genau diese Verhältnisse ändern lassen. Es gibt so viele, viele liebevolle Paare auf der Welt, die diesem süßen kleinen Baby ein erfülltes und normales Leben bieten könnten.» Ein kalter Tentakel der Angst schlang sich um Maddys Bauch. «Eine solche Geste von dir würde jeden Richter gnädig stimmen. Du könntest noch mal neu anfangen, völlig unbelastet. Ich glaube, im Grunde spürst du das alles. Du traust dich nur nicht, es auszusprechen.»

Maddy hechtete nach ihrem Baby und drückte es an sich. «Sie wissen einen Scheißdreck über mich!»

«Ich mache eine Ausbildung als Psychotherapeutin. Bescheid zu wissen ist mein Beruf!»

«Bei wem sind Sie in Ausbildung? Doktor Caligari? Ich gebe mein Kind nicht her.»

«Die Sache ist die, Madeline, wenn du zu mehr als 18 Monaten verurteilt wirst –»

«18 Monate!»

«Oh, ja. In letzter Zeit träufelt die Gnade keineswegs wie des Himmels milder Regen. Ich habe noch keine Regierung erlebt, die sich so für das Strafen begeistert hat!» Von ihrer Hüfte baumelte eine Kette mit einem großen Schlüssel und einer Trillerpfeife. Sie stopfte sie in einen pfadfinderhaften Lederbeutel. «Es wäre doch grausam, das Baby jetzt zu behalten, wenn du es später sowieso zu Pflegeeltern geben mußt. Stell dir mal vor: Es würde in die Welt hinausgehen und hätte fürchterliche Angst vor Verkehrslärm oder Hundegebell! Warum bringst du es nicht gleich bei einer glücklichen Familie unter, die es liebt? Ich kann das arrangieren ... Oder möchtest du lieber, daß es in Pflege gegeben wird?» Dwina klaubte eine Puderdose aus dem Beutel und begutachtete ihr Spiegelbild. «Laut Detective Sergeant Slynne hast du weder eine feste Adresse noch Geld oder Unterstützung seitens des Vaters oder der Familie. Es wird ihm ein leichtes sein, dich als untaugliche Mutter hinzustellen.»

Ihre Worte zwackten Maddy in den Eingeweiden.

Dwina blickte stirnrunzelnd in den Spiegel und riß mit der Pinzette ein Haar aus, das sich erdreistet hatte, aus ihrem

Kinn zu sprießen. «Hast du die anderen Frauen in der Mutter-und-Kind-Abteilung gesehen? Alle selbst noch Kinder. Und jetzt werden ihre Kinder in Pflege gegeben. Es ist ein endloser Kreislauf.»

Wie wahr! Auch Maddy hatte genau erkennen können, welche von den Frauen im Heim aufgewachsen waren. Sie aßen hastig, tief über den Teller gebeugt, da sie von klein auf gelernt hatten, ihr Essen zu verteidigen. Sie spürte, wie es ihr kalt durch die Adern rieselte. «Würden Sie jetzt bitte gehen?»

Beleidigt ließ Edwina Phelps ihre Puderdose zuschnappen. «Wieso?» fragte sie sarkastisch. «Zuviel zu tun?»

Maddy weigerte sich, dieser Seelenklempnerin das letzte Wort zu überlassen. «Na ja, allein schon die ganzen Adreßänderungen ...»

Nach Dwinas Abgang stillte Maddy Jack, ließ ihn Bäuerchen machen und steckte ihn dann in das abgewetzte Gitterbett neben ihrer schmalen Pritsche. Sie legte ihm das einzige Spielzeug mit hinein, das sie ergattert hatte: eine beinlose Plastik-Pocahontas. Jemand hatte eine Zigarette in ihrem Hüftgelenk ausgedrückt, das grotesk zusammengeschmurgelt war. Jack legte sein Ärmchen um den Kopf der Puppe. Na toll. Wenn er groß war, würde er ein Perverser werden. Einer, der auf Amputierte abfuhr. *Er mußte raus hier.*

Die unheimliche Stille wurde von Husten, kopulierenden Tauben, auf die Leitungen geklopften Morsebotschaften, röchelnden Abflüssen, Schreien, Klappern, Türenschlagen und unterdrücktem Schluchzen durchbrochen. Von überall im Gefängnis her riefen Frauen einander durch die Fenster zu: ein trostloser Chor von «Ich schlag dir die verdammte Fresse ein» bis zu «Verflucht noch mal, ich liebe dich».

Ein Schließer leuchtete mit der Taschenlampe durch die Luke in Maddys Zellentür. Der Lichtstrahl fiel auf die trübselige Wandinschrift: «Heute hier – morgen hier.» Es gab nur einen Menschen, der sie retten konnte.

Maddy wußte, daß sie am Rand eines emotionalen Abgrunds stand. Was sie nicht wußte, war, daß sie gleich einen Riesenschritt machen würde …

4. Baby, It's Cold Inside

«Es wäre vermutlich nicht ganz *comme il faut* zu fragen, was du in letzter Zeit Spannendes unternommen hast ...»

«Wenn du mich *das* fragst, Gillian, werde ich erst recht verknackt – wegen Totschlag.»

Maddy hatte ihre ganze Telefonkartenration aufgebraucht, um ihre beste Freundin aufzustöbern. Als erstes hatte sie die Immobilienbüros im feinen Belgravia abgeklappert. Gillian hatte ihr mal gesteckt, daß sich ein reicher Ehemann am ehesten finden ließ, wenn man so tat, als sei man in einer schicken Gegend auf Haussuche. Daß ein Haus auf den Markt kam, ließ auf eine Scheidung schließen, und im freien Fall waren Männer nun mal besonders leicht zu fangen. Danach hatte Maddy es bei der Concorde-Lounge in Heathrow probiert. Gillians Trick bestand darin, einen Flug zu buchen, sich verführerisch in den Wartesaal zu fläzen, Verabredungen mit möglichst vielen mächtigen Männern zu treffen und dann in letzter Minute ihr Ticket zurückzugeben.

Bei Sotheby's hatte Maddy schließlich Glück. Gillian meinte, daß sich Sammler von teuren Antiquitäten oft selbst als solche herausstellten. Wenn ein Mädchen seine Konversation nur hier und da mit einem gezielten «jakobinisch» oder «georgianisch» würzte, kam man von der Romanik rasch zur Romantik, und wenn sie ihn mit ihren Extravaganzen nicht in den Barock trieb, hatte sie danach ausgesorgt.

«Du hast mich von einem geradezu *göttlichen* Mann weggeholt.»

«Mensch», neckte Maddy, «dann müßt ihr ja unendlich viel gemeinsam haben.»

«Worauf du Gift nehmen kannst!» Sie hielt inne. «Er *hat* eine Insel in der Karibik, und ich *möchte* eine ... Wie ist denn das Essen hier so?»

«Ganz gut, wenn du auf Rattensperma stehst.»

Gillian, die in dieser düsteren Umgebung auffällig fehl am Platze wirkte, lehnte sich auf ihrem Stuhl zurück, um den Männern im Besuchszimmer einen großzügigen Blick auf ihre feinbestrumpften Beine zu gestatten. Ihr Auftritt im Designerkleid und ihr Mädchenpensionatsgehabe hatten bei der bunten Schar unrasierter Freunde der Gefangenen sensationelles Aufsehen erregt. Sie hingen in ihren Freizeitanzügen über die vollen Aschenbecher gebeugt, irgendwie underdressed ohne ihre Haßkappen, und beäugten Gillian wie ein Rudel halb verhungerter Windhunde.

«Hast du je so viele Männer in Schale gesehen?» fragte Gillian mit liebenswürdigem Sarkasmus. «Zu schade, daß sich darunter meist ein Weichei verbirgt», schnaubte sie selbstzufrieden.

Bei Gillians Anblick im giftgrünen Licht des Besuchszimmers drängte sich Maddy wieder einmal die Frage auf, wie es möglich war, daß sie sich angefreundet hatten. Sie mußte sich in Erinnerung rufen, daß, allem Anschein zum Trotz, Gillians silikongespritztes Dekolleté nicht das einzige an ihr war, was tief ging.

Sie packte die Hand ihrer Freundin. «Hör zu!» platzte sie in echter Verzweiflung heraus. «Sie wollen mir Jack wegnehmen! Du mußt ihn verstecken!»

Gillians Reaktion fiel etwas anders aus, als Maddy erwartet hatte. Sie prustete los, bis ihr die Wimperntusche zerfloß und unter den Augen große Waschbärenflecke hinterließ. Als sie sich halbwegs wieder eingekriegt hatte, tupfte sie ihr Gesicht mit einem Spitzentüchlein ab und fragte: «Schätzchen, haben sie dir eigentlich mit dem Baby gleich noch das Hirn rausgeholt?»

«Nächste Woche kann ich einen weiteren Antrag auf Freilassung gegen Kaution stellen. Dann bringe ich dieses grauenvolle Durcheinander in Ordnung ...»

«Die Sache ist die, Schätzchen, ich weiß nur, wie man *Hunde* hütet. Ein paar Tage, und dein Kind würde an jedem Baum das Bein heben.»

Maddy beugte sich so heftig über den zwischen ihnen stehenden Tisch, daß ihre Rippen knackten. «Gill, mir geht der Kiel auf Grundeis.»

«Du meinst das wirklich ernst?!» Gillians Ton verriet traurige Bestürzung. «Schätzchen, ich weiß doch gar nicht, wie so ein Baby funktioniert.»

«Lustige Tips für Anfängerinnen», flachste Maddy im Flüsterton: «Küssen, streicheln, kitzeln, an den Zehen knabbern, auf den Bauch prusten ... Mehr braucht es gar nicht.»

«Das dachte ich bei meinem Chihuahua auch, bis ich ihn im Müllschlucker entsorgt habe.»

«Gefüttert werden muß er alle vier Stunden ...»

«Wie im Zoo», erwiderte Gillian mit dem Feingefühl, für das sie weltberühmt war.

«Die beliebtesten Ausführungen sind ‹Junge›, ‹Mädchen› und –»

«Sei doch vernünftig. Wie um Himmels willen soll ich ihn denn hier rausbringen? In meiner Handtasche vielleicht?»

Gillian war sechsunddreißig, sah aber keinen Tag älter als vierzig aus. Ihr Make-up-Bedarf hatte kürzlich das Special-Effects-Stadium erreicht. Sie brauchte eine Handtasche von der Größe eines Flugzeughangars, um ihre ganzen Tinkturen und Mixturen mitzuführen.

«Haargenau.» Maddy kippte die Säuglingstragetasche in Gillians Richtung. «Er ist ein bestens tragbares Laptop-Modell. Sobald er gestillt ist, schläft er ein, und dann wird er umgetopft.»

Gillian versuchte ihren Stuhl zurückzuschieben. «Ich habe ein Mädchenpensionat besucht.» Er war am Boden festgeschraubt. «Ich trage Kleider von Issey Miyake.» Sie kämpfte sich auf die Beine. «Es ist nicht mein Stil, aus buntbemalten Micky-Maus-Tassen zu trinken.»

«Zwischen den Mahlzeiten schläft er ein bis sechs Stunden. Alle vierundzwanzig Stunden schreit er ein bis vier Stunden. Kein Grund zur Panik also, und –»

«Ist deinem Resthirn schon mal eingefallen», unterbrach Gillian sie scharf, «daß wir in einem *Gefängnis* sind? Wo die Leute dazu neigen, Besucher zu durchsuchen?»

«Gillian, in der Regel versucht man, Dinge in ein Gefängnis *hinein*zuschmuggeln.»

Wie um dies zu illustrieren, wurde eine Frau in der Nähe der Fenster unsanft von ihrem Freund weggezerrt. In Frischhaltefolie gewickelter Stoff, den er im Mund gehabt hatte, war während eines Zungenkusses transferiert worden, um im Rachenraum verborgen und später mit Hilfe von Shampoo erbrochen zu werden.

«Setz dich hin, verdammt!» Maddy zerrte Gillian auf den Stuhl zurück, dem sie sich gerade erst entwunden hatte.

«Es ist unmöglich», verkündete Gillian den welken Nelken, die sie mitgebracht hatte.

«Gill, wir sprechen von einem kleinen Baby. Einem kleinen Baby im Gefängnis. Die Zahnfee muß straffällig werden, damit sie ihm die zwanzig Pence für den ausgefallenen Zahn unters Kopfkissen legen kann. Seine Kenntnis der Grundfarben wird sich auf Grau beschränken –»

«Apropos ...» Gillian blickte verstohlen um sich und sagte dann mit Grabesstimme: «Heute früh habe ich mein erstes graues Schamhaar entdeckt.»

«Wenn er zahnt, wird er Gitterstäbe zum Draufbeißen

nehmen. Er wird nicht mit *Krokofant und Eledil* lesen lernen, sondern mit Graffiti wie ‹Haut die Bullen platt wie Stullen› –»

«Ich hab es natürlich ausgerissen. Aber machen wir uns nichts vor, es kündigt Schlimmes an.»

«Natürlich will ich, daß er die Zahlen lernt, aber nicht anstelle von Namen: Könnte mir Nummer zwei-drei-sechs bitte mein Fläschchen rüberreichen –»

«Die Sache ist die, daß ich das heiratsfähige Alter hinter mir habe. Was bedeutet, daß ich mein Operationsgebiet auf den Arbeitsmarkt verlegen muß, und das kann ich unmöglich mit einem Säugling im Schlepptau.»

«Operationsgebiet! Die einzigen Operationsgebiete, die du kennst, sind doch deine Hüften, deine Titten und deine Nase.»

Gillians Hand fuhr schützend hoch zu ihrer kecken Stupsnase. «Die ist *echt*!»

«Gill, wenn du dich nicht um ihn kümmerst, geben sie ihn» – Maddy konnte es kaum aussprechen – «in Pflege.»

«In Pflege?» Gillian strich besänftigend den Stoff über ihren Beinen glatt. Sie stieß einen tiefen, fast schon nachgiebigen Seufzer aus. «Eine Woche. Länger nicht.»

Erleichterung durchflutete Maddys Körper. Jack, der schon eine Weile mit seinen Pygmäenärmchen herumgerudert hatte, wurde richtig aufgeregt. Maddy nahm ihn hoch. Er saugte sich wie eine Seeanemone an ihrer Brustspitze fest. Seine winzige Hand streichelte Maddys Busen: federleichte, sanfte, kleine Bewegungen, die sie beruhigten. Schläfrigkeit durchrieselte sie. Die Zentralheizung wummerte, die Stimmen leierten, und Maddy rutschte immer weiter unter das Baiser von Gillians Worten: nichts als süße Schaumschlägerei und Luft. Ein Tritt gegen das Schienbein weckte sie jäh.

«Im Prinzip» – Gillians Worte kamen wie Karateschläge – «wecke ich Freundinnen, die einschlafen, während ich mit ihnen spreche, lieber nicht, aber es ist Zeit, Ciao zu sagen ...»

«Tschuldigung», gähnte Maddy. «Aus irgendeinem Grund ist Jack das einzige Wesen in diesem Knast, das der Meinung ist, wir würden noch nicht früh genug geweckt. Drei Uhr morgens, und he – Party-Time!»

«Na großartig», sagte Gillian mit nicht nur gespielter Besorgnis. «Davon hast du bisher aber nichts verlauten lassen.» Sie beugte sich vor und inspizierte ihr neues Accessoire mit gereizter Geringschätzung. «Iiih! Was um Himmels willen ist das für ein Loch da oben in seinem Kopf? Lieber Gott, doch nicht etwa ein Spritzloch wie bei einem Wal?»

Maddy wollte zu einem Sermon über die große Fontanelle ansetzen, brachte aber vor Rührung kein Wort heraus. Obschon die Glocken das Ende der Besuchszeit ankündigten, hätte sie ihn am liebsten mit Milch vollgepumpt wie ein Kamel, damit es für die ganze Woche reichte. Sie saßen in einer kaum beleuchteten Ecke. Gillian plazierte sich mit dem Rücken zum Zimmer. Sie hievte ihren klobigen Schminkkoffer aus der Handtasche und schob ihn über den Tisch. Maddy steckte ihn in die Babytragetasche. Dann sah sie Jack ein letztes Mal an: Ihre Augen fixierten sein Bild in ihrem Kopf wie Kameraverschlüsse.

«Schnell», zischte Gillian.

Maddy fuhr über seine zarten Brauen, die die Farbe von Karamelbonbons hatten. Sie küßte seine elfenbeinfarbenen Lider mit den Wimpern, die so lang waren, daß man darin einen Waldspaziergang hätte machen können. Sie vergrub ihre Nase in seinem blonden Schopf und atmete tief ein. Für eine Mutter war dieser Babygeruch so suchtbildend wie Opium. Dann riß sie sich zusammen, löste Jacks Lippen von ihrer Brust und übergab Gillian das kostbare Wickelpaket. «Tu ruhig so, als seist du nicht davon beeindruckt, daß dir der Welt schönstes Baby anvertraut wird, ja?» sagte sie tapfer. Er sah so verletzlich aus, daß sie sich auf die Finger beißen mußte, um ihn nicht wieder an sich zu reißen. Sie biß zu, bis sie bluteten.

«Schätzchen», sagte Gillian in einem ihrer raren Anfälle von Anteilnahme, «du mußt auch das Positive sehen. Ein Frauengefängnis – da ist wenigstens die Klobrille nie hochgeklappt.»

«Paß gut auf ihn auf», beschwor Maddy ihre Freundin, als sie aufstanden.

Die Griffe von Gillians voluminöser Reisetasche schlossen sich über ihrer ungewohnten Fracht. «Das nächste Mal, wenn du ihn siehst, geht er bei Fuß, wenn er gerufen wird.»

Dem Personalmangel war es zu verdanken, daß Maddy in ihre Zelle zurückgelangte, ohne daß der Tausch entdeckt wurde. Sie legte sich auf die schmale Pritsche. Traurig schlug eine Uhr die Stunden, seit Jack nicht mehr da war. Die Brutkastenatmosphäre des Gefängnisses bedrückte sie zusehends. Als einzige Erinnerung an ihren geliebten Engel hatte sie ein winziges Kleidungsstück zurückbehalten. Leib und Seele taten ihr weh, als sie ihr Gesicht nun in diesem Baumwolljäckchen vergrub, Jacks zarten, süßen Geruch einatmete und so hilflos weinte wie ein neugeborenes Kind.

5. Ein Mann steht zu seinem Wort

Der Himmel hatte sich zu einem bitteren Gelb aufgehellt, in dessen Licht Maddy an dem winzigen Becken in ihrer Zelle stand und sich heiße Waschlappen auf die Brüste legte. Bis dahin hatte sie geglaubt, «sich auszudrücken» sei nur Performance-Künstlern vorbehalten. Nichts da. Nicht Ströme, nein, ganze Nile von Milch gurgelten den Abfluß hinunter. Jedes Geräusch regte den Milchfluß an: ferne Autohupen, Radiowecker, Teekessel, Babygeschrei. Sie hätte eine gottverdammte Molkerei eröffnen können.

So wurde sie von der Wärterin entdeckt und das Baby als unerlaubt abwesend, vermißt und mutmaßlich verstorben gemeldet. Slynne wurde gerufen; das harmonische Kreischen der Zellentür in ihren Angeln kündigte sein Kommen an.

«Wie ich höre, haben Sie Ihr Baby» – er räusperte sich mit spöttischer Theatralik – *«verloren.»*

«Ach ja? Macht nichts, es wird sich wohl bei meinen Autoschlüsseln wiederfinden», kalauerte Maddy zurück.

«Haben Sie es umgebracht?» Sein wachsamer Nagetierblick huschte über ihr Gesicht, um ein Bröckchen Schuldbewußtsein aufzustöbern.

«In der Zelle ist nichts, Sir», versicherte die Wärterin.

«Zerstückelt? Oder gar gefressen?»

Seinem Verhörton zum Trotz schützte Maddy Lässigkeit vor, während sie ihn studierte. Er war brüsk, brutal und außerdem eitel. Das hungrige Hyänenlächeln deutete auf gründliche Erfahrungen mit Kronen und Brücken hin. Und seine Haarfarbe wirkte verdächtig frisch. Bei genauerem Hinsehen entdeckte Maddy einen Färbemittelfleck hinter seinem rechten Ohr.

Slynne schlug die Faust gegen die Wand. «Was sind Sie bloß für eine Mutter?» Er packte ihren Arm wie den Griff eines Preßluftbohrers. «Sie machen sich nicht einmal Sorgen um Ihr eigenes Kind!»

«Doch, Sorgen hatte ich mir schon gemacht», behauptete Maddy und riß sich los, «aber dann hab ich mir gesagt: Was soll ich mich denn quälen, wenn Sie's für mich tun?»

«Kindsmord ist ein äußerst schweres Verbrechen.»

Maddys Magen rutschte ins Bodenlose. Dieser Bulle war ein Brennglas auf zwei Beinen, das nicht von der Stelle wich.

«Quatsch!» Das war Dwinas Stimme. Sie stand keuchend in der Tür. Nach «Tuchdrapieren für Anfänger, I & II» war sie mittlerweile offenbar bei «Foulards für Fortgeschrittene» angelangt. Sie schlüpfte aus dem Mantel und stürzte sich auf den Wasserkessel. «Ein in der Psychologie bekanntes postpartales Trauma. Ich habe neulich erst einen Workshop zu dem Thema geleitet. Diese Frau ist eine ehemalige Hormonsüchtige in Rekonvaleszenz.»

Gefängnisse, stellte Maddy fest, steckten voller Ehemaliger, die sich von allem möglichen erholten: Heroin, Barbituraten, Lösungsmitteln und schlechten Ehen. Die Häftlinge rühmten sich, Mitglieder der Anonymen Nymphomaninnen, Anonymen Kuchensüchtigen, Anonymen Männer und Anonymen Anonymen zu sein.

Besitzergreifend legte Dwina den Arm auf die Rückenlehne von Maddys Stuhl. «Wenn Sie meinen Workshop besucht hätten, Detective Sergeant, wären Sie nicht gar so ahnungslos in Sachen weiblicher Endorphine.» Dabei tätschelte sie herablassend Maddys Kopf, als hätte sie es mit einem Kind zu tun. Maddy zuckte zusammen. Edwina Phelps war eine Kandidatin für die Anonymen Arschkriecher.

«Ohne Kind» – Slynne wippte auf den Fußballen – «keine Mutter-und-Kind-Abteilung. Mal sehen, wie ihre ‹Endorphine› bei den Perversen ankommen.»

Edwina Phelps' tätschelbereit erhobene Hand erstarrte. «Bei den Perversen?»

«Den Vergewaltigern und Kinderschändern», stellte eine Stimme irgendwo im Zigarettenqualm fest, «den meistgehaßten Menschen im Knast. Man isoliert sie von den anderen, damit sie nicht kaltgemacht werden.»

Mit workshophafter Inbrunst bereitete Dwina einen Becher Kaffee vor. Wütend klapperte sie mit dem Löffel gegen das abgeplatzte Email. «Nur über meine Leiche.»

Maddy dachte, daß sie Dwina vielleicht doch noch nicht gleich bei den Anonymen Arschkriechern anmelden sollte.

«Tja», entgegnete Slynne. «Alles hat seinen Preis.»

«Ohne Leiche kein Verbrechen. Das Baby ist verschwunden» – Dwina steckte den Löffel zurück in die bräunlich verkrustete Zuckerdose –, «nicht tot.»

«Stimmt», sagte Slynne listig. «Sie haben recht. Es ist viel besser, sie in die normale Abteilung zu stecken, dann wird sie von den andern als ‹Bestie› verprügelt.»

«Wie soll denn das passieren, wo doch niemand außer den Leuten in diesem Raum etwas von dem vermißten Kind weiß?»

«Ach, Sie wissen doch, wie sich Sachen im Knast rumsprechen.» Der Detective Sergeant zwinkerte der Wärterin zu, was die mit einem grausamen, einverständigen Grinsen quittierte. «Vor allem, wenn eine Frau ihr Baby umgebracht hat …»

Dwina genoß ihre akademische Überlegenheit über den Spürhund ohne Spur. Sie löste einen ihrer Ohrringe und rieb sich das Ohrläppchen. (Maddy nahm an, daß sie auch dafür einen Workshop besucht hatte: Psychodynamische Aspekte des Ohrring-Managements in telefonischen Situationen.) «Ich glaube nicht, daß sie dem Baby etwas angetan hat. Sie hat es bei jemandem versteckt. Hattest du nicht gestern eine Besucherin?»

Detective Slynne wollte etwas sagen, aber Dwina fuhr gleich dazwischen und ließ ihn mit seinem geöffneten Mund wie einen Goldfisch-Imitator aussehen.

«Madeline, was da alles über Adoption gesagt wurde, hat sich bestimmt furchtbar kalt angehört, nicht wahr? So klinisch …» Sie hockte sich vor Maddy. «Ich habe versäumt, dir zu erklären, daß es noch eine zweite Möglichkeit gibt.»

Slynne, der heftig an seinem Krebsstengel sog, wippte von den Fußballen auf die Fersen und zurück.

«Wofür früher ein Mann, eine Frau, ein Bett und Ravels ‹Bolero› genügten, daraus ist heute für viele Paare ein bürokratischer Albtraum geworden. Es gibt zehn Millionen kinderloser Frauen in der sogenannten zivilisierten Welt. Doch die Zahl der zur Adoption freigegebenen Babys sinkt. Kannst du dir den Schmerz der Paare vorstellen, die sich vergeblich danach sehnen, ihren Beitrag zur nächsten Generation zu leisten?» Sie zupfte ein Taschentuch aus ihrem Ärmel und schneuzte sich diskret. «Es bricht einem das Herz.»

Slynne stieß einen gereizten Seufzer aus und zündete sich an der heruntergerauchten Zigarette eine neue an. Für ihn war Psychologie nichts als akademisches Rätselraten.

«Das Schöne an einer privaten Adoption ist, daß du die Adoptivmutter selbst auswählen kannst. Ich sehe hier die Chance, vier Leben zu retten: das des hoffnungsvollen Paars, Jacks und vor allem deins, Madeline. Ich biete dir die Möglichkeit, noch mal neu anzufangen. Sag uns einfach, wo dein Baby ist.»

Aller Augen waren auf Maddy geheftet, die ihrerseits den

Blick auf ihr Hemd gesenkt hatte, weil sie jeden Augenblick mit dem Schrei des Wasserkessels rechnete.

«Wenn nicht, können Sie Gift drauf nehmen, daß Sie jeden erreichbaren Besenstiel zu spüren bekommen.»

«Detective!» Dwina schäumte vor Wut. «Zentrieren Sie sich. Sie projizieren.» Sie beschlagnahmte die Zigarette des Polizisten und drückte sie aus. «Bei einer Zigarette», belehrte sie ihn, «hängt am einen Ende die Glut und am anderen ein Idiot.»

«Sie verstehen das nicht», nörgelte Slynne. «Die Klugscheißerin hier steht auf Scherze. Es hat ihr jedenfalls großen Spaß gemacht, mich auf dem Revier vor den Augen meiner Untergebenen zu verarschen. Macht es Ihnen auch Spaß, wenn ein Scherz auf *Ihre* Kosten geht?»

Maddys Mund war schon auf Touren, bevor sie daran dachte, Gas zu geben. «Kennen Sie den von der Gefangenen, die dem Detective die Eier abgeschnitten und sie als Ohrgehänge getragen hat? Dwina könnte direkt einen Workshop zu dem Thema veranstalten: Psychotische Aspekte des Ohrring-Managements.»

Der Kessel kreischte. Maddy tupfte sich am Hemd herum und hätte sich gleichzeitig in den Arsch treten können: Was hatte sie bloß? Sie sollte ihrerseits einen Workshop veranstalten: Wie man Freunde verliert und alle vergrault.

Ein konvulsivisches Zucken durchlief Slynnes Körper vom gefärbten Haar bis zu den Zehennägeln. Mit einem verzweifelten Kopfschütteln warf Edwina Phelps das Handtuch. Slynne stieß sie mit dem Ellbogen beiseite und verfiel in sein sarkastisches Mantra: «Sie brauchen nicht auszusagen, wenn Sie nicht wollen, doch was Sie sagen, kann gegen Sie verwendet werden ... Soll ich Ihren Anwalt rufen?»

Kaum etwas im Leben ist beruhigender, als sich von einem Pflichtverteidiger betreut zu fühlen; allenfalls in einem

Jumbo-Jet zu sitzen, der drauf und dran ist, eine ungeplante Landung im Himalaya vorzunehmen. Solche Gedanken gingen Maddy durch den Kopf, während sie im feuchten, schlecht beleuchteten Beratungszimmer, das vom jahrzehntealten Geruch strapazierter Achselhöhlen durchsäuert war, auf ihren Rechtsbeistand Rupert Peregrine wartete.

«Hören Sie», verkündete sie mit Nachdruck, als er sich ins Zimmer wuchtete, «die können mir doch nichts anhaben. Schließlich gibt es keine Leiche.»

«Rührend, Ihre Naivität.» Peregrine stellte seinen Aktenkoffer ab und kämpfte sich aus seiner Jacke. «Zwei Gefangene haben bereits ausgesagt, sie hätten Sie Ihr Baby töten sehen.»

«Was?» Diese Ungerechtigkeit trieb ihr die Hitze in die Wangen. «Aber das ist doch Mumpitz. Wie kommen die dazu, so was zu sagen?»

Peregrine ließ sich auf den Drehstuhl ihr gegenüber sakken, der prompt protestierend aufstöhnte, wie es Maddy von allen Möbelstücken erwartete, die das Pech hatten, mit dem gewichtigen Hintern ihres Pflichtverteidigers in Kontakt zu geraten.

«Gefängnisse, Ms. Wolfe, stecken voller verkommener Kakerlaken, denen jedes Mittel recht ist, um sich den Mächtigen anzudienen.» Er rollte den Stuhl rückwärts und kontrollierte das Türschloß. Dieser Mann hatte die Zielstrebigkeit eines Marschflugkörpers. «Ich könnte leicht dazu beitragen, daß diese Aussagen entkräftet werden, die entsprechenden Dateien auf dem Computer löschen» – er rollte den Stuhl an sein Opfer heran –, «wenn mir nur gewisse Ermunterungen zuteil würden. Ich ... wie soll ich sagen» – ein Geiferfaden tropfte auf den Tisch zwischen ihnen – «*stehe* zu meinem Angebot.»

Maddy betrachtete ihren öffentlich bestallten Nadelstreifen-Ritter in der Not. Das Herpesbläschen vom Vortag glänzte jetzt vor Salbe. «Wenn ich meine masochistischen fünf Minuten habe, Mr. Peregrine, gehe ich mir einen neuen Badeanzug kaufen. Weiter reicht mein Selbsthaß nicht.»

«Auch wenn die Lage noch so verf-, äh, verzwickt ist?»

Maddy überlegte, wie sie ihm auf die sanfte Tour beibiegen konnte, daß sie nicht in Stimmung war – ihm den Keramik-Aschenbecher über den Schädel zu hauen beispielsweise. «Die Antwort lautet trotzdem: Nein.» Und indem sie auf das fettglänzende Herpesbläschen zeigte: «Aber ansonsten ist Ihre Begeisterung ausgesprochen ansteckend.»

«Ihr Gerichtstermin ist am Donnerstag.» Der gewehrschußartige Knall der aufspringenden Verschlüsse seines Aktenkoffers ließ Maddy zusammenfahren. «Bis jetzt war das gegen Sie vorliegende Material ziemlich läppisch. Sie halten sich zwar illegal hier auf, aber Sie sind weiß, haben also, höflich formuliert, die Zeit Ihres Aufenthalts einfach nur ein bißchen überzogen. Dafür, daß Sie mit Kreditkartenbetrug zu tun hatten, gibt es nur Indizien – das gestohlene Portemonnaie –, und was Sie zu Ihrer Verteidigung vorzubringen haben, klingt plausibel und drückt auf die Tränendrüsen. Aber jetzt: Kindsmord! Keine Sekunde wird der Richter daran denken, Sie gegen Kaution freizulassen, es sei denn, jemand von Gewicht bürgt für Sie. Madam» – er hakte seine Knubbeldaumen in die strapazierten Gürtelschlaufen –, «mein Freudenpendel erwartet Sie.»

Maddy sank das Herz in die Socken. «Wissen Sie was? Diese Unterhaltung kommt mir unangenehm vertraut vor.»

«Unangenehm vertraut?» Ihr Anwalt zuckte zusammen und zog sich hinter die Fassade seines standesgemäßen Habitus zurück. «Jede Form von contradictio in adjecto ist mir ein Greuel. Denken Sie bitte stets daran, Ms. Wolfe.»

Maddy fühlte Kopfschmerzen an ihren Schläfen nagen. «Rupert?»

«Ja?» Er beäugte sie mit aufkeimender Lüsternheit, krempelte sich die Hemdsärmel hoch und enthüllte erschreckend behaarte, milchflaschenweiße Unterarme.

«Fick dich ins Knie deines Kunststoffanzugs.»

Peregrine lachte unangemessen laut los und schlug sich auf die massigen Schenkel. Dann griff er unbeirrt nach Maddys Hand. «Also» – sein Adamsapfel jo-jote erregt auf und ab – «meinen Erkenntnissen nach ist Cunnilingus immer ein guter Anfang, wenn man einer Frau den Hof machen will.»

Maddy entriß ihm ihre Hand. «Warum sind Sie bloß so?» Aber sie wußte, warum. All seinen Liebesbeteuerungen zum Trotz war Alex im Grunde fast genauso: ein auf Wärme reagierender Schwanz, über den die Bodenstation jede Kontrolle verloren hatte. «Fänden Sie es nicht ab und zu ganz nett, Sex mit jemandem zu haben, der danach keine Klage gegen Sie einreicht?»

«Die sexuelle Ausbeutung meiner Klientinnen hat den Vorteil, daß sie nicht mehr als fünfzehn Minuten in Anspruch nimmt, was mir mehr Zeit für die wahre Liebe meines Lebens läßt: ein Burmesenkätzchen namens Trüffelchen.»

«Vielleicht haben Sie vergessen, daß ich gerade erst ein Kind geboren habe. An meiner Unterhose hängt ein Schild mit der Aufschrift ‹Außer Betrieb›. Ist das klar?»

Peregrine rollte die Hemdsärmel wieder hinunter und ließ den schwarz gähnenden Rachen seines Aktenkoffers zuschnappen. Die erschreckende Endgültigkeit des Vorgangs verursachte ein panisches Flattern in Maddys Magengrube.

«Außerdem bin ich in einer Woche sowieso wieder draußen.»

Er erhob sich abrupt. «Nur keine voreiligen Pläne.»

«Eine Woche schaffe ich mit links», behauptete sie tapfer. «Schließlich gibt es eine Bibliothek, eine Turnhalle, Weiterbildungsmöglichkeiten.»

«Und auf dem Lehrplan steht ‹Zwetschenlutschen für

Fortgeschrittene›.» Er kämpfte sich wieder in seine Jacke. «Wenn ich sage, Sie sollen keine Pläne machen, Ms. Wolfe, dann meine ich damit nicht, daß Sie Ihr Frauenlesekränzchen auf später vertrösten sollen. Was ich meine, ist: Machen Sie Ihr Testament, und nehmen Sie von Ihren Liebsten Abschied.» Er stapfte Richtung Tür. «Zwetschenlutschen … ein wohlklingender Euphemismus, finden Sie nicht auch?»

Maddy las, was in die Tür geritzt stand, die ihr Anwalt eben zugeschmettert hatte: «Tod allen Giftspritzen.» Sie hatte das düstere Gefühl, ein Menetekel vor sich zu haben.

6. Wie schaukle ich ein Kind?

«Damit wir uns recht verstehen: *Ich mag keine Babys.*» Gillians Kopf ragte riesig in Jacks kurzsichtiges Blickfeld. «Ein Dobermann mit Stammbaum wäre mir weitaus lieber. Den könnte ich wenigstens verkaufen. Du wärst nie und nimmer hier, hätte ich nicht fünf Jahre in der Klosterschule ‹Unsere liebe Frau von der tiefsten Erniedrigung und der größten Heuchelei› verbracht. Eine katholische Erziehung, mein Lieber, ist ein lebenslanger Ausflug in die Schuldgefilde. *Compris?*»

Die Hände des Babys zuckten vor seinem Gesicht herum. Es schien nicht zu begreifen, daß sie an seinem Körper befestigt waren. Abwechselnd amüsiert und interessiert sah es seinen vorbeiflitzenden Fingern zu, als wären es Artisten vom Moskauer Staatszirkus. Nun, es war ja nicht das erste Mal, daß Gillian es mit einem männlichen Wesen zu tun hatte, das sich mit Teilen seiner eigenen Anatomie vergnügte.

«Ich brauche Baby-Klamotten», sagte sie barsch zu der Verkäuferin bei Mothercare.

«Gern, Madam. Was darf's denn sein?» Gillian befürchtete, der Verkäuferin könnte vor lauter Beflissenheit das Gesicht abfallen.

«Was weiß denn ich», fauchte sie. «Eben *Klamotten* für ein *Baby*. Oh, und Windeln.»

«Welche Größe?»

«Woher zum Teufel soll *ich* das wissen?» Sie riß ihre Handtasche auf und zeigte verächtlich auf den gemütlich eingekuschelten Jack. «*Diese.*»

Gillian war viel zu genervt, um sich der Absurdität der Situation bewußt zu werden: Sie mit ihren falschen Wimpern, die bei jedem Blinzeln aussahen wie sich paarende Taranteln, und ein viereinhalb Wochen altes Baby, das sie von sich streckte, als sei es radioaktiv verseucht. Während sie der erschrockenen Verkäuferin beim Zusammenstellen der Grundausstattung zusah, fiel ihr auf, daß sie sich mit Babys doch besser auskannte als zunächst angenommen. Im Grunde glichen sie Luxusautos: Der Tank mußte ständig nachgefüllt werden, und es war unmöglich, Ersatzteile zu finden.

«Hör zu, du Teppichratte», sagte sie, während sie ihr Portemonnaie einer sorgfältigen Untersuchung unterzog, «der silberne Löffel, den wir bei der Geburt im Mund hatten, ist leider inzwischen ein bißchen angelaufen. Die Kohle reicht gerade noch, bis deine Mami wiederkommt, aber nur, wenn ich es mir verkneife, einzukaufen. Was zum *Essen* beispielsweise.» Sie dachte an all das Geld, das sie verschleudert hatte, als sie noch flüssig gewesen war. Hätte sie es damals nur zu schätzen gewußt!

Es gab im Leben nicht viel, was die weltgewandte Ms. Cassells noch nicht ausprobiert hatte: Heißluftballonfahrten mit Richard Branson; Glyndebourne mit mehr Mitgliedern der königlichen Familie, als die Royals Corgis hatten; Vögeln in der Concorde (einfach so mit einem Beau und nicht auf dem Klo). Sie hatte auf Privatjachten, in Pariser Hotelsuiten und unter den Messern von Schönheitschirurgen in Hollywood gelegen.

Doch Arbeit war ein ihr unbekanntes Phänomen.

«Es ist ja nicht bloß das graue Schamhaar», vertraute sie ihrer Handtasche an, während sie die Regent Street entlangstolzierte. «Neulich hab ich im Lauf eines romantischen Abends meinem Partner erzählt, seine Fähigkeiten seien so gewaltig, daß er einen Beruf daraus machen könnte. Und weißt du, Schätzchen, was er darauf gesagt hat?» Sie wartete Jacks Antwort gar nicht erst ab. «Das *sei* sein Beruf. Und der Spaß koste fünfzig Eier. Da erst hab ich gesehen, daß M. T. S. auf seinen Schwanz tätowiert war: Mein Teuerstes Stück.»

Sie hielt inne, um in der Auslage von Liberty's einen Bikini zu betrachten, für den sie das Verfallsdatum längst überschritten hatte. «Weißt du, Jack, geplant war ja ursprünglich, daß wir inzwischen bei Gatte Nummer drei oder vier angelangt und dabei immer reicher geworden wären, nicht wahr, Schätzchen?» Der Bikini war wirklich edel. Mit ein bißchen kosmetischer Nachhilfe vielleicht ... Sie seufzte, zog den Bauch ein und marschierte weiter. Die einzige Art plastischer Chirurgie, mit der Gillian Cassells zur Zeit rechnen konnte, fand in Banken statt: wenn ihre Kreditkarten zerschnitten wurden.

An der U-Bahnstation Oxford Circus kaufte sie eine Zeitung. Mit schamhaft zusammengekniffenen Lippen blätterte sie zu den Stellenangeboten.

«Von der Bienenkönigin zur Drohne, Schätzchen», raunte sie verzweifelt ihrer schnarchenden Kontrabande zu. «Das ist doch wider die Natur.»

Ungeachtet ihrer Unerfahrenheit hatte Gillian den Verdacht, daß es nicht unbedingt der beste Trick war, einen potentiellen Brötchengeber zu beeindrucken, indem man mit einer Stunde Verspätung zum Vorstellungsgespräch erschien. Aber es war nicht ihre Schuld gewesen. Obwohl sie zu Jacks Unterhaltung sogar Kondome aufgeblasen hatte, hatte er die ganze Nacht hindurch geschrien. Als er schließlich doch eingeschlafen war, hatte er sich in einen launenhaften Radiowecker verwandelt, der in unregelmäßigen Abständen Langwellenstatik von sich gab. Und als sie *wirklich* einen Weckruf gebraucht hätte, hatte er ihn verpaßt. So kam es, daß sie etwas aufgelöst vor der Galerie Ronald La Roux eintraf. Der Wagen eines Eisverkäufers fuhr langsam vorbei, süßliche Musik drang auf die Straße. «Hör zu», beschwor Gillian verzweifelt ihr wimmerndes kleines Bündel, «sie spielen dein Lied!»

Gillian war mitten in ihrem Sermon über die depersonalisierte Perzeption abstrakter Dichotomien, als die zwischen Baby und Kinderwagen geklemmte Eistüte in Zeitlupe auf das Werk eines primitiven (den Nullen auf der Preisliste nach zu schließen aber keineswegs naiven) fauvistischen Impressionisten kippte.

«Der Kleine ist eben der geborene Kunstliebhaber», sprudelte sie, die vor lauter prämenstruellen Spannungen kurz vor einer Ohnmacht und ihrer Blau-anlauf-Periode stand. «Seine ersten Worte waren Mama und Dada», fügte sie kleinlaut hinzu und trollte sich, bevor es Ronald La Roux einfiel, Jack auf seine geometrischen Grundformen zu reduzieren.

Ihr Ausflug ins Land der exotischen Küchengeräte verlief kaum erfolgreicher. Trotz ihrer beschränkten kulinarischen Kenntnisse – Kapern war das, was eine Frau wie sie mit frisch geschiedenen Schiffsmagnaten tat – war sie auf dem besten Weg, sich bei Selfridges in die Abteilung für traditionelles bäuerliches Tongeschirr zu bluffen, als die Verkaufsassistentin, die sie bestochen hatte, damit sie sich inzwischen um Jack kümmerte, grimassenschneidend hereinplatzte.

Die Neunzehnjährige hielt sich mit ihren Kunststoff-Fingernägeln die Nase zu und informierte die hoffnungsvolle Bewerberin: «Ich glaube, da muß wer frisch gewickelt werden.»

«Oder heiß gebadet», fauchte Gillian.

Eindeutig die falsche Art, ein Bewerbungsgespräch zu führen, sagte sie sich in stummer Wut, während sie Jack auf den Büroteppich legte und ihm den Hintern sauberwischte.

«Wie sich die Zeiten ändern», begann sie lahm, nachdem sie ihren Platz gegenüber dem fassungslosen Personalchef wieder eingenommen hatte. «Das ist das erste männliche Wesen, das ich trocken- statt flachgelegt habe. Apropos, kennen Sie Maurice, den König der künstlichen Haarverlängerung?» versuchte sie es mit ein bißchen unauffälligem Name-dropping. «Ein Ex-Verlobter von mir. Bei dem blieb *ich* immer trocken.»

Gillian konnte gar nicht glauben, wie oft Babys ausliefen. «Du bist doch ein männliches Wesen», beklagte sie sich bei ihrem Bonsai-Homo-sapiens, als sie aus dem Laden flogen. «Man würde erwarten, daß du dich stundenlang mit der Sportseite im Klo verbarrikadierst. Hast du denn von *nichts* eine Ahnung?»

Noch schlimmer als die endlose Kackerei waren die Boden-Luft-Rotzprojektile. Zum Einkaufen im Laden an der Ecke mußte Gillian ihr Taft-Ballkleid anziehen, da der Rest ihrer Garderobe mit Babyschleim verschmiert war. Vom Mittwoch an trug sie nur noch Beige- und Cremetöne. Das waren zwar nicht ihre Farben, aber so hatte sie weniger zu waschen.

Da sie jahrelang regelmäßig die Pariser Modenschauen besucht hatte, meinte sie, das Zeug zur Moderedakteurin bei *Harpers Bizarre* zu haben. Da brauchte man schließlich nichts weiter zu tun, als alles und jedes als «*fa*belhaft», «phant*as*tisch» oder «gran*dios*» zu bezeichnen, was letztlich hieß, daß man in den vergangenen fünf Millisekunden nichts Vergleichbares gesehen hatte. Da Babys dieses Jahr das angesagteste Accessoire überhaupt waren – alle Fashionisten von Madonna bis Michael Jackson protzten damit –, glaubte sie, daß Jack sich nun endlich mal als Pluspunkt erweisen würde.

«Oh, seht mal!» Die Modejournalistinnen, die ihren Kopf

ausschließlich zur Aufhängung ihres Walkmans zu nutzen schienen, kamen hinter ihren zwei Meter hohen Blumengestecken hervor, um sich, vollkommen blind für Gillian, auf Maddys Sprößling zu stürzen. «Ist der nicht *süüüüüß*?»

Gillian starrte auf Jack hinunter, der sich wie eine Insektenlarve auf dem Teppich wand. Nein, das sah sie nicht so. «Das hat bestimmt auch jemand zu Saddam Husseins Mutter gesagt», spottete sie. Sie übersah den Zensorinnenblick der Chefredakteurin und plapperte fröhlich weiter. «Stellen Sie sich vor, wie unwürdig es für ein Baby sein muß, so einen grauenvollen Strampler zu tragen. Babys sind die wahren Modeopfer!»

Die Chefredakteurin erwiderte in arktischem Ton, daß sie keinen Schimmer hätte, wovon Gillian redete. Als sie aufstand, um Gillian den Weg zur Tür zu weisen, wurde ihr im Schritt offener Lamé-Body sichtbar.

«Huch.»

Jack gluckste fröhlich während der ganzen Liftfahrt nach unten. «Laß dir erst mal einen Hals wachsen», schalt Gillian ihn. «Dann sehen wir weiter.»

Die ganze Woche hindurch die gleiche Geschichte: Egal ob Gillian sich als Absolventin der Prue-Leith-Kochschule ausgab (um in schicken Sitzungszimmern Tabletts voller Salmonellen-mit-Ei-Sandwiches zu servieren) oder als Opern-Fanatikerin (auf die Frage des Covent-Garden-PR-Chefs nach ihrer Interpretation diverser Handlungen, improvisierte sie kokett: «Ich hangle mich einfach von Dolch zu Dolch») – jedesmal machte Maddys kleines Krümelmonster ihre Bemühungen zunichte. «Undank ist des Welpen Lohn.»

«Hab ein bißchen Nachsicht», flehte sie am Freitagmorgen. «Ich bin eine bedrohlich unterfinanzierte neurotische Zölibatärin mittleren Alters mit suizidalen Neigungen. *Sei bitte still.»* Sie stopfte ihm das Mäulchen mit einem Schnuller und sah verblüfft zu, wie er schlagartig ins Reich der Träume abtauchte. Diesmal deponierte sie ihn, in den Tiefen ihrer Tasche versteckt, zusammen mit ihrem Mantel an der Garderobe des Blake Hotels.

Nach einem halbstündigen Vorstellungsgespräch mit dem dort abgestiegenen Leiter eines Handelsunternehmens hatte sie sich nicht nur die Stelle einer Importeurin exotischer Federn gesichert, sondern auch noch eine Einladung zum Essen von Simon, dem Chef, einem elegant gekleideten Sexbolzen in den Vierzigern mit Schlafzimmerblick und einem bionischen Bankkonto, ergattert. Und dann kam die Garderobenfrau mit der zuckenden Tasche.

«Scheiße!» sagte Gillian mit der ihr eigenen Eloquenz. Daraufhin ertönte aus der Tasche ein hohes Wimmern, das an einen verstopften Müllschlucker erinnerte.

«Verzeihung», leitete Simon den Rückzug ein, «aber Sie hatten nichts von einem Kind gesagt.»

«Das ist nicht mein Baby», stotterte Gillian. «Seine Mutter stempelt bloß momentan die Bücher einer Gefängnisbibliothek.» Ihrem Arbeitgeber traten die Augen aus dem Kopf. «Nicht daß ich meine Freunde sonst aus Häftlingskreisen rekrutierte, aber –»

«In diesem Geschäft, Miss Cassells, arbeitet man lange, oft bis in die Nacht hinein.»

«Ich muß ihm nur einen Schalldämpfer aufsetzen, dann wird's schon wieder.» Gillian buddelte verschärft in ihrer Tasche und schaufelte allerlei – einen angekauten Zwieback, eine Rassel, einen Knackfrosch, eine schmutzige Pampers und eine Tube rosaschillernder Salbe gegen Windelausschlag – vor Simon auf den Tisch. «Er gehört in die Betty-Ford-Klinik für Schnullersüchtige», versuchte sie das Geheul zu übertönen. «Da setzen sie dich auf kalten Entzug, du Kopffüßler», zischte sie dem Säugling *sotto voce* zu.

Ihr Arbeitgeber zuckte erschrocken zusammen.

«Ich meine, wer seine Kinder liebt, der züchtigt sie, stimmt's?» Sie stieß ein gekünsteltes Gelächter aus, um zu retten, was zu retten war. «Und in jedem Manne steckt ein Kind, das die Titte will. Das trifft noch auf diverse achtzigjährige Geschäftsleute zu, die ich kenne.» Simons Miene machte ihr bewußt, daß dies vielleicht nicht der taktvollste Kommentar gewesen war. «Aber natürlich nicht auf *Sie*.» Es lag bestimmt am Schlafentzug. Als hätte sie Lobotomie-Pillen geschluckt.

Noch am selben Tag investierte Gillian in ein Laufställchen und brachte das Baby ohne Verhandlung hinter Gitter. Ganz die Mama, dachte sie niedergeschlagen. «Schrei ruhig nach Amnesty International. Ist mir doch schnurz.» Sie würde noch ein Schild dranhängen: «VORSICHT, BISSIG. Bitte nicht die Finger durchs Gitter stecken.» Sie stopfte dem Baby ein Fläschchen in den Mund. «Trink aus», befahl sie und fügte ihre Variante des alten In-Afrika-hungern-Millionen-von-Kindern-Sprüchleins hinzu: «Hast du gewußt, daß in Knightsbridge Kinder an Eßstörungen leiden?» Erst dann fiel ihr ein, daß sie mit einem Säugling parlierte.

Sie mixte sich einen großen Gin Tonic und versuchte sich mit guten Worten von der psychologischen Dachkante zu lotsen, an die Maddy sie getrieben hatte. Als das nichts nützte, barg sie ihr hennagefärbtes Haupt in den Händen und nuckelte trübsinnig am Schnuller.

7. Im Klit-Leck-Hilton

Maddys Augen hatten sich noch nicht ans trübe Licht im Korridor des Untersuchungstrakts gewöhnt. Sie hatte das untrügliche Gefühl, beobachtet zu werden. Was nicht allzu bemerkenswert war, da die düsteren Gestalten um sie herum schnauften, als hätten sie Polypen. Ihr sträubte sich der Flaum auf den Armen. Instinktiv wich sie an die Wand zurück. Sie dachte an die Luftverbesserer auf Toilettenspülkästen oder Hutablagen in Autos, die alpine Düfte oder Eukalyptusgeruch verströmten. Dagegen war die Atmosphäre im Gefängnis von Paranoia und Todesangst geschwängert.

«Hallo-oh?» Wie eine Fledermaus schaltete Maddy ihr Konversationssonar an, um die Position der Glotzer zu peilen.

Eine dünne, drahtige Gestalt mit Liberace-mäßigem Kleidergeschmack trat aus dem Schatten und stach Maddy mit einem skalpellspitzen Fingernagel in den Hals. «Was kuckste so blöd?»

Im lila gefärbten Haar der Frau war der Schriftzug «Made in London» ausrasiert. Maddy fragte sich, ob sie wohl wegen versuchten Totschlags an einer Haarkosmetikerin in U-Haft saß. Das Schuhwerk ihrer Gegnerin war von der Sorte, mit der sich kleinere Flugzeuge zermalmen lassen, und erhöhte ihre Größe auf einschüchternde 1,88 Meter. Umstandslos ließ sie eine «Du miese dies»- und «miese das»-Kanonade los, gipfelnd in einer Schleimauster, die Maddy mitten ins Gesicht traf und dann mit greulicher Zielstrebigkeit in Richtung

Kinn rutschte. Maddy redete sich ein, daß sie keine Angst hatte. Sie redete sich ein, daß sie schon viel furchterregendere Situationen gemeistert hatte: Damenbart-Elektrolyse, Wehen ohne Periduralanästhesie, Abendessen mit dem Londoner Literaturklüngel ... Aber wieso schmolzen dann ihre Zahnfüllungen?

Weitere lauernde Gefangene, allesamt mit dem Aussehen überstrapazierter Laborratten, schälten sich aus dem Dunkel.

«Wer is'n das, Sputnik?» fragte ein Exemplar mit straßenköterblondem Haar, roten Satinshorts, einem Rubin in der Nase und einem unangenehm hündischen Gesichtsausdruck.

«Diese Kinderkillerin», keifte Maddys Angreiferin mit dem Stakkato der Hypernervösen, die kurz vor dem Durchdrehen ist. Die winzigen Pupillen und die abgehackten Bewegungen verrieten Maddy, daß sie völlig zugeknallt war. Der Spitzname war unangenehm zutreffend: Die Frau schwebte tatsächlich in anderen Sphären.

«Weißte, was ich mit dir mach, du Miststück?» Sie bedachte Maddy mit einem Qualen verheißenden Blick.

«Äh, keine Ahnung ...» sagte Maddy, und dann aufs Geratewohl: «Mir die Schamlippen paspelieren?»

«Den verfickten Schädel schlag ich dir ein, du Perverse.» Hart? Ha! Diese Frau zupfte sich das Haar im Bikinibereich selbst aus.

«Hör zu, ich hab meinem Baby nichts getan», stammelte Maddy.

«Und den Scheiß solln wir dir glauben?» Ein einziger rascher Faustschlag in die Magengrube ließ Maddy auf dem kalten Zementboden zusammenklappen wie eine Ziehharmonika. Sputnik stand über ihr, die Jeans so eng an den ausgemergelten Körper geklebt, daß sich noch die Umrisse der Sultanine darauf abzeichneten, die sie zum Frühstück gegessen hatte. Verzweifelt schweifte Maddys Blick durch den Gang zu den Wärtern hinten im Gemeinschaftsraum. Großen, gelangweilten Katzen gleich tigerten sie auf und ab, ohne sich einen feuchten Kehricht um Maddys Kampf auf Leben und Tod zu kümmern.

«Ein Wort nur», keuchte Maddy: «Fürsorge.»

Das saß. Für Frauen, die vom Bankett des Lebens immer nur die Käserinden abbekommen hatten, war dies das erschreckendste Wort ihres beschränkten Vokabulars. Die jämmerliche Horde hörte auf zu drängeln. Unentschlossen blickten alle auf Sputnik, die ihre stumme Frage beantwortete, indem sie Maddy ihren Doc Marten mit dem Plateauabsatz in die Seite stieß.

«Sie wollten ihn mir wegnehmen und ... in Pflege ... geben.» Mit Sputnik zu argumentieren, vermutete Maddy, war wie gegen einen Wirbelsturm zu pinkeln. «Deshalb hab ich ihn rausgeschmuggelt.» Sie krümmte sich zusammen, da die durchgeknallte Hupfdohle zu weiteren Tanzschritten auszuholen schien.

«Herr im Himmel! Kannst du mich nicht auch rausschmuggeln?»

Die alte Dame schwamm so sehr im eigenen Fleische, daß sie, obwohl jeder Schritt sie näher brachte, in zehn Richtungen zugleich zu wogen schien. Vom diamantenverzierten Zahnschmelz führte eine vertraute Flucht von Kinnen hinab zum Balkonbusen über dem Mammutbauch. Angesichts der Vorstellung, daß Mama Joy in etwas Kleinerem als einem Reisebus hinausgeschmuggelt werden könnte, ging ein Kichern durch den nervösen Haufen.

«Oder noch besser: meinen Kerl rein – ohne daß seine Alte was davon erfährt?» Sie half Maddy vom Boden auf und umarmte sie. «Ist zu lang kein Mann im Haus, breiten sich Spinnweben aus.» Verglichen mit dieser Frau wirkte Sorbas der Grieche introvertiert. «Das Mädel kenn ich. Sie liebt ihr

Baby. Was soll sie verbrochen haben? Beihilfe zur Flucht eines Minderjährigen? Hi-*hi*-hi-hi.»

Ein belegtes Grummeln von Sputnik verriet deren Mißmut.

«Versuch bloß nich, mich zu linken, du dicke Sau.»

«Nie und nimmer, wo du doch so gut drauf bist ...» Den Rest des Satzes wisperte Mama Joy Maddy ins Ohr: «Auf Crack.»

Sie nahm Maddy ins Schlepptau, teilte die enttäuschte Menge mit Brustschwimmbewegungen und schwabbelte, als trüge sie eine zwei Nummern zu kleine Strumpfhose, auf das Regal mit den wenigen Bibliotheksbüchern in einer Ecke des Gemeinschaftsraums zu. Während sie so taten, als blätterten sie das faszinierende Angebot gespendeten Lesematerials durch – *Kleine Düngerfibel; Aufriß der Sozialhygiene, Band 2; Das Gespenst im unsichtbaren Bikini. Roman* –, flüsterte Maddy mit Grabesstimme: «Was machst du denn hier?»

«'ne Abmagerungskur, was denn sonst?» gluckste Mama Joy heiser.

«Aber man kommt doch nicht bloß wegen Ladendiebstahl ins Gefängnis?»

Mama Joy kniff die Augen zusammen. «Du meinst, ich hab einen umgebracht? Überlegt hab ich's mir schon hin und wieder ...» Sie brach in ihr meckerndes Bühnengelächter aus. «Nein. Ich hab keinen umgebracht. Mein Fehler war, daß ich mich hab *erwischen* lassen. Es ist halt 'n bißchen peinlich, wenn einer die Hand in seine Tasche steckt und merkt, daß deine schon drinsteckt.»

Maddy betrachtete Mama Joys Mund, der auch ungeschminkt knallrot war, mit verzweifelter Faszination.

«Wie lange noch», fragte Mama Joy, «bis du vor Gericht kommst?»

«Weiß ich nicht. Eine Woche vielleicht.»

«Das ist doch gar nichts. Ich kenn verheiratete Leute,

die's einsamer haben als du.» Sie klopfte Maddy gebieterisch auf die Schulter. «Das geht schnell vorbei.» Ja, dachte Maddy, während sie Sputniks Raubtierblick auswich, ungefähr so schnell wie Nierensteine. Das 3.30-Uhr-Klingeln zum Abendessen unterbrach ihr Gespräch. «Und halt dich von Sputnik fern. Die ist nämlich in eine Wut-Therapie gegangen – bis sie der Psychologin einen Kopfstoß verpaßt hat. Hi-*hi*-hi-hi ...»

Doch sich von Sputnik fernzuhalten war gar nicht so leicht, wie es sich anhörte. Die Frau war besessen. Beim Essen plazierte sie sich in Gabelzinkennähe von Maddy und durchbohrte sie mit spürbar hungrigen Blicken. Die Art, wie sie ihre Würstchen attackierte – sie stieß mit dem Plastikmesser zu, drehte es hin und her, riß es heraus und stieß wieder und wieder zu –, machte eindeutig klar, daß schwere Körperverletzung für manche Menschen eine Berufung war.

Eine weitere Spezialität von Sputnik schien komplette Blasen-Synchronisation zu sein. Jedesmal, wenn Maddy sich in eines der beiden Klos des L-förmigen Untersuchungstrakts wagte, sah sie am Rand ihres Gesichtsfelds Sputnik urmenschenhaft herumschnüffeln. Das Duschen hätte Maddy ganz ausgelassen, wenn heißes Wasser nicht die einzige Erleichterung für ihre Brüste gewesen wäre, die so aufgedunsen waren wie zwei Bierbarone. Niagarafälle von Milch gingen auf ihre Füße nieder. Der Abfluß war so mit Haaren verstopft, daß Maddy versucht war, sich zu bücken und ihn zu schamponieren. Noch nie war ihr ein Abfluß untergekommen, der aussah, als bräuchte er einmal Façonschnitt und Fönen. Doch sich in Sputniks Nähe vorzubeugen wäre ein übler Schnitzer gewesen. Das Motto dieser Frau lautete: «Bück dich, jetzt komm ich.» Maddy beobachtete sie mit zunehmender Penetrationsangst.

Da Sputniks einzige Lektüre aus Dialog in Sprechblasen bestand, schienen Fortbildungskurse die beste Möglichkeit, ihr aus dem Weg zu gehen. Um die gähnende Langeweile unter den Gefangenen etwas zu lindern, machten verschiedene Gutmenschen regelmäßig ihre herablassende Aufwartung diesseits der Gefängnistore. Ungefähr einmal die Woche kamen geramschte Biographen, scheintote Hinterbänkler oder die Autorin der Grabbelkisten-Seller *Wie mache ich Klorollenhalter aus dem Hemdenkarton meines Mannes?* und *101 Wiederverwendungsmöglichkeit für alte Eierkartons*, um den Inhaftierten die Perlen ihres Wissens vorzuwerfen. Die Glasperlen, um genauer zu sein. Den Straß. Mama Joy bezeichnete sie als «Lochspanner». Die Ankündigung eines Schauspiel-Workshops jedoch wurde mit allgemeinem Enthusiasmus aufgenommen. Die schauspielerische Mindestanforderung an die Untersuchungshäftlinge bestand darin, daß ihnen vor Langeweile der Arsch einschlafen mußte und daß sie zu allen Schandtaten bereit waren, um nicht 23 Stunden täglich eingesperrt zu sein. Der Trick war, eine Statistenrolle ohne Text zu ergattern. Dies würde ein Drama mit einer Menge Statistinnen und ganz ohne Dialoge werden.

In der Gefängnisturnhalle warf Petronella de Winter nervöse Blicke in Richtung Tür, wo zwei gelangweilte Schließer über ein Kontaktanzeigenblatt gebeugt waren. Sie holte tief Luft und stellte sich als «Schauspielerin» vor. Aufgrund der Kombination von Ausschnitt und IQ kam Maddy zu dem Schluß, daß Petronella ihre Karriere mit Filmen wie *Jodeln im Chor* und *Liebeskugeln selbstgemacht* begonnen haben mußte.

«Daß man auf der Bühne tot umfällt, ist natürlich immer möglich, besonders wenn, na ja, ein paar Mörderinnen im Ensemble sind», witzelte Petronella.

Maddys Zellengenossin Chanel – die so genannt wurde, weil sie Tochter Nummer fünf war – lüpfte eine Pobacke vom Stuhl und ließ einen ihrer berühmten klangvollen Fürze fahren.

«Also gut» – die blonde Schauspielerin zeigte mit dem lakkierten Fingernagel ins Publikum –, «welche von euch diebischen Elstern hat mein Autoradio geklaut?»

Angesichts des feindseligen Schweigens hörte die Angehörige der Volle-Bluse-leeres-Hirn-Brigade endlich auf, vorfabrizierte Sprüche zu klopfen. Doch nun wechselte sie in die Betroffenheitstonlage und verkündete, sie sei bereit, ihre wertvolle Zeit zur Verfügung zu stellen, weil sie die versammelten Häftlinge nicht etwa als Ausgestoßene der Gesellschaft, sondern als Opfer widriger Umstände betrachte ... Und zufällig hatte sie ein Dokumentarfilmer-Team von der BBC dabei, das ihre humanitäre Geste für eine Sendung zum Thema Selbstlosigkeit festhalten wollte.

Ihre gehauchte Bitte, sie möchten doch alle «Kumbaya» singen, «um das Eis ein bißchen zu brechen» (was allenfalls mit einem nordwestpassagengeeigneten Eisbrecher gegangen wäre), führte dazu, daß sie den Rest ihrer potentiellen Zuhörerinnen auch noch verlor.

Mama Joy schloß die Augen. «Ich bete jetzt mal 'n bißchen. Hat eine von euch 'nen Wunsch?»

«Mel Gibson», rief eine Frau aus den hinteren Reihen.

«Ja, der ist perfekt.» Chanels von grell pinkfarbenem Lycra umspannte Pobacken rotierten an Maddy vorbei. Chanel streckte sich auf dem Linoleumstreifen zwischen den Stühlen aus. Ihre Oberschenkel waren so von der Zellulitis zerdellt, als wäre sie in einen Hagelsturm geraten. «Falls es je so weit kommt, daß ich die Männer nicht mehr hasse, höre ich zuerst mit dem auf.»

Maddy schnaubte verächtlich. Einst hatte sie Alex für perfekt gehalten – bis sie feststellen mußte, daß er den Gefühlshaushalt eines Klingonen hatte. Wahrscheinlich zog der Typ abends zu Hause sein Gesicht aus.

«Ein perfekter Mann? Den gibt es nicht.»

«Außer du findest einen mit 'ner dreißig Zentimeter langen Zunge, der durch die Ohren atmen kann!» bellte Mama Joy.

«Wegen den Männern», fuhr Maddy voll bitterer Reminiszenzen an ihren Ex fort, «hat Gott den Kuchen erfunden.»

«Klar, daß du das *jetzt* sagst», stöhnte Chanel zwischen ihren Aufsetz-Übungen, «aber kaum bist du draußen, bist du so scharf auf ihren Eierlikör, daß du kaum mehr das Wort ‹Schlucken› aussprechen kannst. Ich jedenfalls bin schon so lange in U-Haft, daß ich bloß irgendeinen Mann zu sehen brauche, und schon ziehe ich eine kilometerlange Schleimspur», klagte sie und setzte ihre Gymnastik mit Beinscheren fort. «Die Mädels hier im Knast sind doch so geil, daß du auf all dem Feigensaft Wasserski fahren kannst. Einfach auf den Hintern setzen, und ab geht die Post.»

Die ganze Reihe brach in heiseres Gelächter aus. Peinlich berührt zog Maddy ihre verrutschte Unterhose zurecht.

«Paß auf, Mädchen!» spottete Chanel. «Mehr als dreimal zurechtziehen gilt als wichsen, damit du's weißt.»

Errötend vergrub Maddy ihre Hände in den Hosentaschen. So stieß sie auf die Schokolade. «Ah, Glück, wie es Geld nicht kaufen kann», witzelte sie, zu Mama Joy gewandt. «Die Freiheit mag ja ganz lustig sein, aber gibt's da solche Ekstasen?» Sie holte die weiße Kapitulationsfahne ein, die sie dem Schicksal entgegengestreckt hatte, und attackierte die Maltesers.

«So ist's recht, Mädel!» rief Mama Joy begeistert. «Schon wieder ein Tag, den der Richter sich ans Bein streichen kann.»

Maddy hatte den Eindruck, daß in Wahrheit nicht lauter randalierende Patty Hearsts und Ulrike Meinhofs die Gefängnisse bevölkerten, sondern allerlei traurige, vom Schicksal gebeutelte Existenzen wie Fixerinnen und Obdach- oder

Arbeitslose, die ihre Bußgelder und Fernsehgebühren nicht bezahlt oder am Stromzähler herumgefummelt hatten – Menschen, die ins Gefängnis gehörten wie ein Mormone in die Addams-Familie. Mit Ausnahme von Sputnik natürlich, die Maddys Meinung nach ihre Berufung verfehlt hatte: als Leiterin der medizinischen Forschungsabteilung in Auschwitz beispielsweise.

«Was'n das für'n verfickter Lärm hier drin? Sin' wer hier im verfluchten Irrenhaus oder was?» Mit einem kaum das Höschen bedeckenden Minirock – Mösenschabracke nannte Gillian so was – und auf weißen Pfennigabsätzen stolzierte Sputnik durch die Turnhallentür und hielt direkt auf Maddys Reihe zu. «Eine von euch Schlampen hat meine Maltesers geklaut.»

Denen, die in der Nähe saßen, verging die Lust zu reden. Ach was: die Lust zu leben.

«Welche von euch fetten Kühen hat sie eingesackt? Los, macht's Maul auf, ich will's wissen.» Sputnik hielt ihre Nase vor Chanels Gesicht. Chanel streckte in stummem Gehorsam die Zunge heraus. Maddy schnürte es die Kehle zu. Sie war als nächste dran.

Mama Joy setzte sich auf. «Ich war's, okay?»

«Soll'n'das?»

«Ich hab Größe 48, die muß gefüllt werden.»

«Dein Arsch ist so fett, daß sie'n Kran gebraucht haben, um dich überhaupt in den Bau zu kriegen, hab ich gehört.» Stacey, Sputniks Schatten mit dem Nasenpiercing, wäre vor Lachen über dieses originelle Beispiel für Knacki-Humor fast gestorben. «Aber du warst es nich.» Sputniks Pupillen zogen sich zusammen, erloschen und richteten sich auf Maddy.

Auf der Bühne laberte Petronella, mühsam gegen den Lärm Gudscharati plappernder Frauen und über den Zementboden kratzender Metallstühle ankämpfend, etwas von einem berühmten Regisseur, mit dem sie zusammenarbeibeitete und der soeben von der britischen Vereinigung für Film- und Fernsehkunst als Preisträger für den besten Dokumentarfilm des Jahres nominiert worden sei. Sie witzelte noch, daß seine Sendungen ihr Publikum «gefangennähmen», bevor sie verzweifelt in die bereits ziemlich unaufmerksame Zuhörerschaft abtauchte, um Sputnik zu einer Sopranversion von Bob Dylans «I Shall Be Released» am Arm auf die Bühne zu zerren.

Maddy fand, daß aufmerksames Schweigen an diesem Punkt wohl die beste Strategie war. Unter dem Vorwand, aufs Klo zu müssen, trabte sie in Richtung Tür und stolperte unterwegs über ein Stativ, das ein Beleuchter gerade aufstellte. Deswegen hörte sie Alex, bevor sie ihn sah, und seine melodiöse Stimme ließ sie zucken wie einen Fisch an der Angel. Als sie ihn tatsächlich erblickte, wurde ihr bewußt, daß ihr kleines Baby ihm wie aus dem Gesicht geschnitten war. Ihre Augen waren zu heiß und zu wund, als daß sie hätte weinen können.

Alex unterbrach mit aufgerissenem Mund seine preiswürdige Regiearbeit, zu Tuffstein erstarrt wie ein pompejianischer Hund.

«Du bist da, Gott sei Dank!» Maddy hielt Ausschau nach der Bauchrednerin, die diese Worte mit *ihrer* Stimme ausgesprochen hatte. Das hatte sie mitnichten sagen wollen, sondern vielmehr: Geh mit Kettensägen jonglieren, du Schnabeltierschwanz. Dann warf sie sich ihm zu ihrer großen Überraschung postwendend an den Hals, sah in sein hübsches Gesicht und setzte ein Lächeln auf, das nicht erwidert wurde. Sie kniff ihn in die starre Wange. «Ähm, es ist üblich, wenn man sich freut, sein Gesicht, ähm, davon in Kenntnis zu setzen.»

Du lieber Gott, dachte sie. Wer flirtet hier? Doch nicht etwa ich. Das muß eine andere sein. Eine, die keine Scheide voller blauer Flecke und rissige Brustwarzen hat; eine, die nicht jede Nacht seit der Geburt davon geträumt hat, diesen Typ an *seinen* Nippeln aufzuhängen.»

Sie riß sich zusammen, trat einen Schritt zurück und nahm Jacks sprachlosen Vater in Augenschein. Er sah gebräunt, stramm und zugegebenermaßen zum Reinbeißen aus mit seinen schwarzen Levis und dem weichen weißen Button-down-Baumwollhemd. Es war so frisch und makellos wie jungfräulicher Schnee in Klosters (wohin er im Winter mit seiner Frau zum Skilaufen fuhr). «Du läßt dir einen Bart stehen?» Sie verschränkte die Hände, damit sie nicht in Versuchung geriet, ihn anzufassen.

«Was?» Wie ein alter Chasside strich sich Alex über das frisch aufgeforstete Kinn. «Ach so, ja ...»

«Warum? Als Männlichkeitsersatz?» Schon viel besser. Der hatte gesessen. Wenn sie nur aufhören könnte, davon zu phantasieren, daß er in ihren unteren Regionen graste.

«Maddy, hör zu, das mit der Polizeiwache ...» Er fuhr sich mit den Händen durchs Haar, als machte er einen welken Salat an. «Es tut mir so leid ... Ich hatte ja keine Ahnung, daß sie dich ins Gefängnis stecken würden. Mein Gott. Es war nur so ... Ich wollte gerade bekanntgeben, daß ich in die Politik gehe. Und die Publicity wäre ... Wie kann ich erwarten, daß mich die Leute wählen, damit ich die Umwelt schütze, wenn ich noch nicht mal mein Privatleben sauberhalten kann?»

Jetzt war es an Maddy, Harpo Marx zu imitieren. «Du willst in die Politik einsteigen?» fragte sie, endlich wieder mit ihrer eigenen Stimme.

«Bei den Liberaldemokraten.»

Maddy brach in ein Ungeölter-Motor-knirschendes-Getriebe-Gelächter aus. Alex war so liberal, daß er sich die Obdachlosenzeitung nach Hause liefern ließ. Er war so demokratisch, daß er einstimmig beschlossen hatte, Maddy so lange nichts von seiner Frau zu erzählen, bis ihr Felicitys

Schamhaare an seinen Socken aufgefallen waren. Sie prustete dermaßen los, daß sie sich setzen mußte.

«Also gut. Ich lüge, ich betrüge meine Frau, ich trinke, ich weigere mich, Ex-Freundinnen zu identifizieren, wenn sie mitten in der Nacht vom Polizeirevier aus anrufen, aber nenn mir einen *wirklich schwerwiegenden Fehler* ...» Er setzte ein schiefes Lächeln von unwiderstehlicher Schlitzohrigkeit auf.

«Aber – Liberaldemokrat? Das heißt, jetzt dämmert's mir: Das ist wie damals, als du dich als ‹neuen Mann› bezeichnet hast. Also bloß eine vorübergehende *Phrase.*» Sie unterhielten sich immer so: Pingpong mit dem Mund statt mit Schlägern.

Alex schob mit lässiger Arroganz die Hüfte vor, dann ließ er seinen muskulösen Körper auf der Bank neben ihr nieder. «Die haben einen kleineren Apparat. Da läßt sich leichter was tun, was verändern.»

«Ach, jetzt ist mir alles klar. ‹Kleinerer Apparat›, das heißt, du wirst schneller in den Adelsstand erhoben.» In dem Jahr, in dem sie mit Alex zusammengewesen war, hatte Maddy gelernt, zwischen den Zeilen seiner Lügen zu lesen. Sie hielt ihm wie eine Verkehrspolizistin die gespreizte Hand entgegen, um seinen Protesten Einhalt zu gebieten. «Das stört mich nicht, solange du mich wie eine Wählerin behandelst.»

«Was zum Teufel soll das jetzt heißen?»

«Daß du *ein*mal nett zu mir sein könntest. Schau ...» seufzte sie. Sie hatte erwartet, Abscheu zu verspüren, wenn sie ihn wiedersah. Aber ihr ging nichts anderes im Kopf herum als die Erinnerung daran, wie sich sein gebräunter Torso über dem verknoteten Frotteetuch wiegte, wenn er morgens aus der Dusche kam; wie er splitternackt auf dem Eßzimmertisch Tango tanzte und dazu Cole-Porter-Songs sang; wie sie einander frischen Kaviar von kaspischen Stören aus dem Nabel geleckt hatten. «Ich weiß nicht, was uns auseinandergebracht hat.»

«Äh, du hast gegen meinen Willen ein Kind bekommen und danach mit mir Schluß gemacht.»

«Schluß gemacht?» Maddy wirbelte herum, so daß sie ihm ins Gesicht sah. «Ach, das tut mir aber leid. Da hatte ich wohl dummerweise gerade kein Benimmbuch zum Thema ‹Was tue ich, wenn mein Verlobter noch verheiratet ist?› zur Hand.»

«Du hast mich nie gefragt, ob ich vielleicht verheiratet bin und Kinder habe», sagte er schroff.

«Damit kommst du bestimmt ins Guinness-Buch der berühmtesten Männer-Ausreden.»

Alex durchbohrte sie mit seinem topasfarbenen Blick. «Mein Gewissen ist rein.»

«Freundchen, dann leidest du an Gedächtnisschwund. Man braucht wirklich kein Mathe-Genie zu sein, um auszurechnen, daß immer zwei dazu nötig sind, ein Baby zu machen.»

«Versuch jetzt ja nicht, mir Schuldgefühle einzureden, Maddy», flüsterte er, weil ihm plötzlich eingefallen war, daß der Beleuchter sie hören und eine saftige Promi-Bumsgeschichte für *Quickie* aufschnappen könnte. «Du hast beschlossen, das Kind zu behalten – meinen Einwänden zum Trotz. Du hast immer auf deinen eigenen Beinen gestanden.»

«Nur, weil mich keiner getragen hat», sagte sie traurig. Ihn wiederzusehen erschütterte sie in den Grundfesten.

«Auf Windeln, Lego und gestörten Schlaf reagiere ich allergisch. Erinnerst du dich? Das hast du gewußt!»

Ein Schauer durchlief sie. Verloren wie sie war im Gefängnis von Holloway, kam ihr dieses Gespräch ungefähr so bedeutsam vor, als hätten sie darum gestritten, wer auf der *Titanic* am Kapitänstisch speisen durfte. «Schau ...» Ihre Finger legten sich um seinen warmen, gebräunten Unterarm. «Das zählt doch alles nicht. Was zählt, ist nur, daß du jetzt hier bist und diese ganze gottverdammte Scheiße klären kannst.»

«Natürlich ...» sagte Alex unverbindlich.

Sie packte fester zu. «Du hilfst mir doch, oder?»

«Ja, schon», sagte er in diesem Diskret-an-den-Eiern-kratz-Ton, in den Männer verfallen, wenn sie nach Ausflüchten suchen. «In Anbetracht der Lage muß das aber mit dem nötigen Feingefühl gehandhabt werden –»

Feingefühl war mit Sicherheit das letzte, was das Wesen auszeichnete, dessen bleiche, gänsehautbedeckte Zahnstocherbeine sich in diesem Augenblick zwischen die einstigen Liebenden drängten. Maddy hatte eben den Mund geöffnet, um Alex zu antworten, als sich eine Zunge, die einer vergammelten Salami nicht unähnlich war, in ihren Rachen quetschte.

«Weißte, was ich jetzt brauch, du Maltesers-Schlotzerin?» fragte Sputnik danach mit einer Stimme, die zugleich schleimig und eisig war.

«Die wilde Frische der Limonen?» stieß Maddy, noch immer würgend, hervor.

«Körperwärme.» Mit einem Ruck ihres knochigen Beckens drängte Sputnik sie gegen die Wand.

«Ach ja? Dann mach doch mal den Finger naß und steck ihn in die Steckdose», schlug Maddy vor.

«Was?»

Maddy verdrehte die Augen. «Na ja, bei dir wissen die Schließer immerhin mit Sicherheit, daß bewußtseinserweiternde Drogen keine Wirkung haben.» Nicht nur Alex, nein, das ganze Gefängnis schien den Atem anzuhalten. Sputnik verstärkte den pneumatischen Druck auf Alex' Ex.

Hätte Maddy statt Brüsten nicht zwei Matterhörner durch die Gegend getragen – zwei riesige, harte, wahnsinnig druckempfindliche Matterhörner, die bei der geringsten Berührung furchtbar weh taten –, dann hätte sie bestimmt nicht getan, was sie nun tat, jedenfalls nicht ohne Kopfschutz und einen guten Chirurgen in Reichweite. Mit einem gurgelnden Aufschrei verpaßte sie ihrer Peinigerin einen Haken gegen den Kopf. Sputnik schlug zurück und zwang Maddy zu einem schiefen Clinch-Walzer. Ineinander verkeilt wie zwei Bagger, kratzten, rissen und bissen sie in jedes erreichbare Fleckchen Fleisch.

Längsseits tauchte Chanel auf, packte Sputniks Kopf und hämmerte ihn gegen die Bank. Stacey stieß einen grauenerregenden Schrei aus und hieb Chanel mit der Faust auf die Nase. Die Nase platzte spektakulär; Blut bespritzte die Kombattanten. Chanel ließ Stacey mit einem Jiu-Jitsu-Trick auf den Boden krachen. Und dann ging es erst richtig los. Im Auge eines Taifuns aus Lycra-bewehrten Gliedern, tätowierten Armen und rasierten Beinen gefangen, verlor Maddy Alex aus den Augen.

Raufereien waren in einem Frauengefängnis unvermeidlich: Es gab bestenfalls einen Tag im Monat, an dem nicht die gesamte Belegschaft unter prämenstruellen oder menopausalen Spannungen, Ovulationskrämpfen oder postpartalen Depressionen litt. Sogar die Gefängniskatze machte da keine Ausnahme. Es war, als hieße es: «Willkommen in der Welt der Hormone. *Herr*einspaziert! Besteigen Sie die Gefühlsachterbahn Ihrer Wahl.»

Dumpf vernahm Maddy das entsetzliche Schrillen der «Zoffklingel». Inmitten des Tohuwabohus sah sie Mama Joy herumfuchteln und wirkungslose Winkzeichen geben. Als Einweiserin auf dem Flughafen hätte sie schon eine ganze Flotte Jumbo-Jets auf die Parkposition dirigiert, bis die Herde übergewichtiger Aufseher durch die Betoninnereien des Gefängnisses angetrampelt kam. Sie stampften herein, als wollten sie das aufgeworfene Linoleum wieder festtreten, und plätteten eine verzweifelte Petronella und ein regisseurloses Filmteam gegen die Wand.

«Okay, Mädels, nun sprecht euch mal aus», befahl der leitende Beamte.

Sputnik und Maddy hatten sich dermaßen ineinander verbissen, daß Pamela Anderson daneben eloquent gewirkt hätte. Sie hielten einander an den Haaren gepackt und zuckten vor Schmerzen, weigerten sich aber beide, loszulassen. Ein gartenzwerggroßer Schließer drehte Sputnik schließlich die Arme auf den Rücken.

Auch Maddy wurde in einen Halbnelson genommen. In ihrer Faust steckte ein Büschel von Sputniks violettem Haar. Sie spürte Blut den Rachen hinabrinnen. Mit rapide zuschwellenden Augen sah sie, daß sich Alex in Luft aufgelöst hatte.

«Wer hat angefangen?» wollte der leitende Beamte wissen.

Maddy zuckte die Achseln. «Ich weiß nicht, wie sie heißt.»

«Können Sie sie beschreiben?»

«Genau als ich das versucht habe, hat sie mir doch eine reingesemmelt, Sie Dumpfbacke!»

Der Beamte nickte ein paar Unterlingen zu, und Maddy wurde grob ins Krankenzimmer im C-Flügel eskortiert.

Ein Arzt, den Maddy im Verdacht hatte, seinen Abschluß an der Fakultät für Holzschnitz- und Handarbeiten in Botswana gemacht zu haben, fummelte gerade halbherzig mit etwas, das einem recycleten Hühneraugenpflaster ähnelte, an Maddys schwereren Schürfwunden herum, als Dwina im Stechschritt anmarschiert kam.

«Wo ist Alex?» fragte Maddy verzweifelt. «Haben Sie mit ihm gesprochen?»

«Hm», grunzte Dwina. «Ich muß schon sagen, das ist eine ziemlich einzigartige Taktik, um gegen Kaution rauszukommen.»

«Er ist hier! Der Vater meines Babys! Er kann alles in Ordnung bringen.»

Dwina hatte ihre Perfekte-Gastgeberin-Miene aufgesetzt

und tätschelte Maddy die Hand. «Meine Liebe, du leidest unter postpartalen Depressionen.»

Mit einer einzigen schnellen Bewegung setzte sich Maddy auf und schwang ihre langen Beine vom Untersuchungstisch auf den Boden. «Sie müssen ihn finden!»

Dwina und der Arzt drückten sie zurück und schnallten sie mit Ledergurten fest. «Du bist neurotisch und völlig überanstrengt.»

«Mensch, da haben Sie recht. Vielleicht komme ich zu wenig an die frische Luft.»

«Ich fürchte, dir ist nicht klar, wie weit dich dieser kleine Zwischenfall zurückwerfen kann.» Dwina streichelte den gefältelten Stoff über ihrem Schoß, als versuchte sie eine widerborstige Katze zu beruhigen. «Officer Slynne wird deine Freilassung mit der Begründung anfechten, daß du des Kindsmords angeklagt werden sollst.»

Wo ist Alex? dachte Maddy völlig außer sich. Sie weigerte sich schlicht zu glauben, daß sein Feigheitsgen ihn hatte abhauen lassen. Nicht schon wieder.

«Jetzt kann er auch noch schwere Körperverletzung ins Feld führen. Und der Gefängnisleiter steckt Unruhestifterinnen wie dich gern in Isolierhaft.»

Aber wenn nicht, *wo zum Teufel* war er denn? War der Vater ihres Kindes wirklich derart wild entschlossen, als größter Saukerl aller Zeiten in die Annalen der Geschichte einzugehen?

«Der Isotrakt ist der schauerlichste, schmutzigste und kälteste Teil des Gefängnisses. Hörst du mir überhaupt zu?»

Schlagartig wurde Maddy klar, daß er sie nicht einmal nach Jack gefragt hatte. Sie reservierte sich schon mal einen Platz im Café Herzschmerz. Tritt nie eine Frau, die nicht schon am Boden liegt. War das Alexander Drakes Credo?

«Du mußt dich zentrieren, Maddy. Hör auf zu projizieren. Ich meine, was zum Teufel soll das eigentlich?»

«Äh … meinen Einblick ins britische Gefängniswesen abrunden?»

Dwina wartete, bis der Arzt aus dem Zimmer gegangen war. Dann nahm sie Maddys Gesicht in beide Hände. «Du kannst mir trauen, Madeline. Ich bin deine Freundin.» Sie löste die Ledergurte. «Deine einzige Freundin. Ich biete dir die Möglichkeit intimer menschlicher Interaktion, aber du baust nichts als Blockaden auf.»

«Na ja, wenn sechs Frauen in einer Zelle gleichzeitig in ihre Pyjamas schlüpfen, finden zwangsläufig schon recht intime menschliche Interaktionen statt.»

«Wo ist dein Baby?»

Als Maddy nicht antwortete, verzog Dwina enttäuscht die Mundwinkel. Aus ihrer Stimme sprach nun müder Tadel. «Du hast es also rausgeschmuggelt. Na und? Selbst wenn du eines Tages entlassen werden solltest, was ich nach dem kleinen Zwischenfall von heute bezweifle, bist du nichts weiter als eine von vielen ledigen Müttern.»

Maddy mußte den Tatsachen ins Auge sehen. Ihr Märchenprinz war gekommen, hatte sie gesehen – und sich so schnell verpißt, wie sein Chauffeur fahren konnte.

«Die Kinder lediger Mütter wachsen mit der Nase im Rektum des Lebens auf. In der Schule attestiert man ihnen durch die Bank schlechtere Leistungen, als ihr IQ erwarten ließe. Sie kriegen die miesesten Jobs. Möchtest du, daß es ihm auch so ergeht?» Dwina verschränkte die Arme und funkelte Maddy an, die verzagt auf das Regal mit den Selbsthilfe-Büchern blickte: *Konstruktive Depression: Wie mache ich das Beste daraus?* «Offenbar magst du das Theater. Ich habe gesehen, daß du dich für den Schauspiel-Workshop eingeschrieben hast. Nun, die ganze Welt ist eine Bühne, Maddy. Und *du* kannst das Textbuch schreiben. Denk an dein Kind. Denk an *Jack*.»

Maddy schluckte heftig. Als hätte sie je was anderes getan.

Dauernd verfolgten sie Tagträume. Gab Gillian Jack beißfeste Spielsachen? Kontrollierte sie, ob die Plastikräder abgehen konnten? Vielleicht hatte er längst eins verschluckt? Wußte sie, was sie tun mußte, wenn er am Ersticken war? Aufgeregt zerrte Maddy an der Papierserviette, die sich hier Krankenhemd nannte. Selbst das Papier für ihre Einkaufslisten war länger gewesen.

«Brauchst du einen finanziellen Anreiz?» fuhr Dwina mit wohldosierter Dringlichkeit fort. «Noch nie ist die Nachfrage nach Adoptionen so groß gewesen wie heute. Babys sind eine Ware. Und zwar eine knappe. Aufgrund von Gesetzeslücken können sich wohlhabende Paare diejenigen unter den Nagel reißen, die durch die Kanäle des Rechtssystems kommen … *verstehst du mich*?»

Der mürrische Arzt kam ins Krankenzimmer zurück, im Schlepptau Sputnik, unter deren rechtem Auge eine malvenfarbene Ellipse prangte. Er warf Maddy ihre Kleider zu, was bedeutete, daß die Sprechstunde für sie vorbei war. Das Schlimmste am Kranksein im Gefängnis war, daß man dort nichts hatte, wovor man sich nach Hause verdrücken konnte.

Als Sputnik unter Schmerzen den Untersuchungstisch erklomm, von dem Maddy eben herabgeklettert war, würgte sie verstohlen ein Papierklümpchen heraus, das sie unter der Zunge versteckt gehabt hatte, und speichelte Maddy die zusammengeknüllte Botschaft in die Hand. Unter dem Vorwand, ihre Schuhe zuzubinden, faltete Maddy den Zettel auseinander. «Du Arrschkuh. Mach was ich will sons bis du toht. Waschkühche. Donersstag. 17 Uhr» Die i-Punkte waren plumpe kleine Kreise, und jedes zweite Wort war mit schmierig verlaufener Tinte unterstrichen.

Na prima, dachte Maddy, während sie behutsam in ihren Pullunder schlüpfte: Mein Baby entwickelt eine Bindung zu einer Frau, deren einzige Sorge darin besteht, daß die Zeit zum Klamottenkaufen für die Fete zur Jahrtausendwende so schnell vergeht; meine Brüste stehen kurz vor dem nuklearen Meltdown; meine Sozialarbeiterin will an mein inneres *und* mein äußeres Kind heran; ich bin noch immer in die Sorte Feministen verliebt, die meint, die Quotenregelung sei ein Mittel zur Empfängnisverhütung; meine Chance, gegen Kaution hier rauszukommen, ist so groß wie Danny de Vito; und ich werde demnächst von einer Frau vergewaltigt, auf deren Unterleib «Putz mir den Ofen» tätowiert ist.

Ihre einzige Hoffnung war, als schützenswerte Zeugin umgehend an einen sicheren Ort gebracht zu werden – am besten mit Lichtgeschwindigkeit in die Tiefen des Alls zu Captain Kirk und Scottie. Sie hatte doch bloß versucht sich bei Harrods eine Packung Diätpflaumen zu kaufen, und jetzt das. Wenn sie nur die Ereignisse zurückspulen und noch einmal von vorn anfangen könnte. Maddy Wolfe, Take zwei. Wenn die Welt wirklich eine Bühne war, wo zum Teufel ging es dann zur Garderobe?

8. Darben in Saus und Braus

Einem der Zwerge steckte das Plastik-U-Boot aus einer Frühstücksflockenschachtel in der Nase. Ein anderer war dabei, aus Knetmasse eine Vulva zu modellieren. Zwei futterten mit Begeisterung die Styroporverpackung eines brandneuen Feuerwehrautos auf, das sie entschlossen ignorierten. Sämtliche Holzrasseln und Form-Boxen, die beflissene Eltern ihren zukünftigen Kinderstars gekauft hatten, lagen unbenutzt herum. Das beste Spielzeug, das man einem Kleinkind geben konnte, stellte Gillian beim Herumschauen fest, war ein angekauter Regenwurm oder ein Black-und-Decker-Schlagbohrer (samt jüngerem Geschwister als Zubehör).

Das Bababa und Dadada in der Kinderagentur Rosas rosige Aussichten war ohrenbetäubend. Überall auf dem langhaarigen Teppich fanden Baby-Boxenstopps statt, breiteten an die dreißig Mütter ihre Wickelunterlagen aus und entsorgten Dijon-Senf-farbenes A-a mit Baby-Feuchttüchern.

Babys lagen auf dem Rücken und strampelten, als radelten sie bei der Tour de France mit. Diejenigen, die nicht nach Paris pedalten, lagen auf dem Bauch, erhoben periskopartig den winzigen Kopf und hielten mit wachsamen Knopfaugen nach ihren mickrigen Konkurrenten Ausschau.

«Eins der großen Geheimnisse des Lebens, du Gardinengrabscher», philosophierte Gillian, an ihren Wickelwinzling gewandt, «ist, daß weniger mehr ist. Je kleiner der Bikini, desto teurer ist er. Je weniger Essen auf dem Teller liegt, bei der Nouvelle cuisine zum Beispiel, desto teurer der Bissen.

Und überhaupt nichts zu essen ist am allerteuersten. Wir reden hier von Gesundheitsfarmen, du Zwiebackmanscher. Und aus demselben Grund erhält ein Wadenbeißer wie du bis zu achthundert Pfund plus Sendehonorar für einen Fernsehspot, in dem du kaum größere geistige Fähigkeiten unter Beweis stellen mußt als ein besoffener Börsenmakler an einem Freitagabend.»

Jack kommentierte das mit einem dröhnend lauten hinterwärtigen Prusten. «Also *bitte*, ja?» protestierte Gillian und wischte ihm einen Sabberwasserfall vom Kinn. «Keine Zwischenrufe von den billigen Plätzen. Was allerdings das Geld angeht, da ist weniger eben weniger. Und deshalb definiere ich unsere Beziehung mit sofortiger Wirkung um. Vergiß den ganzen Mama-Quatsch. Von nun an gilt: Arbeitgeberin» – Gillian deutete auf sich – «und Arbeitnehmer.» Sie winkte in Jacks Richtung. «Doch, ich glaube, du gibst einen ganz wunderbaren Mitarbeiter ab. Zumindest muß ich nicht befürchten, daß du beim Kaffeeautomaten mit den Tippsen flirtest oder meine Telefonrechnung mit Privatgesprächen ins Astronomische steigerst.»

Rosa, die in Leopardenfell und Spitzen geschnürte, ekelhaft junge Agenturleiterin (neben der sich Gillian geradezu paläolithisch alt vorkam), wählte A-Babys für Fototermine und Probeaufnahmen aus. B-Babys wurden ohne viel Federlesens nach Hause geschickt. Mütter klemmten die Köpfe quengelnder Stöpsel zwischen ihre jeansverpackten Knie, um mikroskopische Wimpern mit Mascara zu tuschen. Auf winzige Wangen wurde verstohlen Rouge aufgelegt, klitzekleinen Mündern klammheimlich mit Lippenstift nachgeholfen. Das Wort «Wettbewerbsstimmung» hätte die Atmosphäre so treffend beschrieben wie die Aussage, Piranhas seien fürsorglich und teilnahmsvoll. Getränkte Mascarabürsten und ausgefahrene Lippenstifte in Bereitschaft haltend, betrachteten die Mütter nervös und angespannt die Minikonkurrenten, um bei jedem Kind, das unter dem Durchschnitt zu liegen schien, skeptisch den Mund zu verziehen.

Ringsum wurde versucht, die Babys mit Schokolade zu bestechen, damit sie sich möglichst wie das Kindlein in der Krippe gebärdeten. Jack hingegen war voll damit beschäftigt, seinen Rotz zu essen. Nur noch ein paar Tage, jubilierte Gillian innerlich, dann konnte sie das Ding seiner Mutter zurückgeben.

«Der nächste!»

«Hör auf damit, dieses ‹Ich laß mich von niemandem irgendwohin schleppen›-Gesicht zu machen», drohte Gillian und schnappte sich Jack. «Du wirst mir noch dankbar sein, wenn deine Fresse erst mal auf der Klopapierverpackung prangt.»

«Name?»

«Jack Wolfe.»

«Alter?»

«Fünf Wochen.»

Rosas grobe Hände piekstten, zwickten und zwackten Jack mit geübtem Desinteresse. Fehlte nur noch, daß sie ihn auf einen Objektträger schmierte und unters Mikroskop schob.

«Hm», meinte sie abschätzig, «Milchschorf.»

«Was soll das heißen?»

«Da. Diese stecknadelkopfgroßen Flecken ums Nasenbein herum.»

«Akne. Soll das heißen, er hat *Akne*? In seinem Alter? Na großartig. Was kommt als nächstes? Daß er Hendrix-Soli auf der Luftgitarre spielt und seine Fürze abfackelt?»

Mit stilettspitzem Fingernagel kratzte Rosa an der Kopfhaut des Babys. «Grind.»

«Was?»

«Trockene, schuppige Haut. Sie sollten sie einölen.»

«Schuppen? Sie weisen ein Kind mit *seinem* Aussehen

und *seiner* Persönlichkeit ab, bloß weil es dermatologisch ein bißchen gehandicapt ist?»

Blitzschnell sah Rosa auf die Uhr, dann ließ sie ihren professionell kalkulierenden Blick die Warteschlange potentiellen Anzeigenfutters entlangschweifen. «Außerdem hat er Faulecken, Saugschwellungen und verklebte Augen.»

«Wenn Sie wüßten, was dieses Kind genetisch zu bieten hat ...» Gillian setzte Maddys Baby auf einen Schreibtisch, der bereits mit Fotozubehör übersät war. «Dies ist der Stoff, aus dem hochoktanige Tycoons gemacht werden! Schätzchen, wir sprechen hier vom Gen-Pool. Von einem Designer-Gen-Pool. Von Gen-Pool Gaultier.» Jack hielt den Moment für gekommen, sich euphorisch eine Rassel gegen die Stirn zu hauen.

«Ach ja?» sagte Rosa kokett.

Um Maddys Balg in Stimmung zu bringen, begann Gillian Mr.-Bean-würdige Grimassen zu schneiden. «Lächeln!» drängte sie ihn mit zusammengebissenen Zähnen. Jack reagierte mit einem leeren Glotzen. «Lächeln, du kleines Arschloch!» fauchte sie. Sein winziges Gesicht fiel jämmerlich in sich zusammen. «Guter Gott, jetzt bloß nicht weinen, sonst bekommst du auch noch verquollene Augen.» Da der Schnuller unauffindbar war, stopfte sie dem heulenden Baby den Knöchel ihres Zeigefingers in den Mund. «Ich weiß, daß das nicht das Wahre ist, du Nasenbohrer. Stell dir einfach vor, es wäre Methadon», befahl sie ihm wütend.

Rosa klopfte, ihre Verachtung zügelnd, genervt mit dem elegant beschuhten Fuß. Gillian sah, daß sich die Sache zu einem klassischen Fall von «Rufen Sie uns bitte nicht an. Wir rufen auch bestimmt nicht zurück» entwickelte. Sie setzte ein einschmeichelndes Lächeln auf und fuhr uncharakteristisch salbungsvoll und *pianissimo* fort: «Kriechen ist gewöhnlich nicht meine Art. Schon wegen der Laufmaschen in den Strümpfen. Das Problem ist bloß», wisperte sie, «daß ich zur Zeit nicht gerade flüssig bin. Um die Wahrheit zu sagen, selbst Zement ist flüssiger als ich.»

«Wenn er schwarz wäre», entschied Rosa achselzuckend, aber mit Preisrichtersachverstand, «oder wenigstens maulwurfsgrau, könnte ich massenhaft Arbeit für ihn finden. Oder wenn er behindert wäre. Auf eine schöne Art natürlich. Sie wissen schon, so Benetton-gerecht ... Aber ein blauäugiges, blondes Baby? Ich *bitte* Sie! Von der Sorte kriege ich pro Woche dreihundert rein.»

Da es für eine Karotinbehandlung oder Beinamputation zu spät war, holte Gillian langsam und tief Luft. «Die Sache ist die, daß die Miete vom vergangenen Monat noch nicht bezahlt ist und eine Räumungsklage droht.»

«Hm ...» Rosa begutachtete Jacks Gesicht ein letztes Mal. «Er könnte gehen», spekulierte sie, «wenn er bloß ein bißchen mehr Farbe hätte.» Mit diesen Worten kniff sie Jack heftig in die Wange. Der kurze, scharfe Schmerz ließ sein Gesicht zu einer Grimasse zusammenschnurren.

Gillian fing Rosas Hand in der Luft ab und begann ihre Finger zu zählen. «Eins, zwei, drei, vier ...»

«Was soll das?»

«Ich wollte nur kurz überprüfen, bis auf welche Stufe der Evolution Sie vorgedrungen sind. Wir behandeln Kinder nämlich nicht mehr so in diesem Jahrhundert.» Und dann verpaßte sie Rosa in einer Aufwallung offenbar mütterlichen Zorns eine Ohrfeige.

Sie preßte Jack an ihren Wonderbra und drängte sich an den bildschönen, rotlippigen Botticelli-Babys und der floralen Flottille der Kleider ihrer Mütter vorbei hinaus auf die Hackney Road. Erst am Old-Street-Verkehrskreisel wurde ihr mit Entsetzen bewußt, daß sie die ganze Zeit ein tröstendes Liedchen für das Baby gesummt hatte. Abrupt blieb sie stehen und hielt betreten Ausschau nach allfälligen Zeugen.

Jacks frisch gerötetes Gesicht begann zu leuchten. «Versuch bloß nicht, dich bei mir einzuschmeicheln», sagte Gillian und studierte den U-Bahn-Plan. «Ich weiß, das machst du nur, weil du was zu essen willst», sagte sie barsch und stopfte ihm eine Flasche Milch ins Maul. «Du bist wie ein Filmteam, wenn der Catering-Wagen in Sicht kommt.»

Dennoch genoß sie insgeheim, wie intensiv er sie musterte. Egal wie schroff sie zu ihm war, er himmelte sie an, als wolle er ihre Biographie verfassen. Sogar am frühen Morgen, wenn ihr Atem alkoholgeschwängert war und ihre Augenringe bis zu den Brüsten hingen, war er da – dieser Blick abgöttischer Liebe. Das mochte sie an Männern.

Zurück in ihrer tristen Kellerwohnung in Clapham, packte sie Jacks allernötigsten Babykram zusammen, ließ ein Kleintaxi auf eine Rechnung setzen, die sie nie bezahlen würde, und befahl dem Chauffeur, zum Savoy zu fahren.

An der Rezeption zog sie Bilanz: keine Adresse, keine Freunde, kein Geld, keine Ausbildung, keine Stelle, keine Aussichten; zur Gesellschaft nichts als einen heulenden Vorhangfresser und ein weiteres graues Schamhaar. Sie knüllte die Karte mit dem Vorsprechtermin bei Rosas rosige Aussichten zusammen. Die Zukunft war auch nicht mehr das, was sie mal gewesen war.

«Eine Suite mit Blick auf die Themse», verlangte sie mit einem Oberschichtsakzent, der so geschliffen war, daß man sich damit die Achselhaare hätte rasieren können. Sie hatte sich telefonisch vorangemeldet – Hotels sind mißtrauisch gegenüber Laufkundschaft. Für ihren spontanen Entschluß machte sie «Renovierungsarbeiten» geltend: ein Haus voll haariger Arbeiter, denen der Hosenbund auf halber Höhe der Arschbacken hing. Zum Glück regnete es bei ihrer Ankunft. So konnte sie sich darum drücken, eine Kreditkarte abzugeben, indem sie sagte, ihre Handtasche befinde sich im Koffer, den der Portier bereits nach oben befördert habe.

«Zuallererst muß ich das Baby wickeln und ein heißes Bad nehmen.» Gillian beherrschte auch die Kunst, Absichten kundzutun, statt um etwas zu bitten, allenthalben Zehnpfundscheine zu verteilen und sich ganz allgemein von der extravagantesten Seite zu zeigen. «Außerdem brauche ich *sofort* eine Flasche Krug.»

An der Spitze der Gesellschaftspyramide mochte es ja einsam sein, überlegte sie im luxuriösen Jugendstil-Aufzug, aber, bei Gott, dafür waren die Einkaufsmöglichkeiten göttlich.

9. Jede Ihrer Aussagen wird völlig entstellt und gegen Sie verwendet

Es war, als würde Maddy für einen Debütantinnenball hergerichtet, so aufgeregt bereitete man sie für ihren Gerichtstermin vor. Von sechs Uhr früh an probierten Mama Joy und Chanel die reinste Barbie-Puppen-Kleiderkollektion an ihr aus. Dann wandten sie sich wie ein Boxenteam beim Grand Prix Maddys Chassis zu, rasierten, enthaarten, quetschten aus und cremten ein, was das Zeug hielt. Als die Zellen um halb sieben geöffnet wurden, holte Mama Joy Stella, die «Haartistin» aus Block 3 B. Nicht daß sie eine entsprechende Ausbildung gemacht hätte, aber für Scheren hatte sie nun mal ein Händchen: Sie hatte ihren Freund mit einer Heckenschere zu Kebab verarbeitet.

Während die Frauen vor sich hinwerkelten, instruierten sie Maddy, wie sie sich vor Gericht zu verhalten habe. Es war alles eine Frage der Körpersprache. Mit Sprachen tut sich der Engländer allerdings gemeinhin schwer. Ein Ausdruck seiner sexuellen Euphorie etwa waren nach Maddys Erfahrung ausgezogene Socken im Bett. Dennoch stellte sie ihre Zweifel lange genug zurück, um sich von ihren Freundinnen beibringen zu lassen, was jungfräulich dasitzen hieß: die Knie aneinanderpressen, die Hände im Schoß verschränken, die Augen demütig senken wie Lady Di. Die anderen Frauen meinten, das sei alles in allem besser, als vor den Augen des Richters nach dem Motto «Ach, zu dumm, jetzt hab ich doch glatt mein Höschen vergessen» die Beine übereinanderzuschlagen. Es sei denn, die Lage wurde *wirklich* brenzlig.

«Aua!» Nachdem Stella damit fertig war, an Maddys roter Mähne herumzuschnippeln, hatte sie zwischen Nase und Oberlippe ihrer Kundin einen heißen Wachsstreifen aufgelegt, den sie nun mit einem solchen Ruck wegriß, daß Maddys halbes Gesicht mitkam. «Verdammte Kacke!»

«Tut mir leid, Schatz», sagte Stella ungerührt, «bin etwas aus der Übung. War im Krankenhaus.»

«Stella hatte kürzlich einen Riesenzoff hier», führte die salbenglänzende Mama Joy mit diebischem Vergnügen aus. «Mit einer, die nach dem Achseln-Enthaaren Verbrennungen dritten Grades hatte.»

Maddy schrak zurück.

«Schon gut», beruhigte Stella sie, einen heißen Spatel in der Hand. «Inzwischen hab ich die Gebrauchsanweisung gelesen.»

«Herr im Himmel!» rief Mama Joy, die ein blütenförmiges Gehänge an Maddys Ohrläppchen befestigen wollte. «Wo ist denn hier das Loch?»

«Das hast du dich bestimmt schon lang nicht mehr gefragt», keckerte Chanel, während sie die Wattebäusche zwischen Maddys frisch lackierten Zehen herauszog.

«Jedenfalls seit dem ersten Kind nicht mehr!» Mama Joys rauhes Gelächter verhallte einsam. Vom immerwährenden Puls des Reggaes abgesehen, war es schlagartig so mucksmäuschenstill geworden, daß Maddy hören konnte, wie ihr ein Brauenhaar ausgezupft wurde. Sie drehte sich um und sah, daß Sputnik in einem «Raus aus dem Lesbennest, rein ins Einkaufszentrum»-T-Shirt und mit der allgegenwärtigen Stacey dicht auf den hohen Hacken den Raum betreten hatte.

Nach den üblichen Auslassungen über Sauberkeitserziehung, Abstammung und Genitalhygiene jeder einzelnen Zellenbewohnerin schob Sputnik ihr Gesicht bedrohlich nah an Maddys heran. «Waschküche. Donnerstag. Wo biste abgeblieben? Ich will dich.»

«Warum?» fragte Maddy ausweichend, während sie sich die Lockenwicklerkrone aus dem Haar dröselte. «Sind dir die Maltesers ausgegangen?»

Sputniks Lippen klafften auseinander und entblößten einen Stutzflügel von Zähnen. «Du und ich kommen in 'ne Zweierzelle. Is so ausgemacht mittem Direktor. Dann sin' wer mehr unter- und übereinander, nich?»

Maddy betrachtete den Abgang der Mösenfresserin, die zum 8-Uhr-Einschluß mit karikaturesk übertriebenem Hüftschwung in ihre Zelle zurückschlenderte, bis sie aus ihrem Blickfeld verschwunden war. Vielleicht bin ich ja gestorben, dachte sie hoffnungsvoll, und das hier ist die Vorhölle.

«Dieses Lesbengetue ist ja zur Zeit total angesagt.» Chanel stieß einen Begeisterungsschrei aus, als Mama Joys winziges geschweiftes Häkchen endlich seinen Weg durch Maddys fleischiges Ohrläppchen gefunden hatte. «Zum Beispiel diese Cindy Dingsbums und die, wie hieß sie noch gleich, Foster.»

Stella zeigte seufzend auf die Riesenlücke, die sie versehentlich in Maddys Braue gezupft hatte. «Es gibt nur eine Lösung: Beiß die Zähne zusammen und bring die Sache hinter dich.»

«Du meinst, Augen zu und durchziehen lassen?» Wütend füllte Maddy den fehlenden Hektar Brauen mit dem Stift aus. «Ich denke nicht daran.»

«Hör zu.» Chanel visierte Maddys anderes Ohr an. «Du kennst doch die Werkstatt? Die letzte, die Sputnik einen Korb gegeben hat, ist in die Drehbank gefallen und als Couchtisch rausgekommen.»

Mama Joy nahm den Deckel eines Deos ab. «Ein Streit mit dieser Frau ist wie das Leben», philosophierte sie. «Er endet immer tödlich.»

Maddy vertrieb ihre ernsten, sorgenvollen Mienen mit

einem gleichgültigen Lachen. «Wo habt ihr das gelernt? Im Apokalypso-Unterricht? Morgen bin ich wieder bei meinem Baby!» Die Erleichterung beim bloßen Gedanken, wieder stillen zu können, regte ihre Brüste zu sofortiger Cappuccino-Produktion an. Sie begutachtete sich im Spiegel. Alle hatten sich große Mühe gegeben. Mit ihrer halben Augenbraue und der geschwollenen Lippe fehlte ihr eigentlich nur noch eine Tätowierung zur perfekten Knastbraut.

Als die Schließer Maddy holen kamen, wurde sie von ihren Zellengenossinnen mit Küssen verabschiedet. Auf dem Weg zur «Rezeption» begleiteten sie allerlei traditionelle Holloway-Gesänge: «Schäumt beim Pinkeln deine Rille, sei so nett und putz die Brille.» – «Bumse einmal für mich mit – ach was: dreimal, das hält fit.»

Es ging offenbar bergauf. Nicht nur stand Maddys Freilassung unmittelbar bevor, sondern etwas absolut Beglückendes war bereits geschehen. Nach Jacks Geburt war es einfacher gewesen, Serben und Kroaten zusammenzubringen als die Zähne von Maddys Reißverschluß. Doch an diesem Morgen hatte Chanel ihr eine Levis Größe 32/32 geliehen. Und zum ersten Mal seit der Geburt hatte Maddy den Reißverschluß einer Jeans zubekommen.

In den Katakomben des Schiedsgerichts löste sich Maddys Optimismus auf wie Aspirin im Wasser. Die kahlen Zellenwände, die harte Bank, der Uringestank – alles verströmte eisige Verzweiflung. Von allen Seiten des Korridors riefen Häftlinge nach Feuer, baten darum, sich erleichtern, ihre Liebsten sehen und Aftershave verströmende Anwälte sprechen zu dürfen, oder wollten einfach nur eine schöne heiße Tasse Tee. Es herrschte das reine Chaos. Maddy hörte Anwälte und Sozialarbeiterinnen, die ihren Schützlingen durch die Sichtluken zubrüllten: «Sie sind als Kind mißbraucht worden? Na und? Wer nicht?» oder: «Also, körperliche

Schäden hat das Mädchen nicht zurückbehalten, es ist vergewaltigt worden und sonst nichts.»

Der Spion an Maddys Tür wurde aufgeklappt. Dann erschien, umwölkt von Body-Shop-Sekreten, Dwinas Gesicht im dunklen Rahmen der Sichtluke.

«Das ist deine letzte Chance, Madeline. Dein Anwalt –»

«Peregrine? Nein, sagen Sie nichts», erwiderte sie sarkastisch, «der feuert bestimmt schon aus allen Rohren vor Begeisterung.»

«Aber du kannst *ihn* nicht feuern. Die neuen Prozeßkostenregelungen verbieten das. Mit anderen Worten: Wenn du mir nicht sagst, wo dein Baby ist, wird er deinen Antrag in den Sand setzen, und du kommst zurück nach Holloway.»

Das leichte Zittern in Dwinas Stimme traf Maddy ein wenig unvorbereitet. Betont lässig inspizierte sie ihre frisch lackierten Nägel. Aber am liebsten hätte sie sie in den Mund gesteckt und bis zu den Ellbogen abgekaut.

«In meinem Beruf ist frau bemüht, sich nicht zu sehr einzubringen, eine gewisse Distanz zu wahren. Aber es gibt immer wieder Fälle, die einem unter die Haut gehen. Deiner zum Beispiel.» Maddy bekam schon einen steifen Hals, weil sie sich bücken mußte, um durch die Luke zu sprechen. Hinter Dwina verloren sich die Eingeweide des Gebäudes im Dunkel. «Ich hätte dich wegen der Adoption nicht so drängen dürfen. Du brauchst Zeit, um dir zu überlegen, was für das Baby am besten ist. Mir ist klargeworden, was für eine gute Mutter du bist.»

Trauer schnürte Maddy die Kehle zu. Dwina hatte eine Gefühlsarterie getroffen. Sie legte sofort einen emotionalen Druckverband an.

«Die ersten drei Monate sind entscheidend für die Mutter-Kind-Bindung. Der Hautkontakt, die Nähe ...» Maddy hörte ein unterdrücktes Schluchzen in der Stimme der Psychologin. «Sie sind von größter Bedeutung, damit es später keine psychischen Schäden gibt.» Noch nie hatte sich Maddy so schlaff gefühlt. Sie hatte die Spannkraft einer Claes-Oldenburg-Skulptur. «Madeline, laß mich dir dein Baby wiederbringen.» Dwinas Worte wirkten wie ein Anästhetikum. «Die Adresse, Madeline. Ich brauche die Adresse.»

Die Tür ging auf. Der schlüsselbewehrte Wachmann rief mit einer 10-Bier-pro-Tag-Stimme ihren Namen. «Du bist dran, Schätzchen.» Maddy erhob sich automatisch. Die Hand, die ihr Dwina im Vorbeigehen auf den Arm legte, fühlte sich warm und beruhigend an.

«Ich habe mein Bestes getan, Madeline.» Dwinas Stimme klang verletzt. «Wenn du mir diese Adresse nicht gibst, schmeiße ich meine Psychoanalyse-Bücher weg und eröffne in den Cotswolds einen Laden für Kunsthandwerk.»

Maddy rang nach Luft. Ihre Brüste verhärteten sich, Milch sickerte durch die Stilleinlagen. An Jack zu denken machte sie dermaßen fertig, daß ihre Hirnfunktionen total ausfielen.

«Ludgate Street 16 a, Clapham.»

Edwina Phelps' Gesichtsausdruck erinnerte an den eines Sektenmitglieds, das soeben jemanden zu Christus bekehrt hat.

Als Maddy die Treppe zum Gerichtssaal hinaufstieg, konzentrierte sie sich auf den größer werdenden Lichtstreifen. Stunden, vielleicht sogar nur noch Minuten trennten sie von der Freiheit. Dies war das Licht am Ende des Tunnels.

«Antrag auf Freilassung gegen Kaution abgelehnt», tönte der Friedensrichter nach kürzerer Bedenkzeit, als er für eine Sandwich-Bestellung gebraucht hätte.

«Was sagt er?» fragte Maddy mit vor Angst belegter Stimme. Sie vergaß ihre Körpersprache-Instruktionen und umklammerte so fest das Metallgeländer der Anklagebank, daß ihre Knöchel weiß hervortraten und die gespannten Sehnen sichtbar wurden.

Peregrine räusperte sich. «Ihr Antrag auf Freilassung gegen Kaution ist sistiert.»

«Was ist er?» Sie war benommen und verwirrt.

«Wir müssen Berufung beim Krongericht einlegen», flüsterte er. «Die Kindsmordsache. Sie wollen psychiatrische Gutachten …»

Maddy blieb die Luft weg. Der Gerichtssaal wogte, die Wände drehten sich, und ihre Schläfen pochten, obwohl sie ansonsten noch zu funktionieren schien: Ihr Mund bewegte sich, und es kamen Wörter heraus.

«Aber ich habe Ihnen doch gesagt, was mit dem Baby ist. Ich habe es *ihr* gesagt.» Maddy gestikulierte verzweifelt in Richtung Dwina, die Slynne gerade eine Packung Nikotinkaugummi reichte. Der Detective lächelte betreten. Eine ungläubige Falte zuckte auf Maddys Stirn. «Dwina! Sagen Sie's ihnen!»

Ein paar Leute sahen zu Dwina hin, die für den absurden Vorschlag nur ein leichthin ausgestoßenes «Nein, so was»-Lachen übrig hatte – so ähnlich wie einst Salome nach der Sache mit dem Kopf auf dem Silbertablett. Eine Erkenntnis durchfuhr Maddy so kalt wie eine Messerklinge. Edwina Phelps hatte es etwa so gut mit ihr gemeint wie ein Darmparasit. Die Frau war ein Raubtier durch und durch: eine SS-Wölfin, der Typ Frau, die gern des Führers Gespielin gewesen wäre. Sie hatte gewollt, daß Maddy Jack zur Adoption freigab. Jetzt würde sie gar keine Adoptionspapiere mehr benötigen, da alle glaubten, Jack sei tot. Sie brauchte nichts weiter zu tun, als ihn sich aus Gillians Wohnung in Clapham zu holen.

«Die will mich bloß im Gefängnis behalten, damit sie mein Baby stehlen kann!» platzte Maddy heraus.

«Das würden nicht mal die Geschworenen im Simpson-Prozeß glauben», sagte Dwina grinsend zu Slynne.

«Was Sie nicht sagen», wandte sich Slynne spöttisch an Maddy. «Eine juristische Fehlgeburt also?»

«Daß man mich verhaftet hat, war eine. Aber das hier ist die reinste Abtreibung!»

«Ruhe! Wir kommen zum nächsten Fall», übertönte der Gerichtsdiener Maddys Flehen. Nur Slynnes Worte waren noch zu hören: «Hältst du es im Knast nicht aus, halt dich aus Verbrechen raus.» Und dann, abschließend, die Stentorstimme des Richters: «Führen Sie die Gefangene ab.»

Im Zustand fortgeschrittener Fassungslosigkeit wurde Maddy in den Gefängnistransporter verfrachtet und neben eine steife, dürre Frau namens Joyce plaziert, die Zuchtperlen und eine graue Strickjacke trug und die Angewohnheit hatte, ihre Ehemänner zwischen Tranchiermesser und Hackblock geraten zu lassen. (Joyce nannte das nicht Mord. Sie sah es als ihren Beitrag zum Organspender-Programm.)

«Na, meine Liebe», fragte sie, als Maddy sich an ihr vorbeizwängte, und hielt ihr eine Rolle Pfefferminz hin, «Ergebnis unbefriedigend?» Es klang, als ginge es um ein Examen.

Maddy sah in die Gesichter der anderen Abgewiesenen, die stumm, verzweifelt und gebeugt dasaßen. «Mein Baby! Sie will sich mein Baby schnappen!»

Während Maddy die Knie an die Brust zog und sich auf dem Sitz vor und zurück wiegte, versuchte Joyce sie zu trösten, indem sie die Litanei von Edwina Phelps' Verbrechen gegen die Menschheit herunterbetete: das junge Mädchen in Holloway, das einen Selbstmordversuch unternommen hatte, nachdem ihr Baby von Dwina in Pflege gegeben worden war; die Zwangsadoptionen: «Die Babys scheinen nur so in ihrem Bürokratenkoffer zu verschwinden.»

Maddy hatte Dwinas Überredungskünste unterschätzt. Sie gehörte zu der Sorte Frau, die ihren Mann umbringt und einen dann dazu kriegt, sie wegen ihres Witwendaseins zu bemitleiden.

«Das geb ich an die Presse!» schrie sie außer sich, als ihr der Wachmann die stahlbewehrte Wagentür vor der Nase zuschlug.

«Leider gibt es bei Familiengerichtssachen massive Beschränkungen des Informationsrechts der Öffentlichkeit. Die Richter erlassen da schnell mal eine einstweilige Verfügung gegen Medien, die solche Sachen drucken wollen.» Joyce mußte die Stimme erheben, um die Einkaufszentrums-Muzak zu übertönen, die aus der Gegensprechanlage des Gefängnistransporters quoll. «Die Sitzungen sind alle geheim, meine Liebe. *Ex parte.*»

Die Lautsprecher di-wa-didi-dam-didi-dieten den ganzen Weg bis nach Holloway. Alex, du Afterklaue! dachte die panische Maddy. Ihm hatte sie es zu verdanken, daß sie in diesen beschissenen Schlamassel geschliddert war. Was den Besitzer der besten Pobacken der BBC betraf, involvierten Maddys Phantasien zunehmend Stromstöße und Genitalien.

Nachdem der Transporter gehalten hatte, lauschte sie dem Ticken des sich abkühlenden Motors. Zur Krönung dieses ohnehin schon zum Schreien komischen Tages teilte ihr ein Schließer durch das Stahlgitter mit, daß als weiterer Anklagepunkt nun noch Mißachtung des Gerichts hinzukomme. Na also, dachte Maddy. Endlich *stimmte* mal was. Mißachtung war genau das, was sie vom Gericht zu spüren bekommen hatte.

Vom Kuchen der Gerechtigkeit war kein Krümel mehr übrig. Man hatte ihn ihr gezeigt, alle hatten mit ihren Fingern reingegrabscht, und dann hatte man *sie* auf Diät gesetzt. Trotzdem drehte sich ihr beim Gedanken an das, was ihr bevorstand, der Magen um.

10. Präkoitale Depressionen

Schwänze sind wie Schneeflocken: Keiner gleicht dem anderen. Und Maddy mochte sie in allen Formen und Formaten. Die schlanken, ranken, eleganten. Die dicken Saftwurzeln. Die tiefhängenden Revolverheldendinger. Die knubbeligen Champignons. Die Rundköpfe. Die Kapuzenträger. Die Fleischwurst-mit-zwei-Eiern-Lunchpakete. Sie mochte sie lang, stramm und schußbereit. Sie mochte sie scheu und klein an einem kalten Wintermorgen. All diese männlichen Ängste wegen der Größe! Was für Frauen zählte, war die *Einstellung*! Frauen mochten Schwänze, die sagten: «Hallo, *schön*, dich zu sehen!»

All das rief sich Maddy in Erinnerung, als sie erwog, auf dem Sprechzimmertisch im Frauengefängnis Ihrer Majestät mit ihrem Anwalt zu vögeln. Alle anderen Möglichkeiten hatte sie schon hin- und hergewendet. Sie konnte mit Sekundenkleber Brosamen an ihre Arme und Beine pappen und sich von den Tauben über die Gefängnismauer tragen lassen. Sie konnte alle Femidome und Pessare ihrer Mitgefangenen zu einem Taucheranzug zusammennähen und sich das Klo hinunterspülen. Oder sie konnte Rupert Peregrines Würstchen in ihrem Töpfchen köcheln lassen.

Sie sackte auf den unbequemen Sprechzimmerstuhl und massierte ihre verkrampften Zehen. Sie würde natürlich Theater spielen und einen Orgasmus vortäuschen müssen. Das fiel ihr nicht leicht. Sie hatte noch nie eingesehen, wozu es gut sein sollte, Männer in sexuellen Praktiken zu bestärken, die ihr nichts brachten: keinen ekstatischen Flug zum Mond, ins All, in andere Sphären – wohin Frauen eben gern reisen. Andererseits mußte sie sich eingestehen, daß alle Frauen wenigstens ein bißchen Theater spielten. Nicht im großen, dramatischen *Harry-und-Sally*-Stil. Aber, mal ehrlich, wenn Frauen masturbierten, riefen sie dann: «O Gott! Weiter! Oh! *Oh!* OH! Mach's mir, Baby!»? Immer, sagte sie sich, war mehr oder weniger Theater dabei.

Als Peregrine seine 114 Kilogramm in den Raum schob, die Tür verriegelte und eine Packung Kondome auf den Tisch zwischen ihnen warf, war Maddy sich plötzlich nicht mehr so sicher. Präkoitale Depressionen beschlichen sie.

«Haben Sie ihn gesehen?» Es gelang ihr nicht, ihre Angst und Nervosität zu unterdrücken. «Haben Sie Jack gesehen?»

«Nach unserer überhasteten Unterredung in der Gerichtszelle, in deren Verlauf Sie mich baten, mich zu einer Adresse in Clapham zu begeben und mich dort der Existenz Ihres Sohnes zu vergewissern, habe ich mich, so schnell es die Schicklichkeit gestattete, auf den Weg zum in Rede stehenden Ort gemacht, wo –»

«Schon gut, schon gut!» Die lüsterne Vorfreude ließ Peregrine noch schwülstiger daherschwallen als gewöhnlich.

«– ich eine äußerst aufgewühlte Edwina Phelps vorfand.»

«Diese Ratte! Diese läufige Hitler-Hündin, diese –»

«Die Kellerwohnung in der Ludgate Street 16a in Clapham wird gegenwärtig bewohnt von einem … was ist hier wohl der linguistisch korrekte Sammelbegriff? Einem ‹Wurf› Pakistanerkinder. Ms. Phelps war allein und so ratlos wie ich.»

«Doch weil Sie einander begegnet sind, muß sie das Ganze zu Protokoll geben, was?»

«In der Tat. Aber vor allem sieht es jetzt so aus, als hätten Sie, den Aufenthaltsort des Babys betreffend, eine Falschaussage gemacht. Das Baby hält sich keineswegs dort auf. Genausowenig wie Ihre angebliche Komplizin, Ms. Gillian Cassells.»

«Bringen Sie mich einfach vors Krongericht. Ich sage dem Richter alles, was er wissen will. Gill hat in dieser Kellerwohnung mindestens sechs Monate gehaust! Ferner will ich, daß mein Antrag auf Freilassung gegen Kaution dringlich behandelt wird. Noch diese Woche. Und schließlich» – Maddy stieß einen resignierten Seufzer aus – «muß Ihr Gewährsmann die nötige Bürgschaft auch wirklich aufbringen. Für all das bin ich bereit, Ihren Preis zu zahlen.»

Mit der natürlichen Anmut einer Dampfwalze watschelte Peregrine hinter Maddys Stuhl. «Wird erledigt.»

«Und ich *bin* erledigt.» Sein klebriges Schwitzhändchen kroch über ihren Halsansatz und massierte das verspannte Muskelmakramee. «Wie weiß ich, daß ich Ihnen trauen kann?»

«Ich bin ein Ehrenmann», nuschelte er. Seine Lippen bewegten sich über ihren Nacken. Es fühlte sich an, als hätten zwei Nacktschnecken einen Herzstillstand. «Mitglied der Anwaltskammer.»

«Und was ist mit Aids?» platzte Maddy vor Verzweiflung heraus. «He! Wie wär's, wenn ich mich ausziehe, und Sie kucken erst mal? Sie können mich doch nicht so mir nichts dir nichts in den *Mund* nehmen! Sie wissen ja gar nicht, wo ich überall *gewesen* bin …»

«Was glauben Sie, warum ich mir Sie ausgesucht habe? Weil keins dieser H-Wörter auf Sie zutrifft: Sie sind weder aus Haiti noch hämophil, noch heroinsüchtig, noch ein Homo mit HWG.» Seine schlaffe warme Zunge drehte sich mit waschsalonhafter Trägheit in ihrem Ohr.

«Halt. Erst die Regeln.» In einem Anfall von Abscheu ohrfeigte sie ihn weg. «Mein Ohr wird nicht berührt, ja? Ich habe eine Infektion. Meine Brüste auch nicht. Die sind wund. Außerdem nichts unterhalb des Nabels. Schließlich habe ich gerade erst ein Kind bekommen, verdammt. Meine Scheide ist wegen Renovierung geschlossen.»

Woraufhin sie sah, wie sich sein großer fleischiger Mund von oben auf den ihren herniedersenkte. Er hatte zwar das Herpesbläschen mit seiner Salberei zum Rückzug gezwungen, nicht aber die Pusteln, die sie nun, beim näheren Hinsehen, unter seinem schwarzen Rollkragen erspähte.

Um seinem Mund zu entgehen, zerrte sie ihm den Pullover über den Kopf. Einen Moment lang stand er wie in einer Zwangsjacke da, die Arme ausgestreckt, als wollte er sich ergeben, und den Kopf im Rollkragen festgeklemmt. Maddy war versucht, nach den Schließern zu rufen, doch dann dachte sie an Jack. Das heißt, sie hatte nie aufhören können, an Jack zu denken. Als sie ihn Gillian übergeben hatte, hätte sie den Arzt um Baby-Entzugs-Nicoretten bitten sollen: ein Nachkommenschaftspflaster, das eine bestimmte Dosis Baby an ihren Körper abgab, die im Lauf der Wochen reduziert wurde, bis sie den Entzug überstanden hätte. Dann hätte sie nicht tun müssen, was sie gerade tat.

Während Peregrine seinen Kopf zu befreien suchte, legte er ungewollt einen plumpen Mambo aufs Parkett. Schließlich tauchte sein Haupt mit einem geilen Grinsen aus der Kaschmirhöhle auf. Mit fasziniertem Entsetzen sah Maddy zu, wie er seinen Hosenschlitz öffnete. Sie sah den dunklen Haarstreifen, der sich vom Nabel abwärts zog: wie eine Stange Lakritz, die an seinem feuchten Unterleib klebte. Er legte ihre zitternde Hand auf das graue Fleisch seines Mammutbauches.

Sie würde sich einfach auf etwas anderes konzentrieren. Ihr überfälliges Buch aus der Gefängnisbibliothek. Ihre neue Feuchtigkeitscreme. Den Krieg in Tschetschenien …

Peregrine zog sie grob an sich und zerrte gleichzeitig seine Hose hinunter. Sein knapper Slip war mit lustigen kleinen Teufelchen bedruckt, die Mistgabeln schwangen. Drinnen drängte etwas himmelwärts. Es sah den Dingern nicht unähnlich, in die man klettert, um darauf zu warten, daß von zehn rückwärts gezählt wird. «Schieß los», befahl er. Sie spürte kalte Spucke auf der Wange.

Voller Ekel und Widerwillen fuhr sie mit den Händen über die bucklige Topographie seiner Haut. Ihre Finger bewegten sich unbeholfen, als steckten sie in Topfhandschuhen. Peregrine nahm ihre eingeschlafene Hand von seinem Rücken und plazierte sie zwischen seinen Beinen. «Du bist etwas Besonderes, Madeline», keuchte er. «Du bist nicht wie die anderen. Ich mag dich wirklich, weißt du ...»

«Das liegt bloß daran, daß Sie endlich mal mit einer Frau zusammen sind, die Sie nicht erst aufblasen müssen.»

«Zieh den Pulli aus.»

Mit bleischweren Fingern zog sie die Arme aus ihrem regenbogenfarbenen Pullover und rollte ihn auf die Hüften hinunter. «Und wann lerne ich die Schwiegereltern kennen?» fragte sie mit bitterem Sarkasmus.

«Zieh den BH aus.»

Maddy würgte ihren Ekel hinunter und tat wie geheißen. Peregrine ging voll glotzäugiger Bewunderung vor ihr in die Knie. Ihre Brüste ragten ihm wie zwei aufsteigende Zeppeline entgegen. Er seufzte ehrfürchtig, streckte eine bebende Hand aus und berührte ihre rechte Brustwarze.

Maddy spürte das heiße Ziehen des Einschießens, und einen Sekundenbruchteil später sah sie den weißen Milchstrahl, der ihrem Anwalt in hohem Bogen ins Auge spritzte. Vor lauter Mitgefühl begann ihre linke Brust ebenfalls zu laktieren. Maddy sah aus wie eine Brunnenfigur von Michelangelo auf einer römischen Piazza, nur schossen ihr Fontänen von *Milch* aus den Brüsten.

Durchnäßt und angewidert kippte Peregrine nach hinten. Prustend wischte er sich Gesicht und Haar mit den Händen ab. Wo immer er sich hinwandte, um aus der Schußlinie zu kommen, Maddy drehte sich in dieselbe Richtung. Ein nicht mehr zu unterdrückendes Gelächter schlug Wellen auf ihrem Gesicht. Was als träge glucksende Fröhlichkeit begonnen hatte, entwickelte sich zur perlenden Lachkaskade.

«Ich hab … doch gesagt» – sie brachte die Worte kaum heraus – «ich hab doch gesagt, Sie sollen meine Brüste nicht –»

«Schnauze!»

«Sie werden wochenlang nach Joghurt riechen.»

Der Schwanz ihres Anwalts erschlaffte rascher als eine Luftmatratze am Ende eines Badeurlaubs. Als Peregrine nach seinen Kleidern tauchte, versank Maddy erneut im Strudel des Gelächters. «Jetzt weiß ich endlich, warum Schrumpelstilzchen zum Schluß im Erdboden versunken ist.» Sie kicherte, sie brüllte, und dann dämmerte ihr, daß sie schon seit Ewigkeiten nicht mehr so vollkommen unbekümmert gelacht hatte. Das tat gut, besser als Champagner. Besser als Valium.

«Lach du nur!» Sein Gesicht war mittlerweile apoplektisch dunkel angelaufen. «Du wirst noch viel Zeit zum Lachen haben während deiner langen Haft.»

«Na und? So haftfähig wie Ihr Gebiß bin ich schon lange», entgegnete sie verächtlich.

Peregrines Unterhemd und Rollkragenpullover befanden sich schon wieder in Amt und Würden. Nun zog er mit affenartig herunterbaumelnden Armen Unterhose und Hose hoch. Sein abgeschlafftes Anhängsel sah aus, als hätte man ihm ein halbgares Cocktailwürstchen am Unterleib befestigt.

«Sagen Sie, Mr. Peregrine», fragte Maddy, als er der Tür zustrebte, «zählt das jetzt als Rendezvous?»

11. Das Pfand

Wenn Gillian im Leben eins gelernt hatte, dann dies: Ist die Katze aus dem Haus, hat vermutlich ein Auto sie plattgefahren. (Und noch eins: Trag beim Tamponwechseln keinen Diamantring von mehr als zwanzig Karat.)

Seit zweieinhalb Wochen hatte sie keinen Pieps von Maddy gehört.

Für eine Frau mit dem Mutterinstinkt eines Guppys (Gillian war diesen Fischen, die sich zum Abendessen gern ihre eigenen Jungen genehmigen, mal in einem von Alex' Naturfilmen begegnet) stellten zweieinhalb Wochen mit einem Baby eine Erfahrung dar, die an gewisse Science-fiction-Filme erinnerte. («Es ist eine Art Lebewesen, Jim, aber keine uns bekannte.») Noch erdferner war allerdings der Aufenthalt im Savoy ohne einen Penny auf der Naht. Die Rechnung, die sie hatte auflaufen lassen, entsprach mittlerweile der Staatsverschuldung eines kleinen südamerikanischen Landes. Aber sie hatte gelernt, daß der wahrhaft Reiche Geldfragen mit Geringschätzung behandelt. So hatte sie die höflichen Hinweise – «Wir haben es bedauerlicherweise versäumt, Sie nach Ihrer Zahlungsart zu fragen, und bitten Sie, diese gelegentlich der Rezeption mitzuteilen» – eine Woche lang zu ignorieren vermocht. Dann hatte sie allerlei Schecks ausgestellt: Barclays würde fünf Tage brauchen, um sie zu annullieren. Ihr blieben also noch genau zwölfeinhalb Stunden, um sich etwas einfallen zu lassen.

«Es mag dir neu sein, König Kack», konstatierte sie, während sie eine Ladung Joghurt von ihrem Frühstückstablett auf einen Teelöffel schaufelte, «aber Nahrung läßt sich nicht durch die Haut aufnehmen. Sie muß tatsächlich in den Mund gelangen.» Postwendend schmierte sich der verärgerte Jack das klumpige weiße Zeug in das, was bei ihm als Haar durchging. «Du bist so was von blöde, Schätzchen. Du lieber Himmel», jammerte sie, und ein Gähnen zog ihr Gesicht in die Länge. «Wer hätte gedacht, daß ich mich je mit einem jüngeren Mann langweilen könnte?»

Sie drückte ihre Nase gegen die Fensterscheibe und blickte sehnsüchtig flußaufwärts zum zinnenbewehrten Parlament und dem behäbig untersetzten Big Ben. Ringsumher pulsierte das Londoner Leben. Wimmernd verpaßte sich Jack eine Joghurt-Gesichtsmaske und kleckerte dabei Gillians letztes noch nicht verpfändetes Kleid voll. «Reguliertes Weinen», begriff sie, war die Kunst, nicht loszuheulen, wenn sich ein Baby an ihrem liebsten Christian-Lacroix-Kleid die Finger abwischte.

Jack lag schlaff zwischen den Kissen, die sie als Bollwerk um ihn herum auf das Art-déco-Bett gelegt hatte. Hoch oben auf seinen Wangen hatten sich zwei rote Flecken ausgebreitet. Sie waren schon seit dem Vortag da. Dito die Rotzbäche, die aus seinen Nasenlöchern quollen. Er jammerte zum Steinerweichen.

«Hör zu, du Fusselfresser, das wird nichts mit uns beiden. Wie ich schon deiner Mama gesagt habe, bin ich den Umgang mit Haustieren gewohnt: Wenn man von denen genug hat, befördert man sie einfach durch die Katzentür hinaus.» Sie bot ihm sein Fläschchen an, aber er konnte nicht gleichzeitig saugen und atmen, weshalb er sich über seinen Strampler erbrach und losweinte. Gillian wurde blümerant zumute. «Junge, ich glaube, es ist Zeit für die Babytür.»

Um seinem zugleich verletzten und anklagenden Gesichtchen zu entgehen, tappte sie ins schwarz gekachelte Bad.

«Die Sache ist die: Du bist krank. Und ich weiß nicht, wie ich dich betreuen soll.» Jack heulte lauter. «Du bist krank. Du hast Fieber. Dein Schnuller schmilzt. Siehst du?» Sie streckte ihn durch den Türspalt. «Er sieht aus wie etwas von Dalí.»

Jack brüllte einfach weiter und bedachte sie mit einem seiner mißtrauischen «Laß den Scheiß und komm zur Sache»-Blicke. Gillian fragte sich, ob Babys Angst riechen konnten.

«Ich bin zu alt für so was, wirklich.» Um die aufsteigende Panik niederzukämpfen, wandte sie sich dem Badezimmerspiegel zu und wollte ihr Haar auftoupieren. Beim Anblick ihres Spiegelbilds erstarrte sie. «Grauenvoll, wie alles ... dahinschwindet, mein Kind. Mein Sexleben beispielsweise.» Sie zog die Hülle von ihrem Abdeckstift und verbarg die Tränensäcke unter dicken beigen Strichen. «Als Frau in der dominanten Position auf dem Mann zu sitzen ist mir natürlich am liebsten. Aber kürzlich habe ich festgestellt, daß dann mein Gesicht nach vorne schwappt und ich zehn Kinne kriege. Deshalb piepse ich neuerdings – und das ist mir peinlich, sage ich dir –: ‹Nein. Nein. Ich mag die Missionarsstellung. Die Missionarsstellung ist prima.› Aber wenn ich dann auf dem Rücken liege, rutschen mir, Silikon hin oder her, die Titten seitlich weg.»

Sie ließ den flauschigen Hotelbademantel mit dem Monogramm auf die milchweißen Fliesen fallen, puderte Rouge zwischen ihre Brüste und wuchtete sie in einen vielfach verstrebten BH. «Mein Leben lang habe ich darauf bestanden, zur Steigerung der Erotik das Licht anzulassen. Aber das, lieber Jack, war vor der Zellulitis.» Sie schlüpfte in eine Strumpfhose mit extra starkem Faden, die ihre geplatzten Äderchen verbergen sollte. «Ich hab sie gesehen! Die reinste Mondlandschaft. Und das im Deckenspiegel. Weshalb es jetzt heißt: ‹Nein. Nein. Ich mag es ohne Licht.

Ohne Licht ist prima.› Klar, für Stevie Wonder vielleicht.» Sie löffelte Zucker in ihren Cappuccino und sah zu, wie der Schaum symbolträchtig in sich zusammenfiel.

Das Baby war mittlerweile wieder lethargisch geworden und musterte Gillian mit einer ernsten, amtlichen Miene. Sogleich fühlte sie sich in die Defensive gedrängt. «Es sollte doch nur für ein paar Tage sein. Aber jetzt sind es schon beinah drei Wochen. Ich habe alles Menschenmögliche getan.» Sie schlüpfte in ihr Designer-Jäckchen und blickte mutlos auf die Epaulette aus Erbrochenem auf ihrer linken Schulter. «Menstruationskrämpfe kann ich verkraften. Aber meinen Lebensstil zu ändern, Schätzchen, das wäre ein Krampf, gegen den es keine Pillen gibt.»

Im kronleuchterbehängten Foyer des Savoy wimmelte es von feierlich gestimmten Japanern, die ganz begierig darauf waren, die kulturellen Klischees der westlichen Welt in sich aufzusaugen. Dem Kassierer blieb der Mund offen stehen, als Gillian angab, ihre Kreditkarten verloren zu haben, und ihm anbot, als Sicherheit ihr Kind dazulassen.

«Ihren kleinen Sohn?» fragte er perplex.

«Ja. Als Pfand. Während ich schnell zur Bank flitze. Ich hätte Ihnen ja gern meinen Hochzeitsring dagelassen» – sie tat so, als zerre sie an ihrem Schmuck –, «aber der scheint sich nicht von mir trennen zu wollen. Ganz im Gegensatz zu meinem Gatten.» Sie warf dem Kassierer einen dieser mannstollen Blicke zu, die sie sich sonst für ihre Sex-Safaris aufsparte. «Die Rechnung hat wirklich beträchtliche Ausmaße angenommen. Und wie wir wissen» – sie setzte ihre stimmliche Gleitcreme mit dreister Lebhaftigkeit ein – «kommt es eben doch auch auf die Größe an. Nur, damit Sie nicht etwa denken, ich sei finanziell gehandicapt und wollte mich davonstehlen.» Sie merkte, daß sie gedankenverloren Jacks Fuß streichelte, und hörte sofort damit auf.

«Jetzt passen Sie auf», bleute sie, unvermittelt streng geworden, dem Kassierer ein, «es gibt verschiedene Arten des Weinens. Hungriges Weinen, müdes Weinen, Weinen, weil er –» Hier brach sie den plötzlich aus den Tiefen ihrer Seele hervorgedrungenen Vortrag jäh ab und sagte mit resolut zusammengekniffenen Lippen: «Lassen Sie jetzt den Hausdiener mein Gepäck holen.» Und just als sie diesem wildfremden Menschen das Baby übergab, warf Jack ihr einen tiefen, vertrauensvollen Blick zu.

Bordeauxrot vor Verwirrung und höflich bis zur Selbstaufgabe, brachte der Kassierer kein Wort heraus, als Gillian durch die Drehtür an den Portiers mit den grauen Zylindern vorbei auf die Straße hinausstolzierte. Sie schaute nicht zurück. Der düpierte Domestike setzte die Tragetasche neben der Kasse ab und rief House-keeping an. Was er nicht ahnen konnte, war, daß sich tief in der Tasche ein Zettel mit der Aufschrift «Zurück an Absender: Ms. Madeline Wolfe, c/o Holloway-Gefängnis» verbarg.

Das Gefühl der Erleichterung war berauschend. Geschmeidig schlängelte sich Gillian an diesem versmogten Maimorgen durch den Fußgängerstrom und ließ eine Fülle möglicher Genüsse Revue passieren. Sollte sie in die Concorde-Lounge gehen und per Superfick & Spar nach New York reisen? Oder wie wär's mit einer Brunstauktion bei Sotheby's? (So nannte sie es, wenn sie mit reichen Kunsthändlern auf Seidentuchfühlung ging.) Sie konnte auch einfach gemütlich zu den Maklerbüros in Belgravia spazieren und auf eine Landpartie hoffen – und zwar eine möglichst gute irgendwo in Dorset. Oh, sie liebte glückliche Melkkühe … Solch köstliche Träumereien beschäftigten sie, während sie die Strand entlangging, vorbei am Reform Club und durch St. James's in Richtung Piccadilly. Als erstes, dachte sie, ein Glas eiskalten Champagner bei Fortnum & Mason's und einen Blick in die Morgenzeitungen.

Als sie bei den Lifestyle-Seiten der *Times* angelangt war, fragte sie sich, weshalb sie sich nicht freute. Sie stand erst am Anfang ihrer hedonistischen Hitliste, und schon kam ihr das Ganze seltsam abgeschmackt vor. Das Kind würde es bei seiner Mutter viel besser haben. Wie schon Darwin sagte: Survival of the fittest … Nicht daß Jack im Augenblick sonderlich fit gewesen wäre. Was er brauchte, war richtige Pflege. Und davon verstand sie nichts. Schließlich hatte das alles ja nur eine Woche dauern sollen. Es war nicht ihre Schuld. Sie hatte es versucht, so gut sie konnte. Sie war einfach nicht der richtige Typ für so was. So ein Leben in Internaten und mit Stiefeltern blieb nun mal nicht ohne Folgen … Gillian surfte auf einer Woge des Selbstmitleids. All die Stellenangebote, die ich hab sausen lassen müssen! All die Verabredungen, die ich hab platzen lassen müssen! jammerte die Gewinnerin des Langstrecken-Kreuztragelaufs … Doch warum fühlte sich dann ihr Magen an, als benutzten ihn Sumo-Ringer als Trampolin?

Die Schlagzeilen verschwommen ihr vor den Augen. Sie sah nur noch Jack vor sich: wie er das Interesse an einem Spielzeug verlor, paschamäßig die Hand ausstreckte und es fallen ließ, als warteten vier Millionen Bedienstete nur darauf, es für ihn aufzuheben. Das konnte Gillian nachvollziehen. Auch daß er diesen stahlharten «Das muß ich haben»-Margaret-Thatcher-Blick bekam, wenn er etwas sah, das ihm gefiel. Ein Charakterzug, auf den man stolz sein konnte. Und wie sein Gesicht aufleuchtete, wenn er sie sah: als sei sie *die* Sexgöttin des Universums, egal ob sie verkatert war, die Achselhöhlen nicht rasiert oder ihr Haar nicht gewaschen hatte. Apropos Haar: wie wunderbar seins nach Heu roch.

Bevor ihr klar wurde, was sie tat, hatte sie ihre hochhackigen Charles-Jourdan-Schuhe in der Hand und rannte, nein, sprintete über den Trafalgar Square zurück. Blinde, panische Angst nagte an ihren Eingeweiden. Japsend wirbelte sie durch die Drehtür. Ihre Lider klapperten wie Kastagnetten. Zum Teufel, wo steckte er? Dann entdeckte sie ihn: Er wurde von gluckenden Hotelbediensteten herumgereicht. Sie machten dabei die gleichen Geräusche wie die Tauben, die Gillian bei ihrem Kurzstreckenlauf auf dem Trafalgar Square zu Brei zertreten hatte. Als sie sah, daß Jack seine winzigen Arme nach einem Zimmermädchen ausstreckte, hatte sie das Gefühl, die Eingeweide würden ihr herausgerissen.

«Was haben Sie mit ihm gemacht?» fragte sie mit der Insistenz und im Stakkato eines Preßluftbohrers. «Sehen Sie nicht, daß er krank ist?» Sie stieß die uniformierten Lakaien aus dem Weg. «Hat jemand vielleicht die Güte, endlich einen Arzt zu rufen?» Geflüsterte Kommentare umschwirrten sie wie Insekten. «Das ist die Klimaanlage in diesem mickrigen kleinen Zimmer. Wenn mein Kind eine Lungenentzündung hat, verklage ich Sie!»

Die Drohung mit einem Gerichtsverfahren veranlaßte das Personal, so blitzartig zurückzuweichen wie Bob Geldof vor einer Badewanne. «Möchte die Dame vielleicht eine unserer Suiten sehen?» bat ein völlig eingeschüchterter Concierge.

Vielleicht eine in der Preislage von – Gillian hielt sich den Inhalt ihres Portemonnaies vor Augen – zweiundzwanzig Pfund fünfzig. «Ich will nur eins sehen, Sie Idiot: einen Kinderarzt!»

Sie tat so, als zöge sie sich auf die Toilette zurück, um Jack zu wickeln, bog statt dessen aber seitlich in einen Korridor ein, der zu den Bankettträumen mit Blick auf die Themse führte, und ging hinaus aufs Embankment. Ihre Gedanken waren: Bewegliches Ziel. Visiervorrichtung. Gehetztes Tier. Und: du sentimentale Kuh.

«Ein paar Tips fürs Leben», sagte sie unerschütterlich, während sie Jack im luxuriösen Wohnzimmer einer Penthouse-

Wohnung am Cheyne Walk in Chelsea einen Löffel Pastete vor die Nase hielt. «Bestell im Restaurant nie etwas, das als ‹Medley› oder ‹Potpourri› bezeichnet wird.»

Jack, mit Benuron zugeknallt und von Wick Vapo Rub benebelt, antwortete fröhlich in seinem litauischen Heimatdialekt.

Der Privatarzt, den ihre reiche Freundin «in Bereitschaft hielt», hatte Jack statt Milch Wasser und verdünnte Säfte verschrieben. Gillian ergänzte diesen Gefängnisfraß um Räucherlachs, Leberpastete und Zabaglione. (Der Quacksalber aus der Harley Street hatte zwar von fester Nahrung in diesem zarten Alter abgeraten, aber was wußte der schon? Schließlich hatte Jack einen Gaumen wie andere auch und konnte schmecken.)

«Setz dein Gesicht nie der Sonne aus, und laß dich nie mit einem Mann ein, der gepiercte Nippel hat oder Goldkettchen im Brusthaar. Glaub nicht an die Liebe. Und solltest du je ernsthaft an Selbstmord denken, achte darauf, daß du hinterher vorteilhaft aussiehst. Darf ich dir diesbezüglich, liebster Jack, in Erinnerung rufen, welche Möglichkeiten wir heute zu erwägen hatten: a) in verschiedenen Apotheken einen Großeinkauf von Beruhigungsmitteln zu tätigen; b) eine entsprechend abgelegene Eisenbahnbrücke zu suchen, die ich problemlos erklimmen könnte, sowie ich einen nahenden Zug höre; c) Männer mit sanftem Druck auf ihre Keimdrüsen dazu zu bringen, daß sie sich von ihrer Barschaft trennen.»

Jack betrachtete sie mit düsterer Mißbilligung.

«Aber ich bitte dich! Was sollen solch prüde, frömmlerische Blicke von einem Menschen, der den ganzen Tag in seinen eigenen Fäkalien sitzt? Also: Da ich nicht über das nötige Kleingeld für eine Haarwurzel-Nachfärbung verfügte und auch nicht davon ausgehen konnte, daß die Londoner Polizei mich für die Aufbahrung vorteilhaft einkleiden würde, beschlossen wir, die vor Jahren ausgesprochene Einladung einer alten Schulkameradin anzunehmen. Also sei brav und *benimm* dich.»

Wie aufs Stichwort kam nun Annabelle Crump mit einem Silbertablett herein, das mit Royal-Doulton-Porzellan und Petits Fours überladen war. Ihr spätjugendlicher Schaf-im-Lammfell-Aufzug wurde durch ein Tuch akzentuiert, dessen über der Stirn verknotete Zipfel wie blumige Propeller wirkten. Doch blieb sie auf dem Teppich, abgehoben war nur ihre Sprechweise, die an eine BBC-Kommentatorin erinnerte.

«Sag mal, Gilly, ich hoffe doch, du tust dies nicht, um deine persönlichen Probleme mit Mami und Papi zu exorzieren?» Ihre Vokale waren nicht übertriebener gerundet als ihr aus den Nähten platzender Körper. «Wenn ich eines nicht ertragen kann, dann Frauen, die sich in Erniedrigungen suhlen.»

Gillian fragte sich, ob dies der Moment war, Annabelle ans Schulabschlußfest mit dem Motto «Verkleidet euch als die Person, die ihr am heftigsten verabscheut», zu erinnern: Neun waren als Annabelle gekommen. «Mein Wunsch, eine andere Laufbahn einzuschlagen, rührt daher, *Bel*» – Gillian war eingefallen, wie sehr ihre Gastgeberin Amputationen ihres Namens haßte –, «daß ich nie mehr ein Restaurant betreten möchte, in dem ich mit den Sohlen am Teppich kleben bleibe.»

Annabelles Propeller zitterten vor boshafter Neugier. «Du bist also abgebrannt?» Ihre Wurstfinger nahmen den Teekannenhenkel in den Würgegriff.

«Sagen wir mal, die Aufmerksamkeit, die ich meinen Schulden angedeihen lasse, ist beharrlich.»

«Die Lloyds-Pleite?» Gillians Schweigen las sie als Bestätigung. Sie prustete los und verschüttete vor lauter Freude ihren Tee. «Und jetzt kommst du zu mir … Ausgerechnet du, die Selbstgerechteste und Hochnäsigste von allen damals an der Schule. Deine andauernden mißgünstigen Spötteleien haben mich völlig krank gemacht.»

«Nun, es freut dich bestimmt zu hören, daß hinter meinem apostolischen Gebaren –»

«– wie bei uns allen eine Schlampe steckt.»

Gillian gab Jack ein beißfestes Plastikbuch. Damit sah er aus wie der klassische Ehemann, der sich hinter dem Wirtschaftsteil verschanzt. «Sagt Mark Thatcher, er sei ein Waffenhändler? Nein, er sagt, er handle mit High-Tech-Hardware. Sagt Nick Leeson, er sei ein Dieb? Nein, er sagt, er sei Bankier. Und ich versuche mich eben vorübergehend in Philanthropie. Amouröser Philanthropie, genauer gesagt.» Gillians Teetasse klapperte gereizt, als sie auf der Untertasse abgestellt wurde. «Hast du nichts Kräftigeres als Tee?»

«Als da wäre?»

«Was weiß ich ... Heroin vielleicht?»

Annabelles malträtierte Oberschenkel schmirgelten vernehmlich aneinander, als sie zur Hausbar trippelte. Gillian erinnerte sich, daß sie mit ein paar Schulkameradinnen der schlafenden Annabelle Abspeckcreme auf einen Oberschenkel gestrichen hatte.

Obwohl die Creme, um irgendwelche Wirkung zu zeitigen, einen fleischfressenden Virus hätte enthalten müssen, hatte Annabelle den endlosen Witzeleien der Mitschülerinnen, sie würde von nun an zwei verschieden dicke Oberschenkel haben, Glauben geschenkt.

Das schicke Mädchenpensionat, das sie besucht hatten, trug die Bezeichnung «Höhere Leeranstalt» zu Recht: In erster Linie hatte man ihnen beigebracht, wie man es vermied, Erbschaftssteuer zu zahlen, was sie ungefähr so nützlich machte wie eine Teekanne aus Schokolade. Gillian hatte dort auch gelernt, wie man «Süßstoff-Daddys» vernaschte (die im Gegensatz zu «Sugar-Daddys» keinen Sex enthielten und einem deshalb nicht die Figur ruinieren konnten), weshalb sie zumindest emotional auf die Prostitution vorbereitet war. Jedenfalls redete sie sich das ein, als Madame Annabelle nun das Whiskyglas vor ihr abstellte und ihr Kundenbuch mit der in Gold geprägten Aufschrift «Elite Escorts» öffnete.

«Wie wär's für den Anfang mit einem Franzosen? Geschäftsmann. Stammkunde.»

Gillian schüttelte den Kopf. «Der letzte Brite, der eine befriedigende Begegnung mit einem Franzosen hatte, war Wellington.»

«Einem saudiarabischen Ölscheich?»

«Wie steht's da mit der Sprache?»

«Die sprechen alle Sterling, Gillian.»

«Wer noch?»

«Eine australische Computerfirma hat angerufen. Für eine Konferenz. Fünf Mädchen haben sie bestellt. Säuisch, aber sauber, würde ich sagen.»

«Wir tun nichts Illegales, nicht wahr, Annabelle? Ins Gefängnis zieht es mich nämlich nicht.» Beim Gedanken an Maddy geriet Gillian in Panik. «Ich habe keine Lust, meine Zeit mit Frauen zu verbringen, die nichts mit Dolce und Gabbanna anfangen können.»

«Du verstößt nicht gegen das Gesetz, nur ich», fauchte die Kupplerin in plötzlich geschäftsmäßigem Ton. «Weshalb ich vierzig Prozent des anständigen Honorars bekomme, das ich deinem Alter zum Trotz wahrscheinlich noch für dich aushandeln kann. *Deine* einzige Sorge wird es sein, deine Hängetitten mit einem Wonderbra in Form zu bringen.»

Annabelle hielt ihre Instruktionen für Gillian auf parfümiertem rosa Papier mit dem kalligraphischen Schriftzug «Elite – diskret und gepflegt» fest.

«Was macht dein Oberschenkel? Schwimmst du immer noch im Kreis herum, Bel?»

Gillian zog den Zettel zwischen Annabelles falschen Fingernägeln hervor, um sich auf ihre neue Aufgabe vorzubereiten. Na, wenn das keine befriedigende Beschäftigung war, auf die Freundlichkeit vorübergehender Serienmörder zu vertrauen.

12. Vertrauen auf die Freundlichkeit vorübergehender Serienmörder

Wenn er eine Videokamera mitbrachte oder Spuren von Blut an den Volants und von Körperflüssigkeiten am Kopfbrett zu entdecken waren, würde sie wohl über eine andere Karriere nachdenken müssen, beschloß Gillian, als der Lift sie in den siebten Stock des Hotels Leck hinaufbeförderte. (Nicht gerade ein Ort, an den man ein Mädchen zum ersten Rendezvous mitnahm, vermutete sie.)

«Sie sind zu spät», sagte der Mann, der auf ihr Klopfen hin die Tür von Zimmer 735 öffnete. «Ich hab meine verdammte GV-Vorbereitungsdusche schon seit einer Dreiviertelstunde hinter mir.»

Eine leichte Verwunderung verratende Falte verunzierte vorübergehend Gillians Stirn. Ihre Instant-Verhaltensregeln für Prostituierte sahen nicht vor, was im Falle eines jungen Kunden zu tun war. Eines wirklich jungen Kunden. Eines Kunden, der noch Stützräder am Auto hatte. Das Zimmer roch nach Flugzeugluft, und die Einrichtung war von muzakhafter Banalität. Ein Null-Sterne-Hotel, wie Gillian so was nannte. Gefaßt trat sie über die Schwelle, wobei der Acrylteppich unter ihren Absätzen elektrisch knisterte. Behutsam stellte sie ihre Tasche auf das Sofa unter der Farbreproduktion eines Waldhuhns, das gerade abgeschossen wurde. Der nervöse Kunde schloß die Tür, wandte sich um und musterte verlegen seine Neuerwerbung.

«Ich muß mich beschweren …»

Gillian versteifte sich. Schon in der Tür hatte sie ein Flakkern der Enttäuschung in seinem Gesicht zu sehen geglaubt.

«Man hat Sie zu billig verkauft.»

Amüsiert stellte sie fest, daß er zuvorkommend zu sein versuchte, daß er den Dustin zu ihrer Mrs. Robinson gab. Ein unbefriedigender Film, *Die Reifeprüfung*. In Gillians Version hätte Mrs. R. ihren Gespielen behalten dürfen. «Was zu trinken?» Sein Lächeln entblößte einen Mund voll Stahl. Nicht einfach irgendwelche Brücken ... Der arme Kerl hatte die ganze Golden Gate Bridge da drin.

Während er sich beim Versuch, der Champagnerflasche ihren Korken zu entlocken, Fingernagel um Fingernagel abknickte, was er mit einem Quasselstrom des Inhalts, diese Computerkonferenz sei sein erster Ausflug «nach Übersee», zu kaschieren versuchte, ließ Gillian ihren Blick prüfend über ihn schweifen. Er war Ende Zwanzig, bereits stolzer Besitzer eines aufgeblähten Bierbauchs und sah nach dem Typ Mann aus, dessen Lieblingsbeschäftigung es ist, seinen Kumpeln etwas in den Drink zu kippen und ihnen dann die Augenbrauen abzurasieren.

«Mit Zungen, Achselhöhlen oder Zehen läuft bei mir nichts. Es werden keine Ellbogen in meine Körperöffnungen gesteckt, und Vaseline kommt nicht in die Tüte.»

«Was?» quengelte er. «Keine Extras? Die hatten mir aber gesagt, es wären auch Extras drin.»

Gillian betrachtete seinen Frotteemantel, der wenig inspirierend offen stand. «So wie die Dinge liegen, wird sich mein sexueller Erfindungsreichtum darauf beschränken, daß ich keine Plastikhandschuhe anziehe, *capito*?» Sie zog ihren Mantel aus und enthüllte ihr Ledermieder. Mit auf Strapshöhe fixiertem Blick und labradormäßig sabbernden Lippen machte der Computeringenieur einen unvermuteten Ausfallschritt. Mühelos wich Gillian aus und ließ ihn mit einem jämmerlichen «phhht» im Deckbett versinken.

«Meines Wissens sind Sie davon unterrichtet, daß der finanzielle Ausgleich im voraus zu entrichten ist.»

Der große Junge gab das feuchte Schnauben eines gestrandeten Walrosses von sich. Widerwillig klaubte er seine Brieftasche aus einer Schublade. «So, und weshalb machen Sie das hier?» fragte er im Konversationston.

Gillian kam die Galle hoch. Sie war nicht gewillt, sich als gefallenes Mädchen zu betrachten. Sie war allenfalls vorübergehend etwas aus dem Stand geraten – dem Kontostand. «Fellatio ist auch nicht drin», fügte sie barsch hinzu. «Davon verkleben mir die Nebenhöhlen.»

Ihr Möchtegern-Don-Juan sah zu, wie sie ihre langen blassen Glieder auf den Bonjour-Laken drapierte. Seine Stummelfinger fuhren über ihre Haut. «Machen wir das Licht aus», sagte er unumwunden. «Sie fühlen sich jünger an, als Sie aussehen.»

Im Dunkeln den Liebesknochen eines übergewichtigen Mannes finden zu wollen ist ein bißchen so, als versuchte man, inmitten eines Wirbelsturms ohne Radar auf einem Flugzeugträger zu landen. Als Gillian das entscheidende Stück Anatomie zu fassen bekam, reagierte es nicht mit dem erwarteten Enthusiasmus.

«Nehmen Sie's nicht persönlich. Mir ist einfach ziemlich übel. Ich reite schon den ganzen Tag auf dem Porzellan-Pony.»

«Tut mir leid. Aber es ist so, daß ich nach Stunden abrechne.»

«Er ist ja gleich soweit …, nicht wahr, Darren … Ich nenn ihn Darren.» Im Geist ergänzte Gillian ihre «Finger weg»-Liste um einen weiteren Typus: Männer, die ihrem Schwanz einen Kosenamen gaben. Das brachten wirklich nur Kerle fertig. Sie konnte sich jedenfalls nicht entsinnen, je einer Vagina vorgestellt worden zu sein.

Nachdem sich «Darren» endlich doch noch hatte erregen

lassen, machte es ihm mindestens ebensoviel Mühe, zu einem befriedigenden Abschluß zu kommen. Im Schein des Radioweckers glänzte ein halb in einer Speckfalte versteckter Patientenausweis, den ihr Kunde um den Hals trug. Beim Versuch, inmitten des Auf und Abs die winzige Schrift zu entziffern, wurde Gillian ganz schwindlig. Ein S und ein Z? Ansteckende Krankheiten und bizarre medizinische Beschwerden schwirrten ihr im Kopf herum. Schizophrenie? fragte sie sich. Na prima. Gleich würde ihr ein Schnappmesser in die Eileiter fahren. Mit wie vielen Persönlichkeiten war sie eigentlich gerade im Bett zugange? fragte sie sich grimmig. In dem trüben grünen Licht schien das in silbriges Material gravierte Wort nun nicht mehr «schizophren», sondern eher «psychopathisch» zu lauten. Kein Wunder, daß sich die Sache so lange hinzog. Wie sollte sie ihn um den Verstand vögeln, wenn er sichtlich keinen hatte? Gillian überlegte gerade, ob sie ihm etwas von ihrem in drei Wochen anstehenden Zahnarzttermin sagen sollte, als sie aus den Augenwinkeln sah, daß sich ihre Handtasche bewegte. Dann hörte sie Schluckauf-Gegluckse. Und noch einmal.

«Was war das?» fragte ihr ödipaler Bettgefährte.

«Was?»

Die nächste kleine Explosion kaschierte Gillian mit einem Seufzer, den ihr Kunde als Zeichen der Lust deutete. Bestärkt in seiner Manneskraft, wandte er die Aufmerksamkeit wieder seiner Hydraulik zu. Gillian verknotete sich zu einer avantgardistischen Stellung, allerdings weniger, um ihre Kamasutra-Kenntnisse unter Beweis zu stellen, als um zu verhindern, daß der Mann auf die Handtasche sah. Ihr Computertechniker war drauf und dran, abzuspeichern und auszuloggen, als das aus der Handtasche dringende Schnüffeln und Schniefen zu einem durchdringenden Geheul anschwoll. Zur Camouflage simulierte Gillian einen oscarverdächtigen Orgasmus. Sie zappelte so heftig herum, daß sich der Reißverschluß ihres

Bondage-Bustiers in der Zahnspange des Jungen verfing. Während sie das Kuddelmuddel mit braillemäßigem Geschick entwirrte, stellte sie fest, daß ihr Freier, auf einen Ellbogen gestützt, voll ungläubiger Bestürzung durch den düsteren Raum auf die quengelnde Tasche blickte, die sich unaufhaltsam auf den Rand des geblümten Sofas zubewegte. Er knipste die Nachttischlampe an.

«Es ist ein Baby», erklärte Gillian leichthin, rettete die Tasche vor dem Absturz und befreite Jack.

«Sagen Sie mal, gute Frau, was zum Teufel ist hier eigentlich los?» Der australische Liebesgott grabschte nach dem Bademantel. Jetzt sah Gillian, daß das silberne Ding gar kein Patientenausweis war, sondern ein Sternzeichen-Medaillon.

«Es ist erkältet und braucht seine Medizin, das ist alles.»

Unter Frotteegeflatter versuchte er vergeblich, mit dem Arm ins Ärmelloch vorzustoßen. «Sagen Sie mir, was zum Teufel hier vorgeht, sonst rufe ich die Polizei.» Die Schützen, fiel ihr ein, galten als besonders praktisch.

«Ich bin *Quickie*-Reporterin», alibierte sie, «und recherchiere, wer mit wem unter einer Decke steckt.»

«Fick dich doch ins Knie.» Er war völlig entnervt und aggressiv.

«Wenn du die Alternative bist, Jungchen, dann mit Freuden.»

Das Computergenie wurde mit einemmal grünlich um die Nase. «Warten Sie. Mir ist immer noch übel.» Er trapste ins Bad. Beim Ritt auf dem Porzellan-Pony konnte der Mann offenbar nach wie vor die Sporen geben.

Das folgende war einfach. Gillian lief ihm nach, schnappte sich den Schlüssel, machte die Tür zu und schloß ab. «He!» tönte es gedämpft von innen. Sie hob den Telefonhörer ab. Mittlerweile polterte die arme Sau gegen die Tür und gab einen Strom gutturaler Verwünschungen von sich. Gillian zählte das Geld, das er ihr säuberlich gefaltet auf den

Nachttisch gelegt hatte. «Was?» rief sie vorwurfsvoll durch die Tür. «Kein Trinkgeld?»

«Denkste!» röhrte er und trommelte wütend mit den Fäusten dagegen. «Laß dir erst mal das Fett absaugen!»

Dafür plünderte sie seine Brieftasche. Der in ihren Armen verankerte Jack bedachte sie mit einem pfarrherrlichen Blick. «Wir nehmen nur seine finanzielle Unterstützung etwas stärker als von ihm geplant in Anspruch, Schätzchen. Also ehrlich, du bist ja schlimmer als ein Ehemann!»

Sie drapierte sich den Mantel um die Schultern, hängte das «Bitte nicht stören»-Schild außen an die Klinke und schritt von dannen. Der Wagen des Zimmermädchens stand neben dem Lift. Einer Eingebung folgend, schlüpfte sie durch die offene Tür von Zimmer 749. Ob ihr Mann noch nicht zurückgekommen sei? Und ob das Mädchen so nett sein könnte, das Zimmer zu verlassen? Ihr Baby, der arme kleine Schatz, sei quengelig wegen seiner Erkältung und müsse dringend gestillt werden …

Ein Säugling machte die Sache so leicht – das perfekte Einbruchswerkzeug. Sie brauchte nichts weiter zu tun, als in jedem Stockwerk den Wagen des Zimmermädchens ausfindig zu machen, so zu tun, als gehöre das Zimmer ihr, die große Erdmutter-Nummer abzuziehen und dann die Wertsachen einzusacken. Wenn Maddy sie doch nur hätte sehen können!

Bis dahin hatte Gillian keine Ahnung davon gehabt, wie begabt sie fürs Stehlen war. In der harten Schule wurden die Lernziele offenbar schneller erreicht als anderswo, und Gillian hatte das Gefühl, noch einige Lektionen vor sich zu haben …

«Dich werde ich offenbar nicht mehr los, du kleiner Kakker», sagte sie zu Jack, als sie ein weiteres Zimmer plünderten. Doch es klang unbeschwert und glücklich.

13. Ein Fall für Zweifel

Mit Einzelhaft hatte Maddy nicht gerechnet. Wenn sie Bette Midler oder Whoopi Goldberg gewesen wäre, hätte sie wenigstens noch Alleinunterhalterin spielen können. Doch da es ihr ohnehin schon mies genug ging, durfte sie gar nicht daran denken, wie sie sich nach zwei Wochen in ihrer eigenen Gesellschaft fühlen würde.

In der ersten Woche war ihr einziger Gast ein großer schwarzer Kakerlak. Sie fütterte ihn mit Keksen und Brotkrumen. Bis sie hier herauskam, würde er unglaublich verwöhnt sein – die Imelda Marcos der Insektenwelt.

Sie drehte ihr Transistorradio an, doch da war von nichts anderem die Rede als von plötzlichem Kindstod, verhungernden Kindern in Somalia und entführten Babys. Sie drehte wieder ab und machte in einer Frauenzeitschrift den «Sind Sie eine gute Mutter?»-Test. Sie fiel durch. Sie fiel sogar durch, wenn sie schummelte.

Sie zerriß die Zeitschrift und machte sich entschlossen daran, ihre Milch abzupumpen. Während sie mit der Plastikpumpe herumfummelte und sich dabei vor Schmerzen auf die Zähne biß, fiel ihr ein, was für niedliche, kleine rosa Gummibärchen-Brustspitzen sie einst gehabt hatte. Jetzt machten sie dem Wort Brust*warzen* alle Ehre. Mit ihren blaßlila Eutern hätte sie einen Elefanten erschlagen können. Wie es aussah, würde sie in den Wechseljahren sein, wenn sie hier rauskam, und immer noch am Milchabpumpen.

In der zweiten Woche schaute Detective Sergeant Slynne

bei ihr vorbei. «Was sind Sie bloß für eine Mutter? Dwi hat Sie völlig richtig eingeschätzt.»

«Dwi?»

«Keine Ahnung, warum die für Sie und Ihr Balg überhaupt einen Gedanken übrig hat.»

«Sie nennen sie Dwi?»

«Aber Sie können verdammt noch mal von Glück reden, daß sie das tut, so eine anständige Frau ... Die reinste gute Märchenfee. Fällt Ihnen eigentlich nix auf?»

«Äh ..., daß Sie die Bolzen an Ihrem Kopf entfernt haben?»

«Daß ich das Rauchen aufgesteckt habe, Sie Klugscheißerin. Dank ihr.»

«Die benutzt Sie doch nur, damit Sie ihr helfen, Jack zu finden.»

«Ja. Hoffentlich, bevor's zu spät ist. Wir arbeiten mit ‹Lucan›.»

«Mit wem?»

«Dem Computer der Vermißtenabteilung», brüstete er sich. «Vom Yard.»

Er legte eine Pause ein, damit sie ihrem Erstaunen Ausdruck verleihen konnte, aber sie war viel zu sehr mit dem jäh ergrauten Haar an seinen Schläfen beschäftigt. «*Scotland* Yard», betonte er pikiert. Nicht nur mit den Zigaretten hatte es sich, sondern auch mit den gefärbten Haaren und dem Goldkettchen.

«Völlig sinnlos, darauf zu warten, daß so eine charakterliche Tieffliegerin wie Sie aufhört zu, äh, *verdrängen* und ihre *Reue* zuläßt.» Der neue Jargon stand ihm nicht. Er war so daneben wie ein grellbuntes Hemd, das ein Mann von seiner Frau geschenkt bekommt, damit er lockerer wirkt. «Sie sollten lernen, Ihre ... wie heißt das noch gleich» – er stopfte sich drei weitere Nikotinkaugummis in den Mund und kaute wild drauflos –, «Ihre *Blockaden* abzubauen, genau.»

Maddy schwante Übles. «Ach du Scheiße. Ihr tanzt den Horizontaltango, stimmt's?»

«Hä?»

«Ihr parkt doppelreihig», erläuterte sie. «Ihr fädelt einen Stich ein. Verdammt, ihr treibt es miteinander!»

Slynne wechselte verdächtig schnell das Thema. «Wie konnten Sie Ihr Baby einer Schlunze wie dieser Cassells überlassen? Die hat sich aus Clapham verkrümelt, ohne die Miete zu bezahlen. Dann ist sie im Savoy abgestiegen, drunter ging's nicht, und als ihr dämmert, daß sie die Rechnung nicht bezahlen kann, läßt sie *Ihr Baby* als Pfand da.»

In Maddys Magen stach es säuerlich. «Was zum Teufel reden Sie denn da?» Slynne wippte auf den Fußballen. Er hatte seinen Spaß. «Wo ist Jack?!» Der Schreck war ihr in die Knochen gefahren.

«Die Cassells verliert die Nerven. Kommt zurück. Schnappt sich das Balg. Macht die Mücke. Die Frage ist, welchem Windei dreht sie ihn das nächste Mal an, nicht?»

Maddy sah, wie ihr zahmer Kakerlak auf den Detective zukrabbelte, abrupt innehielt, abdrehte und sich ins Dunkel unter der Kloschüssel verzog. Unter Kollegen kam man sich nicht in die Quere, nahm sie an.

«Sagen Sie mir, wenn Sie aus-» Beinah hätte er «auspakken» gesagt, doch im letzten Augenblick bog er es um zu «– Ihr Herz erleichtern wollen. Die Anklage wegen Kindsmord lassen wir natürlich fallen», fügte er im Hinausgehen rasch hinzu, «doch da Sie offensichtlich nicht ganz dicht sind – sonst hätten Sie Ihr Baby ja wohl nie und nimmer dieser Cassells-Schlunze anvertraut –, sind wir nach wie vor gegen eine Freilassung gegen Kaution.»

Bevor Slynne ihr seine Aufwartung gemacht hatte, war Gillian für Maddy eine hochgewachsene, elegante, verantwortungsbewußte Freundin mit perfektem Oxford-Englisch und makellos manikürten Fingernägeln gewesen. Zwei Sekunden nach seinem Abgang hatte sie sich in Irene Mengele verwandelt. Als an diesem fingernagelkauend verbrachten Abend das Eßgeschirr wieder eingesammelt wurde, war Gillian zu einer blutrünstigen Satansdienerin mutiert, die Babys auf Kirchenaltären opferte und ihre Organe an reiche Amerikaner verkaufte.

Wo waren sie? Was taten sie? Maddy versank in einem Strudel von Ängsten. Selbst wenn Gillian *keine* Teufelin war, dachte sie daran, die Ecken des Couchtischs zu polstern? Kaufte sie Treppenschutzgitter, Steckdosensicherungen, Herdschutzgitter und Schranksicherheitsriegel? Bekam Jack auch genug Anregungen von ihr? Was spielte sie mit ihm? Blinde Kuh am Schwimmbeckenrand? Sie sah Jack mit dem Gesicht nach unten aufgedunsen im Wasser treiben. Beherrschte Gillian die Mund-zu-Mund-Beatmung? Dachte sie daran, daß er seine Immunisierungsspritzen brauchte? Er würde Keuchhusten bekommen. Wahrscheinlich hatte er ihn schon. Dann käme Diphtherie hinzu. Eine Hirnhautentzündung. Er würde blau anlaufen und sterben. Zwei Wochen schon, und ihr Anwalt hatte sich noch immer nicht wegen ihrer Anhörung vor dem Krongericht gemeldet. Wenn sie mit ihrem Antrag nicht durchkam, konnte sie ein Jahr lang in U-Haft vor sich hin rotten. Lange, kalte Angstfinger legten sich um ihre Eingeweide. Sie mußte raus hier, und zwar *pronto*. Bloß wie? Die Wahrscheinlichkeit, das zu schaffen, war ungefähr so groß wie daß ein von Elvis Presley gesteuertes UFO auf dem Ungeheuer von Loch Ness landete.

WARNUNG AN DIE BEWOHNER
ALLER SCHOTTISCHEN GEWÄSSER
Unbekanntes,
«Jailhouse Rock» singendes Objekt
im Anflug

Während der nächsten Tage kamen die Zustände im Holloway-Gefängnis in die Schlagzeilen, und in der Presse war von Menschenrechtsverletzungen die Rede: Frauen würden 23 Stunden täglich in knapp zwei mal zwei Meter große Zellen gesperrt, in denen bereits die gesamte Einwohnerschaft Belgiens steckte; Insassinnen gebaren in Ketten; es herrschte eine Rattenplage ... Talkshow-Redakteure belagerten den neuen Gefängnisleiter und wollten Häftlinge interviewen. Da Maddy eine der wenigen Gefangenen war, die beim Wort «Fiktiv» nicht gleich in geiles Kichern ausbrachen, wurde sie umgehend rekrutiert. (Sie hätte dem Gefängnisleiter übrigens auch eine Lösung für das Ungezieferproblem vorschlagen können, wenn er sie nur gefragt hätte. Sie wußte nämlich aus Erfahrung, daß man Ratten nur auf eine Weise los wurde: indem man ihnen sagte, man wolle eine feste Beziehung.)

Fernsehstudios sind wahre Charisma-Biotope. Im Aufenthaltsraum hinter den Talkshow-Kulissen drängten sich an diesem frischen Junimorgen allerlei Größen um die aufgeweichten Sandwiches: die Zweitplazierte im Kylie-Minogue-Nachahmungs-Wettbewerb; das gewohnte Allerlei von verwirrten Schriftstellern auf Promotion-Tour, begleitet von jungen Pressetanten, die kaum über zwanzig waren und mit marktschreierischer Verlogenheit so bedeutsame Werke wie *Die vegetarische Persönlichkeit* oder *Versailles aus schwedischer Sicht* anpriesen; und schließlich die Schauspielerin Petronella de Winter in einem geschlitzten Kleid aus rosa Vinyl, das mit einer Lötlampe und Fahrradketten-Elementen so ingeniös zusammengeschweißt war, daß ihre unlängst renovierten Milchdrüsen entsprechend zur Geltung kamen.

Auf dem Sprung zu höheren Weihen der Platitüde, sollte Petronella an der live gesendeten Paneldiskussion zum Thema «Gefängnisreform» teilnehmen. «Nur die Ruhe», redete der Jeans tragende Rechercheur der frisch gebackenen

Fernsehpersönlichkeit zu, während sie zum Set geführt wurde. Petronella nebelte ihre Hochhausfrisur mit einem letzten Schuß Haarfestiger ein.

«Du, ich bin ganz cool, du.» Nebel. «Ich raste bloß einfach gleich aus.» Nebel. Nebel.

Im simulierten Wohnzimmer-Ambiente des Talkshow-Studios stellten zwei nach amerikanischem Vorbild einander ablösende, professionell leutselige Moderatoren dem Publikum die Gesprächsteilnehmer vor. Mit ihrem lang trainierten Piranhagrinsen, der künstlichen Sonnenbräune und den bis zum Haarspliß blondierten Fönfrisuren sahen sie aus wie Barbie in den Wechseljahren und Ken auf LSD.

Maddy, die zunächst ihr ganzes Augenmerk dem Tablett mit den Leckereien zugewandt hatte – welch ein Genuß, mal wieder was zu essen, das nicht schon seit ein oder zwei Jahrzehnten das Verfallsdatum überschritten hatte –, verschluckte sich plötzlich an ihrem Biskuitkuchen. Durch einen Schneesturm von Puderzucker erspähte sie auf dem Studiomonitor zwei ihr nur allzu bekannte Gesichter: den vorzeitig kahl gewordenen Dichter Humphrey (der in ihren Augen mehr Haar als Talent hatte) und Harriet, die ach so feministische Historikerin – beides Sushi-Sozialisten, die die stellaren Räume der Londoner Zelebritokratie bewohnten und sich per Limousine von Talkshow zu Talkshow chauffieren ließen. Maddy kannte sie aus der Zeit mit Alex, und damals hatten die beiden so getan, als seien sie ihre Freunde. Doch nach Alex' Abgang war sie schneller von ihnen fallengelassen worden als Woody Allen vom Direktorium der Kinderfürsorge. Da die beiden den größten Teil ihres Lebens auf Cocktailpartys im Groucho Club verbrachten, lag es natürlich nahe, daß die BBC sie als Experten zum Leben in den Gefängnissen Ihrer Majestät befragte.

Maddy blieb keine Zeit, um den Schock zu verarbeiten, denn ihre hirnlose Schließerin, deren Gesicht zu einer faszinierten Grimasse verzogen war, begann nun eifrig hinter einem Tontechniker her durch den linoleumbelegten Flur und ein Labyrinth von Dekors in Richtung Studio 5 zu trotten. Die mit Handschellen an sie gekettete Maddy folgte ihr in Nabelschnurdistanz. Stromkabel schlängelten sich über den Boden, schleimgrün und viperbraun. Maddy verfing sich mit dem Fuß in einem davon und stolperte gegen die Rückseite einer Sperrholz-Dekoration, die in parkinsonsches Zittern geriet. Klemmbrettbewehrte Bühnentechniker hielten sie mit der Hartnäckigkeit von Kühlschrankmagneten fest.

Halb betäubt nahm Maddy die Erkennungsmelodie der Show wahr. Applaus ertönte. Der zukünftige Hofdichter wurde vorgestellt, dann die Waldeule der Frauenbewegung und ein konservativer Parlamentarier. Und schließlich wurde wispernd «ein geheimnisvoller Gast» angekündigt ...

Die Schließerin löste die Handschellen und befestigte sie an ihrem mit Schlüsseln, Knüppel, Taschenlampe und anderen Gefängnisutensilien bereits schwer behängten Hosenbund. Ein Mann mit Pilotenkopfhörer, dessen Lippen am Mikro hingen wie an einem Tropf, legte Maddy die Hand aufs Kreuz. «Viel Spaß!» sagte er und gab ihr einen Schubs, worauf sie wie eine Fallschirmspringerin bei ihrem ersten Absprung unbeholfen um die pastellfarbene Trennwand herumruderte.

Die sardinenmäßig eingepferchten Zuschauer rangen asthmatisch, wie vorher einstudiert, nach Atem. Eine Kamera raste mit Warp-Geschwindigkeit auf Maddy zu. Dito der Moderator. Er sah genauso aus wie eine dieser Gummipuppen mit Latex-Anhängsel, die in Pornoheften für Frauen angepriesen werden. Aber er konnte auch sprechen und begann Maddy auseinanderzusetzen, wie mutig es doch von ihr sei, live im öffentlich-rechtlichen Fernsehen aufzutreten. Das Publikum reagierte mit pawlowschem Reflex:

hübsch aufgereihte klatschende Seehunde. Maddy paßte auf, daß ihr der Beifall nicht zu Kopfe stieg. Schließlich blinkte über der Dekoration in riesiger Neonschrift das Wort «Applaus!», und noch kurz zuvor hatten die Zuschauer ähnlich großen Enthusiasmus für einen Zucchino gezeigt. Er war geformt wie das Profil von Prinzessin Diana und konnte im Verlauf der Sendung gewonnen werden.

Maddy wurde hinter ein Bausatz-Pult in der Mitte des Halbrunds von rosa Drehstühlen geleitet. Sie deutete ein Nicken in Richtung Harriet an. Obwohl Harriet zu der Sorte Frau gehörte, die glaubte, das isometrische Training der zu einem Lächeln nötigen 32 Gesichtsmuskeln verursache Runzeln, war sich Maddy sicher, daß sie sie nicht erkannt hatte. Humphrey hingegen sehr wohl. Seine sorgfältig arrangierten Gesichtszüge nahmen den Ausdruck eines Menschen an, der gerade einen Napf voll warmem Auswurf in die Hand gedrückt bekommen hat.

Der konservative Parlamentarier, der wie ein gedrungenes Forschungs-U-Boot gebaut war – die Sorte, die auf den Meeresgrund geschickt wird, um die *Titanic* zu fotografieren – und sich mindestens so tiefgründig vorkam, ließ eine Tirade vom Stapel. «Das hört sich ja an wie das Spezialangebot in einem Reiseprospekt der gehobenen Klasse: Zimmer mit Bad, Tagesausflüge, Turnhallen noch und nöcher, Theater, wann immer man will ...»

Petronella ließ ihre silbernen Sklavenkettchen die gebräunten Arme hochklimpern. Ein Zucken ihrer gebleichten Kopfhaut deutete an, daß sie eine Chance witterte, sich selbst zu promoten. «Als ich ... äh, als wir unseren Film in Holloway gedreht haben ...»

Doch das rechthaberische U-Boot tauchte für niemanden auf. «Um in den Genuß eines solchen Winterurlaubs zu kommen, genügt es, ein umfangreiches Vorstrafenregister zu haben. Jawohl. Und das waren nur ein paar Attraktionen des

Unterhaltungsprogramms, das in jedem Gefängnis für Sie läuft.»

«In diesem Hotel, in dem der Gast nie recht hat!» warf Humphrey ein, um den Mann mit einem Wasserbomben-Sperrfeuer zu stoppen. Sein rundliches Gummigesicht hatte etwas Babyhaftes. Er sah Maddy nicht an. Sie vermochte nicht festzustellen, ob er den Kopf gesenkt hielt, um ihrem Blick auszuweichen oder weil ihn das Haargel im Restbewuchs nach unten zog.

«Unterhaltungsprogramm ... das ist, äh, wohl mein Ressort ...» meldete sich Petronella mit einem weiteren Versuch, sich kettchenklimpernd ins Gespräch zu bringen. «Daß man auf der Bühne tot umfällt, ist natürlich immer möglich, besonders wenn ein paar Mörderinnen im Ensemble sind ...»

Während Ken die andere Hälfte der Runde ausquetschte, kritzelte Maddy «Wie geht's Alex?» auf den vor ihr liegenden Zettel und schob ihn Humphrey unter die Nase. Der Aufnahmeleiter im ärmellosen Anorak – er sah aus, als müsse er den Leuten ständig in Erinnerung rufen, daß er Nigel hieß – machte Petronella verzweifelt Zeichen, sie solle die klimpernden Kettchen ablegen.

Humphrey hielt das Mikro zu, drehte den Stuhl zur Seite und flüsterte: «Hör mal, ich weiß, daß wir dich nach der Trennung von Alex ein bißchen vernachlässigt haben ... na ja, was ich damit sagen will ...» Er wurde richtig kleinlaut. «Ähm, also was kann ich tun?»

«Hmmm», überlegte Maddy und hielt ihrerseits das Mikro zu. «Das hab ich mich auch schon oft gefragt, Humphrey, und ich glaube, die Antwort lautet: Lausige Gedichte schreiben.»

«Nicht Arbeitslosigkeit und Armut verursachen Verbrechen. Verbrechen werden *begangen*. Und zwar von Verbrechern. Von Abschaum. Von Ungeziefer», schoß der konservative Parlamentarier einen Torpedo in Maddys Richtung ab.

«He, Mann, nun mal halblang.» Maddy beugte sich an Petronella vorbei, die sich unauffällig ihre Kettchen über die manikürten Finger streifte, und legte dem Politiker beschwichtigend die Hand auf den Arm. «Das Widersetzlichste, was ich je gemacht habe, war, den Milchkarton nicht auf der vorgeschriebenen Seite aufzureißen.»

«Also, dann erzählen Sie uns doch mal, Madeline» (der verzweifelte Ken hatte einen Ton drauf, als unterhielte er sich mit einer Krebskranken; einer tauben Krebskranken, der Lautstärke und Langsamkeit nach zu schließen, mit der er sprach), «ist es ... im KNAST ... wirklich ... so LUXURIÖS ..., wie die ... PRESSE ... behauptet?»

«Sagen wir's mal so», erwiderte Maddy. «Das Gefängnis ist der einzige Ort der Welt, wo man zur Toilettenputzerin *befördert* wird.»

«Du bist's!» Als Harriet Alex' Ex-Freundin endlich erkannte, nahm ihr strenges Gesicht einen ähnlichen Ausdruck an, wie wenn ein Naturforscher einen seltenen Mistkäfer erblickt. «Ich kenne diese Frau!» triumphierte sie. Auf der Prestigeliste des linksliberalen Intellektuellen galt die Bekanntschaft mit einem echten Gefangenen ebensoviel, wie ein Buch mit einem schwarzen Co-Autor geschrieben zu haben. «Die einzige Schuld, die sie auf sich geladen hat, ist, daß sie eine Frau ist!» In Petronellas Schoß lag ein Häuflein glänzender Silberkettchen. Sie transferierte sie mühsam auf den Teppich zwischen sich und Maddy, die nicht lange fackelte und sie mit dem Fuß näher zu sich heranzog. Vom Pult geschützt, verstaute sie sie in ihrer Leinenhose. «Niemals würde diese junge Frau etwas Ungesetzliches tun.»

Ken wischte sich heftig über die Stirn. Auf seinem Taschentuch blieb ein dicker Fleck zurück. Maddy beobachtete ihn aus den Augenwinkeln. War das nun künstliche Bräune oder einfach nur Rost? «Finden Sie es nicht beunruhigend, daß Frauen für das gleiche Verbrechen viel eher in Haft kommen als Männer?» fragte er den Mitleidsminister. «Oder daß Frauen als bloße Ladendiebinnen ins Gefängnis gesteckt werden und als Drogensüchtige wieder herauskommen ...»

«Wie soll das denn gehen, möchte ich mal wissen? Nach Alcatraz ist nie Rauschgift gelangt!»

Petronella wandte ihr aufgelötetes Lächeln Maddy zu. «Vielleicht kann uns das unsere Untersuchungsgefangene sagen?»

«Wie? Oh, ich glaube nicht, daß Sie das so genau wissen wollen ...»

«Doch, doch, unbedingt!» drängte Barbie enthusiastisch.

Das gesamte Studio wandte sich Maddy zu. «Also gut», sagte sie. «Per Schlitzpost.»

«Schlitzpost?» erkundigte sich Petronella mit grotesk feierlicher Miene.

«Ja. Man steckt sich was in die Muschi und schmuggelt es so rein. Ich kenne eine Frau, deren Scheide Mary Poppins' Tasche gleicht. Die könnte ein ganzes Klavier darin unterbringen.»

Verblüfftes Schweigen senkte sich über das Studio. Bei beiden Moderatoren schien sich das Band verhakt zu haben. «Äh ...» sagte Barbie. «Äh ...» kam es von Ken. Maddy begann zu ahnen, daß *sie* den Zucchino mit dem Profil von Lady Di jedenfalls *nicht* gewinnen würde.

«Daß man auf der Bühne tot umfällt, ist natürlich immer möglich» – wie gewohnt begann Petronella zu reden, damit sie nicht denken mußte –, «besonders wenn ein paar Mörderinnen im –»

Auf ein Zeichen des anorakbewehrten Aufnahmeleiters hin setzte Ken sein Kürbiskopfgrinsen wieder auf und schloß den laufenden Teil der Sendung mit einer Aufzählung der weiteren menschlichen Leckereien ab, die noch auf der Speisekarte standen. Als nächstes kam ein Transvestit, der sich beim Einkaufen von seiner Frau beraten ließ, gefolgt von der

Mutter, die ihrer Tochter den Freund ausgespannt hatte, einem Möchtegern-Vampir, zwei Frauen, die ihren Männern erlaubten, mit anderen Frauen zu schlafen, und einem Hetero-Mann, der für Schwulen-Zeitschriften posierte. Maddy staunte über den narkotisierenden Scheiß, den das Fernsehen seinem Publikum vorsetzte. Chanel hatte Shit verkauft und dafür zehn Jahre bekommen. Talkshow-Moderatoren bekamen eine Doppelseite in *Quickie*. Barbie war inzwischen in den gegenüberliegenden Flügel des Wohnzimmerimitats gesegelt und stellte die zweitplazierte Kylie-Minogue-Nachahmerin vor.

Als der Pseudo-Wellensittich ins Bild geträllert kam, zischte Ärmelloser Anorak den Teilnehmern der Gefängnis-Gesprächsrunde zu, sie sollten sitzen bleiben. Maddy sah die Schließerin in den Kulissen inmitten der Boa-Constrictor-Kabel stehen. Sie glotzte ehrfürchtig, völlig gebannt von den bunten Lichtrhomben, die die Gummibrüste des angehenden Popstars illuminierten. Sie reckte den Kopf hierhin und dorthin, um besser sehen zu können, wobei ihr glanzlackiertes schwarzes Haar links und rechts vom Mittelscheitel auf und ab tanzte wie die Flügel eines Käfers.

Die Konzentration ihrer Aufpasserin hatte nur einen winzigen Riß bekommen, aber Maddy hielt ihn für groß genug, um durchzuschlüpfen. Eine Kamera wechselte die Position und verdeckte sie kurzfristig. Eine Möglichkeit tat sich auf. Es war, wie wenn ein Zug unfahrplanmäßig an einem Bahnhof hält: keine Zeit, die Anschlagtafel zu konsultieren, keine Ahnung, wohin die Reise geht – es heißt nur: jetzt oder nie. Aus einem schwindelerregenden Impuls heraus glitt Maddy verstohlen wie ein Fisch in die kühlen, fließenden Schatten.

Als Ken und Barbie den nächsten Teil ihrer televisionären Mißgeburten-Schau mit tiefschürfenden Fragen von der Sorte einläuteten, über die sich schon Sokrates den Kopf zerbrochen hat – «Warum wollen Männer mit anderen Frauen als ihren eigenen ins Bett?» –, hatte sich Maddy bereits in eine mit dem Namensschild «Esther Rantzen» gekennzeichnete Garderobe geschlichen und sich ein Tweed-Twinset samt einer blonden Lockenperücke übergestreift. Sie sah aus wie ein Albino-Merino mit einem Portefeuille voller Risikokapital. Sie steckte so viele Tüten honiggerösteter Erdnüsse und kleiner Schokoriegel ein, wie sie konnte, und raste dann, als wolle sie den Großen Preis von England gewinnen, den Korridor entlang. Desorientiert hierhin und dorthin blikkend, versuchte sie die Lage zu peilen. Dann kämpfte sie ihre Angst nieder und beschloß, zu gehen statt zu laufen. Sie würde zielstrebig ausschreiten. Sie würde einfach zum Foyer hinausmarschieren und den Konsequenzen ins Auge blicken.

Nur eins ist schlimmer, als Konsequenzen ins Auge zu blikken: mit ihnen zusammenzustoßen. Die pneumatischen Glastüren im Foyer der BBC glitten zischend zurück. Wie eine neugeborene Feldmaus blinzelnd, stolperte Maddy ins Tageslicht hinaus. Sogleich kollidierte sie mit einer Meute von rund zehn Journalisten, die mit hochgezogenen braunen Lederjackenschultern wie eine Herde Weißschwanzgnus über den Parkplatz auf Alexander Drake zustürmten. Maddy blieb das Herz stehen. Der Rest des Körpers folgte. Ihre Beine begannen zu zittern. Sie sah aus wie ein Elle-Macpherson-Gymnastik-Video ohne Musik.

Alex wirkte entspannt. Seine Augen tanzten, die Daumen hingen lässig in den Schlaufen der tiefsitzenden Hose. Ein *Express*-Reporter wollte wissen, warum die Wähler einem Mann vertrauen sollten, der davon lebte, daß er Moskitos beim Ausbrüten ihrer Larven beobachtete.

Alex bezahlte sein Taxi und stieß dieses volle, kehlige Lachen aus, an das Maddy sich so gut erinnerte. Wenn er lächelte, *leuchteten* seine Zähne.

Ein Journalist von der *Daily Mail* stellte Fragen nach seinem Charakter. Schwierig, schwierig, dachte Maddy, wo er doch kaum einen hat. Wer hätte vermutet, daß sich die Sonne ihres Lebens als dermaßen trübes Licht entpuppen würde?

Alex setzte das besagte Lächeln auf. Er fuhr sich gerade lausbübisch durchs Haar, als er Maddy entdeckte. Er sah sie an, wie man einen Mann mustert, der mit seltsam abwesendem Blick, einem «Das Leben ist Scheiße»-T-Shirt und einer Kettensäge in ein Fast-Food-Restaurant spaziert. Maddy wog ihre Optionen ab. Sie brachten nicht viel auf die Waage. Das Beste, was ihr unter diesen Umständen einfiel, war, ihm eine der Fernsehschokoladen in die fotogene Fresse zu matschen: Tod durch Toblerone. Blitzlichter prasselten wie Popcorn.

Als die Schließerin endlich bemerkte, daß Maddy nicht mehr da war, saß diese im Taxi, das Alex eben verlassen hatte, und durchwühlte auf dem Weg zur U-Bahn-Station White City Esthers Handtasche. Von White City aus würde sie nach Hatton Gardens fahren, um Petronellas Kettchen zu verhökern.

Unter Zuhilfenahme der Köpfe und Schultern von Kameraleuten und Aufwärm-Komikern erklomm die Schließerin schließlich eine Leiter, um einen besseren Überblick zu gewinnen, was den öffentlich-rechtlichen Fernsehern einen guten Ausblick auf ihre Stützkniestrümpfe gewährte. Der Produzent erhob die Stimme zu einem panischen *castrato*: «Verflucht, wo ist sie?» Überall im Studio wurde der Ruf nach «Madeline Wolfe» laut – als trompetete ein Elefant dem anderen durch den Dschungel zu.

Maddy war viel zu erleichtert, um sich zu fürchten. Oh, worauf sie sich alles freute: erst beim Zwölfuhrläuten aufzustehen; nichts zu essen, was neue Bakterien in ihre Eingeweide schleuste; den Körper eines Mannes zu spüren, der sich gegen sie drängte; den Geruch ihres Babys, seine rabenschwarzen Wimpern zu küssen und das seidenweiche Strubbelhaar. Sie ließ die überwältigende Außenwelt hinter sich und wurde vom warmen, lauten Schlund der U-Bahn verschluckt. Na, diese alte Ratte war dem Tretrad ein für allemal entkommen.

ZWEITER TEIL

Probleme mit dem Zahnen

«Ein Junge nimmt sich seinen Vater zum Vorbild, er kopiert, was sein Vater tut, übernimmt Gewohnheiten von ihm … Der moderne Vater ist ein Ganztagselternteil, kein Teilzeitfremder, wovon die ganze Familie profitiert.»

Dr. Miriam Stoppard: Neue Säuglingspflege

14. Baby, ich will dich

Jede Frau hat es gern, wenn die Männer hinter ihr her sind – aber doch nicht die gesamte Londoner Polizei.

Die Zeitungsmeldung war kurz und knapp. «Sendepause» lautete die Titelzeile. «Eine Untersuchungsgefangene aus dem Holloway-Gefängnis ist gestern abend nach einer grundlosen Attacke auf den bekannten Naturforscher Alexander Drake aus den BBC-Fernsehstudios geflohen. Die Gefangene hatte an einer Gesprächsrunde zum Thema Kriminalität teilgenommen.»

Es war nichts Berühmtes. Aber Maddy war schließlich auch nicht Mata Hari. Nicht, daß die Bullen ihretwegen den ganzen Tag mit Kreideumrisse-Zeichnen beschäftigt gewesen wären oder so. Aber aufpassen mußte sie trotzdem. Sie überlegte sich, die Stadt zu verlassen – ein Kurzurlaub in Loch Frostbeule oder der Abwasser-Bucht; oder in einem dieser englischen «Gehen Sie nachts diese Straße lang, und Sie werden bestimmt vergewaltigt»-Badeorte untertauchen –, aber so würde sie Jack und Gill wohl kaum finden.

Wohin gingen Menschen, die verschwanden? Maddy hatte keinen Schimmer. Vielleicht gab es irgendwo einen Riesenblock mit Eigentumswohnungen, wo sich Lord Lucan, die Mannschaft der *Mary Celeste*, die im Bermuda-Dreieck verschwundenen Flugzeuge und Bill Clintons Glaubwürdigkeit alle miteinander versteckten?

Während ihrer ersten Woche auf der Flucht ging Maddy regelmäßig Blut spenden. So konnte sie sich wenigstens mal irgendwo hinlegen, wo es warm war, heißen Tee trinken und Kekse essen. Zwanzig Liter später fand sie es an der Zeit, sich einen neuen Plan auszudenken – bloß war inzwischen ihr Hirn so leer, daß ihr keiner einfiel. Immerhin beschloß sie, einen Bogen um Hotels und Herbergen zu machen. Der Mädchenname ihrer Mutter, ihr Alter, die Größe ihres Pessars – all diese Angaben waren auf den Druck einer Computertaste hin verfügbar. So kam es, daß sie im Freien übernachtete – auf dem Bullring, einem windgepeitschten, öden Fleck Beton unter einem vielbenutzten Verkehrskreisel in der Nähe von Waterloo Station.

In diesem Slum aus Kartons und Decken bezog sie eine leere Kühlschrankverpackung. Nachts bekam sie von Zeit zu Zeit eine Dusche ab. Regen tropfte durch ihr Kartondach wie durch einen Melitta-Filter. Risse im Betonboden und die Cordkanten des Kartons sorgten jederzeit für eine improvisierte Akupunktur. Während sich vielfüßige Insekten an ihrem Fleisch gütlich taten, versuchte Maddy sich in Erinnerung zu rufen, wer die höhere Gattung war.

Der Regent's Park schien eine attraktivere Adresse zu sein, trotzdem hielt sie es nur eine halbe Nacht dort aus. Das Problem war, daß es im Leben anders zuging als in «Pu der Bär». Richtige Tiere wollen einen nicht zum Freund; sie wollen einen fressen, und zwar gleich.

Doch egal wo sie war – in Suppenküchen, Kirchen, der Blutbank, dem St. Martin's-Tageszentrum, dem Obdachlosenasyl über dem Odeon am Leicester Square – immer hielt Maddy Ausschau nach Fluchtmöglichkeiten, Ausgängen, Hintertüren und Seitengassen. Sie versuchte, undurchschaubar zu wirken – ein Look, der nicht ganz leicht zu stylen war: In Madeline Wolfe konnte man lesen wie in einem Telefonbuch. Bei jedem Schritt, den sie hörte, drehte sie sich um und ergab sich mit erhobenen Händen.

Sie mußte Jack finden, und zwar schnell. Ihre Entzugserscheinungen drohten chronisch zu werden: In Cafés ermahnte sie wildfremde Männer, sich die Hände zu waschen, nachdem sie auf dem Klo gewesen waren. Sie brauchte Hilfe, und sie brauchte sie jetzt. 19000 Kilometer von zu Hause entfernt gab es nur einen Menschen, an den sie sich wenden konnte.

Maddy konnte sich kein unangenehmeres Stelldichein vorstellen. Eine Sonnentempler-Erinnerungs-Grillparty wäre vergleichsweise attraktiv gewesen. Aber verdammt noch mal, blieb ihr denn eine Wahl?

In der Geisterstunde einer mondlosen Nacht machte sie sich auf den Weg nach Maida Vale.

15. Eierlikör

Maddy lümmelte sich auf den Bettrand und betrachtete ihren Ex-Liebhaber. Er lag nackt da, halb verhüllt von einem Laken, um ihn herum verstreut Papiere und Dokumente. Die Schildpattbrille war ihm auf die perfekt geformten Nüstern hinabgerutscht. Sein warmer, salziger Geruch war Maddy so vertraut. Tief unten regten sich Gelüste. Was stand wohl auf Vergenußwurzelung eines schlafenden Ex-Geliebten? Sie widerstand dem Drang, ihm die Zähne ins Fleisch zu schlagen, verschloß ihm mit der Hand den Mund und schüttelte ihn grob.

Sein Blick beschleunigte in Null Komma nichts von verschlafener Leere auf panisches Starren. Ruckartig fuhr er hoch. «Wer sind Sie?» preßte er zwischen ihren Fingern hervor.

«Sag bloß, du hast *Eine verhängnisvolle Affäre* nie gesehen?» Alex zuckte zurück. «Ich bin's, du Riesenarsch.»

«Wer?»

«*Ich.*»

Alex fixierte sie ungläubig. Möglicherweise entspannte sich sein Körper, aber sein Blick wurde betonhart. Er zog das Laken um sich hoch, beförderte seine Brille himmelwärts und setzte sich grunzend aus den Kissen auf. «Gratuliere, Madeline. Du hast soeben deine persönliche Bestleistung in psychotischem Verhalten vollbracht.»

Maddy konnte sich ein unpassendes Glucksen nicht verkneifen.

«Und was zum Teufel sind das für Klamotten?»

«Was?» Maddy hatte vergessen, daß sie unter Deckhaaren reiste. Sie legte die Merino-Dauerwellen-Perücke ab und schüttelte ihr mittlerweile wieder nackenlanges rotes Haar aus. Unter gezierten Verrenkungen schlüpfte Alex unter dem Laken in seine Jeans, schnellte auf die Füße und schritt, sich ein T-Shirt überziehend, auf die Tür zu. «Da ich eine Ehefrau-Ektomie hinter mir habe, wäre ich dir verbunden, wenn du deine Männerhaß-Vendetta woanders praktizieren würdest.»

«Du und Felicity ... ihr laßt euch wirklich scheiden?» Da dieser Mann nach dem Motto «Wie man sich bettet, so lügt man» durchs Leben ging, neigte Maddy dazu, ihm nichts zu glauben. Doch als sie ihm in die Küche folgte, bemerkte sie Anzeichen einer Junggesellenwirtschaft: das Quentin-Tarantino-Video auf dem Tisch, die auf dem Teppich verstreuten alten Grateful-Dead-Platten. Beim Anblick des Kühlschranks war sie dann wirklich überzeugt. Er war leer, abgesehen von ein paar Bieren, einem ausgewickelten Käse, der sich an den Rändern in Zement verwandelte, und bräunlich versteinerten Klumpen, die mal Salami gewesen sein mochten.

«Wenn du noch nie ein Dutzend Scheidungsanwälte in Freßwut gesehen hast, hast du nichts verpaßt», schnauzte Alex und knallte ihr die Kühlschranktür vor der Nase zu. «Danke, daß du mich dazu verdammt hast, meine Wäsche Tag und Nacht für den Rest meines Lebens in die chemische Reinigung zu bringen.»

«Laß den Scheiß, Alex. Du hast deine Frau nicht meinetwegen verlassen, sondern damit du dich noch mehr von den Medien hätscheln lassen kannst.»

«Ah, der Vorfall mit der Schokolade.» Er goß sich einen großen Whisky ein. Maddy wartete darauf, daß er ihr auch einen anbot. Als nichts geschah, konfiszierte sie einfach die

Flasche und folgte ihm ins Wohnzimmer. Der große Hodensack aus Bronze (auch bekannt als «britischer Film-und-Fernseh-Preis») lag auf dem Boden, wo er bei ihrem beflügelten Einstieg durchs Fenster gelandet war. «Ja, und danke auch, daß du mich vor der Presse des Landes lächerlich gemacht hast», sagte er mit dürrer Stimme. «Ich nehme an, als nächstes kommt die Polizei hereingeplatzt und klagt mich an, dir Unterschlupf zu gewähren.»

«Alex, die Liste der Anklagen gegen mich gehört auf die Bestsellerliste, Abteilung ‹Romane und Erzählungen›.»

«Natürlich. Und jetzt, wo du abgehauen bist, wirkst du erst recht wie die Unschuld selbst. Herrgott!» Er warf einen verstohlenen Blick aus dem Fenster, dann schloß er es. «Hat dich jemand reinkommen sehen?» Er verriegelte die Fensterläden. «Dein Foto wird an alle Medien und Polizeistationen übermittelt. Sag mal, fällt es dir immer so verflucht leicht, Freundschaften zu schließen?»

«Sag mal, verhältst du dich immer wie ein verfluchtes Arschloch, wenn eine Freundin in Schwierigkeiten steckt? Nicht irgendeine Freundin, sondern die Mutter deines Kindes ...»

«Komm mir bloß nicht mit diesem ‹Mutter deines Kindes›-Scheiß», knurrte er mit vom Schlaf noch knarrender Stimme. «Ich hatte dich gebeten, die Schwangerschaft abzubrechen.»

Maddy wiegte die Whiskyflasche im Arm. «Kein Wunder, daß ich alle Männer hasse.» Ihre Kampflust erlahmte.

«Ich habe bei meinen ersten beiden Kindern versagt, wie du dich vielleicht erinnerst», rechtfertigte er sich. «Vater sein. Gott, ich bin einfach nicht qualifiziert dafür; ich habe keinen Schimmer, wie man bis zum nächsten Schultag auf die schnelle das Modell einer Raumstation aus alten Schuhkartons bastelt.»

Maddy schleuderte ihre Schuhe von sich, ließ sich aufs

Sofa sacken und seufzte resigniert. «Schau, seit damals ist eine Menge Abwasser unter der Brücke durchgeflossen ...»

«Ha! Mir scheint, dein Fluß ist für seine Brücken etwas zu groß geworden.» Er schritt vor ihr auf und ab. «Portemonnaies stehlen! Herrgott. Laß mich raten ... Du hast gedacht, zur Veränderung mal gesiebte Luft zu atmen würde dir guttun? Ich meine, warum zum Teufel hast du ...?»

«Die Sache ist die ...» Maddy tat die Sache mit einer Handbewegung ab. Was war da los? fragte sie sich. Der Internationale «Vergib, vergiß und halte die andere Wange hin»-Tag? Nein, es war nur so, daß sie mittlerweile auf dem Zahnfleisch ging. «Ich habe ein Baby gekriegt. Es war Schicksal ...»

«Aha, *das* willst du also ...» sagte Alex mit einem lebensüberdrüssigen Stöhnen. «Mich vor die Schranken des Gerichts zerren ...» Bockig verschränkte er die Arme. «Die Alimente-Regelung ist eine Selbstmord-Verordnung.»

«Was?»

«Im ganzen Land vergasen sich Väter in ihren Autos oder knüpfen sich auf, weil man ihnen wegen des Geldes im Nakken sitzt, das sie nicht zahlen können. Wie nennt man vier geschiedene Väter, deren Alimentezahlungen überfällig sind? Ein Mobile!»

«Ach, mach dich nicht lächerlich, Alex. Dafür kenn ich dich zu gut. Du meinst doch, die Vaterrolle sei irgendeine Turnübung.» In seinen Augen glomm die Andeutung eines Lächelns auf. Er unterdrückte es sofort. «Glaub bloß nicht, du seist in dieser Hinsicht einmalig», fügte sie hinzu. «Die Tendenz, mit seinen Kindern nichts zu tun haben zu wollen, läßt sich direkt auf das Y-Chromosom zurückführen.»

«Felicity ist da anderer Meinung. Du solltest meine Alimenterechnungen sehen. Das Biest hat mich aufs –»

«Ich will kein Geld von dir. Ich will nicht mal, daß du mich versteckst.»

«Oh.» Einen Moment lang war er baff. «Was willst du

denn?» fragte er mit ruhigerer Stimme und setzte sich ihr gegenüber hin.

Maddy trank einen Schluck aus der Whisky-Flasche und wischte sich mit dem Handrücken den Mund ab. «Finde Gillian und Jack für mich.»

«Wo sind sie?»

«Weiß ich nicht. Irgendwo in Großbritannien.»

«Oh, das engt die Sache schon gewaltig ein ... Du hast ihn Jack genannt?»

«Er gleicht dir wie ein Ei dem anderen.»

Ihre Blicke verhakten sich einen Moment lang, dann stand Alex auf und reckte sich genüßlich. Da war er wieder, dieser schwache Stromstoß in ihrem Unterleib. «Ich hol dir ein paar von Felis alten Kleidern, wenn du willst.»

Maddy sah zu, wie er sich auf einen Stuhl stellte und in einen Pappkarton im obersten Fach des Korridorschranks griff. Sein T-Shirt rutschte nach oben und gab verlockend den Blick auf den Haarstreifen frei, der sich von der Gürtelschnalle abwärts verbreiterte. Maddy spürte, daß sie feucht wurde. Das hier lief gar nicht nach Plan. «Du hast abgenommen.»

«Wundert's dich? Das ist die ‹Verlieren Sie Frau, Kinder und die Liebe Ihres Lebens über Nacht›-Diät von Alexander Drake. Du hast mich beinah umgebracht, weißt du das?» Alex stieg vom Stuhl und setzte sich wieder. Er schlug die Beine übereinander; die aufreizende Ausbuchtung im Schritt verschwand im willfährigen Jeansstoff. «Wirklich wahr. Die Medizin ist heute der Ansicht, daß man tatsächlich an gebrochenem Herzen sterben kann. Das hat mit dem Ausschütten von Stresshormonen zu tun oder so.» Er ballte die Jeans und die Bluse, die er herausgefischt hatte, zusammen und warf sie mit über die Schulter erhobenem Arm in Maddys Richtung. «Nichts anderes, als was Verdis Violetta oder Shakespeares Ophelia längst schon wußten.»

Mit einem erleichterten Seufzer fummelte Maddy am Bund und ließ den schweren Rock zu Boden fallen. Er ergoß sich um ihre Füße, ein Teich aus Tweed. Rasch schüttelte sie die Jacke ab. Sie ließ sie lassoartig über dem Kopf kreisen und dann mit einem befreiten Jauchzer fliegen. Sie war es so gewohnt, sich vor ihm auszuziehen, daß sie erst in dem Moment, als sie auch die Bluse von sich warf, bemerkte, daß ihr Verhalten nicht mehr dem Benimm-ABC entsprach. Alex ließ den Blick über ihren in Gefängnisunterwäsche steckenden Körper schweifen. Sie erhaschte ihn. Er schaute weg.

«Du hast mir die Gesundheit ruiniert. Sollte ich je versucht sein, ‹Ich will dich zurückhaben› zu sagen, hoffe ich, daß mir die Spucke wegbleibt.» Er jagte sich einen weiteren Drink durch die Gurgel. «Oder daß ich mit Stummheit geschlagen werde ...» Seine Bewegungen hatten etwas Animalisches bekommen. «Oder eine Hirnblutung habe ...»

«Du willst mich zurückhaben?» sagte sie perplex. In Sachen Lebenserfahrungen konnte sie ja nie genug kriegen. Aber das schlug dem Faß die Krone ins Gesicht.

«Das hab ich nicht gesagt», sagte er mit fester Stimme. «Wieso? Willst du etwa *mich* zurückhaben? Bist du deshalb hier?»

«Das hab ich nicht gesagt.» Sie zerrte Felicitys T-Shirt an sich hinunter. «Dich werde ich immer lieben, Alex. Deine Lebensphilosophie hingegen, deinen Pseudo-Feminismus, deine fiesen, miesen, widerlichen Lügen und deine Art, dich zu kleiden, die kann ich absolut nicht ab.»

Diesmal nahm Alex in Gelächter Zuflucht. Er warf den Kopf zurück und brüllte los.

«Liebst du – *mich* denn noch?» wagte sie zu fragen. Alex blickte sie so lange an, daß sie sich erröten spürte. «Hör mal, das ist keine Frage, für deren Beantwortung du erst büffeln mußt.»

Er erhob sich von seinem Stuhl. Er kam näher und näher

… so nah, daß er wie ein Picasso-Gemälde aussah. Ihre Nasen rieben sich aneinander, dann imitierten ihre Münder schmelzende Marshmallows.

Als sie sich voneinander lösten, atmete Maddy heftig. «Bloß weil mir entfallen ist, worüber wir uns gestritten haben, heißt das noch lange nicht, daß ich dir verziehen habe.»

«Ich auch nicht.»

«Worüber haben wir uns gestritten?»

«Egal worüber – die Tatsache, *daß* wir uns gestritten haben, zeigt, daß das hier keine gute Idee ist», antwortete er und entfernte sich.

Maddy fiel die Gänsehaut an seinem Hals auf. Sollte er doch ruhig sagen, daß er sie nicht wollte – sein Körper sagte etwas ganz anderes.

«Absolut. Ganz meine Meinung.» (Eins oder zwei von Maddys Neuronen blieben standhaft: «Der Typ ist ein verlogener Hund. Tu's nicht», wimmerten sie in das geistige Vakuum, wo sich einst ihr Hirn befunden hatte.) «Ein Soufflé geht schließlich auch nicht zweimal auf, stimmt's?»

«Stimmt.»

Während sich Maddy in Felicitys Jeans fädelte, tat Alex so, als würde er nicht hinschauen, und Maddy tat so, als wüßte sie nicht, daß er hinschaute. Er gab ihr ein Paar Sandalen. Ganz kurz berührten sich ihre Hände. Es funkte so viel Elektrizität zwischen ihnen, daß es sich glatt gelohnt hätte, sie zu privatisieren.

«Zu schade, daß du alle Männer haßt.»

«Ach, ich weiß nicht. Ein Monat in einem Frauengefängnis wirkt sich nun mal in der Regel positiv im Sinne einer Neubewertung des anderen Geschlechts aus.»

Sie saßen in hitzigem, unbehaglichem Schweigen da.

«Woran denkst du?» forschte Maddy schließlich.

«Daran, wie ich dir mit den Zähnen all die Klamotten runterreiße, die du eben angezogen hast.»

«Ich auch.»

Das nächste, dessen sie sich bewußt wurden, war, daß ihre Zähne im Flug mit einer Leidenschaft zusammenprallten, die monatelange Zahnarztarbeiten zur Folge haben würde. Es war eine Art Sex, dachte Maddy, wie man sie als Teenager hatte. Sex, der einem danach in allen Technicolor-Details im Kopf herumspukte.

Vaginales Déjà-vu. Und das wochenlang. Maddy bedauerte alle Frauen, die nie erfahren würden, wie das war, wenn sich Alexander Drake mit seinem warmen Mund an einem zu schaffen machte.

Die Sonne verfärbte den Morgenhimmel, als sie sich endlich voneinander lösten. Hin und weg von ihrer sexuellen Symbiose lagen sie auf den Laken.

«Und du hast so getan, als hättest du keine Lust», keuchte Maddy und fügte hinzu: «Damit du dir keine falschen Vorstellungen machst: Ich bin zur Zeit einfach etwas unterernährt, was fleischliche Genüsse betrifft. Es genügt schon, daß ich Paul Newmans Bild auf seiner Salatsauce sehe, damit ich erregt werde.»

«Ach wirklich?» lachte Alex. «Wie schade, denn ich hatte gerade gedacht, wir sollten endlich heiraten. Immerhin haben wir ein drei Monate altes Baby. Die Leute fangen an zu reden.»

Er stützte sich auf dem Ellbogen auf und fuhr die Schwangerschaftsstreifen nach, mit denen das Baby sie gezeichnet hatte. Er beugte sich über ihren Unterleib und küßte zärtlich die faltige Haut. Er saugte ihr die Milchperlen von den Brüsten.

«Vergiß die Sache mit der Mutterliebe. Der wahre Grund, warum ich Jack finden muß», erklärte sie, «ist, daß meine Brüste demnächst *explodieren*. Die IRA könnte mich als Zünder benutzen ...» Ihre Stimme erstarb in bebendem Geflüster.

Diesmal bewegte er sich langsam über ihren Körper – so langsam wie ein T'ai-Chi-Meister bei seinen Übungen.

«Eierlikör», lachte Maddy in sich hinein, während sie ihre weißlich glänzenden Lippen abwischte.

Alex blies heißen Atem in ihr Haar. «Warum bin ich so schlecht in Beziehungen?»

Das war wirklich etwas Neues: daß Alex zugab, nicht im Recht zu sein. Maddy fügte es der geistigen Checkliste der Dinge zu, die sie an ihm mochte: seine Vorliebe für Kalauer (Wortvorspiel, wie sie es nannten); daß er alle 25 Funktionen seines Schweizer Messers kannte; die Rundung seiner Arschbacken in schwarzen Jeans; seine Frechheit (er hatte ihr mal im Fotoautomaten des Planetariums oralen Sex angedeihen lassen – das fotografische Beweismaterial besaß sie noch); die Fältchen, die seine Nase bekam, wenn er lachte; wie gründlich er eine Weinkarte studierte – als hätte er sie selbst geschrieben.

«Die Wahrheit ist, Maddy, daß ich nie gut genug für dich gewesen bin.»

«Das stimmt!» Sie sah den Vater ihres Kindes an. Vielleicht hatte sie zu hart über ihn geurteilt. Herrgott, sie war schließlich ein Spielball ihrer Hormone gewesen. Und wozu hatte sie es allein gebracht? Zu nichts.

«Weißt du, was mir bewußt geworden ist? Das Wichtigste ist, zu den einfachen Dingen im Leben zurückzufinden.»

Sie gähnte herzhaft. «Darüber können wir morgen sprechen, wenn wir bei Habitat ‹Sie›- und ‹Er›-Handtücher einkaufen.»

Sie kuschelte sich an seinen breiten Rücken und ließ im Kopf noch mal ihr Sexorama abspulen. Mit vor Lust pukkernder Haut, Alex' Geschmack auf der Zunge und im Sauerstoffrausch neu erwachter Hoffnungen vergrub sie das Gesicht in seinem Nacken. «Übrigens, die einzige Qualifikation fürs Vatersein ist, daß man *jemanden kennt,* der weiß, wie man bis zum nächsten Schultag auf die schnelle das maßstabgetreue Modell einer NASA-Raumstation aus alten Schuhkartons bastelt.» Dann schmolzen ihre Muskeln wie Butter, ihr Körper wurde warm wie Badewasser, sie verlor das Bewußtsein und seilte sich ab in einen tiefen, tiefen Schlaf.

16. Angst vorm Landen

Als Maddy um 14 Uhr erwachte und ein kaltes Bett, eine leere Wohnung und keine Nachricht vorfand, geriet sie nicht in Panik. Nachdem sie ein, zwei Jahrzehnte lang mit Typen zu tun gehabt und so getan hatte, als gäbe es keinen Unterschied zwischen den Geschlechtern, war sie nunmehr zu dem Schluß gekommen, daß die Männer von einem anderen Planeten stammten. Sie konnte sich keine Frau vorstellen, die darauf wartete, daß die Toilettenfee die Klorolle auf dem Halter auswechselte, oder die lieber starb, als daß sie jemanden nach dem Weg fragte (weshalb sie mittlerweile in den Space-Shuttles immer eine Alibifrau dabei hatten). Sie hatte auch noch keine Frau vor dem Spiegel Luftgitarre spielen oder *nur so aus Spaß* am Thermostaten des Kühlschranks herumfummeln sehen. Diese Unterschiede waren nicht angelernt, sie waren angeboren.

In Wahrheit fehlte den Männern die DNS-Struktur, die sie befähigt hätte, die Nagelschere, die Fernbedienung, die frisch gereinigten Hemden, zwei zusammenpassende Socken, Aspirin oder die schwarze Frackschleife zu finden – lauter Dinge, die sich erstaunlicherweise stets genau am selben Ort anfanden, wo sie schon seit zehn Jahren gelegen hatten.

Männer waren genetisch dazu programmiert, vor dem offenen Kühlschrank zu stehen und stundenlang ins Innere zu blicken, als warteten sie darauf, daß etwas darin Gestalt annähme; seitliche Löcher in Brotverpackungen zu reißen; sich in der Dusche zu schneuzen und vor Ampeln in der Nase zu bohren; das Auto immer selbst fahren zu wollen – außer nach einem trinkfreudigen Abendessen, wo sie dir verkündeten, das solltest *du* jetzt besser tun; die auf Leer stehende Benzinanzeige als Aufforderung zu betrachten, noch zehn Kilometer zu fahren … und nach einer romantischen Nacht unübertrefflicher Leidenschaft keine Nachricht zu hinterlassen, auf der sie unsterbliche Liebe gelobten. Maddy nahm so was einfach nicht mehr persönlich.

Statt dessen beschloß sie, seine Spur aufzunehmen. Das war nicht schwierig. Beim Durchstöbern seines Schreibtischs fand sie die goldgeprägte Einladung zu einer Cocktailparty im Highgrove House, deren Erlös einer «Gesellschaft zur Rettung des Bodens» zukommen sollte. Alex, der populärer war als der Thronfolger, brauchte sie nicht, um eingelassen zu werden. Weshalb Maddy nichts weiter tun mußte, als in ein abgelegtes Kostüm seiner Ex-Frau zu schlüpfen, den Vornamen wegzutippexen, mit Tinte ihren eigenen Schnörkel einzusetzen – «Madeline Drake» stand jetzt da; schlagartig wurde ihr bewußt, daß es sich gut anhörte – und mit dem Zug in die Cotswolds zu fahren.

Die harte Schule des letzten Monats hatte sie verändert. So weit verändert, daß sie wußte, es wäre dumm, von Männern zu große Änderungen zu erwarten. Sie hob seine auf dem Boden verstreuten Kleider auf und legte sie zärtlich zusammen. Es war, wie ihre Mutter immer gesagt hatte: Wähle lieber den Teufel, den du schon kennst.

Maddy hatte sich gebettet, nun wollte sie nichts anderes als liegen – mit ihm. War das so schlimm? Es noch mal mit dem Vater ihres Kindes versuchen zu wollen? In *Angst vorm Fliegen* hatte Erica Jong beschrieben, wieviel Mut es kostete, sich zu befreien … Nun, Maddys Buch würde *Angst vorm Landen* heißen und von den irrationalen Ängsten davor handeln, einen Haushalt einzurichten und Falschen Hasen mit Kartoffelbrei zu kochen. Alex hatte am Vorabend selbst gesagt, sie sollten heiraten. War das ein Scherz? fragte sie das Foto auf seinem Ausweis fürs Fitneßcenter, während sie die durcheinandergewirbelten Laken entwirrte. Aber Männer machten keine Scherze, wenn es um das große H ging ... oder?

Zum ersten Mal in ihrem Leben gestand sich Maddy ein, daß sie einen Mann brauchte. Sie wollte im Plural sprechen können – «wir tun dies» und «wir haben das getan». Sie wollte die Nummer eins seiner Kurzwahltasten sein. Sie wollte auf Händen getragen werden. Sie wollte jemanden, der die zweite Stimme von «I Got You Babe» sang. Der über ihre Scherze lachte. Verdammt. Eine Frau konnte ihre Augendeckel nicht selbst küssen. Sie starb vor Hunger nach Gewöhnlichkeit. Es war Zeit für eine Abhängigkeitserklärung.

Klar wußte sie, daß sie ohne ihn überleben würde, aber verdammt noch mal: Davon hatte sie die Nase voll. Das Schwierige daran, am Ausgang des 20. Jahrhunderts eine Frau zu sein, erklärte sie der Zahnpasta, mit der Alex den Badezimmerspiegel emailliert hatte, war, daß frau immer so verdammt stark sein mußte. Mitten in der Nacht aufzustehen, um Sicherungen auszuwechseln, Räuber in die Flucht zu schlagen und im strömenden Regen Reifen zu wechseln – noch ein bißchen mehr von dieser Sorte Gleichberechtigung, und sie war reif für die Klapsmühle.

Alex würde ihr menschlicher Wonderbra sein: unterstützend und erhebend, damit sie üppiger und besser aussah.

Während sie seine Bartstoppeln aus dem Waschbecken spülte, vergrub sie das Gesicht in seinem Bademantel und atmete tief ein. Alex war das, was in der Herzgegend so gejuckt und woran sie monatelang nicht zu kratzen gewagt hatte. Aber Herrgott, wie hatte sie ihn vermißt. «Liebe auf den zweiten Blick», sinnierte sie sarkastisch, während sie die Teetassenringe auf dem Nachttisch wegschrubbte, «was für eine Arbeitsersparnis für eine alleinerziehende Mutter mit einem heftigen Sexualtrieb!» Wenn sie die gelegentlichen BH-Anproben bei Marks and Spencers abrechnete, hatte sie in den vergangenen – düster zählte sie es an ihren Ajax-weißen Fingern ab – *neun Monaten* überhaupt kein Sexleben mehr gehabt. Sie brauchte sich nur einen Moment lang Alex nackt vorzustellen, und schon hing ihr die Zunge so weit aus dem Mund, daß sie ihm nebenbei den Teppich hätte schamponieren können. Aber nein, es war mehr als das. Viel mehr. Und diesmal würde sie nicht zulassen, daß er kniff.

Während sie verkrustete Teller neben die Spüle stellte und schnalzend die Gummihandschuhe überzog, ließ sie die Phantasie über die Intelligenz triumphieren und verzieh Alex all seine Schwächen und Fehler. Mit einem Zucken ihrer athletischen Schultern schlug sie die zweitliebste Warnung ihrer Mutter (nach: Nimm nichts in den Mund, bevor du es gewaschen hast) in den Wind: «Erst träumst du von ihm, dann räumst du für ihn.»

Es fiel ihr ebenso leicht, ihre Prinzipien hinunterzuschlukken, wie Alex' Eierlikör.

Hoffnungsvoll und singenden Herzens trank sie ihren Kaffee aus, spülte den Becher und stellte ihn umgekehrt auf den Abtropfständer – noch nicht ahnend, daß Alexander Drakes gesamte Philosophie der Liebe als Sprüchlein auf den Becherrand gepaßt hätte ...

17. Der Held der Mittelschicht

Die englische Oberschicht hat ein Herablassungs-Chromosom. Nie wird das deutlicher, als wenn die ihr Zugehörigen bei Veranstaltungen gezwungen sind, sich auf das Niveau frisch vom Stammbaum gefallenen Neuadels hinunterzubegeben: Medienzaren, Lotteriegewinner und arabische Kaufhausbesitzer, die der Fettleibigkeit ihrer Konten wegen geduldet sind. Deshalb ist ein Zweistufen-Einladungssystem erfunden worden, um Alt- und Neureich etwas gegeneinander abzusetzen: Goldgeprägte Einladungskarten gewähren der Aristokratie Zugang zum inneren Heiligtum von Highgrove, während weiße die Arschokratie den Zelten auf dem Rasen zuweisen.

Doch da sie nun mal ihre obligatorische Spende bezahlt hatten, wollten Proleten und Zelebritäten für ihr Geld verdammt noch mal auch etwas haben. Maddy sah sie an den Fenstern von Prince Charles' neoklassizistischem Refugium ihre operierten Nasen plattdrücken, während sie nach Alex Ausschau hielt.

Sie hörte den Prinzen einer Schar Schranzen sein umweltfreundliches Abwassersystem erklären. Seine gutgemeinten Worte wurden von sich überschlagenden Wogen des Lobes und der Wertschätzung weggespült. Doch kaum hatte er sich in Richtung Kräutergarten entfernt, wurde Maddy klar, daß nicht Umweltschutz, sondern geistige Umweltverschmutzung das Anliegen dieser Leute war.

«Die sind doch total auf ihre Eingeweide fixiert. Das ist das

Problem. Di, die dumme Kuh, investiert jährlich 17000 Pfund in Darmspülungen, und Charles gibt Cocktailpartys, um seinen Kompost vorzuführen: Da drüben das Menü von letzter Woche, hier das Menü von dieser …» scherzte eine Frau, die vom gelifteten Kopf bis zu den Füßen in Donna-Karan-Klamotten steckte. Ihr ausgehungerter Körper in Kombination mit dem aufgeplusterten Haar verlieh ihr das karottenförmige Aussehen einer modebewußten Außerirdischen.

«Dafür wissen wir jetzt, warum Diana so dumm ist: Die haben die Klistiermaschine zu hoch aufgedreht und ihr das Hirn mit rausgesaugt …»

In den sensiblen und sozialen Neunzigern galt Protzen als degoutant, weshalb die Männer Konzessionen machten und zu ihren Versace-Hosen T-Shirts trugen sowie Kristalle statt Goldbarren an ihren Halskettchen.

«Vorausgesetzt, da ist überhaupt mal was zum Raussaugen gewesen!» legte ein Mann nach, der seinen IQ durch ein T-Shirt zu erkennen gab, auf dem in Druckbuchstaben «Schwer bestückt» stand.

«Je schneller er Camilla heiratet, desto besser», sagte eine Frau in den Vierzigern, die in *Quickie* kürzlich als «lebenslustig» bezeichnet worden war. (Das war der Klatschkolumnen-Euphemismus für «hat Riesentitten und zwitschert gern einen».) «Sobald er nämlich den Thron besteigt …»

«Den Thron? Der besteigt noch ganz anderes», mischte sich eine weitere Außerirdische ins Gespräch. (Diese wäre als «äußerst lebhaft» beschrieben worden, was bedeutete, daß sie einst ihren Lebensunterhalt mit Fotos verdient hatte, auf denen sie nichts weiter als einen Schnürsenkel, auch Cache-sexe genannt, trug.) «Ich hab nämlich aus zuverlässiger Quelle gehört, er sei irgendwie schwul …»

«Du wärst auch schwul, wenn du mit einer Bulimiekranken verheiratet wärst. Denk bloß an den Mundgeruch vom ewigen Kotzen.» «Schwer bestückt» stellte seine überdurchschnittliche Intelligenz ein weiteres Mal unter Beweis, indem er nachahmte, wie sich die Princess of Wales am großen weißen Telefon mit Gott unterhielt. «Würg. Ich kann mir nicht vorstellen, wie man eine Bulimiekranke vögeln kann ...»

«Von hinten vielleicht?» schlug Maddy schelmisch vor.

Die Männer, die von den Hypotheken guter Häuser lebten, aus denen sie nicht stammten, unterbrachen sich beim Inhalieren der Horsd'œuvres und fuhren herum. Sie hätten vielleicht sogar gelacht, wäre da nicht die begehrte goldgeprägte Einladungskarte gewesen, die Maddy an sich drückte. Die Frauen preßten die mit Konturstift umrissenen Lippen zu neidischen Schnuten zusammen und verzogen sich *en masse* in den Klärschlammgarten.

Maddy, die sich zunehmend wie Stanley auf der Suche nach Livingstone vorkam, kämpfte sich durch den Dschungel fotogener Berühmtheiten und hielt nach Alex Ausschau. Unterwegs stieß sie auf allerlei Flora und Fauna, deren sonderbarste Exemplare die endemischen Bodenretter waren: Sie fielen durch ihre dungfarbigen Windjacken auf, die sie in all dem Kompost nahezu unsichtbar machten, und diskutierten, welche Kletterpflanze die zähere sei: *clematis viticella* oder *aconitum volubile*.

Mit der Machete bahnte sie sich einen Weg durch die Kletten ins Highgrove House. Ihre Kategorie-A-Einladung verschaffte ihr das Privileg, sich zwischen den endlosen Antiquitäten mit Kanten auf Schienbeinhöhe hindurch in eine mit VIPs vollgepferchte Bibliothek vortasten zu dürfen. Die VIPs waren jeweils ins Gespräch mit der linken Brust ihres Gegenübers vertieft, wo sich das laminierte Schild mit dem Doppelnamen befand. Maddy brauchte kein «Lord Dingsbums»- oder «Baroness Bumsding»-Schild zu entziffern, um angesichts all der gerümpften Nasen und gespitzten Lippen zu wissen, daß ihre Umgebung erste Sahne war: dick, fett und bestens zum Schlagen geeignet.

Ihre herumwieselnden Augen stöberten Alex auf. Er stand neben dem Bücherregal, in der einen Hand eine Champagnerflöte, in der anderen ein winziges Viereck matschigen Toasts, auf dem ein Fischköder aufgebahrt lag.

«Das also sind *die einfachen Dinge im Leben*, zu denen du zurückfinden wolltest», flüsterte Maddy, zwickte ihn in den Hintern und verschlang sein Canapé auf einen Haps.

Alex wirbelte herum und zog diverse Rektale-Untersuchungs-Grimassen. «Was zum Teufel –?» Er entschuldigte sich bei seiner Gesprächspartnerin, die aussah, als würde dereinst ein Schlachtschiff nach ihr benannt werden, und steuerte Maddy in eine abgelegene Ecke des Raumes. «Was zum Teufel tust du hier?» zischte er.

Maddy deutete lachend auf ihr Namensschild. «Ich bin deine Frau, wie du siehst.» Sie riß Alex sein Schild vom Revers und befestigte den Klettverschlußstreifen auf ihrer rechten Brust. «Es wäre unfair, der anderen keinen Namen zu geben. Sie könnte ja Komplexe kriegen. Wie bist du bloß angezogen?» Sie zupfte verspielt an seiner LL-Bean-Freizeitkleidung und gab seinen patagonischen Bergschuhen einen Tritt. «Wohin geht's? Auf den Everest?»

Doch Alex hatte sein Fahrstuhlgesicht aufgesetzt, wie Maddy es nannte. «Madeline, das ist nicht lustig. Ich bin arbeitshalber hier.»

«Wenn es dir mit der Politik ernst ist, Alex, laß dir eins gesagt sein: Wenn du diese Kleider trägst, wird dir nur eine Sorte Leute folgen – Ladendetektive.»

«Da kennst du dich ja aus, nicht wahr?» sagte er durch zusammengebissene Zähne und blickte nervös über die Schulter zurück.

«Ich will bloß dem Klischee der Australierin gerecht werden», witzelte sie.

«Du hast offenbar noch immer nicht kapiert, Madeline: Der lange Arm des Gesetzes greift nach dir ...»

«Also, wenn er mich hier finden will, muß er sich ganz schön verrenken ... Übrigens ist das Gefängnis eine hervorragende Vorbereitung auf ein gesellschaftliches Ereignis wie das hier. Da geht es nämlich genauso hierarchisch zu.»

«Herrgott noch mal, Maddy!» Er klimperte aufgeregt mit dem Kleingeld in seinen Taschen. «Du hast doch nicht etwa vor, auf diesem Mustergut die Geldkühe zu melken?»

Das weibliche Schlachtschiff, das sich mittlerweile lauthals darüber mokierte, daß John Major gekaufte statt geerbte Möbel besaß, warf ihnen mißtrauische Blicke zu. Alex drängte Maddy noch tiefer in die Abteilung «Sporen und andere Mikroorganismen» der Bibliothek. «Du mußt weg hier – und zwar gleich.»

Maddy streckte ihm das Gesicht entgegen und streifte seinen Mund mit ihren Lippen. Da war er wieder, der Stromschlag im Unterleib. «Allmählich wünsche ich mir, ich wäre wieder im Gefängnis», sagte sie leichthin. «Mit sexhungrigen, cracksüchtigen Bodybuilder-Lesben, die mit Stellmessern herumfuchteln, macht es *mehr* Spaß als mit dir ... Wobei es mit dir durchaus Spaß machen kann –» sie fädelte ihre Finger durch seine Gürtelschlaufen und zog ihn an sich –, «wenn du in Stimmung bist ...»

Alex riß sich los. «Hör mal, ich muß dir was sagen ... Nachdem Felicity mich verlassen hat und du alle Bindungen gekappt hast, habe ich meine Sexualität neu entdecken müssen ..., und dabei habe ich die Enthaltsamkeit entdeckt.»

Maddy warf den Kopf zurück und lachte unmäßig laut los. «Genau, wie Johannes Paul II.»

«Ich kann besser arbeiten, besser denken und –» er musterte sie scharf – «brauche keine Skandale in den Zeitungen zu fürchten ... Dafür wird mein Innenleben um so reicher.» Er korrigierte den bereits perfekten Sitz seines Hemdes in den Jeans. «Es ging eigentlich erstaunlich einfach. Wie wenn man das Trinken aufgibt: Was für eine Erleichterung, nicht andauernd in den Schnapsladen pilgern zu müssen …»

«Ach ja? Na so was: wunde Knie, der Wolf in der Leistengegend, Muskelkater – ich hätte geschworen, wir hätten uns unlängst ein gemeinsames Betthupferl genehmigt.»

«Geilheit ist die Bananenschale der Enthaltsamkeit. Da gibt es eben Ausrutscher, ja?» schmollte Alex. «Ich bin ein geborener Junggeselle, Maddy. So eine Spießbürgerexistenz entspricht mir: mich in meinen liebsten Polstersessel plumpsen lassen, eine Mozart-CD hören, immer gut angefeuchtet mit Chivas Regal, Modelleisenbahnen und Napoleon-Memorabilien sammeln …»

«Das ist doch Quatsch mit Soße», sagte sie ungeduldig. «Gestern nacht gab's noch Eierlikör. Wie kannst du da jetzt nur so was von dir geben?»

«Madeline, das, was gestern nacht passiert ist, war nichts als MSS – maximaler Sperma-Stau.»

Maddy zog es den Boden unter den Füßen weg. Um sich physisch und psychisch verstümmeln zu lassen, hätte sie genausogut nach Ruanda fahren können und fertig. «Und was ist mit mir und Jack?» Es klang, als spräche sie mit dem Kopf unter Wasser.

«Ihr zwei braucht mich so sehr wie … ich weiß auch nicht … wie ein Eskimo einen Rasenmäher. Unsere Gesellschaft legt sich unerbittlich eine immer matriarchalischere Struktur zu. Die Frau ist die eigentliche Kontrollinstanz. Der Mann – ein unbedeutender Statist.»

Soviel zu den «Sie»- und «Er»-Handtüchern. Das hier klang mehr nach «Ich, Ich, Ich». Maddy war gerade dabei, sich schlangenmenschenartig der unerwarteten Wendung des Gesprächs anzupassen, als sich Petronella de Winter an Alex' Arm hängte und ihm einen dicken feuchten Kuß auf die Wange drückte. «Hi!» Dank ihrer schwindelerregend hohen Absätze wirkte sie fast so groß wie Maddy in Felicitys flachen «Komm mit nach Hause, Scrabble spielen»-Sandalen. Mit ihren pink geschminkten Lippen und dem unerträglich munteren Getue war sie so verdammt niedlich, daß Disney ein T-Shirt aus ihr hätte machen können. Ihr eng geschnittenes Moschino-Kleid betonte ihre perfekte Figur. Ihre *zu* perfekte Figur. Maddy vermutete, daß sie zu der Sorte Frau gehörte, die man durch eine Zehe aufbläst. Sie beugte sich vor und inspizierte ungläubig Petronellas Namensschild.

«Meteorologin?»

«Ja. Ich hab den Job gewechselt. Vor drei Wochen.»

Zurückgestuft, folgerte Maddy, nach einer gewissen Panel-Diskussion. Wetterfee war der neue Wunschberuf nach Schauspielerin und Stewardess geworden. Es gab im Fernsehen gar nicht genug Wetter für all die blonden Schönheiten mit guten Aussichten, sonnigen Gemütern und aufziehenden Hochdruckgebieten der Größe 90 D. Ihre üppige Busengröße würde Petronella bald zur berühmtesten aller Meteorologinnen machen. Sie brauchte sich nur auf die Seite zu drehen, und schon war es in East Anglia bedeckt. Für Norfolk hatte es wahrscheinlich schon seit Wochen keine Vorhersage mehr gegeben. Aber was zum Teufel hatte sie hier verloren? Maddy spürte in ihren Gefühlsisobaren eine ausgeprägte Kaltfront aufziehen.

«Wenn du mich fragst, Alex, ist zellulitisfreie Oberschenkelhaut kein eindeutiger Hinweis auf ein reiches Innenleben», sagte sie argwöhnisch.

«Petronella beabsichtigt, den Magister in Ökologie zu machen», versuchte Alex, geselligen Mutterboden in die Gesprächslücke zu schaufeln.

«Ich hatte gehofft, wenn ich als Fernsehansagerin arbeite, kann ich eines Tages vielleicht irgendwie was für eine Menschenrechtsorganisation oder Unicef oder so machen ... aber dann habe ich meine eigentliche ...»

«Berufung entdeckt?» schlug Maddy scherzhaft vor.

«Ja, genau. Und wer sind Sie noch gleich ...?» Bevor die Wetterfee Maddys Brustbeschriftungen entziffern konnte, hatte Alex sie abgerissen. In Felicitys Nicole-Farhi-Ausstattung und kompletter Estée-Lauder-Kriegsbemalung erkannte Petronella sie offenbar nicht wieder. Das war nicht *allzu* erstaunlich. Mal so gesagt: Wäre Petronella brünett gewesen, hätte sie blonde Haarwurzeln gehabt.

«Die Kuh des Jahrhunderts, allem Anschein nach. Aber vielleicht sollte ich mein Namensschild auf dem Rücken tragen, damit du weißt, wem du gerade in denselben fällst?» sagte Maddy zu Alex, der soeben einen inexistenten Fleck auf seiner Krawatte entdeckt hatte.

«Dann teilen Sie also irgendwie unsere Leidenschaft für die Erhaltung des Bodens?» bohrte Petronella.

Maddy war das «unsere» nicht entgangen. «O ja, ich bin ihr regelrecht verhaftet.»

Alex warf Maddy einen Blick zu, der «Wer keine dicke Lippe riskiert, braucht sich hinterher nicht den Arsch abzubeißen» signalisierte.

«Petronella ist den Liberaldemokraten beigetreten. Sie hilft mir bei meiner Kampagne», beeilte er sich zu sagen. «Apropos, Pet, wir müssen dringend zum Prominenten-Krocket und meinen neuen Kampagnenleiter treffen –»

«Pet?» wiederholte Maddy argwöhnisch. Der Haute-Couture-Hosenanzug der Wetterfee lag in der Leistengegend dermaßen eng an, daß jeder Huster einen Orgasmus auslösen mußte.

«Lex' Kampagne soll mit der Idee aufräumen, daß Umweltschutz irgendwie ein teurer Luxus ist.»

Maddy fuhr nicht zum ersten Mal aufs Grüne Meer der Eifersucht hinaus, aber diesmal hatte sie kein Ruder. *«Lex?»* Sie ließ ihre erste Notrakete steigen.

«Wenn Geld investiert würde, um Industrie, Transport

und Landwirtschaft ‹grüner› zu machen, könnte der, na ja, Steuerzahler mehr als 3,5 Milliarden Pfund Arbeitslosenunterstützung einsparen.» Als Wetterfee hatte sie wahrhaftig ihre Berufung gefunden: Sie wußte ganz genau, woher der Wind gerade wehte. Maddy versuchte, sie zu unterbrechen, aber sie hatte noch eine Menge heiße Luft übrig. «Unser Ziel ist irgendwie eine Umschichtung des Transports von der Straße auf die Schiene, eine, na ja, Abkehr von der Kernenergie zugunsten von Windparks und Sonnenenergie, und wir wollen die Industrie dazu zwingen, na ja, neue Technologien zu installieren, um irgendwie das verschmutzte Land und die Flüsse zu reinigen.» Alex trat mit verschleiertem Blick von einem Fuß auf den anderen. «Wir müssen aufhören damit, bloß am Rand ein bißchen rumzubasteln, es ist Zeit, daß der Umweltschutz ins, na ja, Zentrum des wirtschaftlichen Denkens gerückt wird. Das ist unser Standpunkt. Er wird einen irgendwie echt klasse Umweltminister abgeben, nicht wahr, Schatz?»

Alex zuckte zusammen. Maddys Mißtrauen beschleunigte blitzartig von Null auf Hundert. Ihr fiel ein, daß sie auf ihrer Liste der genetischen Unterschiede zwischen den Geschlechtern einen wesentlichen Punkt vergessen hatte: Luftgitarre, Herumfummeln am Kühlschrank-Thermostaten – und die Fähigkeit, im Nu einer anderen an die Wäsche zu gehen. Wahrscheinlich hatte er davor nicht einmal *geduscht*. «Hast du gewußt, daß die meisten Morde von Menschen begangen werden, die man *irgendwie* kennt?» ließ sie ihn zähneknirschend wissen.

Petronella klammerte sich fester an Alex' Arm. «Alexander, was ist denn los?»

«Keine Bange», beruhigte Maddy sie, «Streit ist unsere Art des Vorspiels, nicht wahr, *Schatz*?»

«Maddy, es reicht. Wir gehen.» Er schubste Petronella in Richtung Terrasse.

Maddy folgte ihnen wutschnaubend, wobei sie sich auf Schritt und Tritt das Schienbein irgendwo anschlug. «Seht zu, daß ihr die Laken nicht versaut, ich hab sie frisch gewechselt.»

Petronella erstarrte auf der Schwelle der Terrassentür. Sie schüttelte Alex' Arm ab. «Hast du etwa mit dieser Frau *geschlafen*?»

«O ja», schwärmte Maddy. «Er ist offenbar dabei, seine Sexualität neu zu entdecken ... und die von so vielen Frauen wie nur möglich gleich dazu.»

Der Krabbencocktail von MS Schlachtschiff kenterte und rann ihren Bug hinab.

«Herrgott noch mal», zischte Alex, während er beide hinaus und hinter die ornamental beschnittenen Buchsbäumchen zerrte. «Nicht so laut.»

«Dein Pech, Alex. Sag mir bloß, daß das alles nicht dein Ernst ist. Die ist doch viel zu *jung*. Wenn sie ein Wein wäre, würdest du sie nie trinken. Noch nicht mal Bill Wyman würde sie trinken ... oder Michael Jackson.»

«Hören Sie mal, Sie reden die ganze Zeit irgendwie unerträglich ungehörig daher», schmollte Petronella, «jetzt will ich Ihnen mal sagen, was ich denke.»

«Nur zu. Viel kann's ja nicht sein.»

«Was meinst du damit?» giftete Alex. «Daß ich alt bin?»

«Du siehst aus wie Kens Vater, der die Freundin seines Sohnes ausführt: Barbie.»

Instinktiv drehte sich Alex um und betrachtete sich im Glas des Wohnzimmerfensters.

«Lex war mein Regisseur bei einem Dreh im Holloway-Gefängnis, und ausgerechnet da hat es zwischen uns, na ja, geklickt.»

«Gib's zu, Alex, du hast Elvis schon gekannt, als er zum ersten Mal gelebt hat.»

«Er hat mich gerettet, als es irgendwie einen Aufstand gab.

Irgend so eine Psychopathin hat damit angefangen, ein durchgedrehter Fan von ihm, hat Alex gemeint. Er hat Glück gehabt, daß er mit dem Leben davongekommen ist!»

«Allerdings», nickte Maddy, deren Augen sich zu Schlitzen verengt hatten.

«Er war irgendwie so mutig. Und seither», insistierte Petronella, «haben wir ein richtig intimes Verhältnis.»

Maddy johlte vor Lachen. «Ha! Eins habe ich im Bau gelernt: Zum Herzen eines Mannes kommt man am schnellsten durch den Magen – rein mit dem Tranchiermesser, und dann ratsch nach oben.»

«Im *Bau*? Soll das heißen ...» Petronella wich langsam zurück. «Sind Sie im Gefängnis gewesen?»

«Kens Vater? Herrgott.» Alex riß sich von seinem Spiegelbild los. «Du sagst das so, als würde ich demnächst zur archäologischen Ausgrabungsstätte erklärt.»

«Deswegen hat er auf Sie zurückgegriffen, Pet. Nach dem Motto: Im Sturm ist jeder Hafen recht.»

«He, kenne ich Sie nicht von irgendwo her?» Die prophetischen Gaben der Wetterfee kamen endlich zum Tragen.

Alex feuerte einen «Schnauze, oder du stirbst»-Blick in Maddys Richtung. Doch das Geräusch, das sie für das Todesröcheln ihrer Beziehung gehalten hatte, erwies sich als das Rattern eines Hubschraubers. Die Aristokratie strömte aus Highgrove House auf den plebsbelagerten Rasen, man zeigte ekstatisch himmelwärts, als erwartete man den neuen Messias.

«Die McCartneys!» kreischte ein Seriensternchen in der Nähe. Ihrem «Natürlich nur Natur»-T-Shirt zum Trotz hatte sie schon so viele plastische Operationen hinter sich, daß ihre Ohren bald am Hinterkopf sitzen würden.

Der Psychoschauer, der Petronella die Laune zu verhageln gedroht hatte, verzog sich. «Das ist irgendwie wahnsinnig aufregend», speichelte sie süßlich. «Linda hat eine vegetarische Nahrungsmittelproduktion mit ozonfreundlichen Ammoniak-Kühlräumen, Katalysatoren und Erdgas und so aufgemacht.»

«Mensch», sagte Maddy unterwältigt. «Ein Beatle? Und ich hatte geglaubt, Tasmanische Gummitannen seien die ältesten Lebewesen auf diesem Planeten.»

Petronella brachte es fertig, Alex heftig am Arm zu ziehen und sich gleichzeitig zurechtzumachen. «Das ist *die* Gelegenheit für ein Foto», sprudelte sie, um dann wie ertappt nachzuschieben: «So was ist bestimmt gut für, na ja, die Partei und so.»

«Ach», meinte Maddy, «*die* Mühe können Sie sich sparen. Meiner Meinung nach ist es Zeit, daß Alex sich nach einer neuen Karriere umsieht. Als Parkplatzwächter vielleicht. Oder noch besser: bei einem Fernsehsender in *Neuseeland*.»

Alex entzog sich Petronella, die damit beschäftigt war, ihm imaginäre Schuppen von den Schultern zu wischen. «Was soll das jetzt wieder heißen?»

Maddy kauterisierte ihre Gefühle und schmiß ihre welk gewordenen Träume ein für allemal auf den Müll. «Wenn du mir nicht hilfst, Jack zu finden, gehe ich zur Presse.»

Das Geräusch, das Alex nun von sich gab, war dem eines gebärenden Flußpferdes nicht unähnlich. *«Was?»*

«Kannst du dir vorstellen, wie vielen Schreiberlingen beim Gedanken an eine solche Geschichte der Sabber zu triefen beginnt? Bringt dich das Wort ‹Planetarium› vielleicht auf den Teppich zurück?»

«Würdest du mir wirklich so was antun? Wie diese Antonia De Sancha, die David Mellor fertiggemacht hat? Du drohst mir mit einem Revolverblatt?»

Maddy war nicht gerade stolz auf sich, aber sie mußte einfach an biologisch gedüngtem Boden gewinnen. «Ich bin verzweifelt, Alex. Meine Milch ist am Versiegen.»

«Mach schon, Alexander!» rief Petronella, das Drama der beiden entschlossen ignorierend, Alex über ihr Schulterpolster zu.

Alex senkte die Stimme und sagte in einem bedrohlichen Bariton: «Ich bestreite alles.»

Verärgert beschloß Petronella, ihre Klettophilie anderswo auszuleben, hängte sich an den Arm eines vorbeigehenden Adligen und manövrierte sich so mitten ins Empfangskomitee. Maddy würde den Kompostkoryphäen mitteilen müssen, daß sie die zäheste aller Kletterpflanzen entdeckt hatte: nicht die *clematis viticella* oder das *aconitum volubile*, sondern die *petronella*, eine Pflanze, die sich in jeden Mörtel zwängen und ganze Fundamente sprengen konnte.

Sowie sie sich entfernt hatte, drängte Alex Maddy hinter eine dichte Buchsbaumhecke. «Und überhaupt», tobte er, «wie soll ich wissen, daß es *mein* Kind ist?»

«Mach dich nicht lächerlich, Alex. Er ist eine Bonsai-Ausgabe von dir.»

«Mehr als zehn Prozent aller Männer in Großbritannien ziehen Kinder auf, die nicht ihre eigenen sind, und die armen Schweine haben keine Ahnung.»

«Also gut», schnauzte Maddy, «dann lassen wir es auf einen wunderbaren Prozeß ankommen mit DNS und allem Drum und Dran, damit wir ein für allemal Bescheid wissen, ja?»

«Weißt du, was ich glaube?» sagte er düster. «Ich glaube, du bist absichtlich schwanger geworden.»

«Meiner Erinnerung nach ist das Kondom, das du dir übergezogen hast, abgefallen», zischte sie.

«Und ich soll glauben ... nach all den Vorsichtsmaßnahmen ... sonst haben wir doch immer dieses verdammte Pessar benutzt ... und wegen einem einzigen Mal soll –»

«Es gibt keine hundertprozentige Sicherheit, du Idiot. Die Spermien können auch außen rum schwimmen –»

«Oh, der Mark Spitz der Spermatozoen. Oder lag es daran, daß mein Samen vorher gefastet hatte?»

«Ich nehme an, der Richter wird das ein bißchen anders sehen.»

«Die Regelung der Unterhaltspflicht ist der reinste Freibrief für Frauen, die alleinerziehende Mütter sein wollen wie du, weil sie sicher sein können, daß irgendeine arme Sau wie ich ja für sie blecht. Wenn du zur Presse gehst, dann verklage ich dich wegen Vorspiegelung falscher Tatsachen. Darauf kannst du Gift nehmen!»

«Und ich verklage dich, weil du mir verschwiegen hast, daß du verheiratet und Vater zweier Kinder bist. Wenn ich das gewußt hätte, hätte ich mich verdammt noch mal gar nicht erst in dich –»

«Und wenn ich gewußt hätte, daß du eine verkappte Gottesanbeterin bist ... daß du nach der Paarung deinen Partner verschlingst –» Er unterbrach sich. «Bei solchen Sachen gibt es keinen Gewinner, Maddy, weißt du», sagte er mit gedämpfter Stimme.

Maddy riß eine Blume ab und brach den Stiel entzwei. «Schon, aber wenigstens mehr als einen Verlierer.»

Sie blickten hoch, während der fliegende Rührbesen zur Landung ansetzte und Alex' Antwort übertönte. Der Propeller lief träge aus und stoppte.

Applaus erscholl, als die lederfreien Schuhe der McCartneys *terra firma* berührten. Die Menge sah zu, wie sie in eine Limousine stiegen, um sich die zehn Meter vom Helikopter zum Highgrove House und zu ihrer Privataudienz bei Prince Charles zum Thema Energiesparen chauffieren zu lassen.

Alex und Maddy galoppierten um die Hecke und fanden sich unversehens im Empfangskomitee wieder. Unter krampfhaftem Gelächle mulchten sich die Ungleichberechtigungskämpfer, die frisch vom Stammbaum gefallenen

Adligen und die Kompost-Koryphäen zusammen, um die prototypischen Popstar-Patrizier zu begrüßen.

«Der Vegetarismus ist für sie nicht irgendwie was Geschäftliches … er ist eher so was wie eine *Mission*», streckte Petronella nun ihre gesellschaftlichen Ranken nach dem Prince of Wales persönlich aus. Angesichts der huhnlosen Brathühner und fleischlosen Fleischpasteten der McCartneys hätte Maddy am liebsten ihren eigenen Fuß abgenagt. Sie wäre am liebsten auf der Stelle zur Kannibalin geworden, und angefangen hätte sie mit einer gewissen Wetterfee.

Prince Charles, der bleich und schwächlich aussah, wie ein Schößling, den man in einer Schuhschachtel gezogen hat, lächelte scheu. Ihrer republikanischen Gesinnung zum Trotz brachte Maddy eine gewisse Symphatie für einen Thronfolger auf, der den Wunsch geäußert hatte, im Höschen einer Frau zu leben. Er war ein Mann, dem die Ehrlichkeit aus allen Poren strömte – von denen er, wie Maddy aus der Nähe feststellte, eine Menge hatte.

«*G'day*», sagte sie und streckte die Hand aus. Aus dem Augenwinkel sah sie Alex sein Gesicht in einer Weise verziehen, die sie bisher ausschließlich mit dem Ausscheiden von Nierensteinen verbunden hatte.

«Eine Australierin?»

«O ja», sagte Alex, nervös um ausreichend entspannte Bonhomie bemüht. «Eure Hoheit kennt solch liebliche Töne, nicht wahr?»

«Ich reise demnächst nach Australien», sagte der Thronfolger. «Haben Sie irgendwelche Botschaften?»

«Ja», meldete sich Maddy, «wenn Sie vielleicht meine Mum anrufen könnten …»

Alex bedachte sie mit einem stahlharten Blick. «Ich glaube, Seine Hoheit dachte eher an politische Botschaften zum Thema Umweltprobleme, gerichtet an den Premierminister oder den Generalgouverneur. Wobei die französischen

Atomtests im Pazifik natürlich diplomatisches Sperrgebiet sind.»

«Sagen Sie ihr doch bitte», sagte Maddy, während sie die Nummer auf einen Zettel kritzelte, «a) ich träume nicht mal von ihm und b) *so* genau *kann* man keinen Teufel kennen.»

18. Quatsch und Tratsch

Am Abend fanden sich Maddy und Petronella in der Nähe der am Spielfeldrand plazierten Horsd'œuvres als Kiebitze beim Prominenten-Krocket wieder. Wie eine Kolonie geselliger Seevögel staksten die Großen und Guten auf dem Rasen herum, nickten einander zu und wechselten den traditionellen Gruß dieser Region: «Was macht der Roman?»

Die beiden Frauen sahen zu, wie Alex lässig eine Kugel durch ein Tor beförderte. Maddy tauchte einen Cracker in eine Mischung von rotem Fischrogen und Sauerrahm. Es sah aus, dachte sie trübselig, wie das Zeug, das bei Frauen abgesaugt wird, die zu dicke Oberschenkel haben.

Der Liegestuhl, auf dem sich Petronella niederließ, quietschte widerstrebend. «Wir kaufen uns zusammen ein Haus und so», verkündete sie aus heiterem Himmel.

Maddys Herz setzte einen Schlag lang aus. Immobilien waren fast immer die Grundlage einer Ehe. *Wo hatte sie all das nur schon gehört?*

«Wir machen eine Foto-Serie für *Quickie*!»

Mein Gott, dachte Maddy. Es war tatsächlich ernst. Dieses Luder! Düster saugte sie an ihrem Pimms. Sie wußte, daß eine Frau eine andere nur dann als Luder bezeichnete, wenn diese besser aussah, witziger war oder ihr den Mann ihrer Träume weggeschnappt hatte. Maddy zitterte die Hand, wodurch winzige Flutwellen von Glasrand zu Glasrand schwappten. Eiswürfel stießen mit Zitronenscheiben zusammen und brachten Gurkenstreifen zum Kentern.

In lastendem Schweigen sahen sie dem Krocketspiel zu. Es war Cricket auf Valium. Polo für jämmerliche Fettärsche. Maddy lutschte das Fleisch aus einem Schnitz Gurke und schnippte die Rinde wie einen Frisbee weg. Sie nahm ihre Sonnenbrille ab und kaute versonnen am Plastikbügel. Verloren blickte sie den Zuckerwattewolken nach, die über den Junihimmel jagten. «Hören Sie», sagte sie schließlich ruhig und gefaßt. «Sie müssen ihn wie Giftmüll betrachten. Mit anderen Worten: Entsorgen Sie ihn.»

«Hm, wir haben aber vor», triezte ihre Rivalin sie, «zu heiraten ...»

«He, wieso wollen Sie sich auf was einlassen, das zu überwinden Sie eine Menge Therapiestunden kosten wird? Nie und nimmer heiratet der! Er leidet an Bindungsängsten, und zwar chronisch!»

«... eine Familie zu gründen und so.»

Maddy fiel der Absaugfett-Cracker aus der Hand. «Sie schnallen einfach nicht, wovon ich rede, oder?» Sie setzte sich auf das Ende von Petronellas Liegestuhl. «Sex hat für ihn den gleichen Stellenwert wie eine Darmentleerung. Und *Sie* sind dabei das Klo.»

Petronella erhob sich und vollführte auf ihren perfekt pedikürten, pink gelackten Zehen praktisch eine Pirouette. Ihr abrupter Abgang ließ Maddy vom Stuhl purzeln. «Ich habe es nicht nötig, hier zu sitzen und mir Ihr Gelaber –»

«Wir waren verliebt. Ich glaube nicht, daß ich je wieder so verliebt sein werde», gestand Maddy widerwillig aus ihrer unvorhergesehenen Bauchlage. «Sechs Monate und einen Schwangerschaftstest später hat er mich fallenlassen.»

Petronella stolzierte über den billardtischgrünen Rasen davon; ihre kecken Hinterbacken schwangen mit metronomischer Präzision.

«IST DAS DER MANN, DESSEN NAMEN IHR BABY MONAT FÜR MONAT AUF DEN ALIMEN-

TESCHECKS SEHEN SOLL!!?» rief ihr Maddy hinterher, während sie sich aus der Verstrickung mit den Metallbeinen löste und sich Rogen vom Ellbogen kratzte.

Den prominenten Krocketspielern traten die Augen aus den Höhlen und kugelten über den Rasen auf Maddy zu. Dichtauf folgte Alex.

Soweit Maddy die Sache beurteilen konnte, war Psychiatrie reine Couchverschwendung. Auch wenn ihr Emotionshahn im Lauf der Jahrzehnte öfter mal getröpfelt hatte, kam ihr kein Seelenklempner ins Haus. Wer von Berufs wegen allen Kunden unterstellte, sie meinten das Gegenteil dessen, was sie sagten, mußte selbst eine Schraube locker haben. Zu dieser Einsicht war sie spätestens durch Edwina Phelps gelangt.

Während Alex sie über den Parkplatz von Highgrove schleifte, überlegte sie, daß man viel mehr über die Leute erfuhr, wenn man sah, was für Autos sie besaßen. Bentleys bedeuteten «selbstverliebter Protzbrocken». Land Cruisers mit Allradantrieb «aufgeblasener Wichser». Alfas «reicher aufgeblasener Wichser». Ferraris, Maseratis und Lamborghinis? Eindeutige Steuerflüchtlings-Karossen. Doch kein Wagen sprach eine derart deutliche Sprache wie der rote Porsche, in den Alex sie schubste.

«Sieh mal einer an. Ein Menoporsche. Und was steht auf dem Nummernschild?» mokierte sie sich. «MID-LIFE-CRISIS?»

Alex sprang mit einem selbstgerechten, empörten Flunsch hinters Lenkrad. Er blieb tief in Gedanken versunken, während sie auf der M4 die Abgase von Petronellas überlangem pinkem Sportwagen schluckten. Maddy war sich nicht ganz sicher, was dieser Wagen bedeutete, außer vielleicht «Schrumpelkitzler».

Alex spielte weiter Marcel Marceau, bis sich die träge Sommerabenddämmerung ins Dunkel verdrückte, dann bog er bei einer obskuren Ausfahrt abrupt von der Autobahn ab. Im Schatten der Tankstellenwerkstatt hielt er an. Maddy hörte dem Ticken des abkühlenden Motors zu und sah Alex ins Café hinübergehen. Es war ein ganz besonders heiteres Örtchen. Die vor Feuchtigkeit strotzenden Gebäude trugen grüne Algenperücken. Über das ganze Gelände waren wie Heuschreckenpanzer ausgebrannte Autos und verkohlte Bettgestelle verstreut. Alex kam zurück, ließ sich ins Auto gleiten und hielt Maddy ein Bier hin. Es war warm.

«Wer die Vergangenheit beherrscht, beherrscht die Zukunft», sagte er rätselhaft, während er sich im Fahrersitz zurücklehnte. «George Orwell.» Er wandte sich ihr zu, eine gebräunte Wade leger aufs andere Knie gelegt. «Also: Was, glaubst du, werden die Zeitungen sagen? Schuft? Weiberheld? Schwerenöter?»

Im aufblitzenden Scheinwerferlicht vorbeifahrender Wagen sah Maddy, daß sein fahles Ertrunkenengesicht einem unerwartet selbstzufriedenen Ausdruck gewichen war.

«Wohl eher Kakerlak.» Sie öffnete die Flasche mit den Zähnen. «Es sollte einen speziellen Test für Männer wie dich geben: Man lockt euch in eine dunkle Küche, macht plötzlich das Licht an und kann dann diese charakteristische Fluchtbewegung unter den Kühlschrank beobachten.»

Alex verschränkte die Finger und stützte damit seinen Hinterkopf. «Was mußt du nur für eine arme, kleine ausgenutzte Kreatur sein, Maddy», sagte er sardonisch. Maddy konnte seine Stimmung nicht so richtig deuten. «Du hast ja nichts weiter getan, als den Ehemann einer anderen zu umgarnen, ihn zu überlisten, daß er dir ein Kind macht, und dann zu erpressen, indem du an die Öffentlichkeit zu gehen drohst. Aber vielleicht werden meine Freunde bei der Presse sich für *meine* Version der Geschichte interessieren?» fuhr er schamlos fort. «Ein unschuldiger Familienvater –»

«Unschuldig!» Maddy prustete, da ihr das Heineken in

die Nase stieg. «Neben dir sieht Stalin aus wie was weiß ich –»

«– wird von einer abgefeimten Sexualkarrieristin manipuliert –»

«– wie John Denver. Karrieristin? Was für eine Karriere denn? Du hast mir einen Job versprochen, aber –»

«Was du nicht kapierst, ist, wie absolut läppisch die von dir angedrohten Enthüllungen sind. Das Publikum hat die Nase voll von billigen Verunglimpfungen und Sensationsmache.»

«Ach ja? Mal angenommen, du wärst nicht nur ein lausiger, niederträchtiger, großmäuliger Hund, sondern auch noch ein Politiker – Moment mal, ich verstricke mich da gerade in Tautologien …»

«Ha, ha, *ha*», mokierte er sich. «Mag sein, wenn es um Waffenlieferungen an den Irak oder die Bestechung von Parlamentariern geht», räumte er mit der Glätte von Maschinenöl ein. «Aber sexuelle Fehltritte stecken wir Liberaldemokraten mit links weg. Paddy Ashdowns Popularität ist, wie du dich vielleicht erinnerst, sogar gestiegen, als die Affäre mit seiner Sekretärin ans Licht kam. Ja, plötzlich waren allerlei Frauen im Lande geradezu versessen darauf, ihm die Stange zu halten.» Er versuchte vergeblich, die Hände in die Taschen seiner modischen Jeans zu zwängen. Sie waren so eng, daß seine Eier um Versetzung gebeten hatten. In der Hoffnung, daß Maddy das entgangen war, hakte er die Daumen lässig in die Gürtelschnallen und redete weiter. «Sogar die Druckerpressen lassen in Sachen moralische Entrüstung gewisse Verschleißerscheinungen erkennen.»

Im vorüberhuschenden Schein der Lichter eines Lastwagens bedachte Maddy ihren Ex-Geliebten mit einem forschenden Blick. «Du hast wieder Aufsetzübungen unter stehenden Fahrzeugen gemacht, oder?»

«Dem Publikum ist es egal, wenn dein Hosenschlitz offen ist …, solange du es auch sonst bist.» Er fuhr sich mit einem

Blick in den Rückspiegel durch die Mähne. «Ich stelle mich zur Wahl als Selfmademan, der –»

«– seinen Schöpfer anbetet?»

«– zu seiner Vergangenheit steht», korrigierte Alex sie gebieterisch. «Ich werde die Herzen aller für mich gewinnen durch meine Offenheit und das uneitle Eingeständnis, wie schwer ich es als alleinerziehender Vater gehabt habe.»

Ruckartig fuhr Maddy zu ihm herum, wobei sie mit dem Kopf gegen die Sonnenblende knallte. «*Du?* Als Erzieher eines *Kindes*? Alex, nur die Ruhe, aber ich glaube, du hast einen Koks-und-Aspirin-Flashback ...»

«Tag für Tag hören wir von sexueller Diskriminierung, Rassendiskriminierung ... Und was ist mit der offensichtlichen, ins Auge springenden Diskriminierung der *Väter*?»

«Dank deiner väterlichen Fähigkeiten», sagte Maddy mit kalter Belustigung voraus, «wird dein Kind in seiner Freizeit bestimmt mal Attentate auf weibliche Filmstars unternehmen, Frettchen züchten –»

«Bei neunzig Prozent aller Scheidungen ist die Frau die treibende Kraft. Trotzdem hat der arme Kerl nur eine Chance von eins zu zehn, das Sorgerecht für seine Kinder zu erhalten.»

«Ach Gottchen, du redest wie ein Autoaufkleber.»

«Aber wenn ein Mann von seiner Familie rausgeschmissen wird, ist er derjenige, der die Stütze zahlt. Kein Wunder, daß die Zahl unserer Spermien abnimmt!»

Die Absurdität seiner Auslassungen ließ Maddy schrill auflachen. «Alex, du wärst absolut nicht in der Lage, ein Kind aufzuziehen. Dein Kühlschrank ist zu klein. Du hättest nicht genug Platz für all die grauenvollen Fingerfarbenbilder.»

«Und mittlerweile könnt ihr euch auch noch selbst befruchten! Einmal rein mit der Bratenspritze, und schon ist unsere körperliche Beteiligung überflüssig geworden», dröhnte er. «Und jetzt versucht ihr auch noch, unsere emotionale Beteiligung überflüssig zu machen.»

«Erde an Alex, bitte melden. Man nennt das erlernte Hilflosigkeit, du Arsch; eine ganz besondere Fähigkeit, die über Generationen von Vätern perfektioniert wurde ...»

«Väter müssen sich als genetischer Vater, biologischer Vater, legaler Vater, sozialer Vater kategorisieren lassen –»

«Wie tragisch», sagte Maddy mitleidig. «Im Grunde reine Tierquälerei.» Sie begann so heftig zu lachen, daß sie den Sicherheitsgurt lösen mußte. «Alex, du kommst ein bißchen spät mit deiner Jesus-Christus-Tour, weißt du das?»

«Ich bin nicht der nichtsnutzige Vater aus dem Handbuch der modernen Dämonologie.»

«Sei doch vernünftig. Denk mal zurück. Möchtest du wirklich wieder überall im Haus diese kleinen Gatter haben? Nur Essen kaufen, das zu den Zeichentrick-Küchengeräten aus dem Vormittagsprogramm paßt? Ich *bitte* dich!»

«Die Sache ist die, Madeline», unterbrach er, in einen anderen psychologischen Gang schaltend, «ich habe mich endlich entschieden, ein richtiger Vater sein zu wollen.»

Beklommen stellte Maddy fest, daß es ihm ernst war. Alex drückte einen Hebel auf der Seite, ließ den Fahrersitz nach hinten klappen und streckte lässig die Beine aus. Sofort wurde Maddy von der Erinnerung daran überrumpelt, wie sie in der Autowaschanlage während der Polier- und Trockenphase gevögelt hatten. Das war «Autoerotik» in der einzig wahren Bedeutung des Wortes gewesen. Wie waren sie bloß von da zum heutigen Schlamassel gekommen? sinnierte sie trübselig. «Vergiß es, Alex, Jack gebe ich niemals her.»

«Kommt vielleicht noch darauf an, wer von uns ihn zuerst findet, nicht wahr?» In seiner Stimme schwang eine triumphierende Note mit.

Maddy spürte eine kalte Hand in ihrer Magengrube. «Bis

du ihn gefunden hast, haben wir uns längst aus England verdünnisiert.»

«Das gilt als Kindesentführung. Und laut den Haager Konventionen, zu deren Signatarstaaten Großbritannien gehört, ist es im Interesse des Kindes, in dem Land zu bleiben, in dem es geboren worden ist.» Alex hörte sich mittlerweile an wie ein Androide aus *Roboter vom Planeten Fies*. «Selbst wenn du das Sorgerecht erhieltest, was ich bezweifle, würde mein Besuchsrecht bedingen, daß du in London bleibst.»

Maddy konnte nicht fassen, daß mit einemmal sie diejenige war, die in die Ecke gedrängt wurde. Mit der Gewandtheit eines Kung-Fu-Kämpfers hatte Alex den Spieß umgedreht. «Ich zerre dich vors Gericht, du feiges Insekt!»

«Im Normalfall entscheiden die Gerichte zugunsten der Mutter ... aber du bist ein entflohener Häftling!» Er dräute über ihr und hatte das stimmliche Gaspedal voll durchgedrückt. «Eine illegale Ausländerin, die gleich zweimal des Diebstahls angeklagt ist und außerdem das zu tun droht, was ihr die Sympathie jedes englischen Richters verscherzen wird: intime Geheimnisse von Prominenten auszuplaudern. Damit sind deine Chancen, das Sorgerecht für Jack zu erhalten, ein Häufchen radioaktiven Staubs. Außerdem: Was bist du überhaupt für eine Mutter?» Mit kalkulierter Grausamkeit nahm er sie auseinander bis auf ihr emotionales Chassis. «Du weißt ja nicht mal, wo dein Sohn – *mein* Sohn – ist.» Maddy taumelte unter der Wucht seiner verbalen Peitschenhiebe. «Mein Anwalt sagt, wenn du dich der Polizei stellst, damit du statt mir das Sorgerecht erhältst, wirst du gemäß dem Offences Against the Person Act aus dem Jahr 1861 auch noch wegen Aussetzen eines Kleinkinds angeklagt.»

Alex' Gesicht war hart und glatt poliert, sein Blick auf Fernlicht geschaltet.

«Du Sau.» Mit der Präzision einer Kugelstoßerin goß sie ihm ihr Bier über den Kopf.

Alex blickte sie unter seiner Hefemaske hervor an. «Wenn ich das richtig sehe», schlug er vor, «sind wir uns in dieser Sache nicht ganz einig.»

Maddy taumelte aus dem Porsche in die abgasgeschwängerte Luft und betrachtete die Ex-Liebe ihres Lebens mit bitterer Enttäuschung. Sie hoffte, ihn zum letzten Mal gesehen zu haben. «Ich werde das falsche Bild, das ich mir zu Anfang von dir gemacht habe, immer in Ehren halten, du, du – Wichser.» Sie war wackelig auf den Beinen, wirr im Kopf: das Opfer einer Liebesraserei mit Fahrerflucht. «Nein, die Bezeichnung ist zu gut für dich. Bei den Spermien besteht immer noch die Chance von eins zu hundert Millionen, Milliarden, Billionen, daß daraus ein menschliches Wesen entsteht!»

Sie rannte, so schnell sie konnte, übersprang die Raststättenhecke, zwängte sich zwischen den stählernen Fängen eines zusammengekrachten Zauns und den Bäumen hindurch zur Straße, die sie zurück nach London führen würde. Sie stand in der Abenddämmerung, spreizte den Daumen ab und wartete auf einen Laster.

Wie zum Teufel hatte sie nur dermaßen auf die Schnauze fallen können, eine Hemisphäre weit von zu Hause weg, mit triefendem BH und gebrochenem Herzen? Jetzt war sie nicht nur auf der Flucht vor den Bullen und Dwina, der Messalina der Psychoszene, sondern auch noch vor Alex. Den Staub von Wagen um Wagen schluckend und auf die dunkle, sich in der Ferne verlierende Straßennarbe starrend, kam Maddy zu einem düsteren Schluß. Die Liebe eines Engländers ist wie seine Zentralheizung: Sie mag einen eine Zeitlang wärmen, aber letztlich ist sie nichts als heiße Luft.

Nun, da sich das Netz um sie zusammenzog, tobte sie vor Wut auf ihre Blödheit. Die Liebe ihres Lebens zu verlieren war eine Sache, aber ihren eigenen *Sohn*? Frauen verloren keine Söhne. Schließlich waren es doch keine Socken.

Sie unterdrückte die Tränen und zählte trübselig die Tage, seit sie ihren Liebling zuletzt gesehen hatte. Panik ergriff sie beim Gedanken daran, wie Gillian wohl zurechtkam. Für Gillian war «Fondanelle» ein Schmelzkäse aus Frankreich. Maddy hatte ihr versprochen, es würde nur eine Woche dauern. Das war jetzt drei Monate her. Wahrscheinlich war Gillian eben dabei, Jack in einen Kondomautomaten zu quetschen, um das Geld für den Präser zurückzubekommen.

Wenn – *falls* – sie Gillian endlich fand, dann mußte Maddy sie um eines bitten: den Namen eines guten Psychiaters.

DRITTER TEIL

Abstillen

«**Wochenbett-Depressionen.** Tatsächlich gibt es nichts dergleichen, aber manche Frauen, die ohnehin für Geisteskrankheiten anfällig sind, laufen Gefahr, emotional instabil zu werden, weshalb Schwangerschaft, Entbindung, Wochenbett und die Verantwortung für das neue Baby zu einer übergroßen Belastung führen können, die den Ausbruch einer Geisteskrankheit bewirkt. Doch gibt es keinen spezifischen Zusammenhang zwischen Schwangerschaft oder Entbindung und dem Ausbruch von Geisteskrankheiten bei Frauen. Jede andere Streßsituation, Anstrengung oder emotionale Belastung ähnlichen Ausmaßes kann bei einem solchen Menschen zu Geisteskrankheiten führen.»

Gordon Bourne: *Schwangerschaft*

19. Die Blaue-Lidschatten-Brigade

Maddy brauchte ein, zwei Sekunden, um die Frau wiederzuerkennen, die ihr die Tür von Chepingstow Crescent Nr. 6 in Milton Keynes geöffnet hatte. Sie mußte an die «Vorher/Nachher»-Fotos in Frauenzeitschriften denken. Diese Person hier sah nach «Vorher» aus.

«Was?» Gillian entzifferte Maddys peinlich berührten Gesichtsausdruck und blickte auf ihre fluoreszierenden Stretch-Leggings und die pastellfarbenen Frotteepantoffeln hinunter. «Entnehme ich deinem Blick einen Hauch von Mißbilligung wegen meiner Garderobe?»

«Mal so gesagt: Harrods hat auf Halbmast geflaggt.» Sogar die Gartenzwerge, die auf dem Nachbarsrasen die Köpfe zusammensteckten, schienen Gillian anzuglotzen.

«Wo ist Jack?» zeterte Maddy und zwängte sich an ihr vorbei.

«Soll das heißen, ich sei das Opfer einer Modetorheit?»

«Eher ihr Todesopfer.»

«Na hör mal», wiegelte Gillian ab, während sie ihrer Freundin hinterhertrabte, «es ist wirklich nicht praktisch, ein Chanelkostüm zu tragen, wenn du mit der einen Hand Windbeutel backst und mit der anderen eine Patchwork-Decke nähst.»

«Du backst Windbeutel?» Gillian schien ihre frühere Identität mit chamäleonhafter Lässigkeit aufgegeben zu haben. Diese Frau hatte Marie Antoinette als Backlehrerin gehabt. «Spinnst du?»

«Nein, ich habe nur beschlossen, meine erotischen Erfahrungen kulinarisch auszuwerten. Täßchen Tee?»

Maddys Skepsis verwandelte sich in pures Staunen, als sie ihrer alten Freundin in die durch und durch putzige Blumensträußchen-und-Teewärmer-Küche folgte. Die Einrichtung schien direkt aus dem Set von «Drei Jungen und drei Mädchen» zu stammen. Auf der beschichteten Abstellfläche standen winzige Tupperware-Behälter aufgereiht, in die Gillian kleinste Mengen pürierter Grundfarben löffelte, von denen Maddy annahm, es handle sich um Gemüse. Diese Frau, die früher nichts im Kopf gehabt hatte, als Männer zu bürsten und Geld auszugeben, schrubbte jetzt den Fußboden und hatte eine Schweinchenspardose. Die Vorräte in der Speisekammer waren nach Verfallsdaten geordnet, die Wäscheklammern farblich passend zu den Wäschestücken ausgewählt. Auf der Spüle stand eine Schale mit kleinen pfirsichfarbenen Seifen in Muschelform. Unter einer bemalten Ananas aus Holz lagen aus Frauenzeitschriften ausgeschnittene Rezepte. Eine Karte an der Pinnwand lud zu einer Surprise-Party für die Kinder-Schildkröte ein. Selbst das Zeitungspapier im Hamsterkäfig war so sorgfältig festgesteckt wie die Laken eines gottverdammten Krankenhausbetts.

«Gill, äh … kannst du dich erinnern, daß es mal eine Zeit gab, in der wir gemeinsam auf die Jagd nach Männern mit Mercedes gegangen sind?» Sie fragte sich, ob es klug war, diese Frage jetzt zu stellen, wo sie unbewaffnet war, Gillian aber einen geladenen Eierwender in der Hand hatte.

«Du mußt mich mit jemandem verwechseln, Schätzchen. Das einzige Fahrzeug, über das ich verfüge, ist ein Kinderwagen, Marke Teutonia.»

Auf dem Fenstersims über der Spüle stand ein Porzellanpferd mit Wagen – die Sorte Hausschmuck, die einen bei dem Bewohner sofort 20 IQ-Punkte abziehen ließ. An der Tür des Kühlschranks klebte magnetisch der gerahmte grüne Abdruck einer klitzekleinen Hand, von der Maddy annahm, daß sie Jack gehörte.

«Wo ist er?» flehte sie.

«Im Heiabettchen.»

Maddy nahm das winzige Cocktailkleidchen in die Hand, das Gillian für Jacks Puppe nähte. «Was zum Teufel ist in dich gefahren? Du bist ja eine regelrechte –» Maddy schluckte, das Wort fühlte sich in ihrem Mund an wie Aal in Aspik – «*Hausfrau* geworden.»

«Ich denke nicht daran.»

«Als was würdest du dich dann bezeichnen?»

«Als Haushaltungsingenieurin, bitte sehr.» Sie streckte Maddy ihren Tee in einem Becher hin, der mit euphorischen Sonnenstrahlen und schillernden Regenbogen verziert war. «Als hochqualifizierte Fachkraft an der Schnittstelle von kulinarischer Versorgung, Verwaltung und hausinterner Pädagogik. Und wenn du erlaubst, möchte ich jetzt noch den Duschvorhang desinfizieren, bevor unser Schnuckiputzi aufwacht.» Ohne jede Befangenheit band sie sich eine Plastikschürze um, die mit allerliebsten launigen Sprüchen über Liebe, Würste, Männer und Gurken geschmückt war.

«He! Frau Haushaltungsingenieurin!» rief Maddy spöttisch, während sie Gillian ins Wohnzimmer folgte. «Passen Sie nur auf, daß Ihr Heiligenschein nicht verrutscht und Sie erstickt!»

Mitten im Frohlocken wurde sie von einer batteriebetriebenen Schaukel guillotiniert, die ein Baby stundenlang auf einen Orbit durchs Wohnzimmer schicken kann. Die Sitzvorrichtung traf sie voll am Kehlkopf. Sie taumelte zur Seite, doch nur um sich in einem vom Deckenbalken hängenden blauen Leinwandsack zu verfangen, der mit «Baby-Hopser» beschriftet war. Sie knallte, halb in den Sack gehüllt, so heftig auf den Rücken, daß sie vom Boden in Richtung Decke hochprallte wie von einem Trampolin.

Gillian, die von Maddys spontaner Balletteinlage nichts mitbekommen hatte, befand sich, einen Mop in der Hand, bereits auf halber Höhe der Treppe nach oben.

«Sechs gottverdammte Wochen hab ich gebraucht, um dich zu finden, Gill, doch statt dich sonderlich erfreut zu zeigen, was tust du?» Sie deutete auf das Haushaltszepter in Gillians Hand.

«Wie? Oh. Tschuldigung.» Gillian schleppte sich treppab. «Das kommt von diesem Haus. Es war in lauter Einzimmerwohnungen aufgeteilt, weißt du. So klein, daß man knapp eine Büchse Bohnen darin aufwärmen konnte», sagte sie schaudernd. «Ich hab ein paar Familien aus Trinidad rausgeschmissen und ein paar Leichen eingemauert, aber es gibt immer noch so viel zu tun.»

Maddy beäugte ihre alte Freundin mogadonisch. «Was bin ich froh, daß ich jetzt schon rausfinde, wie langweilig du bist, und nicht erst bei einer Wanderung im Lake District. Aber alles, was recht ist, Gillian: *Milton Keynes?*»

Milton Keynes war eine aus dem Boden gestampfte Stadt, umringt von Autobahnen, von denen sich Zufahrtsstraßen spiralförmig in ein Gewirr von Toys 'R' Us, Cash and Carrys und allerlei Königreichen kringelten: Burger King, Kebab King und Chicken King. Lauter gleich aussehende Straßen mit «individuell ausgebauten» Einfamilienhäuschen und Backstein-Bungalow-«Traumhäusern» breiteten sich dröge nach allen Seiten aus.

«Erinnerst du dich an meinen Buchhalter? Den Mann, dem ich eine Menge Geld dafür bezahlt habe, daß er mir sagte, ich hätte keins? Das Haus gehört ihm. Ich richte es für ihn ein und zahle dafür keine Miete. Babylein hat was Schönes gebraucht, und –»

«Ist er okay?» Maddy spürte eine solche Welle der Sehnsucht, daß ihre Knie nachgaben.

«Okay? Nein, meine Liebe, er ist nicht *okay*.» Bei Gillians

Worten verkrampfte sich Maddy, und in ihrer Kehle schien etwas zu reißen. «Er ist ein *Genie*! Und wunderschön! So schön, daß ich ihn zum Sandcasting angemeldet habe», sagte Gillian. «Wie hast du übrigens?»

«Wie hab ich was?»

«Mich gefunden.»

Maddy wurde das Gefühl nicht los, daß sich Gillian darüber nicht freute. «Durch den Vermißten-Suchdienst. Ich habe ihnen dein Foto gegeben, und sie fanden deine Anzeige in irgendeinem Lokalblatt. Eine Farb- und Stilberaterin? Was zum Teufel ist das?»

«Ich sage den Leuten einfach nur, was ihre ‹Farbe› ist. Sie, Madam –» sie verfiel in einen verlogenen Schmeichelton – «sind der Typ ‹kalter Frühling›. Und dann –» Gillian zuckte die Schultern – «geben sie mir fünfzig Eier.»

Die kärglichen Überreste von Maddys Milchvorräten prikkelten, als würden ihre Brustwarzen mit Brennesseln traktiert. «Ich muß ihn wecken. Ich kann einfach nicht länger warten.»

«Unmöglich. Er braucht noch eine halbe Stunde», intervenierte Gillian. Doch Maddy raste bereits die Treppe hoch.

«He!» protestierte Gillian hinter ihr.

Das makellose Kinderzimmer war in einer Gelato-Bar-Mischung von Pistazie und Pink gehalten. Ein Bettchen stand an der hinteren Wand, die mit Tieren vom Bauernhof verziert war. Mit vor Rührung zugeschnürter Kehle blickte Maddy über das hölzerne Gitter. *Und da war Jack*. Er lag auf dem Bauch, den Po pyramidal von der Matratze erhoben, die weichen Glieder im Schlaf verdreht. Sie fühlte Liebe in sich aufwallen.

«Er schläft in letzter Zeit immer so», keuchte Gillian hingerissen.

Jack öffnete ein Auge. Er blickte seiner Mutter direkt ins Gesicht. Aber nicht mit dem erwarteten euphorischen

Strahlen. Vielmehr runzelte er die zarte Stirn zu einer mißmutigen «Ich möchte den Geschäftsführer sprechen»-Miene.

Maddy kam sich unbeholfen und überrumpelt vor. Ungeschickt nahm sie ihn hoch. Doch Jack wollte den Geschäftsführer nicht nur sprechen, sondern sich bei ihm beschweren; und das tat er, lauthals und ausführlich. Bestürzt warf Maddy Gillian einen Blick zu.

«Windeln?» vermutete die.

Maddy legte ihn auf den Wickeltisch. «Also, *das* macht dir zu schaffen.» Sie fühlte sich so gehemmt, als müßte sie mit einem Unbekannten im Lift ins Gespräch kommen. «Windelausschlag.»

«Ammoniak-Dermatitis», berichtigte Gillian und streckte ihr eine Tube mit rosa Creme hin.

Maddy hatte das Gefühl, zwei linke Hände zu haben. Es war, als müßte sie rückwärts einparken, während ihr jemand zusah. «Um Gottes willen, er schaut mich an, als wäre ich Lorena Bobbit! Was soll ich bloß tun?» Demoralisiert und so ehrfürchtig, als sei er eine Ming-Vase, hielt sie den quengelnden kleinen Körper.

«Ihn füttern, was sonst?» na-nate Gillian.

Maddy fummelte eine Brust heraus. Doch mit dem prüden Ausdruck eines Baptisten-Pfarrers wandte sich Jack immer wieder ab.

«Feste Nahrung?» schlug Gillian vor.

Auch als Jack, von Kissen gestützt, in seinem Hochstuhl thronte, behielt er die Kalte-Schulter-Taktik bei und verarbeitete das Essen mit den Fingern zu einem Jackson Pollock.

«Nein, diese künstlerische Ausdruckskraft!» begeisterte sich Gillian. «Unglaublich für ein vier Monate altes Kind!»

Jack, der seine Schüssel umgekippt hatte, ging nun dazu über, sein Essen durchs Zimmer zu schmeißen und alles im Rockstarstil gründlich zu versauen. Maddy raste mit einem Wischlappen durch die Gegend.

«Guck-guck!» guck-guckte Gillian. Jacks Augen leuchteten auf und folgten ihr durchs Zimmer. «Und amüsant ist er! Aufregender als Carreras im Covent Garden – trotz seinem V.A.T.E.R.»

«Gillian, er ist ein B.A.B.Y. Er versteht uns noch nicht.»

«Wir haben mit Lernhilfe-Karten gearbeitet. Keine Krabbelgruppe von Niveau nimmt heutzutage noch Kleine an, deren IQ unter 125 liegt, mußt du wissen.»

«Gill – äh, wenn du so weiterredest, steckt dich noch jemand ins Irrenhaus … ich zum Beispiel.»

Maddy war dabei, auf dem Herd einen Topf Milch warm zu machen. Ostentativ drehte Gillian die vordere Herdplatte ab und die hintere an. Sie schob den Topf mit dem Griff zur Wand nach hinten und warf Maddy einen tadelnden Blick zu.

Verwirrt trank Maddy einen Schluck Tee.

«Tz, tz, das geht auch nicht», predigte Gillian und konfiszierte ihre Tasse.

«Was?»

«Heiße Flüssigkeiten in Babyleins Nähe.»

Davon abgelenkt, bemerkte Maddy nicht, daß die Milch überkochte. «Verdammt!» Vergeblich hielt sie nach einem Putzmittel Ausschau.

Gillian kniff die Lippen zusammen und schloß das Schränkchen unter der Spüle auf. «Bleichmittel, Spülmittel, Abflußreiniger und andere ätzende Mittel werden unter Verschluß gehalten.» Maddy konnte sich an Zeiten erinnern, als das Ätzendste an Gillian ihr Witz gewesen war. «Medikamente auch.» In Doris-Dayschem Überschwang riß sie einen weit oben angebrachten Schrank auf. «Alle etikettiert und außer Reichweite.»

Wenn Maddy es sich recht überlegte, lag das ganze Zimmer außer Reichweite. Es sah aus, als hätte eine Flutwelle alles unten weggespült und oben abgelagert. «Gillian, er krabbelt noch nicht mal.»

«Jackson ist der Typ, der sich an alles ranmacht, nicht wahr, Schnuckelchen?»

«Jack*son*?»

«Das paßt besser zu ihm, wenn er mal B.E.R.Ü.H.M.T. ist. Meinst du nicht auch?»

«Ich meine, so macht man Leute zum Serienmörder.»

«Schnell!» Gillian klopfte mit spitzem Nagel auf das Glas ihrer Armbanduhr. «Wir müssen sausen. Zeit für Muki-Turnen!»

Muki-Turnen, Vaki-Turnen, Aqua-Babys, Crescendo, Baby Gym, Schwimmstunden, gefolgt von Musikverständnisförderung und dann Französischunterricht bis zum Abendessen: Jack hatte ein Gesellschaftsleben, von dem Maddy nur träumen konnte. In der ersten Woche latschte sie Gillian und ihm einfach nur von Veranstaltung zu Veranstaltung hinterher. Mit einer gewissen Erleichterung stellte sie fest, daß Gillian sich doch nicht zur völligen Unkenntlichkeit verändert hatte. Für diese Vorstadt-Exkursionen kleidete sie Jack in Lochstickerei-Oberteile und wattierte Cordhosen und packte ihm ein Babyfläschchen aus Waterford-Kristall ein.

«Das ist Jacksons *biologische* Mutter», waren die Worte, mit denen Gillian Maddy den Müttern von Milton Keynes vorstellte: lauter identisch aussehende Frauen mit Samthaarbändern und ebensolchen Trainingsanzügen in allen Pastelltönen, die daraufhin das Absingen des politisch korrekten *Gretchen klein ging allein* unterbrachen. (Die Mutter der neunziger Jahre ist sich der semantischen Fußangeln ihrer Zeit voll bewußt.) «Ihr Bindungsverhalten ist gestört.»

Das einzige, was Jacks und Maddys Bindung störte, war Gillian, die Turbohausfrau.

«Hast du denn nichts anderes zu tun?» bettelte Maddy nach zweiwöchigem Vorstadtaufenthalt.

«Mein Gesellschaftsleben ist komplett gestorben, Schätzchen», verkündete Gillian frohgemut, während sie zeremoniell eine weitere Ladung Kacki für die Nachwelt auf Video festhielt. «Jackson hat mein Filofax in die Finger gekriegt und den August aufgefuttert.»

«Aber wir sind doch hier in der Vorstadt. Ich dachte, da müßtest du mitten am Nachmittag brandheiße sexuelle Abenteuer in den Azaleen der Nachbarn haben?»

«Das einzige, wo sich zur Zeit bei mir was regt, Schätzchen, ist mein Bankkonto», seufzte Gillian. Sie war dabei, Jack das Ohrenschmalz zu entfernen und ihm Schorf von der Kopfhaut zu kratzen, was sie «den Affen lausen» nannte (noch nie war Maddy dem Darwinismus näher gewesen). «Und auch da regt sich herzlich wenig.»

Die wenigen Male, da Gillian in Sachen Farb-und-Stil-Beratung unterwegs war, gab sie Maddy eine Liste von Telefonnummern für Notfälle und drückte ihr eine Erste-Hilfe-Ausrüstung in die Hand, die locker für ein ganzes Krankenhaus ausgereicht hätte. Von Verstopfung bis Durchfall, von Schuppen bis Schnupfen, von Keuchhusten bis zu Krämpfen – für alles war aufs hypochondrischste gesorgt.

«Das mag ich so an dir, Gillian», sagte Maddy staunend, «daß deine Besorgnisschwelle so tief liegt.»

Mitte August biß sie in die Möbel. Nicht nur durfte sie nie mit ihrem Baby allein sein, Gillian hatte sich auch angewöhnt, lang und breit über Jacks Verdauung zu dozieren, wenn Maddys Interesse längst erlahmt war. Zudem war sie zum Cecil B. De Mille von Milton Keynes geworden: Jede Nanosekunde im Leben des Kindes wurde fürs Archiv auf Video dokumentiert, und die Aufnahmen wurden immer sofort angesehen.

«Was das für Erinnerungen weckt!» witzelte Maddy dann, ohne daß es das geringste genützt hätte.

Nachts wurde Jack zum menschlichen Pfannkuchen. Bis zum Morgengrauen jo-jote Gillian treppauf, treppab und drehte ihn zur Vermeidung des plötzlichen Kindstods immer wieder auf den Rücken.

«Wie ich dir seit einem Monat Abend für Abend predige», sagte Maddy kurz angebunden, als sie im Morgengrauen zum x-ten Mal mit Gillian im Kinderzimmer zusammenstieß, «es ist nicht nötig, daß du seinetwegen aufstehst.»

«Ich war schon immer eine ziemliche Nachteule, Schätzchen. Jackson hat denselben Rhythmus wie ich, nicht wahr –» sie kniff ihm in die Wange –, «du kleiner Partytiger, du!»

Maddy nahm Jack wieder an sich, ließ sich in den Polstersessel sinken und machte einen jämmerlichen Stillversuch, doch ihre Brustwarzen waren rissig, das bißchen Milch floß mit glazialer Langsamkeit. Jack heulte vor Enttäuschung. Als Gillian ihre allzeit bereite Flasche warmer Milch hervorzauberte, quietschte er vor Vergnügen. Augenblicke später mick-jaggerte er mit vom Saugen geschürzten Lippen zufrieden zu Gillian auf.

Dann legte sie ihn in seinem Bettchen auf den Bauch und tätschelte ihm rhythmisch den Po. «Mir ist aufgefallen, daß du ihn mit Wegwerfwindeln gewickelt hast. Er mag aber Flanellwindeln lieber. Darin hat er es mollig warm, gemütlich und schön trocken.»

Ungläubig blickte Maddy ihre Freundin an. «Du redest wie ein Werbeprospekt», zischte sie durchdringend.

«Na, dann lies bitte mal mein Kleingedrucktes.» Gillian schoß einen ebenso vorwurfsvollen Blick zurück. «Oder, noch besser, hör mal.» Sie winkte sie zu sich.

Maddy kauerte sich neben sie. «Was?»

«Hörst du das Geräusch?»

«Was für ein Geräusch denn?»

«Dieses Ticken? Das ist meine biologische Uhr.»

Maddy zuckte die Achseln. «Besorg dir eine digitale.»

Gillians Gesicht fiel in sich zusammen. «Ich werde alt, Maddy.»

«Herrgott, wer nicht? Weißt du noch, wie scharf wir auf eine wilde Nacht mit einem tätowierten Rockstar waren? Und heute ist uns das Essen zu scharf!»

«Zu meinem Make-up wird ein *Spachtel* mitgeliefert.»

«Gillian, du bist erst sechsunddreißig.»

«In Menschenjahren. In Alleinstehende-kinderlose-Frau-Jahren sind das ungefähr sechsundachtzig! Bald werde ich zu alt sein, um Jeans zu tragen. Vielleicht bin ich es jetzt schon. Vielleicht gehen die Leute auf der Straße an mir vorbei und sagen: ‹Wie erbärmlich ...›»

«Glaub bloß nicht, gebären bedeutet, daß du Jeans tragen kannst. Jedesmal, wenn ich den Reißverschluß meiner Jeans hochziehe, schwillt mein Hals an.»

«Ich werde nie ein Baby haben», gestand Gillian. Die Traurigkeit rann ihr das Gesicht hinunter. «Einsamkeit ist eine Wachstumsindustrie, Madeline. Während ich optimistisch den Anschein erwecke, noch zu haben zu sein, gestehe ich mir unten drunter ein, versagt zu haben. Jeder Single, den ich kenne, ist schwul. Ich werde meine Memoiren *Die mit den Tunten tanzt* nennen.»

«Memoiren? Ha! Was willst du da noch reinschreiben, jetzt wo du dich der Blauen-Lidschatten-Brigade der grünen Witwen angeschlossen hast? He. Kopf hoch. Vielleicht wirst du ja eine dieser Retortenbaby-Großmütter?»

«Fünf Jahre Wartefrist», sagte Gillian ernst, während sie Jack den Bauch massierte. «Außerdem, Schätzchen, müßte ich dann so oft auf dem Untersuchungsstuhl die Beine breit machen, daß ich glatt Olympiareiterin werden könnte.»

«Eine Leihmutter?» spottete Maddy.

«Du bist doch die einzige fruchtbare Freundin, die ich habe.»

«Wie wär's mit einem chinesischen Waisenhaus?» Sie weigerte sich, ihre Freundin ernst zu nehmen.

«Zu teuer. Abgesehen davon will ich ja nicht einfach irgendein Baby.» Sie warf hektische Blicke durchs Zimmer. «*Ich will Jack.*»

Maddys Grinsen gefror.

«Noch nie hab ich es mit jemandem so gut gehabt wie mit ihm», fuhr Gillian aufrichtig fort. «Und du sprichst mit einer Frau, die mal mit Brian Ferry ausgegangen ist.»

Jack sekundierte ihr, indem er einen krachen ließ. Gillian lächelte selbstzufrieden. «Ich wußte nicht, daß ich mich verlieben kann. Und jetzt strömt es plötzlich nur so aus mir heraus.»

Maddys Mund verhärtete sich. «Ich bin seine *Mutter*. Du kannst ihn unmöglich so sehr lieben wie ich.»

Gillian sah sie gelassen an. «Als er erkältet war, habe ich ihm mit dem Mund den Schleim aus der Nase gesogen.»

Maddy traten die Augen aus dem Kopf. «Du brauchst kein Baby, Gillian. Du brauchst einen *Psychiater*.»

«Und deshalb finde ich, du solltest mich ihn adoptieren lassen.»

«Oder vielmehr eine Do-it-yourself-Lobotomie.»

«Ich habe ihn nur für die besten Schulen angemeldet. Solche Schulen interessieren sich aber auch dafür, aus welchem Stall ein Fohlen kommt.»

«Was willst du damit sagen? Daß er Rechenaufgaben mit Hufkratzen beantworten wird?»

«Was ich damit sagen will, ist, daß beim Selektionsprozeß die Hauptbezugspersonen genauso unter die Lupe genommen werden wie die Schüler selbst.»

«Er ist mein Baby!»

«Ja, aber ich bin die bessere Mutter», lautete die vernichtende Antwort.

«Wieso? Wegen dieser schrecklichen Babygruppen, zu denen du ihn schleppst, voller selbstzufriedener Eltern, deren Babys die ganze verdammte Nacht durchschlafen?»

«Hast du feuerbeständige Nachtwäsche gekauft? Hast du

eigenhändig Zwieback gebacken? Beim handelsüblichen brechen nämlich große Stücke ab, die ...»

«Diese Gruppen sind der gerichtsverwertbare Beweis dafür, daß es Kinderschänder gibt.»

«Drehst du im Bad zuletzt immer noch mal das kalte Wasser an, damit ihn kein heißer Tropfen verbrüht?»

Tropf, tropf. Tröpfe hatte Maddy in letzter Zeit genug getroffen. Nun, da sie nichts mehr zu verlieren hatte außer ihren Nerven, stand sie auf. «Was bin dann ich, bitte sehr? Eine Art ausgedienter Samenbehälter?»

«Förderst du seine Koordinationsentwicklung? Seine Wahrnehmung von Körpern und Raum? Tust du etwas für seine grobmotorischen Fähigkeiten?»

«Was zum Teufel soll das jetzt wieder sein? Willst du einen schwarzledernen Motorradfahrer aus ihm machen?» Maddy riß ihr Jack aus den Armen. Er reagierte mit herzzerreißendem Geheul und streckte seine rundlichen kleinen Arme nach Gillian aus. «Was für Gutenachtgeschichten hast du ihm erzählt? Die von der bösen biologischen Mutter?» Hektisch durchwühlte sie Jacks Stofftiere. Sie schienen sich über Nacht vermehrt zu haben. «Was zum Teufel will er denn?» Sie hielt ihm einen Teddy hin, der mit unverhohlener Geringschätzung zurückgewiesen wurde.

«Er will den Bär mit dem abgekauten Ohr, das ist doch klar wie Kloßbrühe», übersetzte Gillian herablassend. «Und *moi*, natürlich. Komm, gib Tante Gilly ein Kussibussi, mein Schnuckiputzi. Der hat eine Lippenadhäsion, von der Sandra Bernhard nur träumen kann.» Als Gillian ihr Gesicht dem seinen näherte, hörte er sofort auf zu weinen. Ihr Mund verzog sich zu einem zufriedenen Grinsen. «Gib's zu. Ich bin das, was er braucht, Maddy.»

«Was er braucht, ist Schlaf, und zwar jetzt», verfügte Maddy schroff. Jacks Körper stemmte sich gegen sie, als sie durch den Flur sauste.

Gillian tupfte sich die Nase mit dem Handrücken. «Besonders gern mag er es, wenn du ihm auf die Augen bläst, damit er sie zumacht», sagte sie mit schniefender Hochnäsigkeit. «Dito Babymassagen und Entspannungsbäder», rief sie ihnen hinterher. «Oder wenn du die Wippe auf die Waschmaschine stellst. Aber nur im Schleudergang.»

«F.I.C.K. dich ins Knie», gab Maddy auf gewohntem intellektuellem Niveau zurück. Jack war *ihr* Baby. Sie wußte besser als irgendwer, was ihm guttat.

Eine Stunde später war Maddy bei glatter, schamloser Bestechung angelangt. «Was muß ich dir eigentlich versprechen, damit du endlich einschläfst? Geld? Einen Besuch im Disneyland? Eins meiner Organe für den Fall einer Transplantation?»

Während sie auf dem Linoleum der Waschküche kauerte und dem planetarischen Kreiseln von Gillians Unterwäsche zusah, hätte sie sich wegen ihrer ausgefuchsten Strategien in den Hintern beißen können. Daß Holloways Traumatänzerin vom Dienst, Edwina Phelps, Detective Sergeant Arschgesicht Ohnekinn und die ganze Londoner Polizei hinter Jack und ihr her waren, war schlimm genug, doch nun mußte sie auch noch mit ihrem Ex-Liebhaber und einer mütterlich korrekten Kindsräuberin fertig werden.

Es herrschte Krieg mit Gillian und Alex... Wenn sie sich nur ihre Feinde nicht mit solchem Geschmack ausgesucht hätte.

Sie erwog, Jack als jüngsten Schönheitschirurgie-Patienten aller Zeiten ins Rennen zu schicken. Sie würden sich beide Ivana-Trump-Wangenknochen und passende Michael-Jackson-Nasen machen lassen. Entweder das, oder sie müßten sich auf einem Hügel im hintersten Neuguinea niederlassen. Sie versuchte sich einzureden, daß es vor dem Morgengrauen immer am düstersten aussieht, doch ihrer Erfahrung nach war es noch finsterer, wenn eine totale Sonnenfinsternis kurz bevorstand.

Als die Maschine in den Trockenschleudergang geschaltet hatte und Jack in tiefem Schlaf lag, wußte Maddy eins mit Sicherheit: Sie mußte wieder fliehen. Bloß wohin? In letzter Zeit war ihr nur ein einziger Fels in der Brandung untergekommen, ein hundertsiebenundzwanzig Kilogramm schwerer mit Sodbrennen und Krampfadern. Doch wo sollte sie diese Frau finden? Sie beschloß, der Nase nach zu gehen.

20. Empompie Polona Polonastik

«Was zum Teufel hast du denn getrieben?» Maddy hätte gern geantwortet, aber Mama Joy drückte ihr mit einer wirbelzerquetschenden Umarmung die Luft ab. «Ich hab 'n bißchen dies –» Mama Joy stemmte mit abgewinkeltem Arm ein imaginäres Glas Bier –, «'n bißchen das –» sie boxte in die Luft – «und 'n bißchen jenes gemacht –» sie bewegte schwerfällig die üppigen Hüften vor und zurück.

Sie saßen in einer muffigen Sozialwohnung in einem Wohnsilo in Nordlondon. Die aquamarin, lila und rotbraun gestrichenen Wände – wohl mit besonders günstigen Farben-Restposten gestrichen – waren von Wasserflecken und guacamolefarbigem Schimmel durchzogen. In der Glotze lief eine alte Episode von «Vater ist der Beste». Doch in dieser Gegend waren Väter längst ausgestorben.

Maddy hatte erwartet, daß sie mit der Suche nach Mama Joy stärker beschäftigt sein würde als ein bosnischer Maurer. Aber da hatte sie die Bekanntheit der alten Dame unterschätzt. Mama Joy war nämlich weltberühmt – jedenfalls in Hackney. Sie war vom Verdacht auf Ladendiebstahl freigesprochen worden, nachdem ein Ladendetektiv nicht zur Verhandlung erschienen war. Außerdem hatte sie sich einen neuen Trick ausgedacht.

«Mama Joy, sag ich, Mama Joy –» der Diamant blitzte frech in ihrem Schneidezahn, während sie Jack auf dem Knie hüpfen ließ –, «dein System muß 'ne Schwäche haben, Mädel. Du wirst viel zu oft erwischt.» Sie hievte ihre linke Brust, die zu weit unter die Achselhöhle gewandert war, hoch, brachte sie auf korrekte Höhe und zupfte ihr Hermes-Halstuch zurecht. «Die Schwäche ist das Rausgehen aus dem Laden.» Der neue Trick, sagte sie, bestand darin, in der Umkleidekabine ein Kleidungsstück zu beschädigen und beim Kundendienst «Ersatz» dafür zu verlangen, indem sie vorgab, ihre Quittung verloren zu haben. «Und dann fahr ich im Kleintaxi beim nächsten Laden vor, noch aufgetakelter als im letzten!»

Mit der unermüdlichen Begeisterung einer Debütantin auf ihrem ersten Ball zeigte Mama Joy Maddy eine Englandkarte, auf der ihre zukünftige Ladendiebstahl-Route von der Marylebone Road bis zur Merseyside klar festgelegt war. Diese Frau hatte einfach ein Händchen fürs Klauen.

Es tat gut, ihr vertrautes, von Lachfältchen überzogenes Gesicht zu sehen und ihre Singende-Säge-Stimme zu hören, obwohl Maddy die Ohren spitzen mußte, um sie überhaupt zu verstehen, denn aus einer Nachbarwohnung wummerte gewitterlauter Rap, der sich anhörte, als stammte er von einer Band namens Dead Yak's Smegma.

«Drogenhändler. Gibt keine besseren Nachbarn. Die mögen's ruhig und halten Tag und Nacht die Augen offen.» Das mußten sie auch, dachte Maddy, denn hören konnten sie die Typen von der Drogenfahndung bestimmt nicht mehr.

Eine junge Frau, die sich in einem wirren Gemisch von Konsonanten als «Chelsea Gore-Plunkett-Fluff» vorstellte, zwängte sich durch ein Loch in der Wand zu Mama Joy in die Wohnung, um die Flasche für ihr Baby zu wärmen. Doppelnamen, einst exklusiver Besitz der gehobenen Schichten, waren von den Bewohnern dieser Siedlung mit genüßlicher Ironie übernommen worden, so daß sich sozial engagierte Schickeria-Angehörige, die unter Polizeischutz die Siedlungen besuchten, um auf sich aufmerksam zu machen, bindestrichmäßig vom Proletariat abgehängt sahen.

Chelsea hatte nackte, bleiche Beine, Plastik-Stöckelschuhe, Ohrschmuck, dessen Ringe weiter hinabreichten als der Saum ihres Mikro-Minis, einen von Sorgen gebimsten Teint und wasserstoffblondes Haar mit andersfarbigen Wurzeln. Sichtbare Wurzeln schienen in der Siedlung obligatorisch zu sein. Maddy würde sich den Skalp schwärzen müssen.

«Die ham mir wieder das Scheiß-Gas abgestellt», beklagte sich die Frau.

«Was ist mit dem Sozialamt, helfen die nicht?» fragte Maddy.

«Einen Scheiß tun die! Wie ich denen gesagt hab, ich brauch 'nen Herd für das Baby und so, haben sie bloß gemeint, ich soll Sachen kaufen, die man nicht kochen braucht.»

Die junge Frau war Expertin in Sachen Schwarzmalerei: «Wennde hier inner Gegend 'ne Katze siehst, die noch zwei Ohren hat, dann macht die hier Urlaub», lautete ihre Hypothese. «Willst 'n hier draußen?»

«Ich glaube, es könnte mir gefallen.» Maddy blinzelte durchs verschmierte Fenster in die bewegungslose, smogschwarze Sommerluft hinaus. «Wenn ich bloß was davon sähe.»

Während sich Mama Joy auf ihren «Einkaufsbummel» machte, sollte Maddy so lange auf Tauchstation bleiben, bis sich die Lage beruhigt hatte. So würde die alte Dame genug Zeit haben, falsche Pässe zu besorgen und für Jack und sie eine Passage im Frachtraum eines Flugzeugs von zweifelhafter Bauart zu buchen, das nicht nur den ganzen Stolz, sondern die ganze Flotte eines Landes darstellte, dessen Namen Maddy nicht aussprechen konnte. Na, wenn das keine fröhlichen Aussichten waren.

Als sie Mama Joy an diesem Nachmittag zum Kleintaxi-Büro begleitete (in diese Siedlung wagten sich nur gepanzerte Taxis), konnte sie sich einen etwas deutlicheren Eindruck von ihrem neuen Heim verschaffen. Es bestand aus fünf zwölfstöckigen Hochhäusern, zwischen denen sich ramponierte und ausgebrannte niedrigere Behausungen befanden. Überall wucherte die architektonische Akne der Satellitenschüsseln. Hier gab es mehr Antennen als im Kennedy Space Center. Die Straßen, die so bitter ironische Namen wie «Wiesenweg» und «Butterblumenpfad» trugen, waren verödet, bis auf einen einsamen Jungen da und dort, der auf dem Hinterrad eines Motorrads mit Anfängerkennzeichen seine Runden drehte, triefäugige Hunde mit Hautkrankheiten im fortgeschrittenen Stadium und verschorfte, mit Blut geschriebene «HIV+»-Graffiti. Angesichts solcher britischer Großstadt-Sozialsiedlungen glaubt man sofort, daß die Welt in sechs Tagen erschaffen wurde.

«Wie steht's mit den Jungs in Blau?» fragte Maddy nervös, während sie sich der Mile End Road näherten.

«Die Bullen? Ha!» Im Gegensatz zum erbärmlichen Verfall ihrer Umgebung verströmte Mama Joy einen üppigen, dunklen Glanz. Ein aufrührerisches Grinsen teilte ihr Gesicht. «Einmal haben sie mich in der Wohnung besucht. Und als sie wieder rauskommen, haben die Kids die Räder von ihrer Minna abmontiert.»

Als Mama Joy ins Kleintaxi-Büro walzte, um über den Preis zu feilschen, warf Maddy einen mutlosen Blick auf das traurige Häuflein Crack-Süchtiger, die in den uringetränkten Hauseingängen kauerten. Da und dort auf den Treppenabsätzen schnüffelten Kids irgendwelche Lösungsmittel: Sie sahen aus wie einem Hieronymus-Bosch-Gemälde entsprungen.

Eine unmusikalische «La Cucaracha»-Hupe kündete die abgasgeschwängerte Ankunft eines jungen Mannes an, der sich als Fin vorstellte. Er sah so vernagelt aus wie ein Brett, bloß weniger intelligent. Seine Muttersöhnchen-Blässe war mit Pickelnarben verziert, und er fuhr einen nikotinfarbenen Nissan, dessen Hutablage und Armaturenbrett mit Maskottchen übersät waren. Ein pelziger Waschbärenschwanz in den Farben des Fußballklubs Arsenal baumelte von der Antenne. Maddy war sich ziemlich sicher, daß Fin zu der Sorte Männer mit einer Vorliebe für Filme gehörte, in deren Titel «Schulmädchen», «Tod» oder «II» vorkam.

«'ne neue Mama, hä?» Haarlos ragte sein Ellbogen aus dem offenen Fenster. «Unbefristet freigestellt, wa?»

«Wie bitte?» Maddy drückte Jack fester an sich und trat auf den Gehsteig zurück.

«Erwerbslos? Ökonomisch marginalisiert? Freiwillig müßig?» Die Wörter wirkten wie Fremdkörper inmitten der breiig verschlampten Vokale seines East-End-Genäsels, eines trommelfellzerfetzenden Akzents, der sich wie eine Halskrankheit anhörte.

«Sie meinen, ob ich pleite bin? Ja.» Sie wollte ihn schon fragen, ob er «andersbefähigt» sei, doch hielt sie es für klüger, einen Mann, der im Falle eines Autobahn-Staus ausrasten und seinen Weg mit Leichen pflastern würde, nicht als Idioten zu bezeichnen.

Fin stieß ihr die Wagentür entgegen und ließ sich mit zuhältermäßigem Hüftschwung hinausgleiten. Er trug ausgebeulte Khakishorts und eine verspiegelte Sonnenbrille. Maddy wunderte sich, wie Großbritannien es je fertiggebracht hatte, auf so bleichen Spinnenbeinchen den Globus zu kolonisieren. «Zehn Prozent pro Woche», sagte er großspurig. «Das sind meine Bedingungen. Wer sich nich dran hält, wird zu Fischfutter verarbeitet.»

Fin, dämmerte es Maddy endlich, war ein Kredithai. Mit einem verächtlichen Schnauben drängte sie sich an ihm vorbei ins Büro.

«Bist du sicher, daß du klarkommst, Mädel?» Hängemattengleich schwang Mama Joys auberginefarbenes Fleisch, als sie Maddy in die Arme schloß.

«Weißt du, wie lange ich schon darauf warte, endlich mal

mit meinem Baby allein zu sein?» prustete die, während ihr Gesicht zwischen Mama Joys Rieseneisbomben Größe 98 D zu einem Akkordeon gequetscht wurde. «Vier Monate. Es wird *himmlisch* sein.»

«Also deshalb strahlst du wie radioaktiver Müll!»

Maddy sah zu, wie Mama Joys Taxi davonschlingerte. Es streifte einen geparkten Wagen und rasierte dabei den Außenspiegel sowie einen Großteil des Lacks der Beifahrertür ab. Auf der Stoßstange prangte ein Aufkleber: «Gott lenkt meine Wege.»

«EMPOMPIE POLONA POLONASTIK EMPOMPIE EMPOMPIE ...» Maddy warf einen Kontrollblick auf die Uhr. Sechs Uhr morgens! Herrgott, sie hatte geglaubt, es sei schon viel später. «EMPOMPIE ...»

Sie stellte ihren schlaflosen Sprößling in seinen Laufstuhl. Jack begriff das sogleich als Aufforderung zum Hockeyspiel und machte mit dem Kopf ein Tor. Na ja, dachte Maddy, während sie die Keramikschrapnells der heruntergefallenen Vase zusammenkehrte, wenigstens war es keine unersetzlich wertvolle. «Mit dir zusammenzuleben», sagte sie zu ihm, «ist, als hätte man eine komplette Abbruchfirma im Haus, weißt du das? He, mach kein Theater. Hör auf zu weinen. Mama hat's nicht böse gemeint ...» Sie zog ihn an sich. «EMPOMPIE POLONA POLO ...» Erneut sah sie auf die Uhr. Fünf nach sechs. «Verdammt», sagte sie laut, «ich hatte geglaubt, es sei schon *viel* später.»

Zur Frühstückszeit verweigerte Jack seinen Reisbrei. «Hör zu, stell dir einfach vor, es sei der schleimbedeckte Bauch einer toten Nacktschnecke, ja?» Sie wußte mittlerweile, daß Babys nur auf den Boden gefallene, zertretene, von Hunden abgeleckte, mit Tritten in eine Ecke beförderte und mit Flusen wattierte Dinge aßen.

«Oh, es ist so schön für Mamsiwamsi, ihr Bubidubi zu sehen. Niemand hat dich so lieb wie ich. Denk nur an all die wunderbaren Dinge, die wir zusammen machen können! Zum Beispiel …» Maddy sah auf die Uhr. «Wie spät war es noch gleich?»

Für die Mittagsmahlzeit sperrte sie Jack in seinen Hochstuhl, worauf er alles über den Rand auf den Boden pfefferte. Es war, als speiste man mit Heinrich VIII. Zum Teufel mit all den Büchern über ausgewogene Babykost. Ausgewogen war, was auf dem Löffel blieb. «I'M SINGING IN THE RAIN, JUST SINGING IN THE RAIN …» Ihre einzige Möglichkeit, ihn so lange zum Stillhalten zu bringen, daß sie ihm unbemerkt etwas ins Mäulchen schieben konnte, war eine Busby-Berkeley-würdige Step-und-Regenschirmzwirbel-Nummer. «WHAT A GLORIOUS FEELING, I'M HAPPY AG …» Was kein Problem war, bis sie merkte, daß die ganze Drogenhändler-Bande durch das Loch in der Wand hereinlinste. Doch sobald sie aufhörte, begann er zu weinen. «I'M SINGING IN THE RAIN …» Scheiß die Wand an. Dieses Kind war anspruchsvoller als ein Starkritiker.

Zum Schluß war so viel geronnenes Ei in der Küche verschmiert, daß Maddy einen Schweißbrenner gebraucht hätte, um es wegzukriegen. Der einzige Leckerbissen, der Jack wirklich interessierte, stammte aus einem seiner Nasenlöcher. Er bot das graue Kügelchen Maddy an, als sei es ein Horsd'œuvre.

Zu den Nachmittagsbeschäftigungen gehörte die Suche nach dem verschwundenen Goldfisch. Maddy sah, daß sich Jack die Finger leckte, und hoffte verzweifelt, daß er nicht auf den Geschmack von Sushi gekommen war. Dann kam der Moment, da er entdeckte, daß sich Kacke für dekorative Zwecke eignete. Als der Nachmittag noch nicht halb vorbei war, sah Mama Joys Wohnung aus wie das Maze-Gefängnis nach einer Protestaktion der IRA.

Die Dame im Nachmittagsprogramm jammerte darüber, daß die Zeit, die frau mit ihrem Baby genießen durfte, so furchtbar schnell vorbeiging. *Schnell*? Maddy fragte sich vielmehr, warum sie so verdammt langsam dahinschlich.

«SCHLAF, KINDCHEN, SCHLAF! DER VATER ...» Um ein Uhr früh flehte Maddy Jack an einzuschlafen. Sie hätte ihn gern ums Karree kutschiert, bloß hatte sie keinen Wagen. Sie hätte ihm gern eine Geschichte vorgelesen, bloß fand sie ihre Lesebrille nicht. «IST EIN SCHAF ... DIE MUTTER ... Du bist nicht Maggie Thatcher, verstanden?» sagte sie ihm um zwei Uhr früh. «Du mußt nicht aufbleiben, um bis zum Morgengrauen Dokumente durchzuarbeiten ... IST EIN TRAMPELTIER ... Wenn ich noch viel länger auf und ab gehen muß, heißt es tschüs, Julie Andrews, hallo, Eva Braun, kapiert?» erklärte sie ihm eine Stunde später. «He, morgens um vier ‹Such den Schnuller› zu spielen ist nicht meine Lieblingsbeschäftigung, ja?»

Als es Zeit für die Morgenschicht gewesen wäre, nahm Maddy ihn mit in Mama Joys Bett, das er prompt kolonisierte, indem er mit ihren Nieren Fußball spielte, während sie sich verzweifelt am Matratzenrand festklammerte. Dann fand sie ihre Brille – oben auf ihrem Kopf. Sie warf einen Blick auf Jack und stellte erstaunt fest, daß er endlich weggeratzt war. «Danke, Jesus», flüsterte sie. «Aber Moment mal ...» fiel ihr ein, «schläft er wirklich? Ihr höre ihn nicht atmen. Teufel! Er atmet nicht mehr! O Gott! O Gott! Plötzlicher Kindstod. Jack? Jack? JACK? Schon gut. Nicht weinen ...»

«EMPOMPIE POLONA POLONASTIK EMPOMPIE ... EMPOMPIE ...»

Schau: Mama läuft! Schau: Mama führt Selbstgespräche! Schau: Mama holt das Fläschchen mit dem Beruhigungsmittel! Schau: Mama kriegt den kindersicheren Deckel nicht auf.

Manche Frauen sind geborene Mütter, manche eignen sich die Mutterrolle an, und manchen wird sie aufgezwungen. Nach zwei Wochen allein mit Jack in Mama Joys Wohnung fühlte sich Maddy der dritten Kategorie zugehörig.

Was nicht heißt, daß sie sich keine Sorgen mehr gemacht hätte und nicht mehr kribbelig geworden wäre. Der Kinderwagen mußte nur über eine verklebte Stelle des langhaarigen Teppichs holpern, und schon sah sie Jack als Paraplegiker. Er mußte sich nur an der Milch verschlucken, und schon dachte sie: «Verstopfte Luftröhre», ergo Hirnschaden. Ein Huster beschwor den Gedanken an einen lebenslangen Aufenthalt in einer eisernen Lunge herauf. Zweimal pro Stunde pinkeln, und Maddy sah ihn praktisch an der Dialyse hängen.

Da es in der Siedlung so viele Ecken gab, in die man sich nicht wagen konnte, und der Rest von Bullen nur so wimmelte, die bestimmt ihr Fahndungsfoto mit sich herumtrugen, mußte Maddy den ganzen Tag die Gefängnisaufseherin spielen und auf ihrem Patrouillengang durch die Küche immer wieder nach Käfern, Nadeln und lockeren Schrauben Ausschau halten. Noch eine solche Woche, und letztere würden vor allem zwischen Maddys Ohren zu finden sein. In ihrer Verzweiflung bastelte sie ein improvisiertes Laufgitter – mit dem Resultat, daß zum Schluß sie darin saß und Jack draußen.

Daß Jack gerade zahnte, war auch keine Hilfe. Seine Quengeligkeit machte ihn zum Klammeraffen. Er klebte die ganze Zeit in ihren Armen. Wie eine Amputierte mußte Maddy lernen, alles mit einer Hand zu tun – vom Schuheschnüren bis zum Tamponwechseln. Und dann der Sabber. Dem Mund ihres Kindes entströmten solche Mengen Spucke, daß Maddy das Gefühl hatte, darauf Wildwasserrennen veranstalten zu können. Außerdem *biß* er sie jetzt in die Brustwarze. Wenn *das* kein bindungsförderndes Ereignis war ...

Aber das Schlimmste von allem war die hirnzermürbende Ödheit. Maddy langweilte sich dermaßen, daß sie den Pflanzen bei der Photosynthese zusah. Um sich ein bißchen Abwechslung zu verschaffen, zog sie sich einen Hefepilz zu. Der Höhepunkt ihres Tages – abgesehen vom Brustabtasten – bestand darin, daß sie sich mit einem Bimsstein die Hornhaut entfernte. Sie tat es stückchenweise, damit es länger vorhielt.

Sie war so ausgehungert nach Kontakt, daß der Gasableser zum spritzigsten Menschen wurde, der ihr je untergekommen war. Nachdem er gegangen war, tat sie so, als wollte sie sich Teppiche, Oberlichter und Küchenmaschinen anschaffen, bloß damit Leute kamen, um Kostenvoranschläge zu machen.

Bald überlegte sie sich, eine Protestaktion auf dem Dach des Hauses durchzuführen: dagegen, daß die Verhältnisse nicht so gut wie im Gefängnis waren. Sie hatte nicht gewußt, daß die Gesellschaft Mütter zu solch stumpfsinniger Plackerei verurteilte – und das ohne bedingten Straferlaß.

Die knochenmarkschmelzende Erschöpfung verschärfte die Sache natürlich noch. Chelsea lieh ihr ein Buch mit dem Titel *Wie löse ich das Schlafproblem meines Kindes*, aber sie war zu müde, um es zu lesen.

Sie hatte sich immer etwas auf ihr gutes Gedächtnis eingebildet. Sie konnte sich daran erinnern, welche Koitusstellung sie während der Fernsehübertragung der Hochzeit von Charles und Di eingenommen hatte; was für eine Diät sie gerade gemacht hatte, als John Lennon erschossen wurde; wie viele ausleckbare Grübchen der nach gerösteten Mandeln schmeckende Körper von Alex barg ... doch am Morgen der Herbst-Tagundnachtgleiche ging sie im BH zum Eckladen.

Als es ihr endlich auffiel, machte sie kehrt und raste geduckt die Treppen hoch, wobei sie den Horizont absuchte wie Angehörige eines Kommandotrupps in der Erwartung von Scharfschützenfeuer. Die Dinger raushängen zu lassen wie

Kuheuter war wohl nicht das, was Mama Joy mit «auf Tauchstation gehen» gemeint hatte.

Sie versuchte, in der Wohnung zu bleiben und sich vor den Schwarzweißfernseher zu setzen. Aber die endlos vielen Ehemänner, die nach Hause kamen, wo das Essen bereits auf dem Tisch stand und die Höhen und Tiefen des Tages durchgekaut wurden, brachten sie an den Rand des Selbstmords. Doch bei ihrem Glück würde in dem Augenblick, da sie den Kopf in den Ofen steckte, das Gas abgedreht. Nach einer Überdosis Pillen wäre sie nicht tot, sondern würde fortan in vegetativem Dämmer existieren – und das tat sie ja jetzt schon.

Um die Sache noch schlimmer zu machen, tauchte eines Nachmittags zwischen den Tagesprogramm-Ehemännern der üppige Mund Alexander Drakes auf, der von seiner Kinderliebe schwafelte. Maddys Herz tanzte einen schnellen Fandango.

«Es geht das Gerücht», bohrte die Moderatorin, «Ihre Frau lasse sich wegen Ehebruchs von Ihnen scheiden?»

Alex ließ ein selbstironisches Lächeln von umwerfender Ehrlichkeit aufblitzen. «Wie alle Männer, Miranda, brauche ich eine Frau, die so vollkommen ist, daß sie versteht, warum ich es nicht bin.»

Die Interviewerin riß ihren Blick mühsam von seinem Reißverschluß und begann wimpernklimpernd davon zu faseln, wie nett Alex sei.

«Nett?» kreischte Maddy den Fernseher an. «O ja, zuerst ist er nett, doch dann wird er zu einem anderen Menschen, in der Regel zu Attila, dem Hunnenkönig!» Sie hechtete im Sturzflug auf den Programmwahlschalter und fragte sich, wie sie je einen solchen geistigen Tiefflieger hatte lieben können. Sie schwor, sich nie mehr unter ihr Niveau zu begeben – es sei denn, sie wäre wirklich, wirklich geil.

Sie steckte ihre gesammelten Münzen ein und nahm die

einzige nicht von Vandalen zerstörte öffentliche Telefonzelle der Siedlung in Beschlag. Nach einer Stunde hatte sie die zwanghaft gesellige Mama Joy bei der Masseuse der Stieftochter des Friseurs des Schwiegersohns der Fußpflegerin einer Cousine in Birmingham aufgespürt. «Weißt du schon was wegen dieser Pässe?»

«Das dauert noch mindestens 'nen Monat, bis wir überhaupt was hören; vielleicht auch sechs Wochen oder noch länger ...»

«Sechs Wochen? Okay. Ich bleib solang am Apparat.»

«Geht's dir nicht gut, Mädel?»

«Doch, doch, alles bestens, außer daß er andauernd weint und mich haßt und daß ich eine katastrophale Mutter bin.»

«Es gibt nur eins, was du nicht vergessen darfst, Mädel», sagte Mama Joy in beruhigendem Ton. «Wenn du das Baby zu heftig schüttelst, kriegt es 'nen Hirnschaden.»

Maddy lachte. Sie schniefte ihre Tränen hoch. Sie drückte Jack an sich.

«Ich weiß, ich hab dir gesagt, du sollst dich so wenig blikken lassen wie 'n Schlangenpimmel, aber du mußt raus aus der Wohnung. Unbedingt. Diese Wohnung kann einem stinken wie 'n verfaultes Gürteltier. Hörst du?»

Die Leitung wurde unterbrochen. Maddy öffnete ihr Portemonnaie. Der reinste Mottenfriedhof. «Eines Tages, mein Sohn, wird all dies dir gehören», beschied sie Jack.

Doch ob sie nun Geld hatte oder nicht, das Angebot an Freizeitbeschäftigungen in der Siedlung war begrenzt. Maddy konnte dem städtischen Rattenfänger beim Rattenfangen zuschauen. Sie konnte den Ratten beim Entwischen zuschauen. Oder sie konnte den Kredithaien zuschauen, die angesichts der Schwärme verarmter alleinerziehender Mütter vor Freßlust in Raserei verfielen.

Als sich Maddy in Fins Nissan beugte und ihn um Geld bat, damit sie bis zur Rückkehr von Mama Joy über die Runden kam, griff er träge in eine Plastiktüte und holte ein Bündel Fünfzigpfundnoten hervor. Selbstgefällig zählte er acht ab.

«Vergiß nicht –» Maddy mußte sich anstrengen, um ihn durch das Plärren des voll aufgedrehten Kassettendecks hindurch zu hören –, «ich weiß, wo du wohnst.»

«Ach ja? Prima, dann schauen Sie doch mal vorbei: Die Hündin ist gerade läufig.»

«Willste Stoff?» Er hatte sie offenbar nicht gehört, jedenfalls konnte sie in ihrem Oberkörper keine Einschußlöcher entdecken. «Wie wär's mit Koks?» rief er.

Jack strahlte Fin euphorisch an, hungrig nach Erfahrung. Maddy erinnerte sich an die Tage zurück, da auch sie sich am Leben berauscht hatte ... Mittlerweile lag ihre Toleranzschwelle deutlich höher. Ach, wo war Gillian, jetzt, wo sie sie gebraucht hätte? In Maddys Leben waren die Männer gekommen (es sei denn, sie hatten einen alkoholbedingten Hänger) und gegangen. Wirklich treu waren nur Freundinnen gewesen. Trennt eine Frau sich von einem Mann, werden die anderen vor Mitgefühl ganz gluckenhaft; sie lesen einem Dorothy-Parker-Gedichte vor und spendieren einem exotische Cocktails mit bunten Schirmchen drin. Sie kommen mit gemieteten *Tank-Girl*-Videokassetten angesaust. Verkracht eine Frau sich mit ihrer besten Freundin, gackert kein Huhn danach. Scheiß drauf. Wie kam es bloß, daß sie plötzlich so herzliche Feindschaften hatte?

Als sie Fin das Geld aus den schmutzigen Fingern riß und dabei die Würfel sah, die von seinem Rückspiegel baumelten, beschlich sie ein sehr ungutes Gefühl. Sie waren gezinkt.

21. Eggs Benedict

Als Absolventin des Prudence-Prendergast-Mädchenpensionats kannte sich Gillian mit der korrekten Etikette bei der Suche nach einem Live-Samenspender nicht aus. Sie hatte an künstliche Besamung gedacht, aber die Anonymität des Vorgangs hatte sie beunruhigt. Was, wenn der Spender schlechte Zähne hatte? Eingewachsene Zehennägel? Eine Vorliebe für Heavy Metal? Die Frage war also, wie bezirzte frau einen Mann, von dem sie ein Kind wollte? Die Parfümreklamen kündeten ja von allen möglichen romantischen Anziehungskräften. Obsession sagte: «Ich hab gern meinen Spaß.» Allure sagte: «Führ mich erst mal zu einem teuren Abendessen aus.» Gillian hätte ein Parfüm gebraucht, das sagte: «Vogelfreie, bumsfidele Sexgöttin möchte, daß Sie ihre Kinder zeugen. Eisprung jetzt.»

Während ihre Eizellen den monatlichen Countdown bis zum Lift-off abzählten, nahm Gillian die Dienste eines Partnerschaftsvermittlungsinstituts in Anspruch. Ihr perfekter Partner, wenn man dem Computerausdruck glaubte, war Benedict, ein 1,85 großer, zweiunddreißigjähriger Volkshochschul-Dozent mit haselnußbraunen Augen, der gern reiste. Er war, wie Gillian beschloß, ein NSFMK (nicht schlecht für Milton Keynes). Aber ihr verging der Appetit, noch bevor sie zum Abendessen kamen.

«Das Wunderbare an Chinesinnen», sagte Ben mit Kennermiene, während er eine Olive von ihrem winzigen Spieß lutschte, «ist ihre kleine Vagina. Sie macht einfach ‹Plopp›.»

Wie würde er sie einstufen? fragte sich Gillian grimmig. Wie den Kanaltunnel? «Ja, das ist bestimmt prima», sagte sie abfällig, «wenn man einen sehr kleinen Schwanz hat. Ich persönlich», sagte sie, während sie sich auf ihren hohen Absätzen erhob, «mag lieber Männer, bei denen ich spüre, daß sie in mir drin sind. Wie die Natur leide auch ich an Horror vacui.»

Er war also doch kein NSFMK, sondern ein AAEW (absolutes Arschloch egal wo).

Und so tickte ihre biologische Uhr eben weiter.

22. Die Erdmutter-Mafia

Das kleine Mädchen im roten Overall wollte von seiner Aufpasserin ganz genau wissen, warum das Pommerland abgebrannt war. Die Dreijährige mit den Sommersprossen stopfte sorgfältig Smarties in ihre Nasenlöcher und erklärte derweil einem Plastik-Power-Ranger, sie «tue das den Erdferkeln zuliebe». Der Vierjährige mit dem Teewärmer als Kopfbedeckung verlangte zu wissen, ob es einen Gott gebe.

«Wen kümmert das?» schaltete sich Maddy ein und zwinkerte der Frau zu, auf die das Kind eingeteufelt hatte. «Deine Mami und ich haben schon genug Probleme damit, in fünf Minuten einen Babysitter aufzutreiben, nicht wahr?»

Die junge Frau in Stretch-Leggings und einem T-Shirt beäugte Maddy kühl. «Sie sind eine Mama, nicht wahr? Wir sind die Kindermädchen. Die Mütter –» sie sprach das Wort aus, als sei es krebserregend – «sind dort drüben.»

«Ach so.» Maddy schulterte wieder ihren Windelsack, hievte Jack auf die Hüfte und durchquerte die alte Kirche, um sich zu den Eltern auf den Bänken unter den verzierten Orgelpfeifen zu gesellen. Trotz hastig aufgetragenem Lippenstift und großzügigen Schichten von Estée Lauder's Beauty Flash Balm ließ sich die Erschöpfung der Mütter nicht verbergen. Die Kindermädchen – leutselig, gepflegt und Adidas-gekleidet – sahen eher wie Privattrainer aus.

«Bist du eine Muki-Mutter oder eine Crescendo-Mutter?» strahlte eine Frau Anfang Dreißig in einem Baumwollkittel, der sich als Sieb zum Abtropfen von Tofu geeignet hätte.

«Äh...»

«Ich habe dich eben noch nie in dieser Gruppe gesehen. Ich bin die Mutter von Smarties-in-der-Nase. Und das –» sie zeigte auf die Frau zu ihrer Linken – «ist die Mutter von Zerquetschte-Banane-im-Haar.»

«Äh... ich bin Madeline, und das ist Jack.»

«Laeticia!» Smarties-in-der-Nase umarmte den Baumwollkittel.

«Ophelia!» Banane-im-Haar hüpfte auf seine Mutter zu.

«Nennen eure Kinder euch beim Vornamen? Mensch, geht's hier locker zu», witzelte Maddy. «Dabei kennt ihr euch doch noch gar nicht so lange.»

Die Mütter warfen Maddy mißtrauische Blicke zu.

Laeticia wies mit einem leichten Neigen des Kopfes, den eine diamantenbesetzte Haarspange krönte, auf die Kindermädchen. «Du bist eine von uns?» fragte sie zögernd.

«Eine Mutter? O ja... aus der Wohnsiedlung.»

«Wohnsiedlung» klang so großartig für das Durcheinander von Hochhäusern und zerfallenen Mietskasernen. Hitlers Bomben hatten in London allerlei Löcher gerissen. Danach waren Sozialsiedlungen aus dem Boden geschossen, gedüngt von sozialistischem Nachkriegsidealismus, und hockten nun dicht neben den innenarchitektonisch durchgestalteten Heimen der verschärften Schickeria. Laeticias Gehabe löste sich in unehrliches Gesäusel auf. «Oh... Sebastian... darf ich dir unsere Neuerrungenschaft vorstellen...» Mit einemmal sprach sie überartikuliert wie eine Moderatorin im Kinderfernsehen. «Das ist Madeline. Aus der *Siedlung*. Sebastian ist der Neue Mann in unserer Gegend.»

Noch war Maddy nicht überzeugt, daß diese Gattung wirklich existierte. Eine schlechte Muskulatur und durchdringender Patschuli-Geruch machten für sie noch keinen Feministen aus. «Sebastian schreibt gerade ein Buch über seine Erfahrungen als Vater...»

«Und ich komme darin vor!» prahlte Ophelia.

«Ich auch...» ergänzte Laeticia voll Besitzerstolz.

Sebastian, an dessen Brust ein eingemummeltes Neugeborenes schlief, sah matt von seinem linierten Notizbuch auf. Prüfend betrachtete er Maddy über seine modische John-Lennon-Brille hinweg. «Hi.» Als einziger Mann inmitten einer Gruppe einsamer Frauen mußte sich Sebastian nicht sonderlich viel Mühe geben, um Aufmerksamkeit zu erregen. Dem Aussehen seiner frisch gebügelten Jeans und des fleckenlosen Pullovers nach zu schließen, den bestimmt peruanische Lesbierinnen gestrickt hatten, gehörte Sebastian zum Typus Gentleman-Vater: einer, der bei jeder Gelegenheit die Freuden der Vaterschaft predigt, aber angesichts des kleinsten Kackhaufens seine Kinder weiterreicht.

«Was meinst du dazu, Sebastian?» strahlte Ophelia und hielt ein Peter-Pan-Kostüm hoch, an dem sie gearbeitet hatte.

«Seb! Seb!» Sebastians Kleiner kam herbeigewackelt. «Kacki.»

Hilflos blickte Sebastian um sich. Sogleich traten Ophelia und Laeticia in Aktion.

«Ich gebe zu, auch ich war versucht, etwas Disneyartiges zu machen...» säuselte Laeticia, die Ophelia bei der ehrenvollen Aufgabe, Sebastians Zweijährigem den Hintern abzuputzen, zuvorgekommen war, «doch dann habe ich mich dafür getadelt, daß ich nicht origineller bin.» Mit der Geschwindigkeit eines löchrigen Ballons schrumpelte Ophelias Lächeln in sich zusammen. «Und so habe ich ein kleines Marienkäferkostüm zusammengeschustert», fügte Laeticia mit falscher Bescheidenheit hinzu.

«Und du?» fragte Sebastian Maddy und nuckelte an seinem Montblanc-Füller. «Förderst du auch die Kreativität deines Kindes?»

«Äh ... er hat Ohrenschmalzablagerungen, aus denen sich Plastiken gestalten lassen. Reicht das?»

Maddy spürte, wie alle drei Evangelisten des kreativen Spiels auf ihrem geistigen Fragebogen zu Maddy in der Kategorie «Gute Mutter» das «Nein» ankreuzten.

«Ich habe festgestellt, daß Lernhilfekarten der Kreativität einen gewaltigen Schub verleihen», wußte Ophelia zu berichten. «Tarquin hat mit sechs Monaten zu sprechen begonnen!»

«Winsome konnte es kaum erwarten zu reden!» schwärmte Laeticia. «Er ist auch gar nicht erst gekrabbelt, sondern gleich auf und davon!»

«Ich habe damit nicht unterschlagen wollen, daß Tarquin auch körperlich schon sehr weit fortgeschritten ist! Das liegt bei uns in der Familie. Meine Großmutter ist zweiundneunzig.»

«Wirklich?» trumpfte Laeticia auf. «Meine Oma ist hundert.»

«Deshalb habe ich auch gleich wieder die Kleider anziehen können, die ich vor der Schwangerschaft getragen hatte!» Ophelia zeigte auf ihre schamlippenmodellierende Versace-Hose, was Laeticia in ihrem losen Baumwollkittel ein gepreßtes Lächeln abnötigte.

Gen-Snobs, dachte Maddy. Bei derart ehrgeizigen Müttern mußten beide Kinder zwangsläufig zu sadistischen Verkehrspolizisten mit geschwollenen Fußgelenken und Furunkeln auf dem Hintern heranwachsen.

«Mit fünf Monaten war die Sauberkeitserziehung praktisch abgeschlossen ...»

«Er hat mit vier Monaten schon geplappert ...»

«Hm», sagte Maddy, «Jack kam als Konzertpianist aus der Gebärmutter, hatte schon im Krankenhaus CD-ROM und das Internet im Griff und lernt gegenwärtig Sanskrit.»

Zwei Kreuze, war ihre Prognose.

«Ach, wenn Portia nur nicht soviel schlafen würde, hätte ich mehr Zeit, mit ihr zu spielen», sagte Sebastian in vertraulichem Ton und tätschelte sein Baby-Tragetuch. Die Erdmutter-Mafia schmolz dahin und strömte ihm entgegen.

Maddy, die seit sechs Wochen nicht geschlafen hatte, betrachtete ihn mit zu Schlitzen verengten Augen. Es war ungefähr so, als hätte Twiggy sich bei Liz Taylor beschwert, bei ihr setze einfach nichts an, egal was sie esse. «Macht es dir nichts aus, vier-, fünfmal pro Nacht aufstehen zu müssen?»

«Winsome schläft ganz *wunderbar*», brüstete sich Laeticia. «Das ist alles eine Frage der elterlichen Pflege, weißt du?»

«Ich verzehre mich danach, noch ein Kind zu bekommen», sagte Ophelia mit einem tiefen Blick in Sebastians Augen. «Beim ersten hatte ich einen Kaiserschnitt, und ich komme mir, ich weiß auch nicht... irgendwie betrogen vor. Als hätte ich die Fruchtbarkeitsgöttin in mir noch nicht gefunden...»

Maddy glotzte sie ungläubig an. «Das hört sich an, als würde sich ein Folteropfer bei Amnesty International beschweren, es fühle sich durch seine Befreiung um die Elektroden an seinen Eiern betrogen.»

Sebastian wand sich, als zöge sie ihm die Haut ab.

«Dafür ist meine Vagina wunderschön intakt. Du hast ja eine eher... traumatische Geburt erlebt, nicht wahr, Laeticia?»

Laeticias Blick wurde haßerfüllt. «Schon, aber nach so einer natürlichen Geburt... habe ich mich *ganz als Frau* gefühlt.»

Ophelias Lächeln wirkte schroff. «Ich auch, nachdem ich meine gefriergetrocknete Plazenta gegessen hatte.»

«*Gefriergetrocknet?*» übertrumpfte Laeticia sie. «Ich habe meine *roh* gegessen.»

Während die Babys und Kleinkinder unbeaufsichtigt auf dem Boden der Kirche herumtollten, gaben sich die Angehörigen der Stillwilligenbrigade – alle geschieden, getrennt oder mit arbeitswütigen linken Anwälten verheiratet – große Mühe, so zu tun, als flirteten sie nicht mit dem Erdvater, während sie Maddy über verschiedene Methoden belehrten, eine Erdmutter zu werden.

«Du gibst ihm keine fluorisierten Präparate?! Na ja, mach dir keine Sorgen. Er bekommt ja nochmals Zähne, und bei denen macht das vielleicht nichts aus», meinte eine Frau, deren Baby bei Vollmond unter Anleitung eines Leboyeur-geschulten Spiritualisten zu Mozartklängen in einem geheizten Swimmingpool geboren worden war.

«Wenn er nicht schläft, ist er bestimmt unsicher. Vielleicht verbringst du nicht genug Zeit mit ihm?» regte eine Frau an, die ihre Freizeit mit dem Stricken biodynamischer Mungbohnen verbrachte.

«Vielleicht verbringst du auch zuviel Zeit mit ihm?» trug die Leboyeur-Lobbyistin bei. «Ein Kind braucht seine Unabhängigkeit.»

«Du läßt ihn fernsehen? Tobias darf nur einen kurzen Animationsfilm – die osteuropäischen sind die besten – pro Woche sehen. Sonst hätte er nie und nimmer Zeit für seine Gestalt-Therapie und die Suzuki-Stunden», predigte die Sorte Frau, die sich für medizinische Forschungszwecke zur Verfügung stellte, um Ratten und Mäusen die Unannehmlichkeit zu ersparen, zur Förderung der menschlichen Gesundheit mißbraucht zu werden.

Auch Sebastian hatte allerlei Ratschläge zum Thema «Wie bin ich eine gute Mutter?» beizutragen. «Am besten ist es, sie mit vier, fünf aufzuklären – auch über Oralsex.» (Wer in der Sozialsiedlung so etwas täte, überlegte sich Maddy, würde garantiert für vier, fünf Jahre verknackt, aber mindestens.) «Meine Kinder werden über die erotischen Details ihrer Zeugung Bescheid wissen und mir dadurch noch näher sein.» Die Erdmutter-Mafia seufzte vernehmlich: Schraubenmuttern, die von ihrem männlichen Magneten angezogen wurden.

«Ich lege meine Kinder auf Papier auf dem Boden und zeichne ihre Umrisse darauf nach. Dann ermuntere ich sie dazu, ausgeschnittene Penisse und Vaginen auf die Umrisse zu legen und darüber zu reden.»

«Und was hält deine Frau davon?» fragte Maddy entgeistert.

Rasch wies Sebastian darauf hin, daß ihm das Wort «Pendant» lieber sei. «Ein geschlechterübergreifendes, nicht-heterosexistisches Ersatzwort für ‹Ehemann› und ‹Ehefrau›, erklärte er.

Und es hieß, dekodierte Maddy, daß er herumbumste.

Einander anstrahlend wie Szientisten, empfahlen diese Vorbildmütter im folgenden Wattebäusche statt Windeln zum Hinternabputzen, maßgefertigte Schuhe statt gebrauchten, hausgemachtes Essen statt Konserven. Maddy kam zu dem Schluß, daß noch viel irritierender als ein Baby, das nicht schlief, aß oder sich anständig aufführte, ein Kindererziehungs-Ayatollah war, der einem sagte, warum das Baby nicht schlief, aß oder sich anständig aufführte.

«Der einzige Tip für Eltern, den ich beitragen kann, ist: Wie finde ich einen verlorenen Lego-Stein? Ich mache das Licht aus und spaziere barfuß herum. Im Nu rufe ich ‹Aua›, tut der Spann höllisch weh, und ich habe ihn gefunden», sagte sie, entschlossen, ihren Beitrag zur allgemeinen Geselligkeit zu leisten. «Oh, und dann empfiehlt es sich, alles und jedes mit dem Zahnen zu entschuldigen. Insbesondere wenn du zu stillen aufhörst.»

«Oh, damit darfst du ja nicht aufhören! Bei Babys, die gestillt werden, ist die Intelligenz höher entwickelt», sprudelte Sebastian, den Blick auf Ophelias umwerfende Euter geheftet.

«Verflucht noch mal, woher willst du das wissen? Erstens hast du keine Titten. Und zweitens ist es ja wohl so, daß, wenn du nicht gerade in Müttergruppen deine jämmerlichen

Versuche machst, dich an irgendwelche Frauen ranzuschleimen, dein Baby von ganzen Horden Hausangestellter aus Entwicklungsländern versorgt wird, die bei mir in der Sozialsiedlung wohnen.»

Maddy bremste sich. Sie war nicht gekommen, um sich mit den New-Labour-Leuten aus Islington anzulegen. Sie war gekommen, um Anschluß zu finden. Um Gespräche ohne Kacke oder Sabber zu führen. Um Menschen zu sehen, bei denen Hirn und Lippen synchron arbeiteten. Doch dummerweise war die Gedankengangschaltung bei allen hier in der Stellung «Selbsttäuschung» festgeklemmt.

«Tut mir leid... es ist nun mal so... was weiß ich», sagte sie besänftigend. «Jedesmal, wenn ich diese Muttergeschichte im Griff zu haben glaube, scheint das Lehrbuch umgeschrieben worden zu sein. Dabei, glaube ich, gibt es letztlich nur eins, was eine Mutter nicht vergessen darf...» Sie lächelte freundlich, um ihren Fehltritt wiedergutzumachen. «Wenn du das Baby zu heftig schüttelst, kriegt es einen Hirnschaden.»

Nach den verdutzten Fischgesichtern ringsum zu schließen, hatte Maddy mit Mama Joys Spruch nicht ganz die beabsichtigte Wirkung erzielt. «Das war ein Scherz... ehrlich», lenkte sie ein. «Ich schlage mein Kind nur in Notwehr.»

Die Mütter von Stepford wichen vor ihr zurück.

«Oh, du darfst Kinder nicht schlagen», tadelte Ophelia.

«Du-uh», fragte Laeticia, während sie die Gliedmaßen ihrer Tochter in das halbfertige Marienkäferkostüm stopfte, «hast du schon mal daran gedacht, eine Therapie zu machen?» Du lieber Gott, dachte Maddy, gib deinem Kind Benuron, und schon verhaften die dich als Mitglied des kolumbianischen Drogenkartells.

«Gib mir doch deine Adresse...» drängte der Mann, der seinen Kindern gern Ansteckpimmel in die Patschhändchen drückte. «Wie war noch mal dein Nachname?»

«Sebastian hat gute Verbindungen zum Sozialamt», sagte Laeticia von oben herab, drehte seinen Füller auf und streckte ihn ihm hin. «Die könnten dir helfen.»

Beamte, die bei ihr herumschnüffelten, waren genau das, was Maddy fehlte. «Sag mal, Laeticia», sagte sie bockig, während sie Jack den Fängen von Smarties-in-der-Nase und Zerquetschte-Banane-im-Haar entwand, «wußtest du eigentlich, daß Marienkäfer auch eine dunkle Seite haben? Oh, doch. Promiskuitive Kannibalen sind das. Die Weibchen fressen und ficken, oft gleichzeitig. Von den grassierenden Geschlechtskrankheiten gar nicht zu reden.» Das hatte Alex ihr mal erzählt.

Als Maddy in den Rosengarten vor der Kirche hinausstürzte, ließ der Anblick einer weinenden jungen Mutter sie plötzlich innehalten. Endlich, dachte sie voll Mitgefühl, eine Seelenverwandte.

«Es ist wegen meinem Vierjährigen», antwortete die Frau schluchzend auf ihre freundliche Frage.

«Ich weiß ... ich weiß ...», sagte Maddy einfühlsam, bereit, sie mit Papiertaschentüchern, Whisky und einer Familienpackung Mars-Riegel zu versorgen.

«Er kommt nicht mit seinem Französisch zurecht!»

Maddy rannte, ja sprintete fast zurück zur Sozialsiedlung. Sie weigerte sich einfach zu glauben, daß sie die einzige überforderte Mutter war. Na schön, die Leutchen hier mochten aussehen wie die perfekten Mütter auf den Lebensversicherungs-Prospekten, aber entweder logen sie, oder sie nahmen massenhaft Medikamente.

23. Eierstich

Gillian gab zu, daß es immer Dinge geben würde, die sich nicht ändern ließen – daß Ehemänner untreu waren, daß sich die Expreßschlange im Supermarkt langsamer voranbewegte als die normalen Schlangen, daß man von einem Asteroiden getroffen würde –, aber eine unterbeschäftigte Gebärmutter gehörte nicht dazu.

«Der ‹ideale Mann›, den Sie mir freundlicherweise ausgesucht haben –» sie piekste der Partnerschaftsvermittlungsexpertin in Milton Keynes mit dem Finger in die Synthetikbrust –, «ist ausgeleiert. Was haben Sie sonst noch auf Lager?»

Die Frau, auf deren Schreibtisch ein Plastik-Namensschild mit der Aufschrift «Marina» stand, ließ ihre Finger emsig über die Computertasten klappern.

«Ah...» Sie blickte auf, und ein Lächeln umspielte ihre Lippen. «Dieser Typ ist ein großartiger Fang. Er ist gerade erst wieder frei geworden. Der Beste in unserem Verzeichnis.»

«Das klingt ein bißchen so, als würden Sie sagen, Rafsandschani sei ein netter Moslem –» Gillian schnappte sich den Computerausdruck –, «aber er ist und bleibt ein Fundamentalist, Schätzchen.»

«Dem Vernehmen nach –» Marina beugte sich verschwörerisch zu ihr hinüber – «ist sein Schwengel die reinste Dauerwurst.»

Gillian wurde nicht enttäuscht. Zunächst jedenfalls. Erst mitten in ihrer amourösen Begegnung erzählte er ihr von seiner Operation. Vielmehr *ihrer* Operation in einer Geschlechtsumwandlungsklinik.

«Was?» keuchte sie, als ihr die grauenvolle Wahrheit dämmerte. «Du spritzt *Eier* in mich rein?»

So weit, so gut. Nächsten Monat, gelobte sie, wollte sie wählerischer sein. Bevor sie im Oktober mit einem Mann ausging, würde sie sich jedesmal die eine wichtige Frage stellen: Gehört sein Schwanz auch wirklich ihm?

24. Kinderwahn

Würde das Dasein als Mutter in einer Stellenanzeige ausgeschrieben, so stünde da:

«Arbeitszeit: rund um die Uhr. Freizeit: keine. Kost und Logis: zu Ihren Lasten. Keine Entschädigung für Überstunden. Kein Krankengeld. Kein bezahlter Urlaub. Keine freien Wochenenden. Keine Rente. Qualifikationen: sportlich; fähig, kleinere Reparaturen auszuführen, Hackfleisch interessant zu machen und den zweiten Handschuh zu finden. Zusätzliche Leistungen: keine.»

Wenn das kein Karrieresprung ist, sagte sich Maddy. Würdest du diese Stelle nehmen? Wohl kaum.

Im Oktober entsprach ihr Selbstwertgefühl dem von Kafkas Ungeziefer. Die Wiederholungen, die Banalität: ihr Leben war eine schlechte Tapete geworden. Sie konnte nicht glauben, daß sie sich das angetan hatte, und noch dazu aus freien Stücken.

Scheiße. Wie willst du für jemand anderen verantwortlich sein, geißelte sie sich, wenn du nicht mal mehr eine unbenutzte Stilleinlage finden kannst?

Ohne von den Ängsten seiner Mutter die geringste Notiz zu nehmen, übte Jack, der mit sechseinhalb Monaten noch nicht im Krabbelalter war, Breakdance, als säße ihm ein unsichtbarer Walkman auf dem Kopf. Maddy sah ihm zu, wie er am Gitter seines Bettchens Klimmzüge machte. Demnächst kämen Anabolika und Athletensuspensorien. Niemand hatte ihr gesagt, daß so ein kleiner Racker dem egoistischsten, verwöhntesten Liebhaber glich, den eine Frau je haben konnte. Immer hungrig, doch aß er nicht, was sie kochte.

Immer müde, doch ohne zu schlafen. Schmiß seine Sachen überall im Haus herum, ohne je aufzuräumen. Hatte Wutanfälle, ohne sich dafür zu entschuldigen. Und besitzergreifend wie nur was! Jack war auf jeden Menschen eifersüchtig, der nur in ihre Nähe kam. Er haßte es, wenn sie telefonierte, ja, er ließ sie nicht mal allein aufs Klo gehen. Den ganzen Tag saß er im Unterhemd da und wartete darauf, daß sie ihn amüsierte.

Aber ihn zu amüsieren war schwierig. Egal wohin in der Siedlung sich Maddy wagte, sie hatte immer öfter das Gefühl, beobachtet zu werden. Sie bekam Gänsehaut, und ihre Nackenhaare sahen aus, als starrten sie vor Gel. Sie war sicher, daß es sich um die Polizei handelte. Doch das einzige Lebewesen, dem sie regelmäßig über den Weg lief, war Fin. Auf Maddys «Menschen, mit denen ich am wenigsten gern in einem Lift festsitzen möchte»-Liste rangierte der Kredithai auf Platz fünf – nach Dwina, Peregrine, Slynne und Newt Gingrich.

«Weißte, ledige Mütter wie du sind meine Haupteinkommensquelle. Wenn sie alle zwei Wochen das Kindergeld rausrücken, laß ich sie ein Weilchen in Ruh.» Er hatte sie gegen ein Plakat gedrängt, auf dem «Sicher und glücklich dank der Bürgerwehr» stand. «Wenn nich... glaub bloß nich, weil du 'n Weibsstück bist, mußte mir nix zurückzahlen. Ich hab keine Hemmungen, auch mal zuzuschlagen. Normalerweise laß ich das von 'nem andern Mädel erledigen. Wenn das nix nützt... na ja, so was wie Kundenbetreuung mit negativem Ergebnis soll ja vorkommen, nich?»

«Wie bitte?»

«Daß man 'nen Schlußstrich zieht, ja?» Fin zerdrückte die

Bierdose an seiner Stirn, dann schleuderte er das geplättete Endprodukt einem Passanten nach, womit er Maddys Verdacht bestätigte, daß er vergebens ein Hirn erhalten hatte. Einfach nur eine Wirbelsäule hätte es auch getan.

Nachdem sich Maddy wieder in die zerfallende Wohnung zurückgezogen hatte, kam sie zu dem Schluß, daß es nicht gut war, allzu hoch hinaus zu wollen. Schon gar nicht beim Wohnen. Es gab einfach zu viele Stellen, von denen aus man in die Tiefe springen konnte. Maddy saß wie festgeklebt am Radio (das Fernsehen hatte sie verzweifelt aufgegeben, weil ihr da zu viele Familien begegneten, neben denen die Waltons geradezu depressiv wirkten), um jäh hochzugehen, als sie eines Tages in der Prominentensendung *Desert Island Discs* hörte, wie Alex der Interviewerin Sue Lawley vollmundige Geständnisse machte.

«Tatsache ist, Sue... ich darf Sie doch Sue nennen?» Sogar im Radio war sein Sex-Appeal tödlich. Er hätte waffenscheinpflichtig sein müssen. «Das Eheleben habe ich vergeigt wie Paganini... Aber ich liebe meine Kinder.» *Er liebte seine Kinder?* «Ein Kind braucht seinen Vater.»

«Quatsch! Jack braucht dich wie der Kaiser eine Garderobe für seine neuen Kleider!» schäumte Maddy. Sie hatte nicht den geringsten Schimmer, warum alle Männer in ihrem Leben solche Pfeifen waren. Nie wieder würde sie mit einem ausgehen – es sei denn, ihr würde vorher ein Pfeifometer eingebaut. Dann hätte sie vielleicht eine Chance, auf einen Typen zu fliegen, der kein MIBOSID («Mann, ich bin obergeil, sag ich dir») war.

Wutentbrannt wechselte sie den Sender und bekam prompt von einem konservativen Sprecher, der sich über ledige Mütter ausließ, die Ohren langgezogen. Kühe seien sie, die an Kinderwahn litten. Sie blickte sich in der trostlosen kleinen Wohnung um und dachte an ihre unmittelbar bevorstehende Notschlachtung durch Fin.

«Genau, deswegen bin ich alleinerziehende Mutter geworden», schluchzte sie, die welke Schusterpalme mit Tränen begießend, «dieses Dasein ist dermaßen glanzvoll, daß ich einfach nicht widerstehen konnte.»

25. Spiegeleier

Manche Gesprächseröffnungen sind weniger angebracht als andere. «Du hast ein bißchen zugenommen, nicht wahr?» ist zum Beispiel keine sonderlich beliebte Frage. Sowenig wie «Wer ist dein Schönheitschirurg?» Aber sie waren höchst faszinierend im Vergleich zu den Gesprächen, die Gillian mit den Männern führte, die sie über den Kontaktanzeigenteil der führenden Zeitungen Englands kennengelernt hatte.

Das Geständnis eines latenten Casanovas, daß er sein Sexspielzeug in einem Fachgeschäft für chirurgische Instrumente kaufe, ließ die Konversation rasch erschlaffen.

Gillians nächstem Kandidaten ging es nicht besser, als er ihr vorschlug, seine Sammlung von Zeitungsausschnitten anzusehen: eine umfassende Zusammenstellung aller Artikel über mörderische amerikanische Postbeamte.

Ihr dritter potentieller Partner schaffte es immerhin, ein paar Belanglosigkeiten über Lieblingsurlaubsorte mit ihr auszutauschen, bis er ihr mitteilte, sie sei seine erste biologisch abbaubare Partnerin.

Ende Oktober beschloß Gillian, die Suche nach einem Samenspender in den Kleinanzeigen aufzugeben: Begattungen sollten innerhalb derselben Spezies vonstatten gehen.

Sie wurde darin bestärkt, als ihr vierter und letzter Möchtegern-Romeo sie nach der Mitteilung, das Einführen von Aalen sei sein Ding, fragte, was *sie* im Bett am liebsten mochte.

«Frühstück», lautete ihre klägliche Antwort.

26. Vermißtensuchdienst

Im November überlegte sich Maddy ernsthaft, zum Vermißtensuchdienst zu gehen.

«Und wer wird vermißt?» würden sie dort fragen.

«Madeline Wolfe ... seit der Geburt ihres Sohnes.»

Es war eine seltsame Kombination: keine Nanosekunde allein, aber andauernd einsam. Wer einen Kinderwagen schob, hätte genausogut der Unsichtbare sein können – mit oder ohne Bandagen. Sie war ein Opfer des Universalrassismus: von allen Menschenrassen zugleich ausgestoßen.

Was hieß da «bewegte Vergangenheit»? Sie brauchte dringend eine bewegte Gegenwart. Sie sehnte sich nach Vertrautheit. Nach jemandem, der – oder vielmehr die – ihr sagte, sie habe keinen dicken Hintern, wenn sie Skihosen trage, und die sie daran erinnerte, daß es Zeit für einen gynäkologischen Abstrich war. Verdammt. Zum Glück hatte sie nicht genug Geld, um ins Restaurant zu gehen: Die turtelnden Pärchen wären eine zu große Tortur für sie gewesen. Die gehörten in eine separate Ecke. Lieber atmete Maddy Zigarettenqualm ein, als daß sie sich durch den Anblick zwanghafter Zungenküsser und schmieriger Schmuserinnen vergiften ließ.

Selbst wenn sie unter Leute gekommen wäre, was sie nicht tat, hätte sie sich in eine dieser Frauen verwandelt, die beim Abendessen immer ans untere Tischende gesetzt wurden. Und wer wollte es den Gastgebern verdenken? Sie war zu einer Mutter geworden, die Windeln im Kopf hatte statt

Weltpolitik und Bäuerchen statt Belfast. Da konnte die Regierung schon wieder in einen Skandal verwickelt sein, doch was bereitete Maddy schlaflose Nächte? Die Frage, ob das Licht im Kühlschrank auch wirklich ausging, wenn sie die Tür zumachte.

Sie lag im Badewasser, umgeben von Aufziehschildkröten, Gummiwalen und Pinguschwämmen, drehte den Heißwasserhahn mit den Zehen auf und zu, fühlte sich, als läge sie schon seit drei Tagen da, und träumte davon, eine Schachtel Frühstücksflocken essen zu können, ohne sich an einer grinsenden Disney-Figur eine Krone auszubeißen.

Das erste Anzeichen drohenden Wahnsinns war, daß sie sich beim Spielen mit Knetmasse ertappte – ohne daß Jack in der Nähe war.

Sie dachte daran, Antidepressiva zu nehmen, um die Minderwertigkeits- und Verlustgefühle zu dämpfen, aber die würden die Muttermilch beeinflussen. Und der acht Monate alte Jack, der auf dem Hintern im Kreis herumschrubbte, ähnelte ohnehin schon einem kaputten Sputnik. Abgesehen davon war die Mutterschaft eine langsamere und ruhigere Methode der Selbstzerstörung. Ruhiger als ein selbstmörderischer Bombenanschlag auf die Wohnung von Pet und Lex, und sie machte auch weniger Sauerei als eine Handfeuerwaffe.

Maddy liebte ihren Sohn von ganzem Herzen, aber sie fühlte sich vom Mutterschaftsmythos ähnlich übers Ohr gehauen wie nach einer Gesichtsmassage, wenn einem die Kosmetikerin Schweizer Feuchtigskeitscreme und Vitalitätskonzentrat im Wert von 100 Pfund aufgeschwatzt hat, die man gar nicht besitzt.

Nichtsdestoweniger wimmelten die Frauenzeitschriften, die sie im Waschsalon in die Finger bekam, von schicken Artikeln darüber, wie eine Frau zugleich das Sprachvermögen ihres Babys fördern, ihren Liebhaber fellieren, Fische filettieren, ein fabulöses Thai-Gericht fabrizieren und bei alldem nur zum Schlucken eine Pause einlegen könne. Die Artikel wurden noch übertroffen von den Büchern: *Gerecht, gestreng und gut gelaunt! In dir steckt eine perfekte Mutter, Bemuttern heißt nicht unterbuttern* mit dem unsichtbaren Untertitel *Das Baby – der Scheffel, unter den jede Mutter ihr Licht stellt.*

Maddys Problem war, daß sie dieser Publikationen wegen geglaubt hatte, Mutter zu werden sei so ähnlich, als bekäme sie einen Goldfisch. Aber jetzt wußte sie, daß solche Bücher lügen konnten. Das hätte ihr schon dämmern sollen, als sie Sheila Kitzingers berüchtigte Formulierung gelesen hatte, eine Geburt sei der gewaltigste Orgasmus. Hallo-ho?

Das zweite Anzeichen dafür, daß sie einen Hau weghatte, war, daß sie, wenn ihr jemand die Wahl zwischen einer Nacht voller sternsplitternder Orgasmen und einer Nacht ununterbrochenen Schlafs gelassen hätte, letzteres gewählt hätte. Das war tragisch, aber nicht zu ändern.

Fin hingegen ließ ihr keine Wahl. Aus einer Laune heraus waren die Zinsen für seine sogenannten «Portokassenklienten» auf 140 Prozent hochgeschnellt. Er schlug Maddy vor, ihre Schulden abzuzahlen, indem sie als Drogenkurier fungierte oder im Massagesalon seines Bruders Hand anlegte.

«Sagen Sie mal, seit wann wissen Sie eigentlich, daß bei Ihnen das Chromosom Nr. 21 dreimal vorhanden ist?» In Anbetracht dessen, daß sie mitten in einem Nervenzusammenbruch steckte, hielt Maddy ihre Antwort für recht gut.

Fins Resopalteint – grauweiß mit Sommersprossen – verfärbte sich puterrot. «Du stehst wohl drauf, unfreiwillig undomiziliert zu werden?»

«Wie bitte?»

«Anders ausgedrückt –» er stellte den Fuß auf Maddys Schwelle wie ein Conquistador –, «unbehaust zu sein?»

«Wie war das?» Maddy zog Mama Joys voluminösen Morgenmantel enger um sich.

«Zahl, sonst steck ich dir die verdammte Bude an.»

Diese primitive Ausdrucksweise verstand sogar Maddy.

Wie alle Mütter wünschte sie sich, daß Jack seine Hände am Feuer des Lebens wärmen konnte (auch wenn ihr die Pfundmünze für den Heizungszähler fehlte), doch Mama Joys Wohnung dafür abzufackeln kam ihr ein bißchen übertrieben vor.

Sie war gerade dabei, allerlei obszöne Bezeichnungen für das männliche Geschlechtsorgan in ihren gemütlichen Schwatz einfließen zu lassen, als ihr Fin einen Zeitungsausschnitt unter die Nase hielt. Maddy sah sich mit ihrem eigenen Verbrecherfoto konfrontiert – unter der Überschrift «Zur Zeit flüchtig». Der Artikel aus der Farbbeilage handelte davon, wie viele entflohene Sträflinge die britischen Straßen unsicher machten.

Wenn sie sich danach in die Siedlung hinauswagte, kam sie sich immer vor, als beträte sie in Schweinskoteletts gekleidet einen Hundezwinger. Sie gewöhnte sich an, sich nicht umzuschauen, um nicht sehen zu müssen, wie jemand hinter ihr her schlich. Während im Supermarkt die Einkäufe über die Förderbänder rülpsten, betrachtete die Kassiererin sie mit milder Neugier – wie eine Wissenschaftlerin eine Mikrobe. Sie kaufte sich eine Haßkappe. Sehr *à la mode*. Vor allem in der Wohnung. Aber so konnten die Leute wenigstens nicht ihre Sorgenfalten zählen.

Ach, nicht genug damit, daß England eine Insel war... darum herum wogte jetzt auch noch die Bredouille. Nie würden sie und Jack ohne Pässe nach Australien gelangen können, egal wie sehr sie sich danach sehnte, an den Gestaden dieser einfühlsamen Insel zu stranden.

«Ach, beamt mich zurück ins Mutterschiff», bat Maddy. «Erdmission abgebrochen.»

27. Eierkuchen

Je mehr Monate verstrichen, desto dringender suchte Gillian nach einem künstlichen Besamer. Zum November-Eisprung versuchte sie es auf eigene Faust. Zunächst fiel ihre Wahl auf einen Fußballer, der in der englischen Nationalmannschaft spielte, aber der erwies sich als wenig kooperativ. Diese besondere Gattung Mann ist nur auf Mallorca fortpflanzungsfähig.

Das brachte sie zu der Überzeugung, daß sie mehr Gewicht auf geistige Spannkraft als auf Muskeln legen müßte. Doch sie verlor das Interesse an dem Zeitungsverleger, als dieser sie während des Vorspiels mit einer Etonschülerkrawatte an einen Stuhl fesselte. «Hör zu, mein Lieber», sagte sie spöttisch, «ich hab im *Who's Who* nachgelesen. Du hast nicht Eton, sondern bloß Downside besucht.» Worauf sie ging. Schließlich ist prätentiöse Versnobtheit erblich.

Obwohl er die Qualifikation für das Männerdoppel in Wimbledon geschafft hatte, enttäuschte auch das örtliche Tennistalent. Sein postkoitaler Kommentar «Das war Spitze! Echt wahr! Ich bin so was von geil gewesen, ich hätte auch einen toten Hund gefickt!» verdiente jedenfalls eine «Pille danach».

In einem Anfall von Verzweiflung und Déjà-vu schlich sich Gillian sogar ins Boudoir eines Ex-Liebhabers. Zuerst dachte sie, der Monofiber-Haarverlängerungs-König habe im Bett Toast gegessen; das hätte die Krümel, die an seinem Hintern klebten, erklärt. Bloß ließen sie sich nicht so einfach wegwischen. Gillian knipste das Licht an und schlug das Laken zurück, um festzustellen, daß er Furunkel hatte. Sein ganzer Hintern war von Kratern übersät. Ein höchst wirkungsvolles Verhütungsmittel.

Der Trivialromanautor sah nach einer biologisch guten Partie aus. Aber er bestand auf einem vom Hals bis zu den Knien reichenden Kondom und einem Femidom, das sich als Sonnendach für eine Gartenparty hätte verwenden lassen. Sie hätte riechen können, daß er zum anal retentiven Typus gehörte, als er mit einem wegwerfbaren hygienischen Bezug für ihre Klobrille angerückt kam.

Dann war da der australische Kapitän des Kreuzers eines Pressezaren. Der war geradezu köstlich. Man hätte ihn direkt den Eltern vorstellen können – jedenfalls wenn die gern mit Whisky nachspülten, Kondome mit Noppen und Fruchtgeschmack mochten und es am liebsten im Kopfstand machten. Doch Maddy und der Computer-Freak hatten ihr die Australier madig gemacht. Laut Maddy genügte ihnen als Kriterium beim Sex, daß ein Lebewesen einen Herzschlag und ein Loch hatte.

Der konservative Hinterbänkler. Eine Zeitlang hielt sie ihn für ihre beste Chance. Er hatte Schwung, Entschlußkraft, einen hohen IQ und die schönsten Hinterbacken der Saison – doch kurz vor der Ejakulation zog er ihn heraus, um sich selbst zu befriedigen. «Frauen», keuchte er, «kriegen diesen Teil einfach nicht richtig hin.»

Dann bekam sie ihre Periode. Womit Ende November vom Stellungskrieg an der Nachwuchsfront absolut nichts Neues zu vermelden war.

Angeblich befand sich in jeder Menschenmenge ein potentieller Triebtäter, doch der, überlegte sich Gillian trübselig, würde sie nie finden. Wer hätte gedacht, daß es so schwierig sein könnte, ein Spermium zu finden, das scharf auf Eierkuchen war.

Gillian beschloß, anders vorzugehen. Nicht, daß sie dem freudig entgegengesehen hätte – eher so, wie eine Gans Weihnachten näher rücken sieht.

28. Haltet die Welt an! Ich will wieder einsteigen!

Als es Dezember wurde, konnte Maddy den Anblick von Baby-Feuchttüchern nicht mehr ertragen. Es sollte gesonderte Lagerstätten zur Aufbewahrung der ersten Babys geben, bei denen die Eltern alles falsch gemacht haben, dachte sie. Philip Larkins arme Eltern hatten nie die Möglichkeit gehabt, auf seine berühmten Zeilen «Mutter und Vater versauen dich / Vielleicht sogar unfreiwillig» zu reagieren. Sie hätten wohl gesagt, daß Philip *sie* versaut habe, und zwar freiwillig. Und gründlich.

Als läse er ihre Gedanken, bedachte Jack, der sich mit seinen achteinhalb Monaten bereits an Möbelstücken hochzog, Maddy mit einem seiner «He, ich habe dir das beste Jahr meines Lebens geschenkt»-Blicke.

Maddy versuchte zu verdrängen, daß heute ihr Geburtstag war. Als sie sich in der Küche umsah, fand sie nichts als den Torso einer Ninja Turtle und ein Stück einer Frucht, das nach einem Antiseptikum schrie. Wie soll ich jemanden bemuttern, stöhnte sie innerlich, wenn ich doch selbst bemuttert werden möchte? Jemand, der ihr leicht pochierte Eier vorsetzte, Brot mit vegetabilem Aufstrich in dünne Streifen schnitt und ein paarmal «Why Was I Born So Beautiful» vorsang, hätte für den Anfang durchaus gereicht.

Sie beschloß, Jack in den unwirtlichen Regen hinauszukarren und einzuatmen, was von der Luft übrig war. Es nieselte seit Wochen. Bald würden die Londoner Schwimmhäute entwickeln. Die Hochhäuser ragten in die Dunkelheit wie riesige Grabsteine mit der Inschrift «Arbeitslos, angenervt und hundeelend». Die Atmosphäre war beklommen, als drohten die Gebäude an ihrem Kummer zu ersticken.

Als sie aus dem giftig gelben Licht des Treppenhauses in den ohne Sherlock Holmes seltsam unvollständig wirkenden Erbsensuppennebel trat, tentakelten zwei grobe Hände auf ihren Hals zu. Finger, die nach Hund und McDonald's rochen, schlossen sich um ihren Mund.

«He, Fin, du weißt doch, daß ich nicht dein Typ bin», sagte sie, nachdem sie ihm in einen Finger gebissen und sich losgerissen hatte. «Zum Beispiel schlägt mein Herz noch.»

«Haste mir was zu sagen?»

Maddy hielt inne, als dächte sie nach. «Äh... aus welchem Versuchslabor stammst du eigentlich?» Schade, daß es keine darwinistische Theorie vom Überleben der Witzigsten gab.

«Ich meine so was inner Richtung von ‹Danke, Fin, alter Kumpel, hier ist die Knete›.»

«Hör mal, es war mir ein Vergnügen, wirklich –» Maddy klammerte sich an den Bügel des Kinderwagens –, «aber ich muß jetzt dringend hyperventilieren.»

«Was'n mit der fetten schwarzen Kuh, in deren Wohnung du hockst? Ist die immer noch auf ihrer sogenannten Einkaufstour? Ich wette, die Bullen hätten viel Freude an dem, was die so ‹unkonventionell erworben› hat, nich? Von ihrer Untermieterin ganz zu schweigen. Die halten in Holloway nach wie vor ein gemütliches Plätzchen auf Kosten des Steuerzahlers für dich bereit, nich? Ich will mein Geld bis morgen um die gleiche Zeit... wenn nich...» Seine kalten Reptilaugen blickten in Jacks Richtung.

«Was zum Teufel soll das heißen?» Maddy taumelte in die Oase giftigen Treppenhauslichts zurück.

Fin ergriff Jacks Pu-der-Bär-Stofftier und biß ihm den Kopf ab. Offenbar nicht der väterliche Typ. Maddys Herz krampfte sich zusammen.

Plötzlich bestrichen die Suchscheinwerfer eines tieffliegenden Polizeihelikopters die Straße. In Maddys Brustkorb wurde wild geturnt. Die Angst steptanzte ihr am Rückgrat auf und nieder. Mit dem akrobatischen Geschick eines Faultiers verschwand Fin lässig in der nächsten Sackgasse seines jämmerlichen Königreichs.

Maddy versuchte sich einzureden, daß da nicht *sie* gesucht wurde. «Du leidest offensichtlich an Verfolgungswahn. Frag nur mal einen der Hunderte von Psychotikern, die hinter dir her sind.»

Auf Geleebeinen bibberte sie in Richtung Supermarkt. An der Ecke boten ihr zwei Männer Heroin im Austausch gegen Sex an. Es war so schlimm geworden, daß sich in letzter Zeit nicht mal mehr Prostituierte in die Siedlung wagten. In der Presse hieß es euphemistisch, dieses innerstädtische Kriegsgebiet bedürfe «polizeilicher Sonderbetreuung».

Im Supermarkt ließ sie frisches Gemüse für Jack auf eine Rechnung setzen, die sie nicht bezahlen konnte. Kinder waren keine Notwendigkeit, sondern gottverdammte Luxusartikel. Und wenn Jack krank würde? Wie sollte sie damit fertig werden? Maddy wußte, daß in den Sozialsiedlungen die Kindersterblichkeit doppelt so groß war wie in den mittelständischen. Hier wurden die Kinder schlechter ernährt, waren kleiner und wogen weniger. Kein Wunder, daß Jack mit seinem Zahn knirschte. Das arme Kind stand unter Stress. In letzter Zeit wurde er hysterisch, wenn sie nur in seine Nähe kam. Vielleicht fürchtete er, dachte Maddy, von den Trollpantoffeln zerfleischt zu werden, die sie sich von Mama Joy geborgt hatte. Vielleicht stand aber auch er kurz vor einem Nervenzusammenbruch?

In Wahrheit lagen Gillian und Alex goldrichtig. Keine Prise Pelikanscheiße war sie wert. Zuerst versuchte sie ihre Schuldgefühle zu ignorieren. Doch sie drangen durch all ihre Gedanken wie die Schallwellen eines Echolots. Und aus den trüben Tiefen erstand das Bild eines Wracks: Sie war eine schlechte Mutter. Sie hatte das Gefühl, daß sich Medea neben ihr vorbildlich ausnahm. Sie brauchte keine Kinderzulage für Jack, er brauchte eine Mutterzulage. Er zählte zu den Kindern, die ein Recht darauf hätten, sich von ihren Eltern scheiden zu lassen. Todsicher. Die Vorstellung war so erniedrigend, daß es nicht zum Aushalten war. Warum brachte sie die Sache nicht hinter sich, und zwar gleich? Dwina hatte recht. Es gab massenhaft verheiratete Nichtmütter, die sich verzweifelt ein Kleines wünschten. Es herrschte Geburtenmangel, oder? Nachts lag sie wach und setzte im Kopf den Text für das Inserat auf: «Adoption. 9 Monate altes Baby günstig abzugeben. Aus 1. Hand. Probespaz. n. Vereinbarung.»

Maddy vergewisserte sich, daß der König der kalten Bauern nicht in Sicht war, und sauste wieder in den Regen hinaus. Sie quälte sich gerade über eine Straße, als im Geniesel das Adonis-Gesicht von Alex auftauchte, der sie von der Seite eines Doppeldeckerbusses aus anbleckte. Schliddernd kam sie zum Stehen und erstarrte. Ihr Gesicht war auf derselben Höhe wie sein Grinsen, seine Zungenspitze ein rosa Koloß der Verführung auf dem Plakat, das seine neue BBC-Serie ankündigte. Ihn so porennah zu sehen tat ihr unerwartet weh; es war, wie sie sich zerknirscht eingestehen mußte, der Schmerz unerwiderter Liebe. Na ja, von wegen Safer Sex: Safer als so ging es wirklich nicht. Sie mußte Lex und Pet anrufen, um ihnen zu sagen, wie sehr sie sich über ihr gemeinsames Glück freute – so gegen drei Uhr früh am besten.

Sie stand noch immer wie festgeschweißt auf der Straße, als der Streifenwagen um die Ecke glitt. Er wich ihr aus, worauf die meterbreite Bodenschwelle im Asphalt, die automobilen Rasern die Freude an Spritztouren vermiesen sollte, den bullenbesetzten Panda achterbahnmäßig in Richtung Ozonschicht zischen ließ. Maddy wählte die traditionelle

Option des gesuchten Verbrechers und rannte los. Schlaglöchern ausweichend, grand-prixte sie samt Kinderwagen eine Seitenstraße entlang, um erschauernd festzustellen, daß es eine Sackgasse war. Die einzige Fluchtmöglichkeit war eine Tiefgarage, in die sich allerdings soeben Fin verzog wie eine Spinne in ihr Loch. Verdammte Kacke. Wenn das kein Pech war: hinter ihr die Schmiere, vor ihr der Pu-Köpfer. So ähnlich wie die Wahl zwischen dem elektrischen Stuhl und der Todesspritze.

Erschrocken wirbelte sie herum und sah acht blankpolierte, schwarze Riesenschuhe auf sich zurasen. Sie spürte den Druck absoluter Panik. Es war so ähnlich, als versuchte sie, unter Wasser eine Autotür zu öffnen, Sekunden vor dem spurlosen Untergang.

«Wo brennt's?» wollte ein keuchender Polizist wissen und umklammerte ihre Handgelenke.

«Ich glaube, es ist Zeit für einen kleinen Schwatz», schmeichelte ein anderer. Was im Polizeijargon wohl soviel hieß wie: Haben wir dich, du Nilpe, dachte Maddy.

«Äh, meinen Sie den kleinen Schwatz, in dem Sie mich über meine Rechte informieren? Oder den, in dem ich Sie darüber informiere, daß mein Alter der Polizeipräsident ist?» bluffte sie halbherzig.

«Ich drehe jetzt Ihre Taschen um.» Fichtennadelfrischer Atem odolte Maddy ins Gesicht, als der zweite Schnüffler ihre feuchte Sammlung verrotzter Taschentücher, angeknabberter Karotten und zerfressener Schnuller durchstöberte.

Der dritte Bulle legte den kahlen Kopf schief und begutachtete sie. Er trug eine Brille, die seine Augen größer erscheinen ließ. «Wie heißen Sie?»

Maddy wandte sich ihm zu, die Füße bleischwer, das Gesicht aschfahl. Sag immer die Wahrheit, auch wenn du dafür lügen mußt; das hatte sie vom Umgang mit Alex gelernt.

Er kratzte sich an seiner St. Paul's-Cathedral-Kuppel. «Wir müssen Sie auf die Wache mitnehmen.»

Du lieber Gott, dieser Dialog kam ihr bedrückend vertraut vor. «Petronella», antwortete sie mühelos. «Petronella de Winter.»

«Den Namen muß ich überprüfen. Delta Tango, hier 493. PK. Bitte melden.» Der erste Bulle strich sich mit der einen Hand über seinen Gesichtspelz, während er mit der andern sein Walkie-Talkie hielt. «Hackney Estate. Paradise Way. Überprüfen», maschinengewehrte er. «De Winter... Petronella... Foxtrott... Weiß... Bitte melden.»

Das war es also. Das Epizentrum des Schreckens. Wenn Jack die Scheidungsklage gegen seine Mutter einreichte, würde er dieses Erlebnis als ersten Punkt anführen. Sie klammerte sich an ihn, und ein Gänsehaut-Himalaya breitete sich über ihre Beine aus, während das Schicksal seinen Boxhandschuh in Erwartung der nächsten blutigen Runde heimlich mit Blei beschwerte.

Das Funkgerät schnarrte. «Negativ.»

«Mist. Verpiß dich.» Die acht polierten schwarzen Schuhe, die wie eine Flotte von Miniaturlimousinen aussahen, legten den Rückwärtsgang ein. «Hau ab. Mach die Mücke, bevor ich's mir anders überlege.»

Leck mich, dachte Maddy, und es kam von Herzen.

Nachdem sie Mama Joys Fußmatte mit Zungenküssen bedacht hatte, steckte sie den Stummel einer Geburtstagskerze in eine Rissole, die als Tennisball bessere Dienste geleistet hätte, und überblickte die Trümmer ihres Lebens. Die psychotische Psychiaterin mit dem Einmischungskomplex, der defekte Detective Sergeant, der große weiße Kredithai, Alex der Erdvater, Gillian und ihre biologische Zeitbombe mit dem Riemenzünder, und jetzt noch die vier Polizisten, die sie angelogen hatte und die in ebendiesem Augenblick auf der Wache ihr Fahndungsplakat studierten – die Liste der

Menschen, die hinter ihr her waren, war länger als der Ehevertrag von Donald Trump und Marla Maples. Kein Wunder, daß Maddy geistig den Auftrieb der *Titanic* hatte.

Sie schaltete sich durch die Fernsehsender, doch geboten wurden nur Filme wie *Eva mit drei Gesichtern, Sophies Entscheidung* und *Rosemaries Baby*. «Viel Glück zum verdammten Geburtstag», sagte sie sich und erschauerte ob des unechten Geschmacks der Hackfleischpastete. Jack, der zwischen den Möbelstücken kreuzte, wandte sich ihr zu und sagte sein erstes Wort.

Es war «Papa».

Da beschloß Maddy, daß Mutterschaft nicht zwangsläufig ein Solitärspiel sein mußte. Es war Zeit, daß die ganze Familie mitspielte.

29. Ein Frauenabend

«Spuk! Wahnsinn! Teufelswerk!» Sonja, Typ «warmer Frühling» mit einer Wellblech-Dauerwelle, die von Braun zu Grau zu Braun gegangen war, sackte auf einen von Gillians Samtsesseln. «Da hat der Alte heute doch tatsächlich Interesse dran bekundet, wie man den Geschirrspüler anstellt.» Sie ignorierte das von Gillian angebotene Weinglas, packte die Flasche und setzte sie an. «Und das schon nach zehn Jahren Ehe!»

Marion, Typ «kalter Sommer», kam die Treppe hinunter. «Endlich eingeschlafen», sagte sie und steckte ihr Baby-Überwachungsgerät in die Steckdose.

«Wie steht's mit deinem Mann?» fragte Gillian und hielt Marion ein Weinglas hin. «Hilft der im Haushalt?»

Auch Marion ließ sich in einen Sessel plumpsen. «Schätzchen, er besorgt ihn – und besorgt's der Haushaltshilfe. Gestern habe ich wieder einen Zettel von ihm vorgefunden. ‹Liebe Marion. Bin mit dem Au-pair weg. Haben Vergaser eingestellt, Geschirrspüler-Regeneriersalz nachgefüllt und neues Video eingelegt.›»

«Nein!» Gayle, ein junger «warmer Herbst», tauchte auf und rückte ihren Still-BH zurecht. Auch sie steckte ihr Babyphon ein. Die Wand des Wohnzimmers starrte mittlerweile von leuchtenden Plastikkästchen. «Und was hast du da gemacht?»

«Geschaut, was für ein Video er ausgeliehen hat. *Vier Hochzeiten und ein Todesfall.*»

«Macht dir das nicht zu schaffen?» bohrte Gillian mit schlecht verhohlener Neugier.

«Doch. Mir reicht's, verdammt.» Marion stopfte sich ein Stück Käse zwischen die geschminkten Lippen. «Das letzte Mal war's die Sporttrainerin. Aber sie wird ihn bald rausschmeißen. Wenn ihr was an ihrer Ozonschicht liegt. Sein Verdauungsapparat hat einen ungeheuren Ausstoß. Nach einem üppigen Mahl war ich des öfteren gezwungen, im Bett eine Tauchausrüstung zu tragen.»

«Als ich geheiratet habe –» Gayle flöhte die Nußmischung mit wissenschaftlicher Präzision und pickte sich mit einer langen, lackierten Kralle alle Cashews heraus –, «wollte ich eine große, glückliche Familie: sechs Kinder. Jetzt, zwei Jahre später, sind es anderthalb –» sie tätschelte ihren Schwangerenbauch –, «und die Lust ist mir vergangen.»

«Wenn du meinst, das sei schlimm», kreischte Sonja, als Mutter eines Zehn-, eines Acht- und eines Vierjährigen die Matriarchin der Gruppe, «dann warte mal, bis sie Blockflöte spielen!»

Aus einer der Überwachungsanlagen kam ein Greinen. Alle drei Mütter ließen sich entnervt zurücksinken und warfen einander lustlose Blicke zu.

«Meins ist es nicht!» erklärte Gayle entschieden.

Marion trank einen Schluck Wein. «Meins ganz bestimmt nicht.»

«Meins auch nicht.» Auch Sonja war sich sicher.

«Wenn meine Arschkrampe von einem Mann doch nur Affären hätte.» Gayle schob sich ein Kissen ins Kreuz. «Der Hauptgrund, warum es so viele alleinerziehende Mütter gibt, sag ich euch, ist die Ehe.»

«Ich nehme an, dein Mann hilft dir auch nicht im Haushalt», drängte Gillian, die herumging und die Gläser nachfüllte.

Sonja prustete los. «Männer bekommen immer samstags

eine Erkältung, ist euch das auch schon aufgefallen?» Sie brach mit ihren manikürten Klauen einen Zahnstocher entzwei. «Der Alte hat eine Konstitution, die ihn jedes Wochenende mit der Zeitung ins Bett zwingt.»

«Wenn mein Nillenpuler die Kinder übernimmt», legte Marion nach, «schwellen ihm die Nasengänge zu, so daß er's gar nicht merkt, wenn jemand in die Windeln macht. Auch sein Hörvermögen wird dann selektiv. ‹Ach, tut mir leid, Liebling›», äffte sie ihn nach, «‹ich hab das Baby wirklich nicht weinen hören.›»

«Vom selektiven Gedächtnisverlust ganz zu schweigen.» Gayle deckte ihr Weinglas mit der Hand zu und zeigte zur Erklärung auf ihren Kugelbauch. «Er hat völlig vergessen, wie eifersüchtig er das letzte Mal war. ‹Wer ist Mamas liebstes Babylein?› hab ich zu meinem Neugeborenen gesagt, und mein Mann hat stocksauer geantwortet: ‹Immer noch *ich*.›»

Wieder quoll ein verrauschtes Quengeln aus einer der Anlagen.

«Das ist deins», sagte Sonja mit Bestimmtheit und zeigte mit einem lackierten Zeh auf Marion.

«Nicht meins, ihres.» Marion neigte den hennagefärbten Kopf in Gayles Richtung.

«Das war eine Katze», behauptete Gayle im Gegenzug.

«In den Büchern wird davor gewarnt, daß die Männer nach der Geburt das Gefühl haben könnten, entthront worden zu sein», stichelte Gillian. «Da steht, daß solche Männer –»

«Sofort kastriert werden sollten.» Zur Bekräftigung biß Marion herzhaft in ein Partywürstchen.

Gayle wand sich unbehaglich und rieb ihren aufgetriebenen Bauch. «Der alte Furzkopf wollte unbedingt gleich noch eins. Hat den Herrn und Meister raushängen lassen, obwohl ich noch die Fäden im Damm hatte.»

«Ich dachte immer, Kinder seien ein Verhütungsmittel?»

meinte Gillian. «Ich dachte, sobald ihr miteinander ins Bett geht, schreit das Baby oder kommt der Kleine angewackelt?»

«Da hilft Vaseline», sagte Gayle. «Auf dem Türknopf.»

«Ach, mit den Dingern hab ich es auch schon versucht», sagte Marion. «Aber das ist mir zu schmerzhaft.»

Eins der Geräte erwachte spotzend zum Leben, woraufhin sich der Kicher- und Gackersturm der Frauen legte. Sie horchten angespannt, um sich dann allesamt in die Kissen sinken zu lassen.

«Warten wir noch ein paar Minuten», gähnte Gayle und inspizierte ein Nagelhäutchen.

«Fünf», fügte Marion hinzu und manövrierte ein Canapé so in ihren scharlachroten Mund, daß sie die Lippen nicht nachzuziehen brauchte.

«Verzeihung», sagte Sonja in den nächsten Lautsprecher, «aber die Mutter, die Sie zu erreichen versuchen, ist zur Zeit außer Betrieb. Versuchen Sie es bitte später noch einmal.»

Den anderen Müttern blieb der Bissen im Hals stecken, und sie husteten, prusteten und wieherten, bis sie sich erholt hatten und gierig die restlichen Crudités ins Auge faßten.

«Das letzte Mal, als dieser Schlabbersack den Herrn und Meister raushängen ließ, bekam er nachher einen Bandscheibenvorfall», sagte Marion unter nachdenklichem Kauen. «Jedesmal, wenn er sich an mich ranmacht, weiß ich, in einer halben Stunde gibt's ein Unglück.»

«Du glückliche Maus», kreischte Sonja. «Das einzig Spontane an meinem Alten ist sein Fußpilz. Letzte Woche habe ich meine Janet-Reger-Lingerie mit der Latexklappe im Schritt angezogen, mir Honig in den Nabel geträufelt und beide Brustspitzen mit Zuckerguß verziert. Der Alte hat einfach weiter im *Telegraph* gelesen. ‹Verzeihung, was hast du gesagt›», ahmte sie die Stimme ihres Mannes nach, «‹ich würde dich nicht mehr wahrnehmen?› Tja, wenn die Hardware nicht so soft wär!»

«Na, auf die Art von Wahrnehmung kann ich verzichten, wenn er sich auf mich stürzt und sagt: ‹Komm, jetzt haben wir Zeit, mein Badewasser läuft gerade ein›», beklagte sich Marion.

«Oder vorher mit zwei Tassen Kaffee ‹für danach› ankommt», ergänzte Gayle.

Die Frauen lachten mit schuldbewußter Häme. Als sich Sonja erholt hatte, wandte sie sich Gillian zu. «Und was ist mit dir?» fragte sie, ganz Auge und Ohr.

«Hm, interessante Frage...» Gillian öffnete eine neue Flasche eiskalten kalifornischen Chardonnay und schenkte ihren Gästen großzügig nach. «Ich bin die unverheiratete Freundin, die verzweifelt all das möchte, was ihr haßt.»

«Du willst eine Freundin sein?» sagte Sonja mit freundlichem Spott. «Noch nicht ein einziges Mal hast du mir was erzählt, das dir andere Freundinnen ganz im Vertrauen gesagt haben.»

«Du willst Kinder?» fragte Gayle verblüfft. «Ich hab dich immer für eine totale Karrierefrau gehalten mit deiner Farb-und-Stil-Beratung und allem...»

«Um ehrlich zu sein, habe ich euch deswegen heute hierher eingeladen.» Gillian zückte das bezauberndste Lächeln aus ihrem Arsenal von Umgangsformen. Es war Zeit, das Karnickel aus dem Hut zu zaubern. «Ich bin siebenunddreißig. Die Elastizität meiner Haut läßt nach. Meine Schamhaare werden grau und mein Hintern schlaff. Nehmt noch die Tatsache hinzu, daß es in England zur Zeit dreimal mehr unverheiratete Frauen als ledige Männer gibt, und ihr werdet zweifellos zum selben Schluß kommen wie ich, nämlich daß meine Chance, auf konventionellem Weg ein Kind zu kriegen, ziemlich klein ist. Genauer gesagt: mikroskopisch. Und selbst wenn ich einen Partner finden sollte, ist es so, daß östrogenähnliche Schadstoffe zu einem radikalen Rückgang der Spermien geführt haben.»

«Drogenähnliche Schafstoffe?» fragte Gayle heuchlerisch nach.

«Monate könnte ich mit einem solchen Mann verplempern, um dann feststellen zu müssen, daß wir eine Fruchtbarkeitsbehandlung brauchen, die wir aber nicht bekommen, weil die Kasse die obere Altersgrenze auf fünfunddreißig festgesetzt hat. Ein Samenspender wäre eine Möglichkeit, aber offen gesagt, das Sieb, durch das sie die filtern, ist nicht sonderlich fein. Abgesehen davon, daß die Sache kompliziert werden kann: daß die Eltern des Samenspenders großelterliche Rechte geltend machen, bla bla bla. Könnt ihr euch das vorstellen? Und aus all diesen Gründen –» Gillian holte tief Luft und zischte auf kürzestem Weg zwischen zwei halbvollen Gläsern hin und her – «dachte ich, ihr könntet mir eure Männer ausleihen.»

Sie wurde zum Blickpunkt dreier verständnislos glotzender Gäste.

Sonja verbiß sich in ihrem Canapé. Ein Mayonnaise-Torpedo schoß aus dem Ende hervor. «Dir», keuchte sie, «Ray leihen?»

«Meinen Andrew?» Marion erstarrte mit offenem Mund.

«Du willst ein Baby von Justin?» sagte Gayle zusammenzuckend und kippte einen großen Schluck von dem zuvor verschmähten Chardonnay.

Ehemänner, die den ganzen Abend nur «dieses Schwein», «Arschkrampe», «Nillenpuler» oder «Alter» genannt worden waren, bekamen mit einemmal Namen, gute Eigenschaften – ja Heiligenscheine.

«Nun ja. Deswegen habe ich von meinen vielen Kundinnen euch drei ausgewählt. Aufgrund dessen, was ich von euch gehört hatte, bekam ich den Eindruck, wir hätten es nicht mit winzigen Rissen in ansonsten perfekten Partnerschaften zu tun, sondern mit monumentalen ehelichen Grabenbrüchen. Außerdem kann ich natürlich zahlen.»

«Wen hattest du dir denn vorgestellt?» flüsterte Marion eingeschüchtert.

«Alle drei», erwiderte Gillian gelassen. «Damit vergrößern sich doch meine Chancen, nicht?»

Die jüngeren Frauen sahen in der Hoffnung auf ein Zeichen, wie sie zu reagieren hätten, Sonja an. Das Gebot der Stunde schien lautstarke Entrüstung zu sein.

«Unglaublich!» entrüstete sich Sonja. «Wie kannst du so was nur fragen?»

«Glaubst du, mein Justin ist ein Ungeheuer?» entrüstete sich Gayle und rückte von ihr ab.

«Die Ehe ist für mich und Andrew eine lebenslange Verpflichtung», entrüstete sich Marion gleich auch im Namen ihres genital inkontinenten Gatten.

Die *MS Partnerliebe*, die eben noch soviel Schlagseite gehabt hatte wie die *Andrea Doria*, war mit erstaunlicher Schnelligkeit geborgen worden. Ins eisige Schweigen quengelte ein weiteres verrauschtes Wimmern aus einem der Babyphone.

«Das ist *meins*!» kreischte die schwangere Gayle und hefalumpte auf die Beine.

«Nein, *meins*!» tönte Marion und nahm zwei Treppenstufen auf einmal.

«Nein, *meins*!» verkündete Sonja und zischte ihr hinterher.

Gillian ließ sich auf die Ottomane plumpsen. Na, das ist ja prima gelaufen, dachte sie. So gut wie Marlon Brando auf Stöckelschuhen. Durch ihre Trübsal hörte sie verschwommen die Türglocke.

Die zerzauste Gestalt, die in der winterlichen Feuchtigkeit auf der Treppe kauerte, drückte Gillian ein windelumwickeltes Bündel in die Hand und stolperte unaufgefordert über die Schwelle. «Meinst du, es ist zu spät für einen Schwangerschaftsabbruch?» sagte sie.

«Madeline!» stotterte Gillian überrascht und merkte, daß

es ihr die Kehle zuschnürte. «Muß ein Schamhaar sein», sagte sie schnarrend.

«Was hast du denn gemacht?» neckte Maddy, die schon halb durch den Flur war. «Yoga?»

«Har, har», sagte Gillian und schloß der Kälte wegen schnell die Tür. «Es wird wohl von gestern abend übriggeblieben sein.»

«Ach, von einem dieser typischen Milton-Keynes-Diners?»

«Ich versuche, schwanger zu werden, wenn du's unbedingt wissen willst.»

Jetzt war es Maddy, der die Luft wegblieb. Jack, der geschlafen hatte, erwachte schlagartig. Er lag ganz still in Gillians Armen, riß nur die Augen auf.

«Schätzchen, ich habe die letzten vier Monate, seit du –» Gillian durchbohrte sie mit einem Blick, der von schlimmstem Verrat kündete – «mich im Stich gelassen hast, mit der Suche nach einem KB verbracht.»

«KB?» Maddy zog ihren Mantel aus.

«Künstlichen Besamer.»

«Was?» fragte Maddy, während sie im Eiltempo die übriggebliebenen Eßwaren verdrückte. «Wie? Gehst du auf einen Typen zu und sagst: ‹Hallo, würden Sie mir bitte ein Kind zeugen?› Das will ich aber haarklein wissen. Schamhaarklein.»

«Also. Zuerst über Agenturen. Dann Partnerschaftsinserate.» Sie schälte Jack aus seinen Hüllen und staunte zungeschnalzend, wie sehr er sich verändert hatte. «Ich hatte jeden Spinner, der einer Frau nur unterkommen kann. Ich hätte glatt eine Sex-Hotline aufmachen können.»

«Aber du weißt doch, daß du nie schwanger wirst, wenn du es möchtest», sagte Maddy zwischen zwei Mundvoll. «Du solltest vielmehr einen Monat Tauchurlaub buchen und im voraus bezahlen. Kauf dir einen Itsi-bitsi-teeny-weenie Yves-

Saint-Laurent-Strandbikini. Sieh zu, daß du die Stelle als Röntgenlaborantin kriegst, die du immer gewollt hast. Laß dich für einen Flug mit dem Space-Shuttle ausbilden. Dann, das schwör ich dir –» Maddy choreographierte ihre langen Glieder auf die Ottomane –, «wirst du im Nu schwanger.»

Gillian drückte Jack an die Brust, gurrend, prustend und glucksend vor Glück.

«Genug von dir geredet», schmollte Maddy. «Wie steht's mit mir?»

«Tschuldigung, Schätzchen.» Gillian setzte Jack auf ihr Knie und ließ ihn zufrieden auf und ab hopsen. «Wie geht's dir?»

«Bestens. Sobald ich das Geld für die Busfahrkarte zusammengeschnorrt habe, sind dieser Stein und ich unterwegs zur Themse.»

«Warum? Was ist passiert?» Gewandt schenkte Gillian ihr einhändig ein Glas Wein ein.

«Ich reiße aus», sagte Maddy leise. «Du hattest recht, Gillian. Ich – ich pack das nicht.»

«Natürlich tust du das, meine Liebe. Das ist doch reine Gewöhnungssache. Die Zeit, die ich mit Jack verbracht habe... na ja, ich weiß auch nicht so genau, aber die Mutterschaft rundet einen als Menschen eben so richtig ab.»

«Klar. In einer eckigen Welt... Kümmerst du dich bitte um ihn, während ich zu Alex gehe?»

«Mein Gott, Schätzchen. Bei allem Verständnis für das verzweifelte Bedürfnis einer Mutter, mal mit jemandem zu sprechen, dem nicht die Nase läuft – aber das ist tragisch.»

«Ich überlasse ihm das Baby, Gill.»

Gillian zog eine zurechtgestutzte Augenbraue hoch. «Wie bitte?»

«Alex ist reich, hat gute Beziehungen und ist in einer gefestigten Position. Jack wird also zu einem glücklichen, ausgeglichenen Menschen heranwachsen –»

«Und dann ein Buch schreiben: *Mein Rabenvater, der Zoologe.*»

«Bei seinem Vater wird er es viel besser haben ...»

«Maddy», sagte Gillian eindringlich. «Ich weiß, daß ich unerträglich besitzergreifend war. Aber das habe ich jetzt hinter mir. Ich werde selbst ein Baby kriegen. Wir können sie gemeinsam aufziehen ...»

«Wie? Womit? Wie lange wird es dauern, bis der Besitzer dich hier rausschmeißt? Ich werde am King's Cross durchgeknallte Autofahrer aufreißen müssen – bloß wird mich wegen der Schwangerschaftsstreifen keiner haben wollen. Wir werden Mistkäfer-Kebab und Dosen-Hundefutter essen müssen. Wir werden in einem weggeworfenen Pappkarton unter einer Eisenbahnbrücke hausen, und Jack wird Wachstumsstörungen haben und es mit den Bronchien bekommen und mich verabscheuen.»

«Maddy, wie kannst du dein Baby einfach weggeben? Was willst du ihm denn sagen? Daß du eben ‹im schwierigen Alter› bist? Daß das bei dir ‹nur eine Phase› ist?»

«Gillian, ich habe mich entschieden. Wir dürfen nicht mehr egoistisch sein. Es ist das beste für Jack. Ich meine, versetz dich mal in seine Lage. Wo wärst du lieber?» Indem sie Gillian überzeugte, hoffte Maddy, sich selbst zu überzeugen.

In trübsinnigem Schweigen sahen die beiden Frauen erst einander und dann Jack an, der fröhlich einen Untersetzer aus Pappe zermümmelte.

Gillians Körper erzitterte vor unterdrücktem Gelächter von der Sorte, die normalerweise in Gummizelle und Zwangsjacke gehört.

«Was ist?» fragte Maddy traurig.

«Nichts. Ich dachte bloß – es ist das klassische weibliche Dilemma: Alle mir bekannten Frauen, die mit Nachwuchs gesegnet sind, sitzen in den Küchen ihrer Freundinnen und jammern, wenn sie keine Kinder hätten, könnten sie sich selbst verwirklichen. Und alle nachwuchslosen Frauen sitzen in Küchen und jammern, wenn sie doch nur Kinder hätten, könnten sie sich selbst verwirklichen.»

«Ja, das Gras in Nachbarins Garten ist nicht grüner – es ist bloß gottverdammter Kunstrasen.»

Sie lächelten einander zaghaft an, ein bißchen geknickt ob der Umstände ihres Wiedersehens.

«Du hast mir gefehlt, altes Haus», gestand Gillian.

«Ja, du mir auch.»

In diesem gefährlich umarmungsträchtigen Moment klapperten Stöckelschuhe auf der läuferlosen Treppe. Eine Kaskade von Halstüchern, Mänteln, Babytragetaschen und Windelpaketen ergoß sich ins Wohnzimmer. Die Angehörigen der Hochnäsigenbrigade rissen mißbilligend die Stecker ihrer Babyphone heraus und flohen, ihre schlafenden Säuglinge über die Mantelschultern drapiert, durch den Flur zur Tür hinaus.

«Du Perverse!» zischte Sonja selbstgerecht zum Abschied.

Gillian hielt Jack hoch. «Schätzchen», krähte sie, «es hat *gefruchtet*.»

30. Operation Schönheit

Das Leben ist voll von peinlichen Momenten: Du gehst im Zug aufs Klo und pinkelst, da reißt ein Mann die Tür auf und sieht dich mit dem Hintern in der Luft. Eine sprechende Waage sagt dir laut, wieviel du wiegst. Du fragst eine Freundin, wann das Baby kommt, und sie antwortet, sie sei nicht schwanger. Du ißt eine Banane, und Typen schauen dir dabei zu. Du bist in der gemischten Aerobic-Klasse und stellst während der Dehnübungen mit über den Kopf gestreckten Beinen fest, daß dein Trikot ein Loch im Schritt hat. Das sind lauter Dinge, die einem die Schamröte in die Wangen treiben, doch nichts verglichen mit der Peinlichkeit, einem Feind gegenüber eingestehen zu müssen, daß du dich getäuscht hast.

Sie hatte Alex bei der BBC angerufen, und seine neue Sekretärin, überrumpelt durch Maddys ungeheuchelte Dringlichkeit, hatte ihr verraten, daß er sich in einer Privatklinik aufhielt. Maddy staunte darüber, wieviel Mitleid beim Gedanken daran, daß er im Krankenhaus lag, noch immer in ihr aufwallte. Während sie die Harley Street entlangging, schritt sie zusehends hektischer aus. Man geleitete sie in ein feudales Privatzimmer mit dem cremigen Dekor einer Konditorei. Da, in einem weißen Krankenhemd, von Kissen gestützt und den Kopf hinter der *Times* versteckt, saß der Vater ihres Kindes.

«Ich nehm einiges zurück», sagte sie unvermittelt. «Meine Lippe ist ja schon so dick, daß ich eine Diät machen müßte.»

«Was zum –? O *nein*!» Die Leitartikelseite glitt ihm in den Schoß. «Das darf nicht wahr sein.»

«Was ist denn mit deinem Haar passiert?» Eine auffällige Zickzacklinie gelber Strähnen zog sich über seinen Schädel.

«Ach so.» Seine Hand flog instinktiv kopfwärts. «Kleine Katastrophe. Ein mißglückter Versuch, die Haare aufzuhellen, damit die grauen weniger auffallen. Pets Idee. Und das muß jetzt rückgängig gemacht werden, ein Vorgang, der, wenn ich mich nicht täusche –» er suchte nach dem richtigen Wort – «Rückfärben heißt.»

Maddy versuchte ihre Belustigung zu unterdrücken, doch dann platzte sie heraus und gackerte kehlig.

«Du hast gut lachen», schmollte Alex voller Selbstmitleid. «Dir lauert die Zeit noch nicht hinter der nächsten Ecke auf. Und jetzt, wo du Mutter bist, hast du mehr Freizeit denn je. Was beneide ich dich darum, daß du nicht arbeiten gehen mußt. Das macht ganz schön alt, sage ich dir ...»

Maddy dachte an stundenlanges Gemüsepürieren und Kinderwagenschieben und seufzte tief auf. Immer wieder wurden junge Mütter gefragt, wann sie wieder arbeiten gehen würden. Arbeiten *gehen*? So, wie Maddy das Mutterdasein erlebte, blieb sie stehen, und die Arbeit kam bergeweise auf sie zu.

«Was ist denn nun mit deiner dicken Lippe, Madeline? Vielleicht könntest du mit deiner Diät gleich anfangen – mit einem Dauerlauf zum Ausgang zum Beispiel.»

Maddy sah ihn an, betrachtete seine geschmeidigen Glieder, die sich braun von den Laken abhoben. Sie spürte die Begierde in sich aufflackern. Es war nicht überraschend, daß sie ihn geliebt hatte. Er war eben so anziehend, daß sie ihn immer nur ausziehen wollte. Sie rang nach Luft. «Ich bin gekommen ...» Das war der schwierigste Satz, den sie je hatte aussprechen müssen. «Ich bin gekommen, um dir zu sagen, daß du Jack haben kannst.»

Daß sie plötzlich in der Lage war, den Mann im Nebenzimmer seine Nasenhaare stutzen zu hören, ließ auf einen schweren Fall von betretenem Schweigen schließen.

«Und?» drängte sie und berührte ihn am Arm. Die Stelle, wo sie Hautkontakt gehabt hatten, schien kurz zu brennen.

«Ich – ich kann nicht.»

«Hat das mit ... der Operation zu tun?» fragte sie einfühlsam. Sie konnte nicht in seiner Nähe sein, ohne daß jedes Molekül ihres Blutes kochte und ihr Herz raste. Noch eine Minute, und sie bekam einen Kolbenfresser.

«Ja. Ja. Genau.»

«Was fehlt dir denn?» flüsterte sie, und die Reste ihrer Zuneigung juckten sie am ganzen Körper.

«Es ist ernst, Maddy. Lebensgefährlich. Ich will gar nicht darüber reden. So was muß man mit stoischer Gelassenheit hinnehmen.» Er lächelte tapfer.

Eine Krankenschwester kam mit einem Medikamentenwagen durch die Schwingtür geklappert. «Drake, Alexander», las sie mit metallener Stimme von einem Klemmbrett ab. «Fettabsaugen im Gesichts- und Abdominalbereich, Haartransplantation und Liderkorrektur. Zuständiger Arzt: Dr. Brennan, ja?»

Alex nickte belemmert mit dem gestreiften Kopf. Maddy fixierte ihn mit einem giftigen Blick.

«Oh», sagte sie ehrfürchtig, «wirklich ernst, um nicht zu sagen lebensgefährlich.»

«Schon gut. Schon gut. Die Sache ist die, Madeline ...» Er hielt inne, als die Schwester sein Krankenhemd hochzerrte und seinen Unterbauch mit Rasierschaum einseifte. «Ich will ihn nicht.»

«Was?»

«Du hast mir schon genug Lebenssaft abgezapft. Der Antipoden-Dracula, so nennt Petronella dich. Und jetzt bist du schon wieder auf einen Hämoglobin-Cocktail aus.»

«Aber, aber ... du hast doch gesagt, du wärst der beste Vater. Du könntest ihm die beste Starthilfe geben.»

«Ich hab dich nur bestrafen wollen. Du lieber Gott!» rief er, als sich die Schwester mit einem Rasiermesser über seinen Bauch beugte. «Muß das sein?»

«Wofür, verdammt noch mal?»

«Dafür, daß du mit mir Schluß gemacht hast.»

«Das war da schon beinahe ein Jahr her.»

«Oh, ich wußte noch gar nicht, daß es für Rache eine Verjährungsfrist gibt.»

«Alex, du bist vielleicht fünfzig Jahre älter als dein Sohn, aber keinen Tag reifer. ‹Fettabsaugen im Gesichtsbereich?›»

«Wangen, Hals und Augenlider. Das hat rein professionelle Gründe. Beim direkten Kontakt mit dem Publikum kann Jugendlichkeit nicht hoch genug geschätzt werden.»

«Dann bist du jetzt also ein Schaf im Lammspelz.»

«Er tut es für *mich*.» Die Stimme war so zuckersüß, daß sie Triefspuren hinterließ. Maddy drehte sich um und sah Petronella durch die Schwingtür stolzieren. «Nicht wahr, Schatz?» Das siegesbewußte Funkeln in ihren Augen wurde hastig durch ein hingebungsvolles Schmachten ersetzt. «Damit du besonders schön aussiehst an unserem Hochzeitstag.»

Das Farbdiagramm an Gillians Wohnzimmerwand war in vier nach den Jahreszeiten benannte Viertelkreise aufgeteilt.

«So, jetzt schauen wir mal, was Ihre wahren Farben sind», verkündete Gillian mit der freundlichen Distanziertheit einer Fremdenführerin. Nachdem sie das fade Make-up der Frau entfernt hatte (der alles planende Volle-Agenda-Typus, fand sie, ohne das geringste sympathische Laster), setzte sie sie grell beleuchtet vor einen Spiegel und starrte ihr ins Gesicht. Einer Frau kann man nichts Grausameres antun. Doch das Abtöten des Selbstvertrauens ihrer Kundinnen war ein entscheidender Kunstgriff jeder Farb- und Stilberaterin.

Unter vielen Hm-hms und Ahas, von denen sie hoffte, daß sie weise und authentisch klangen, hüllte sie dann die Kundin in weißen Musselin und hielt verschiedene Farbflächen neben ihr fahles Gesicht.

«Warmer Winter», erklärte sie schließlich mit Bestimmtheit. Sie entkorkte ihre schnell wirkende Lifting-Lotion und begann das Gesicht der Frau zu restaurieren. «Achten Sie auf den Unterschied.» Die Frauen waren in der Regel so erleichtert darüber, wieder wie ein Mensch auszusehen, daß sie glaubten, die «Farb- und Stil-Beratung» habe sie gerettet und nicht Gillians üppige Verwendung eines halben Kilos Kajal.

«Ich brauche Kleider, auf denen man nicht jedes Stäubchen sieht», meinte die Frau mit übertriebener Leutseligkeit. «Wegen meinem Baby und so.»

«Oh, Sie haben ein Baby?» fragte Gillian und hüllte ihr Opfer in Kilometer von Türkis. Sie trat zurück und rang, die Hand vor den Mund haltend, nach Luft, als sähe sie das achte Weltwunder. «Diese Farbe *spricht* zu mir.»

«O ja. Er ist bald ein Jahr alt. Und Sie?» fragte die Kundin mit leicht bohrendem Unterton.

«Keine Terracotta-», improvisierte Gillian, «Rosttöne oder Kastanienbraun. Unter keinen Umstzänden. Ich bin Patin eines Babys. Er ist oben und macht ein Nickerchen.» Sie hielt ein hornhautversengendes Aquamarin neben das Gesicht ihrer Klientin und nickte euphorisch.

«Krabbelt er?»

«Meist rückwärts. Und Pastelltöne sind reines Gift.»

«Wo ist er? Ich würde ihn zu gern mal sehen. Darf ich?» drängte sie.

Gillian strahlte vor Stolz. «Schätzchen, lehnt Zsa Zsa Gabor je einen Heiratsantrag ab? Nichts wäre mir lieber ... als ein Geschäft», fügte sie murmelnd hinzu.

Das Lächeln der Frau hatte etwas angestrengt Entspanntes. «Mein Baby hat so eine lustige Art, auf den Händen und dem Hintern herumzurutschen.»

«Hört sich an, als säße es in der Hinterhand», sagte Gillian im Plauderton. Sie holte Jack aus dem Kinderzimmer, ohne zu ahnen, was das Schicksal für sie in der Hinterhand hatte.

«Darf ich ihn mal halten?» fragte Warmer Winter mit einer Stimme von der Konsistenz lauwarmer Mayonnaise.

«Klar», willigte Gillian ein, die im Kopf die fünfzig Pfund für die Farb- und Stilberatung bereits ausgegeben hatte.

Das Baby zupfte fröhlich an der Doris-Day-Schleife, die so neckisch aus dem Ausschnitt der Frau quoll.

«Um Gottes willen, Alex», beschwor Maddy ihn bestürzt. «Eine Wetterfee?»

«Soll daran irgendwas nicht gut sein oder so?» schnaubte Petronella.

«Nein, nein. Aber warum heiratest du nicht einen Einkaufswagen. Der hat wenigstens ein Eigenleben.»

«Wir beeilen uns so –» Petronella pflanzte Alex einen besitzerstolzen Kuß auf die verschwitzte Stirn – «wegen dem Baby.»

Ebensogut hätte sie Maddy mit einem gußeisernen Fallschirm aus einem Flugzeug schubsen können. «Wie bitte?»

«Wir sind, wissen Sie, in freudiger Erwartung.» Sie tätschelte ihren konkaven Bauch.

«Schwester», sagte Maddy mit vorgetäuschter Ruhe, «wenn Mr. Drakes Haartransplantation vorgenommen wird, würden Sie dann bitte die Implantate so einsetzen lassen, daß sich das Wort ‹Schwein› ergibt? ... Und was ist mit Jack?» flehte sie.

Alex sah Petronella an, dann ruderte er hilflos mit den Armen. Maddy wandte sich der Wetterfee zu. «Schon eigenartig, nicht wahr, dieser Eintauschwahn, den Männer im mittleren Alter kriegen. Erst hat er seine Frau für mich abserviert. Dann mich für Sie. Ich gebe Ihnen ein Jahr, und Sie suchen in seiner Haarbürste nach Strähnen, die nicht von ihm stammen … Tun so, als wollten Sie seinen Mantel zum Reinigen bringen, damit Sie seine Taschen durchsuchen können … Lesen bei jeder Kreditkartenabrechnung zwischen den Zeilen, bis die Zahlen das erwartete ‹Dinner für zwei› ergeben.»

«Ob du's glaubst oder nicht, für mich ist die Ehe etwas Heiliges», entrüstete sich Alex, dessen Lippen unter einem Rasierschaum-Federbett hervorschauten. «Meine Affäre mit dir war eine einmalige Entgleisung.»

«Eher ein Charakterzugunglück», stach Maddy ihn aus.

Die Schwester blickte auf die Uhr, arretierte die Tür und manövrierte das Bett in Richtung Korridor.

Maddy klammerte sich am Bettende fest. «Warum zum Teufel machst du den ganzen Scheiß, Alex?»

«Um jung zu bleiben», sagte er mit der Spritzigkeit einer Napfschnecke. Da wurde Maddy klar, daß er tatsächlich das Zeug zum Politiker hatte: Seine Fähigkeit, sich selbst etwas vorzumachen, erlahmte nie.

Petronella gab dem Bett einen gereizten Schubs korridorwärts.

«Alex, das ist die Midlife-Crisis. Frauen begehen Warenhausdiebstähle und bekommen Wallungen.» Sie versuchte das Bett in die entgegengesetzte Richtung zu ziehen, bis ihre Schuhe Bremsspuren auf dem Linoleum hinterließen. «Bei Männern sind die Symptome: Heirat mit einer hirnlosen Blondine, Kauf eines Porsches …»

«Hirnlose Blondine!» Petronellas Stirn umwölkte sich wetterkartengerecht. «Könnte jemand vielleicht irgendwie den Sicherheitsdienst rufen?»

«Damit wird doch für Porsches geworben», insistierte

Maddy. «‹Fahren Sie Ihrer Midlife-Crisis einfach auf und davon.› Und Schönheitschirurgie.»

Mit einemmal sah Alex gebrochen und eingefallen aus. Sein Blick ähnelte dem eines auf Eis liegenden Fisches in der Lebensmittelabteilung von Harrods. Maddys Zorn wich einem abstrakten Gefühl des Mitleids. Sie verspürte eine sentimentale Zuneigung zu Alex, nicht unähnlich ihren Gefühlen für das Postkarten-England, von dem sie nach einer Reise um die halbe Welt hatte feststellen müssen, daß es nicht mehr existierte.

Das fahrbare Bett bewegte sich auf eine Tür zu, auf der «Zutritt nur für medizinisches Personal» stand. Maddy packte Alex und spürte durch den gestärkten Stoff des Krankenhemds, daß der Mann wider Erwarten ein Rückgrat hatte. «Alex», beschwor sie ihn, «tu's nicht!»

«Sicherheitsdienst!» hallte es durch den Korridor.

«Alex, ich brauche dich», bettelte sie und riß dabei den Mund auf, daß er aussah wie eine unvernähte Wunde. «Hilf mir bitte.»

Petronella stieß die Krankenschwester zur Seite und schob Alex seinem schlimmen, aber unvermeidlichen Schicksal entgegen.

«Ich habe nur eine Bitte», sagte der resignierend, «laß ihn beschneiden. Schließlich bin ich auch beschnitten.»

«Ja», stimmte Maddy düster zu, «bloß daß sie bei dir den falschen Teil weggeschmissen haben.» Ihr wurde schmerzlich klar, wie hohl Alex war. Sie war auf ähnliche Weise von ihm angezogen worden wie ein Astronaut von einem schwarzen Loch.

Bei den Aufzügen wurde aufgeregt mit den Armen gefuchtelt. Es dauerte eine Weile, bis Maddy erkannte, wer da den Korridor entlanggelaufen kam.

«Jack!» keuchte Gillian und warf sich japsend auf Alex' Bett. Ihr Schwung ließ es gegen einen Medikamentenwagen knallen, der im Kippen eine spektakuläre Konfettiflut farbiger Pillen über Petronella ergoß. Als Maddy Gillians aschfahles Gesicht sah, krampfte sich ihr der Magen zusammen. «Sie hat Jack geklaut.»

Maddy schnappte nach Luft; die Verlustangst stach ihr in den Lungen. «Was?» Sie schüttelte Gillians knochige Schultern. «Wer?»

«Edwina Phelps.»

VIERTER TEIL

Bindungen

«Betrachten Sie Ihr Baby; lassen Sie es in Ihre Augen schauen, ohne daß die Außenwelt Sie ablenken kann. Lassen Sie nicht zu, daß es in ungewohnte Situationen gerät.»

Penelope Leach: *Das Baby-Paket*

31. Handtaschen im Morgengrauen

Mit einer uncharakteristisch päpstlichen Geste warf sich Gillian zu Boden und küßte das Pflaster einer Seitengasse in Soho. «Man überfalle mich! Ich kann dir gar nicht sagen, wie göttlich es ist, aus der Vorstadt raus zu sein.»

«Um Himmels willen, Gillian», zischte die zum Zerreißen gespannte Maddy. Seit dem Verlust von Jack überschwemmten sie die mütterlichen Gefühle wie Flutwellen.

«Mir hat Maddy erzählt, du findest es dort ganz prima.» Während Gillian und Maddy «Wo ist der Cop?» spielten, manövrierte Mama Joy einen Drahtkleiderbügel auf der Innenseite des Beifahrerfensters von Rupert Peregrines klapprigem Jaguar XJ6 hinunter.

«Eine Verkäuferin in Milton Keynes hat mich mal gefragt, ob ich mich für immer dort niederlassen wolle. ‹Bekommt man bei Ihnen das ganze Jahr über Mangos?› hab ich mich erkundigt. ‹*Mangos?*› fragt sie verständnislos. ‹Na also›, hab ich ihr gesagt.»

Im selben Moment, als Mama Joy die Verriegelung hochzog, ging in Peregrines Büro im zweiten Stock das Licht aus.

«Gillian, rein mit dir!»

Maddy und Gillian kauerten sich ins stinkende, kippenübersäte Dunkel vor dem Rücksitz und warteten auf das Geräusch des Schlüssels im Schloß. Durchs Buschtelefon hatten sie erfahren, eine der Lebenslänglichen in Holloway sei schwanger. Hauptverdächtiger war Drecksau Peregrine.

Der Wagen ächzte, als Maddys Anwalt seine Wampe, die

eigentlich in jeder Landkarte hätte verzeichnet sein müssen, hinter das Lenkrad zwängte. Den Vorgang imitierend, den sie unendlich oft in Fernsehkrimis gesehen hatte, drückte Maddy etwas ins Genick von Peregrines schuppigem Schädel, das sich hoffentlich wie eine Pistole anfühlte (aber in Wirklichkeit eine von Jacks Schnabeltassen war). Gillian beugte sich vor und zog den Schlüssel aus dem Zündschloß.

«Dwina hat Jack geklaut.» Der Kummer schnürte Maddy so die Kehle zu, daß sie ihre tiefe, leise Stimme nicht wiedererkannte.

«Tz, tz, tz», sagte Peregrine verächtlich. «Das Leben gibt uns doch immer neue Nüsse zu knacken.»

Maddy stieß den Schnabel härter in die schwabbeligen Nackenfalten. «Wenn Sie mir nicht helfen, sage ich gegen Sie aus. ‹O ja, es war ein Vergnügen, *unter* ihm zu arbeiten, Euer Ehren. Wer von Tuten und Blasen keine Ahnung hatte, bekam es von ihm persönlich beigebracht.›»

«Ach ja? Ich hätte gedacht, nach Ihrer Flucht aus dem Frauengefängnis Ihrer Majestät sei Ihre Glaubwürdigkeit vielleicht ein wenig angekratzt … Aber was versteht ein bescheidener kleiner Anwalt wie ich schon von solchen Dingen …» Peregrine zuckte die Achseln. Seine schamlose Selbstgefälligkeit war jedenfalls kein bißchen angekratzt.

«Hör zu, du windelweicher, versoffener, impotenter –»

«Ich sehe, Ihre Kenntnisse unserer Muttersprache sind so jämmerlich wie eh und je. Es gibt keine impotenten Männer», erwiderte er bissig, «bloß unzulängliche Frauen.»

Das schrie nach weiblicher Verstärkung. Auf Maddys Nicken hin kam Mama Joy aus dem Dunkel angeschossen und origamisierte sich auf den Sitz neben dem barbarischen Rechtsverdreher. Verächtlich langsam tastete Peregrine nach dem Griff seiner Tür.

«Oooh, nicht so schnell, der Herr.» Mama Joys Kinnwülste wackelten vor Vergnügen.

«Zumal sie eine geladene Katze in der Tasche hat», fügte Maddy triumphierend hinzu.

Die Fleischberge in seinem Gesicht gerieten ins Rutschen. «Ihr habt Trüffelchen?» fragte er kleinlaut.

Mama Joy brachte den überfütterten Pelzkloß zum Vorschein und hielt ihn knapp außerhalb von Peregrines Reichweite. Die Katze maunzte grauenhaft. Trüffelchens Besitzer zuckte, schwitzte und zappelte. «Nun?» fragte sie und zog den Hals des Tieres in eine zum Abdrehen geeignete Länge.

«Ich hab's nicht tun wollen», blökte er.

«Was?» wollte Maddy wissen.

«Es ist genetisch bedingt. Ein urtümlicher Überlebensinstinkt ...»

Mama Joy verstärkte den Druck auf den Kehlkopf der Katze.

«Verschiedene psychologische Schlingen schienen sich um mich zuzuziehen, weshalb eine schnelle berufliche Veränderung angebracht schien», sprudelte Peregrine hervor, verschluckte sich und rang rasselnd und stinkend nach Atem. «Auch eine örtliche ... irgendwohin, wo es feuchtwarm ist und Cocktails mit pastellfarbenen Schirmchen drin gibt ... Ms. Phelps hilft mir, meine ... frühzeitige Pensionierung zu finanzieren. Ich habe dafür nichts weiter tun müssen, als falsche Adoptionspapiere auszustellen.»

Angst senkte sich wie ein Rolladen über Maddys Gesicht. «Für wen?» schrie sie. Die Worte kratzten ihr in der ausgedörrten Kehle. Es schmerzte, sie auszustoßen. «Wann? Wo?»

«Ihre Nichte hat sie vorhin abgeholt. Ein Mädel aus Neuseeland. Auf der traditionellen Europareise. Die Transaktion, glaube ich, findet morgen statt. Eigennutz im Gewand der Großherzigkeit.»

«Sie sind derjenige, dessen Englisch nicht besser geworden ist», schnappte Maddy.

«Red kein so'n Blech, man versteht ja nicht die Bohne.» Mama Joy drückte noch fester zu, so daß der Katze die pernodfarbenen Augen gefährlich aus den Höhlen traten.

«Zehntausend Pfund, glaube ich, beträgt die Summe.»

Dem Frauentrio blieb die Luft weg.

«Aber ein nettes Paar. Er ist Werber.»

Mit Mühe kämpfte Maddy einen Weinkrampf nieder.

«Was machen wir jetzt mit dir?» Mama Joy kniff ihn in die Schweinebacke. «Vielleicht sollt ich dich einfach vergewaltigen?»

«Nein!» wimmerte Peregrine fiebrig vor Furcht.

«Sie *sagen* nein», triezte ihn Gillian verächtlich. «Aber *bedeutet* das auch wirklich nein?»

«Ich hoffe sehr, daß Sie nicht irrigerweise annehmen, unser kleines Malheur bliebe nicht ganz *entre nous*», tartüffte er. «Trüffelchen und ich wollten unserer Südsee-Sehnsucht zwar erst in ein, zwei Wochen frönen, doch könnten wir freilich früher verreisen. Heute zum Beispiel. Wieso Sklaven unserer Selbstbeherrschung sein?»

Maddy heulte auf. In der Tat: Wieso? Ihre Faust sauste auf Peregrines Kopf nieder, bevor ihre Besitzerin überhaupt merkte, daß sie erhoben gewesen war.

Ihr rasch gefaßter Plan mußte einfach sein. Sie heckten ihn in Mama Joys stinkendem Wohnzimmer aus, wo sie über heißer Schokolade die Köpfe zusammensteckten. Gillian wehrte sich gegen ihre Rekrutierung. Was sie anging, war so ein Einbruch ein viel erschreckenderes und fingernagelabkaufördernderes Erlebnis für den Einbrecher als für die Person, bei der eingebrochen wurde. Deren einzige Sorge war doch, daß man die Familienerbstücke mitzunehmen vergaß, die sie verabscheute und zu hoch versichert hatte. Der Einbrecher, oder vielmehr die Einbrecherin, mußte hingegen befürchten, auf spitzen Gittern aufgespießt, auf elektrischen Zäunen gegrillt, von Rottweilern zerfleischt und mit desaströser Frisur («Haarlockerbie» nannte sie das) von Videomonitoren aufgenommen zu werden.

Hinzu kam das potentielle Trauma der Erfahrung, sich einen Strumpf übers Gesicht zu ziehen und erst dann die Laufmasche darin zu entdecken.

Doch Sputniks Eintreffen ersparte Gillian die Tortur. Als Mama Joy sie in die Wohnung geleitete, stellte Maddy überrascht fest, daß sie den Blick niederschlug und die Schultern hängen ließ. Außerhalb der gewohnten Gefängnisumgebung war Sputnik wie eine Fledermaus im Tageslicht: geblendet und orientierungslos. Ihre raublustige Miene war einer verstörend gedemütigten gewichen. Ihr einstmals lilafarbenes Haar hing lang und glatt hinunter. Mit dem Sklavenkettchen an ihrem ausgemergelten Fußgelenk sah sie einem gerupften Huhn ähnlich.

«Verdammt, was macht denn die hier?» sagte Maddy schrill. Mit jeder Stunde war ihre Anspannung gewachsen, bis sie der Feder einer taiwanesischen Armbanduhr glich.

«Sie legt uns das Feuerchen.» Mama Joy hatte das brennende Bedürfnis, Dwina vermittels eines kleinen Brandes in ihrem Büro aus dem Haus zu räuchern. Mit Hilfe von gefälschten Fürsorgepapieren (Mama Joys Rezept für Katze nach kreolischer Art hatte sich als äußerst peregrinebeflügelnd herausgestellt) würde Maddy derweil der nicht sehr hellen Neuseeländerin das Baby abknöpfen.

«Warum?» fragte Maddy mißtrauisch. «Verdammt noch mal, willst du mir etwa immer noch an die Wäsche?»

«*Hä?* Ich hab bloß gewollt, daß du meine Mammarien –»

«*Mammarien?* Du kannst ruhig ‹Titten› dazu sagen.»

«– schreibst ... Meine Lebensgeschichte», sagte Sputnik schließlich, womit sie dem Klischee von der hirntoten, gewalttätigen, lesbischen Kriminellen ein Schnippchen schlug. «Ich kann nich schreiben, weißte.»

«Momentchen mal. Du hast gewollt, daß ich deine *Memoiren* schreibe?»

«Diese Kuh Tonya Harding, die der andern Eisläuferin das Bein kaputtgemacht hat, und diese Brüder Menendez, die ihre Alten umgebracht haben – all diese Typen kommen jetzt zum Film und so. Von wegen Verbrechen lohnt sich nich. Drum hab ich dir die Maltesers untergejubelt. Damit ich was inner Hand hab gegen dich.»

Früher hatten Gefangene vom Ausbrechen geträumt, dachte Maddy. Jetzt träumten sie von Spielfilmen und Buchrechten: *Wie bringe ich meine Freunde um und beeinflusse Idioten?* «Das heißt, du wolltest mich gar nicht flachlegen?»

«Scheiße, nee. So 'ne Spinatwachtel mit nix dran wie dich?»

«Aber wieso willst du mir jetzt plötzlich helfen?» fragte Maddy in einem Ton, der feindseliger war als ihre Gefühle.

Sputnik pulte in einem Loch in der Sohle ihres Turnschuhs herum.

«Wenn du Pech hast, landest du wieder im Knast.» Maddy sah, wie sie an der Haut neben den Fingernägeln nagte. Sie war schon ziemlich abgeknabbert und begann jetzt schnell zu bluten. Sputniks Augen waren glasig, ihr Blick gehetzt.

«Pech? Im Knast kennense mich doch alle», sagte Sputnik leise und fast schon flehend. «Im Knast, da bin ich wer. Draußen dreh ich voll durch.»

Es herrschte bedrücktes Schweigen, während diese traurige Information verarbeitet wurde. Ein Leben in Kinderheimen und Jugendstrafanstalten, und ihr einziger Erfolg bestand im Aufgeben.

«Herr im Himmel, Mädel!» Mama Joy klatschte sich auf die herkulischen Schenkel. «Laß sie das machen!»

Sputnik, die Maddys Schweigen als Zustimmung deutete, schien plötzlich die Ausstrahlung und Energie einer jungen Frau in einer Tampon-Werbung zu besitzen. Wie ein Krieger, der sich auf die Schlacht vorbereitet, rasierte sie sich als erstes den Schädel.

Während Maddy ihr dabei zusah, wie sie sich ihr Brandstifterwerkzeug zurechtlegte, zwang sie sich, ruhig zu bleiben. Sie mußte sich in Edwina Phelps' Haus bluffen, als Halstuchdrapier-Artistin überzeugen und Jack retten. Sie durfte *nicht* mit einer Kettensäge auf Dwinas Möbel losgehen. Ebensowenig durfte sie ihre Rückkehr abwarten und sie mit einem Maschinengewehr beharken. Allenfalls würde sie etwas Haarentferner ins Shampoo ihrer Feindin mischen, falls die Zeit reichte, aber das war's auch schon.

«Was zum Teufel ist mit deinem Zahn passiert?» fragte Maddy, als sie Mama Joy ein paar Stunden später auf dem Parkplatz der Siedlung trafen. Ihrem Lächeln fehlte das vertraute Funkeln.

«Ach, nix, Mädel. Ich besorg mir 'nen neuen, sobald's wieder aufwärts geht.» Mit einer majestätischen Armbewegung zeigte sie, was der Verkauf des Diamanten gebracht hatte: einen knallgelben VW-Käfer, der sich hinter einer graffitiverschmierten Straßenlampe zu verkriechen versuchte. Das Auto war dermaßen klapprig, daß niemand es versichert, sondern einem allenfalls eine Erste-Hilfe-Ausrüstung geschenkt hätte. Es war übersät von Aufklebern mit Sprüchen wie «Mein anderer Mann ist ein Sexbolzen», «Wir bleiben zusammen – den Katzen zuliebe» und «Lächeln Sie, es ist das Zweitbeste, was Sie mit Ihren Lippen tun können».

Maddy hatte den Eindruck, daß die Aufkleber das einzige waren, was diese Rostbeule noch zusammenhielt.

«Der Fluchtwagen», grinste Mama Joy.

«Mußte es unbedingt ein Fahrzeug sein, bei dem rote Flammen über die Haube züngeln?» fragte Gillian peinlich berührt. Sie hatte keinen guten Tag. Der Dreck und Speck in Mama Joys Wohnung («Das ist kein Staub», hatte sie gesagt, nachdem sie mit dem Finger über ein Regal gefahren war, «das ist der reinste Humus!») waren schlimm genug gewesen, doch nun wurde von ihr erwartet, daß sie in ein Auto stieg, dessen Aufkleber ihr nicht zusagten. «Das wird noch den letzten Rest meines guten Rufes ruinieren, verstehst du?»

«Dein guter Ruf ist so was wie deine Jungfräulichkeit – je früher du ihn los wirst, desto besser. Scheibenwischer mit Intervallschaltung!» johlte Mama Joy. «Das hab ich noch nie gehabt! Hmmm, *ja*! Ich komm voran in der Welt.»

Mit Mama Joy am Steuer und Gillian als Navigatorin (sie benutzte die Kartenlesetechnik, die Millionen von Pensionatsabsolventinnen vor ihr berühmt gemacht hatten: «Noch eine Fingernagellänge auf den roten Punkt zu, und dann links abbiegen») schafften sie es schließlich, die wie ein dementer Engel strahlende Sputnik vor Dwinas Büro abzusetzen. Maddy wiederum stieg in der Nähe der Adresse in Highgate aus, die Peregrine ihnen gegeben hatte.

Die eisige Luft schlug ihr wie eine Faust ins Gesicht; sie war kälter als ein Eisbärhintern. Maddy konnte gar nicht glauben, was für eine schauerromanartige Wendung die Dinge genommen hatten: Der beste Ausguck, um Dwina zu überwachen, war die Hecke des Friedhofs von Highgate, der ein wenig oberhalb des Hauses lag. Maddy wich gefrorenen Haufen Hundescheiße aus, kauerte sich zwischen die schiefen Grabsteine – es war, als befände sie sich in der feuchten Mundhöhle eines dental Gehandicapten – und starrte so angestrengt in den blickdichten Nebel, daß ihr die Augen weh taten. Äste grabschten in der Luft über ihr herum. Ein schwächliches Morgengrauen färbte bleierne Wolken. Im fahlen Licht breitete sich London düster und trostlos unter ihr aus. Etwas berührte sie im Dunkel. Das Herz hüpfte ihr bis in den Mund. Bevor sie losschreien konnte, begann die Gestalt zu schnurren. Maddy sah auf eine halb verhungerte Katze hinunter, die ein Menuett um ihre zitternden Beine tanzte.

Beim ersten Hahnenschrei entdeckte Maddy, das Kastagnettenklappern ihrer Zähne unterdrückend, wie geplant einen Lichtfleck in Dwinas Haus. Eine Ewigkeit von Minuten später ging die Eingangstür des öden Reihenhauses quietschend auf. Ein Streifen Licht fiel auf den Gartenpfad. Dwina kam aus dem trübe erleuchteten Eingang getrippelt, stach im Gehen mit den Händen nach den Ärmellöchern ihres Mantels und warf sich ans Steuer ihres kastanienbraunen Montegos.

Zunächst wollte er nicht anspringen. Starr vor Angst wartete Maddy und sah zu, wie Dwina den Zündschlüssel immer wieder im Schloß drehte. Der Motor keuchte emphysemisch. Maddy hielt den Atem an. Endlich schwenkten die eigelben Reflexe der Scheinwerfer über den regennassen Asphalt, und weg war sie.

Verpackt in allerlei Pullover und Mäntel stieg Maddy, die Michelin-Frau, von ihrem schauerlichen Ausguck herab, kugelte, die falschen Papiere umklammernd, über die verlassene Straße und gab der Klingel Saures. Sie war so aufgedreht, daß sie, als die Tür aufging und ein junges Mädchen sichtbar wurde, an dessen einem Auge ein Wimpernformer hing, während über dem anderen eine Mascarabürste schwebte, ob der Alltäglichkeit und Gewöhnlichkeit der Szene erst einmal tief durchatmen mußte.

Sie streckte dem Mädchen die Papiere entgegen. «Fürsorge.»

Es war leichter, als sie gedacht hatte. Jack saß auf der Wohnzimmercouch vor einem Disney-Video und spritzte mal wieder wie ein deckelloser Mixer Essen durch die Gegend. Er quietschte vor Vergnügen, reckte die Ärmchen und lief zu ihrem großen Erstaunen, die Beine wie ein Revolverheld gespreizt, auf sie zu.

Maddys Herz tat einen unbeholfenen Hopser. «Er läuft!» Ganz benommen vor Freude, überschüttete sie ihn mit feuchten Schmatzern und ließ auch seine sanften, verträumten Lider nicht aus.

Die Nichte zupfte sich schwarze Klümpchen von den Wimpern. «Na und?» sagte sie achselzuckend und beäugte Maddy mißtrauisch. «Warten Sie lieber, bis meine Tante wiederkommt. Ich passe nur auf das Baby auf.»

Maddy besah sich ihren knubbelzehigen Liebling, seinen rundlichen rosa Mund, seine vor Freude funkelnden Augen und bemühte sich, ihre Aufregung zu verbergen. «Keine Zeit. Bin von Amts wegen da.» Sie sauste in Richtung Tür.

«He, was soll das?»

Auf die Frage der Nichte ertönte Edwina Phelps' eisige Stimme. Maddy hatte nicht mitbekommen, daß sich der Schlüssel im Schloß gedreht hatte, doch als sie in den Flur bog, stand da ihre Feindin in einem Kleid, dessen Muster dem der Wohnzimmervorhänge irritierend ähnlich sah, und versperrte ihr den Weg zum Ausgang.

«Hallo, Madeline», sagte Dwina im höflichen Grußpostkartenton. «Wie geht's dir? In dem Durcheinander hab ich glatt meine Büroschlüssel vergessen.»

Oh, danke, liebe Schicksalsfee, fluchte Maddy innerlich. Dieselbe Schicksalsfee hatte ihr eine Mutter beschert, die Majoran und Marihuana unterscheiden konnte. Und dieselbe Schicksalsfee hatte sie zu Harrods geschickt, um ein Päckchen Diätpflaumen zu kaufen.

«Eine Patientin», erklärte Dwina ihrer Nichte mit undurchdringlicher Beherrschung. «Ich bin ihre Psychotherapeutin.»

«Mit Betonung auf ‹psycho›», sagte Maddy und drückte Jack fest an sich. «Tagsüber ist sie Sozialarbeiterin, nachts wird sie zu Norman Bates.»

«Du projizierst wieder, Maddy! Gib mir das Baby.»

«Nein! Sie haben es gestohlen und wollen es bloß an den Meistbietenden verkaufen!»

Die Nichte drückte zerstreut an einem Pickel herum.

«Solche Frauen. Was die nicht alles sagen.» Dwina hatte einen ruhigen Konversationston angeschlagen, als sprächen sie über einen Busfahrplan. «Als könnte ich je so was tun. Ich *liebe* Kinder.»

«Klar. Das steht dann auch bestimmt auf der Anklageschrift gegen Sie.»

«Jetzt komm, meine Liebe, mach schon. Gib mir das Baby.» Sie trat einen Schritt auf Maddy zu.

«Warum?» Maddy stieß sie mit einer Hand rückwärts in einen Sessel. «Warum zum Teufel tun Sie mir das an?»

«Gut! Rauslassen! Rauslassen! Abreagieren!»

«Was haben Jack und ich Ihnen denn getan?»

«Sie glaubt, alle Babys gehörten ihr», erklärte Dwina seelenruhig und mit lichter Klarheit. Sie war atemberaubend überzeugend. «Ihr Problem ist, daß sie das Kind in sich noch nicht gefunden hat.»

«Nein, aber Sie haben offensichtlich das Arschloch in sich gefunden ... Wenn sie nicht lügt», beschwor Maddy das Mädchen, «warum ruft sie dann nicht die Polizei?»

Die Nichte, die ihren Wimpernformer wie eine Pistole in der Hand hielt, wandte sich nun ihrerseits gegen ihre Verwandte. «Mir hast du zu meinem Einundzwanzigsten versprochen, du nimmst mich in ein Restaurant mit, das sich dreht, Tante Dwi», sagte sie mit ehrlicher Empörung, «und dann hast du mir nur diese blöde Salatschleuder geschenkt. Wo ich Salat doch hasse!»

«Süßes», sagte Dwina und legte die Hände zippzapp auf ihre strumpfbehosten Knie, «weißt du was? Nimm mein Auto zur Arbeit. Das hast du doch die ganze Zeit schon gewollt. Und heute brauche ich es erst wieder», fuhr sie butterweich fort, «um dich zum Abendessen in ein gewisses –» sie zeigte mit dem Zeigefinger in Richtung Decke und drehte ihn – «Restaurant auszuführen.»

Das impertinente Dutzendgesicht der neuseeländischen Nichte erhellte sich. «Geil!» Und ihre Mascarabürste schwingend, war sie auch schon verschwunden.

Schnell wie der Blitz flog Dwinas eins sechzig großer Körper durch den Raum, als würde sie von einem Poltergeist beflügelt. Maddy nahm Jack unter den linken Arm und schlug mit der rechten Hand um sich. Sie kam sich vor wie King Kong, der mit einer Pfote Flugzeuge abwehrt, während er mit der anderen sein gefährdetes Gleichgewicht oben auf dem Empire State Building hält. Dwina packte Jack am Arm. Er schrie auf. Im Gegenzug riß Maddy sie an den Haaren. Dwina zerrte heftiger an Jack. Er heulte vor Schmerz.

«Hören Sie auf!» bat Maddy. «Sie brechen ihm den Arm!»

«Dann laß los!» zischte Dwina mit mörderischem Blick.

Mit blutender Nase, zerkratztem Gesicht und vom Herzrasen pochenden Rippen tat Maddy das einzige, was sie konnte. Sie ließ ihren Liebling los.

«Eine Bewegung, und ich tu ihm weh!» Ein starres Lächeln legte sich auf Edwinas Gesicht. «Frauen wie du sollten keine Kinder kriegen dürfen», sagte sie mit kalter Selbstgefälligkeit. «Euch sollte man zwingen, empfängnisverhütende Pflaster zu tragen, die nur nach einem IQ-Test entfernt werden dürften. Frauen wie euch sollte man sterilisieren.»

Maddy stand starr vor Schreck. Sie bemühte sich, nicht zu hyperventilieren. Sie sagte sich, daß all das nicht in Wirklichkeit geschah. Sie sagte sich, daß das Leben wahrscheinlich nur ein sonderbares Experiment war, das auf einem unbedeutenden Planeten durchgeführt wurde.

«Doch zur Zeit läßt sich eine einfache Rechnung aufmachen. Auf der einen Seite haben wir Unmassen lediger Mütter, Parasiten, die das Wohlfahrtssystem belasten, und auf der anderen haben wir der intellektuellen Elite angehörige Ehepaare, die sich Babys leisten könnten, aber keine bekommen.» Sie warf Maddy einen vernichtenden Blick zu. «Wir nehmen also einfach den Armen ... und geben den Reichen.»

Jack wimmerte. Sein engelhaftes Gesicht war von schmutzigen Tränen verschmiert. Maddy taten die Arme weh, so sehr sehnte sie sich nach ihm. «Und Sie verdienen dabei einen Haufen Kohle.»

«Festnahme durch eine Zivilperson.» Dwina zog den Schlüssel ihres Putzschranks ab und bedeutete Maddy, hineinzusteigen. «Ich werde dich Detective Sergeant Slynne übergeben, sobald ich meine kleine Transaktion erledigt habe.»

Maddy gefror das Blut in den Adern. «Nein!»

Dwina kniff Jack so heftig, daß er aufjaulte. «Na?»

Maddys verzweifeltes Jammern wurde von der akustischen Apokalypse des Babys übertönt. Schreckensstarr trat sie ins muffige Maul des Schrankes, als das Tandem Mama Joy und Sputnik synchron im Wohnzimmer auftauchte.

«Mit Schirm, Charme und verfickter Melone», verkündete Sputnik fröhlich.

Bei Maddys Kampf mit Dwina hatten Erschöpfung, schlechte Ernährung und das Stillen ihren Tribut gefordert. Mama Joy indessen brauchte nichts weiter zu tun, als sich der Sozialarbeiterin entgegenzuwerfen wie ein Wal der Grütze und einfach auf ihr Platz zu nehmen. Oh, danke, Schicksalsfee. Alles vergeben und vergessen, versprach Maddy, packte Jack und drückte ihn ans Herz.

«Ich glaub, ich laß mir noch 'n Tattoo machen, diesen Felix oder wie der Vogel heißt, der aus der Asche steigt», sagte Sputnik, während sie der Psychotherapeutin mit dem Gürtel eines Morgenrocks die Arme fesselte. Dwina zuckte und zappelte wie eine Wespe im Glas.

«Du lieber Gott! Mädel, bei deinen Streichholzärmchen wird das aussehen wie 'n Sittich überm Bunsenbrenner! Los jetzt, vorwärts, setz deinen Arsch in Bewegung.»

Als Maddy gemütlich auf dem Rücksitz des gelben VWs saß, staunte sie von neuem über Jack. Sie atmete seine nach Zimt duftenden Seufzer ein und drückte ihn an sich. Aber als Mama Joy den Motor aufheulen ließ, gefror ihr das euphorische Lächeln im Gesicht. Ein blauer Vauxhall Astra mit einer aus dem Dach ragenden Antenne – dem untrüglichen Kennzeichen eines «zivilen» Polizeiwagens – kam die Straße herunter und hielt auf sie zu. Am Steuer saß Detective Sergeant Slynne.

«Schon gut, schon gut, keine Panik», forderte Sputnik.

«Um Himmels willen!» Und schon geriet Maddy in dieselbe. Aber warum nicht bei dem bleiben, was sie am besten konnte? «Ramm ihn!» schrie sie.

«Du lieber Gott!» zeterte Mama Joy. «Ich soll mir die schönen Weißwandreifen ruinieren?»

Sputnik beugte sich hinüber und griff ins Lenkrad. Der Käfer schlingerte nach rechts, prallte gegen den Bullenwagen und schob ihn von der Straße gegen einen roten Briefkasten. Ein freches Grinsen teilte Sputniks Gesicht. Slynne flog in Zeitlupe aus dem Wagen. Im Fallen beschrieb er eine zarte Arabeske, wobei ihm der federnde Krausschopf nach hinten vom Schädel abstand wie ein indianischer Kopfschmuck. Mama Joy winkte ihm mit königlicher Gelassenheit zu, dann drückte ihr elefantöser Fuß das Gaspedal durch. Slynne nahm die Verfolgung auf. Sein einer Scheinwerfer war zerschmettert, so daß ihn ein zyklopischer Lichtstrahl umtanzte, als er den Wagen im grauen Nieselregen herumriß.

Als der Fluchtwagen bockend um die nächste Ecke bog, trompetete Sputnik, sie möge «euch dumme Kühe ziemlich gern» und ermahnte sie, am Besuchstag per Schlitzpost ein bißchen Stoff mitzubringen, woraufhin sie sich vom Beifahrersitz katapultierte und dem Polizisten direkt in den Weg rollte. Das letzte, was Maddy von ihr hörte, war ein Freudenschrei, als Slynne so fest in die Eisen steigen mußte, daß der

Wagen mit quietschenden Reifen und ächzendem Blech zum Stillstand schleuderte.

Hinter Sputnik sah Maddy gerade noch, wie ein blankgeputzter Saab bedächtig vor Dwinas Reihenhaus einparkte. Beim Gedanken, daß Jacks Adoptiveltern darinsaßen, drehte sich ihr der Magen um. Mit einer Leidenschaftlichkeit, die Rhett Butler Ehre gemacht hätte, schlang der kleine Junge seiner Mutter die pummeligen Ärmchen um den Hals. Seine Finger krampften sich fest um ihre. Maddy konnte sie nicht lösen. Ihr Herz schwang sich in die Lüfte. Sie lächelte so breit, daß eine Banane quer in ihren Mund gepaßt hätte.

32. Die Eier des Kolumbus

Der Treffpunkt, den Gillian Mama Joy angegeben hatte, stellte sich als Privatklinik in einer gediegenen, halbkreisförmigen, von Bäumen gesäumten Straße in St. John's Wood heraus. «Spuck nie hoch in die Luft, es könnt dir auf die Nase fallen», riet Mama Joy zum Abschied, während sie Maddy und Jack mit einer letzten Umarmung die Luft aus den Leibern preßte. Maddy liebte ihre Freundin, aber sie war trotzdem nicht traurig darüber, sie aus dem Auto steigen und die Straße entlang zum nächstgelegenen Warenhaus schaukeln zu sehen. Beim Autofahren lautete Mama Joys Motto nämlich: «So viele Fußgänger, so wenig Zeit».

Augenblicke später tauchte Gillian auf der Straße auf, wankend unter der Last von zwei Koffern, drei Zimmerpflanzen, sechs Pappkartons und einem Aquarium.

«Denk an Thelma. Denk an Louise», fuhr Maddy sie an, während sie ihre Habe in den Käfer mit der flammenden Haube quetschen half. «Wir sind auf der *Flucht*, weißt du? Und überhaupt, was zum Teufel ist das für ein Laden?»

«Nun, im Keller ist ein stetiger Strom Männer am Masturbieren, was ihnen durch Softporno-Videos erleichtert wird – respektive Ausschnitte aus dem Werk von Luc Besson für die echten Wichser. Oben werden anästhesierte Frauen ihrer Eier entledigt.»

«Was ist eigentlich mit euch Engländern, daß ihr nicht englisch sprecht, sondern euphemistisch?» Maddy hebelte Jack von ihrer Hüfte und legte ihn sanft auf den Fahrersitz.

«Eine Kleinanzeige in einer angesehenen Zeitung. Also gut, im *Telegraph*. ‹Eispenderin gesucht.› Offenbar herrscht da Mangel im Land. Eine Art ‹Eiermakler› hatte sie geschaltet. Bei 4000 Pfund pro Omelett war das ein Angebot, dem ich einfach nicht widerstehen konnte.»

Maddy kippte auf ihre Fersen zurück. «Du hast deine Eier verkauft?»

«Babys in Reagenzgläsern zu haben ist sehr viel weniger anstrengend und schmerzhaft, Schätzchen.»

«Wieso?»

Gillian wich die Farbe aus dem Gesicht, aber sie verbarg ihre Gefühle. «Was du vor dir siehst, meine liebe Madeline, ist eine Anomalie. Dazu erzogen, bis ans Ende meiner Tage in Luxus zu leben, habe ich von meinem Vater nichts geerbt außer seiner Veranlagung zu Hämorrhoiden. Dazu erzogen, einen reichen Mann zu heiraten, bin ich von der Natur nicht mit besonderer Schönheit ausgestattet worden. Nun, da meine Epidermis von sogenannten ‹Lachfältchen› unterminiert wird, könnte meine Ansehnlichkeit allenfalls durch eine entsprechende Mitgift gefördert werden. Doch seit der Lloyd's-Pleite sind meine Chancen, Ehefrau zu werden, nun, freundlich ausgedrückt, ‹gering›. Und Mutter zu werden? Ah ...» seufzte sie, und ihre charakteristische Chuzpe wurde wieder spürbar: «Es gibt so viele Männer – und so viele Gründe, mit keinem davon zu vögeln.» Sie rang sich ein Lächeln ab. «Also hab ich sozusagen das Ei des Kolumbus gefunden – und das ist besser als die Eier der meisten anderen Typen, könnte man sagen, wenn man zu schlechten Witzen neigt. Und so werden Tausende kleiner Gillians in der Welt herumlaufen. Ist das nicht *wunderbar*?»

Angesichts dieser Vorstellung guckte Maddy etwas belemmert. Schon *eine* Gillian hatte das Universum beinah aus dem Gleichgewicht gebracht. Gillian glaubte offenbar wirklich, die Welt drehe sich um sie.

«So bekomme ich Babys *und* Geld.» Sie streckte Maddy ein dickes Bündel hin. «Dies als Anzahlung. Der Rest kommt, wenn ich das Dreimonatsprogramm hinter mir habe.»

«Du hast das für *mich* gemacht?» Maddy errötete. Ihre dicke Lippe wurde auf einen Schlag um fünf Kilo leichter.

«Nicht nur», bluffte Gillian. «Es gibt noch den einen oder anderen zusätzlichen Anreiz dafür, sich nicht in Familienbande schlagen zu lassen: ein Haus, in dem ich von Sportübertragungen verschont bin, beispielsweise. Also dann ...» Gillian nahm Jack hoch, glitt hinters Steuer und fuhr mit dem scharlachroten Nagel über eine Straßenkarte. «Ich nehme stark an, die Erfindung eines Navigationssystems, bei dem 2,5 Zentimeter 100 Kilometern entsprechen, geht auf einen Angehörigen des männlichen Geschlechts zurück.»

Gillian, dachte Maddy voll tiefer Bewunderung, gehörte zu der Sorte Frau, die am Vorabend der Schlacht von Waterloo getanzt hätte.

«Wohin fahren wir?» verlangte Maddy zu wissen, als Gillian auf die M3 einbog. «Das ist die Autobahn. Einmal zu spät geschaltet, und du kannst fünfzehn Kilometer bis zur nächsten Ausfahrt warten.» Maddys Nerven waren mehr als ausgefranst: Sie sahen aus wie Rastalocken.

«Verlaß dich ganz auf mich, Schätzchen», riet Gillian und streckte den Ellbogen aus dem Fenster. Aus irgendeinem Grund fand Maddy den Gedanken nicht sonderlich tröstlich.

Während sie südwärts käferten, hielt sie ständig Ausschau nach der Polizei: Sie suchte nach Straßensperren vor ihnen und sah sich am gewittrigen Himmel nach anfliegenden Hubschraubern um. Gillians größte Sorge hingegen war, so zu fahren, daß das Wasser aus dem Aquarium der Schildkröte, das sie zwischen den Beinen hielt, nicht hinausschwappte. Auch wollte sie nicht zu schnell fahren, damit die Topfpflanzen hinten im Auto nicht umfielen.

«Gillian, das hier ist ein Fluchtwagen. Wir sollten schnell fahren, Herrgott noch mal.»

«Ich habe diesen Rhododendron gehätschelt, seit er ein Sämling war», protestierte Gillian. «Er ist absolut unentbehrlich, Schätzchen.»

Maddy stocherte halbherzig in dem Gerümpel herum, mit dem das Auto bis unters Dach vollgestopft war. «Klar, so unentbehrlich wie das Schüttelglas mit dem Schneesturm in Kuwait und die ‹Ferkel und Tieger›-Partyhüte aus Papier, nicht wahr?»

Während Maddy sich den Kopf darüber zerbrach, wie zum Teufel sie ohne Paß aus dem Land kommen würde, gab Gillian zu, daß auch sie sich sorgte – ob sie die Heizung abgedreht habe! «Hab ich den Milchmann und den Gasableser abbestellt?» jammerte sie laut.

«Gillian, sprich mir nach: ‹Meine Veloursamt-Trainingsanzugstage sind vorbei.› Konzentrier dich bitte auf die Straße, ja?»

Gillians Fahrtechnik zeichnete sich in erster Linie durch ständiges Zurechtrücken des Rückspiegels auf Lippenhöhe aus. Als die leicht panische Maddy meinte, das Auflegen von Make-up bei stehendem Wagen sei der pointillistischen Methode doch gewiß vorzuziehen, weigerte Gillian sich, an den Straßenrand zu fahren. «Angehalten wird nur für Grundbedürfnisse.»

«Du meinst, für Sonnenstudio und Dauerwelle? Und was ist mit essen?» fragte Maddy, während die ins Herz von London zurückführenden Asphaltvenen immer seltener wurden. «Das müßte doch sogar für eine Brezel wie dich ein Grundbedürfnis sein.»

«Wir könnten erkannt werden.»

«Und was schlägst du verdammt noch mal statt dessen vor? Daß wir auf die Jagd gehen und Wild erlegen?»

«Nun ja, Schätzchen. Warum nicht?»

«Oh, und was benutzen wir zum Fallenstellen? Den Reißverschluß deiner Jeans vielleicht? Komm, halten wir wenigstens für einen Kaffee an», bat Maddy nach einer Stunde Autobahn.

«Zu gefährlich», beharrte Gillian. «Es könnten Polizisten dasein.»

«Und was sollten die dir zur Last legen wollen? Fahren unter Koffeineinfluß?»

«Ich hab Tee dabei», wiegelte Gillian ab und deutete nach hinten. «Irgendwo da.»

«Natürlich! Das englische Penicillin.»

«Wir könnten ja anhalten und ein Feuer machen.»

«Wie?»

«Du bist doch Australierin. Du solltest wissen, wie man so was anstellt. Trapper-Improvisationstalent und so weiter. Vielleicht könntest du zwei Stöckchen aneinanderreiben.»

«Gern», sagte Maddy knapp, «wenn eins davon ein Streichholz ist ... Wo zum Teufel fahren wir eigentlich hin, Gill?» quengelte sie zwei Stunden später.

«Mußt du immer solch strittige Themen aufbringen, während wir mit Höchstgeschwindigkeit auf der Autobahn unterwegs sind? Du wirst es noch bald genug erfahren, Schätzchen», sagte Gillian geheimnistuerisch.

Maddy bekam ein flaues Gefühl im Magen. Ein von Gillian Cassells pilotierter Blindflug flößte ihr soviel Vertrauen ein wie, sagen wir, ein von Helen Keller durchgeführter Dammschnitt.

33. Ein paar Windeln zuwenig für die volle Ladung

Nach dreimaligem Umrunden des nebligen Parkplatzes und zehn haarsträubenden Einparkversuchen gelang es Gillian, den flammenbeleckten, quietschgelben Wagen auf einem Behindertenparkplatz abzustellen.

«Wieso können die eigentlich keine Parkplätze für Nichtbehinderte anlegen?» fragte sie, als sie die Zündung ausschaltete. «Das möchte ich zu gern wissen.»

Aus dem Fenster auf der Beifahrerseite erblickte Maddy verschwommene Lichter, die sich auf und ab bewegten. Ihr Verdacht, es könnten vor Anker liegende Schiffe sein, wurde durch das Klirren von Metall auf Aluminiummasten im Wind bestätigt. «Gillian, wo zum Teufel sind wir?»

«In Poole», lautete die geheimnisvolle Antwort.

«Äh ...» Über Maddy ertönte gereiztes Möwengezänk. Sie wußte genau, wie den Viechern zumute war. «Warum?»

«Weil du auf eine kleine Reise gehst», erklärte Gillian. «Es ist ein wunderschönes Boot. Eine 44 Meter lange Benetti-Jacht. Gehört einem Pressezaren. Einem Mogul. Der Skipper segelt sie in die Karibik. Noch heute nacht. Und du und Jack, ihr fahrt mit.» Entschlossen schritt Gillian in Richtung Pier.

Maddy wären beinah die Augenbrauen von der Stirn geflogen. Sie sahen aus, als feierten sie ohne den Rest ihres Gesichts eine Party. «Äh, Gill, ich weiß nicht, ob du dir dessen bewußt bist ...» Sie zog den Reißverschluß von Jacks Schneeanzug zu und trottete ihr hinterher. «Aber der Atlantik ist berühmt dafür, daß es darin keine festen Landmassen gibt, wo man aussteigen kann, falls man seekrank wird.»

«Es ist die einzige Möglichkeit, den Zoll zu umgehen. Behaupte einfach, du hättest das Baby auf See bekommen oder so. Dann kannst du auf den Grenadinen einen Paß beantragen. Oder von einem korrupten Politiker in Antigua einfach einen kaufen.»

«Gill», keuchte Maddy, nachdem sie sie eingeholt hatte, «weißt du noch, wie du gesagt hast, du seist vielleicht zu alt für Jeans? Hör zu: Das bist du tatsächlich. Dem Blödsinn nach zu schließen, den du von dir gibst, muß ich annehmen, du bist senil.»

«Von dort aus, hat Skip gesagt, wird dich bestimmt irgendein australischer Jachtfreak mit nach Hause nehmen.»

«Skip?»

«Einer meiner Spitzenmänner. Ein richtiger Liebling von mir. Mein Schweizermesser-Mann. Für alles zu gebrauchen, Schätzchen. Er kennt sich aus mit Sicherungen, kann Reifen wechseln, Flaschen mit den Zähnen öffnen und hat – o, là, là – auch sonst noch allerlei Extras.»

Maddy glotzte ihre Freundin mit offenem Mund an. «Du vertraust mich einem deiner One-night-stands an? Na, das ist aber beruhigend.»

«Er hat mir einiges zeigen können.»

«Ach ja? Seine *Waffen*sammlung vielleicht?»

«Daß australische Männer nicht so abscheulich sind, wie du behauptest.» Gillian war bei einem langen dunklen Boot angelangt, das hoch aus dem tintigen Wasser ragte. Neben den anderen Gefährten sah die *Baretti* schnittig und haifischartig aus. «Ich hatte damals gerade eine Phase, wo ich unbedingt ein kleines Mädchen haben wollte.»

Gillian kletterte geschmeidig die Leiter hoch. «In einem Artikel hatte ich gelesen, Tiefseetaucher würden eher Mädchen als Jungen zeugen.»

«Ich wette, er war eine Pfeife im Bett», sagte Maddy abschätzig. «Australier glauben doch, Kamasutra sei indisches Take-away oder so was.»

«Dekompressionskammern, weißt du, die Dinger, in denen nach dem Tauchen der Druck ausgeglichen wird –»

«Kenn ich!» Gereizt reichte Maddy Jack zu Gillian aufs Deck hoch.

«– reduzieren den Testosteronspiegel signifikant. Studien mit australischen Abalone-Tauchern und Froschmännern der schwedischen Marine haben ergeben, daß sie weniger männliche Nachkommen haben als der Durchschnitt.»

«Was verstand er denn unter Vorspiel? Hat er aus Jux ins Sandwich seines Kumpels gewichst?» höhnte Maddy. Beim Hirnlose-Absurditäten-Wettbewerb war Gillians Plan allen anderen voraus. «Einem Bräutigam Abführmittel in den Drink gemischt? Hast du Untertitel gebraucht, um das Grunzen zu verstehen, das bei ihm als Sprache durchgeht?»

«Ja, ja, so bin ich», ertönte es lakonisch von oben. «Absolut unartikuliert. Und kommunizieren tu ich via Hoden-Vibrationen.»

In Maddys Augenhöhe waren ein Paar muskulöse, ledrige Beine aufgetaucht. Sie blickte ins wettergegerbte Gesicht eines Mannes um die Vierzig auf, der ohne Ironie eine Schirmmütze trug. Eine ähnlich sonnengebräunte Hand schoß auf Maddy zu, um sie an Bord zu hieven.

«*Der?*» fragte Maddy.

«Mensch, wenn ich gewußt hätte, daß ich so lange leben würde, hätte ich ab und zu mal ein bißchen Feuchtigkeitscreme aufgetragen», erwiderte er ungerührt. Er reichte Maddy eine Visitenkarte. Sie strengte die Augen an, um im Dämmerlicht den Prägedruck zu entziffern. «Skip», stand da nur. «Experte.»

«Experte worin?» fragte Maddy, bemüht, ihre Verlegenheit zu vertuschen. «Im Belauschen von Leuten?»

«Im geraden Einparken, beispielsweise», erwiderte er lachend.

«Ich saß nicht am Steuer», sagte Maddy verlegen. «Sie war's ... Und überhaupt, was geht Sie das an?»

«Kommt runter», sagte er einladend und ging voraus in die Pantry, wo er sich auf eine Bank mit Lederpolster fallen ließ und den Frauen bedeutete, es ihm nachzutun.

«Die Zollformalitäten sind bereits erledigt. Wir laufen in einer knappen Stunde aus. Die Jungs – Bristoe, die Küchenfee; der Maschinist; und die beiden Decksleute, die primitivste Form der Meeresfauna – sind nicht sonderlich begeistert. Frauen an Bord bedeuten Unglück. Von wegen sexuelles Roulette. Wir verbringen nur drei Monate im Trockendock, den Rest des Jahres sind wir auf See. Da kriegt man Entenmuscheln an den Eiern, wißt ihr? Eins könnt ihr mir glauben: Sobald wir im Hafen einlaufen, bumst es immer zweimal – das zweite Mal, wenn die Tür ins Schloß fällt. Aber wenn du mit einem von der Mannschaft schläfst, werden die andern fickrig. Doch da *ich* nun mal der Fenstergucker bin –» die beiden Frauen sahen ihn verständnislos an – «der Bugzieler –» sie verstanden noch immer nicht – «der Skipper», bequemte er sich zu übersetzen, «ist nichts damit. Die Regeln sind folgende: Vögeln ist nicht. Um zehn hauen wir uns in die Furzmulde. Und keine Mutterkorken in der Butterdose. Tampons», erläuterte er großzügig, «in der Kloschüssel.»

«Und was erhoffen Sie sich als Gegenleistung?» fragte Maddy, mißtrauisch beim Gedanken an die Entenmuscheln an seinen Hoden. «Sexuell gekielholt zu werden?»

Der Skipper zwinkerte. «Eine Flasche Whisky am Ende der Reise», sagte er unbekümmert.

«Ich weiß wirklich nicht, was dieses Gespräch soll. Wie gesagt, Gillian, du hast sie nicht mehr alle. Du bist offensichtlich bereits altersgaga. Es kommt verdammt noch mal schlicht nicht in Frage, daß ich in See steche, ist das klar?»

«Schätzchen, ich mag ein graues Schamhaar haben, aber du bist dumm, und Dummheit läßt sich nicht auszupfen.»

«Ich habe ein Baby! Man kann nicht mit einem Baby in See stechen. Vielleicht ist dir das ja bisher entgangen, Gillian, aber Seeleute und Babys, äh, haben nicht sonderlich viel miteinander zu tun.»

Jack hatte seine Flasche himmelwärts gerichtet wie ein triumphierender Trompetenspieler, der stumm die schönsten Schnörkel blies. Jetzt ließ er sie fallen, gab einen Wahnsinnsrülpser von sich und versank umstandslos in tiefen Schlaf.

Der Kapitän grinste. «Ein Mann nach meinem Herzen», sagte er.

Maddy versuchte einen anderen Kurs einzuschlagen. «Ich will doch gar nicht weg aus England. Ich liebe England.»

Der Skipper legte ungläubig die Stirn in Falten. «Wie bitte?»

«Doch, wirklich! Die wunderschönen Häuser, die grünen Plätze, Dickens und Doctor Johnson. Die putzigen kleinen Regenschirmläden und die prunkvollen kleinen Theater und –»

«Wegen England hat Gott den Treibhaus-Effekt erfunden», philosophierte Skip. «Damit das Scheißland endlich untergeht.»

«Wie Doctor Johnson so treffend sagte: ‹Wer von London genug hat›», plapperte Maddy unverzagt weiter, «‹der hat genug –›»

«– von Verkehrsstaus, Hundescheiße, klammen Kleidern, Kinderhaß, überheblichem Klassendenken und Flugzeugen, die einem haarscharf über den Kopf fliegen», mutmaßte Gillian. «Das London, von dem ihr Koloniebewohner redet, mit den genialen Bauten der Architekten Wren und Nash, ist von der deutschen Luftwaffe gründlich umgemodelt worden, und zwar zu einer Einöde von Wohnblöcken voller Menschen, die in Dokumentarfilmen über Kettenraucher enden.» Sie schüttelte sich.

«Mag sein», lenkte Maddy ein, «aber den *Leuten* hat Hitler nichts anhaben können. Eurem trockenen Witz. Eurem selbstironischen Humor.»

«Herrje, die Engländer haben so wenig *joie de vivre*», ließ sich ihr anmaßender Gastgeber vernehmen, «daß sie noch nicht mal ein eigenes Wort dafür besitzen.»

«Wer hat denn Sie gefragt?» schnauzte ihn Maddy an. «Daß Ihre Eier auch noch auf französisch vibrieren müssen ...»

«Ich weiß nicht, was es da lange zu überlegen gibt.» Der Kapitän verschränkte seine nußbraunen Hände hinter dem Kopf und lehnte sich dagegen. «Angesichts der Wahl zwischen ein paar Bewohnern des perfiden Albion und einem –»

«– Palmenschüttler wie Ihnen», ergänzte Maddy säuerlich. *Perfides Albion?* Donnerwetter, das waren die belesensten Hoden, die ihr je untergekommen waren.

«Nun, entscheiden Sie sich.» Skip schlüpfte in seine offenen Schuhe und stand auf. «Wir machen jetzt gleich die Leinen los.»

Maddy erhob sich ebenfalls. Sie marschierte in Richtung Deck. Oben an der Treppe angelangt, schlug ihnen die Kälte entgegen, und Jacks kleiner Körper erstarrte. Er ließ einen Schrei los, der Sid Vicious alle Ehre gemacht hätte.

«Seht ihr? Und das drei ganze Wochen lang?» rief Maddy rechthaberisch in den Niedergang.

Skip zuckte die Achseln. «Sie würden auch heulen, wenn Sie den Erwachsenen nur bis zur Bierwampe reichten, ihnen Tag für Tag von unten in die Nasenlöcher schauen müßten, den örtlichen Dialekt nicht kapierten und finanziell von einer bekloppten Mutter abhängig wären, die noch nicht mal merkt, wenn ihr die Chance ihres gottverdammten Lebens geboten wird.» Seine Augen waren eisblau; hell, aber nicht kalt. «Soweit ich weiß, ist das Ihre einzige Möglichkeit, hier rauszukommen.»

Gillian langte nach oben und zupfte Maddy am Aufschlag ihrer Jeans. «Stell dir doch nur mal dieses eine Bild vor», sagte sie knapp. «Jack und Edwina Phelps in aufeinander abgestimmtem Mutter-und-Sohn-Outfit.»

Schlagartig hatte Maddy einen klaren Kopf. Es waren schließlich nur drei Wochen. Von der Karibik aus konnte sie sich bestimmt in südlicher Richtung zu den Galapagos-Inseln mitnehmen lassen, dann weiter nach Tuamotu, Tahiti und schließlich über Samoa, Fidschi und Neuguinea nach Hause. Vielleicht war es gut, ein paar Breitengrade zwischen sich und ihre Feinde zu bringen. Um ehrlich zu sein, war sie nach einer Geburt, einem gebrochenen Herzen und ein bis zehn Nervenzusammenbrüchen zu schwach, als daß sie noch gegen den Strom zu schwimmen vermocht hätte. Sie kehrte in die Pantry zurück. «Und was ist mit dir?» Sie packte Gillian am Arm. «Kommst du mit?»

Gillian wand sich los. «Rein, raus, rein, raus, die ganze Nacht lang.»

«Wer?» fragte Maddy.

«Das Meer. Es geht rein, raus, rein, raus – was anderes tut es nicht, Schätzchen. Als ich Skip kennengelernt habe, sind wir zum Kliff hinaufgestiegen – weißt du noch, Schatzi? Irgendwann kamen wir dann endlich oben an. Und da war nichts. Bloß noch *runter* ging es. Und dort wieder: rein, raus, rein, raus. Würg.»

«Aber Gill, Australien ist so ein –» normalerweise machte Maddy den größtmöglichen Bogen um jedes Klischee, doch das hier war ein Notfall – «na ja, so ein *junges* Land. Du könntest noch mal von vorn anfangen.»

«Nicht nötig, Schätzchen. Ich bin vor kurzem dem Geheimnis auf die Spur gekommen, wie man jung bleibt.»

«Wie denn? Mit Sperma-Gesichtsmasken?»

«Indem man sein wirkliches Alter verschweigt.»

Sie ließen Jack, der an seinen Zehen nuckelte (daß er als Maddys Sprößling dazu neigte, den Mund zu voll zu nehmen, war laut Gillian nicht anders zu erwarten), in einer Koje liegen, während sie zu Gillians überquellendem Wagen zurückkehrten.

«Vergiß auf keinen Fall die Lernhilfekarten», sorgte sich Gillian, die Maddy hinterhertrottete. «Und putz ihm die Ohren bloß nicht mit Q-Tips; du könntest ihm das Trommelfell durchlöchern und –»

«Stopp! Was meine Mutterrolle betrifft, so hab ich mir die Schulddrüse operativ entfernen lassen, klar?» Ein wenig benommen packte Maddy das Wichtigste ein: Flaschen, Windeln, Rasseln, Zwieback und genug Milchpulver, um ein Schlachtschiff zu versenken – letzteres ein Bild, das sie rasch wieder verdrängte.

«Oh. Das war vielleicht ein bißchen vorschnell. Immerhin hast du eine riskante Reise vor dir.» Gillian wurde immer aufgeregter; die Zuversicht schwand langsam aus ihrer Stimme. «Entwöhnen dauert seine Zeit. Nur eine Neurose aufs Mal, Schätzchen. Versprichst du mir das?»

Wieder bei der *Baretti* angelangt, blieben sie Aug in Auge stehen. Unbehagliche Befangenheit überkam die beiden alten Freundinnen.

«He, äh, das, was ich wegen der Jeans gesagt habe, war nicht so gemeint.»

«Ich hab auch nicht wirklich behaupten wollen, daß du dumm bist. Oder eine hoffnungslose Mutter.»

«Ja, Mowgli hat schließlich auch überlebt, stimmt's?»

«Genau, Schätzchen. Und Azaria geht's bestimmt bestens bei einer liebevollen Dingo-Familie.»

Es war eher ein Zusammenstoß als ein Kuß.

«Bist du sicher?» fragte Maddy standhaft, den Fuß auf der untersten Sprosse.

«Schätzchen –» Gillian patschte sich auf den Bauch –, «ich habe eine Legebatterie, um die ich mich kümmern muß.»

Ihrem überschwenglichen Winken zum Trotz schob sie sich hastig eine Designer-Sonnenbrille über die Augen; nicht unbedingt das allernötigste Accessoire in einer englischen Winternacht bei zehn Grad minus.

Maddy kletterte die Leiter hoch. Sie blickte nicht zurück. Doch sowie sie unter Deck war, öffneten sich ihre Schleusen.

Für den unwahrscheinlichen Fall, daß ein gewissenhafter Zollbeamter an Bord kam, um die bereits verzollte Ladung zu inspizieren, verstaute der Kapitän Maddy und Jack im Maschinenraum, bis sie ausgelaufen waren. Es roch nach Salz, Fischköpfen und Diesel, der im Motor pochte wie Blut in den Schläfen. Eingelullt vom Pulsieren der Maschine, nukkelte Jack zufrieden. Maddy rollte sich um ihn herum wie eine Katzenmutter. Sie dösten, in Milch kleopatrisiert, bis der Skipper mit der Meldung kam, daß die Luft rein war.

Sie saßen schweigend auf der Brücke und sahen die Lichter von Maddys geliebtem England schwächer werden. Skip riß ein großes Stück Brot vom Laib, schmierte es dick mit Butter und Erdbeermarmelade, tauchte die Rinde in den kochend heißen Tee und reichte es Maddy. Ihr fiel ein, daß sie seit 24 Stunden nichts gegessen hatte, und begeistert langte sie zu. Zur Feier des Tages goß Skip einen Schluck Whisky in die lila Plastikkappe von Jacks Fläschchen.

«Ah», rief er, nachdem er ihn gekippt hatte, «als würden einem Engel in den Rachen pissen. Nehmen Sie nur», drängte er und hielt ihr das Plastikgefäß hin. «Sie könnten sich in der Karibik Arbeit suchen», schlug er vor. «Oder eine Mitfahrgelegenheit Richtung Süden. Ein Kumpel von mir fährt durch Mikronesien.»

«Vielleicht arbeite ich zuerst ein wenig.» Ihr stockte der

Atem, als sie in Jacks süßem Gesicht einen Anflug von Alex' spitzbübischer Dreistigkeit erhaschte.

«Sie jonglieren mit Familie und Karriere gleichzeitig, was?»

Maddy sah nochmals hin, und es war weg. «Ja. Aber ich lasse eine Menge Ehemänner dabei fallen.»

Skip zuckte mit den Achseln. «Känguruh-Babys wachsen mit alleinerziehenden Müttern auf, und das bekommt ihnen recht gut. Es sei denn, man vermißt das Schwein.»

«Vermissen? Den?» sagte Maddy kurz angebunden. «Ich bin ungefähr noch so wild nach ihm wie nach den Stichen im Damm. Ich hab mich eben in einen Mann verliebt, der einen hohen IQ hatte», platzte sie heraus, «aber keinen Verstand, wenn Sie wissen, was ich meine.»

Skip fummelte mit Instrumenten, Logbuch und Karten herum, dann gab er ihr einen weiteren Schluck Whisky. «Gillian hat mir kaum was erzählt, und es geht mich ja auch nichts an, aber was Sie gemacht haben, braucht eine Menge Mut.»

Maddy wurde vor Erschöpfung ganz matt. Mit Jack im Arm sank sie zurück in die aufseufzenden Lederpolster. «Nicht wirklich.»

«Ich glaube nicht, daß ich das gepackt hätte. Damit Sie's wissen: Ich wollte mir mal ein Loch ins Ohrläppchen stechen lassen, doch dann hab ich Schiß gekriegt.»

«Wieso?»

«Die Schmerzen! Ich war seit zwanzig Jahren nicht mehr beim Zahnarzt.»

«Hm. Dann erinnern Sie mich daran, daß ich Ihnen keinen Zungenkuß gebe.»

«Na, falls Sie's doch tun, könnten Sie gleich mal beim linken oberen Backenzahn nachsehen.»

Maddy lachte herzlich. Jack, dessen vier Haarsträhnen nach der Art scheintoter Nachrichtensprecher horizontal über den Kopf gekämmt waren, warf ihr einen merkwürdigen Blick zu; einen, wie sie ihn von ihrem Vater kannte, wenn sie zuviel Lippenstift aufgetragen hatte. Aber Jack brauchte keine Konkurrenz zu fürchten. Für Maddy gab es nur eine große Leidenschaft: die zwischen ihr und ihrem kleinen Sohn. Erstaunt berührte sie sein Engelsgesicht. Sie bedeckte seinen warmen Kopf mit Küssen. Jack revanchierte sich mit Geplapper. Sie wußte nicht, was er sagte, doch er benutzte eine Menge Ausrufezeichen, unterbrochen von silbrigem Gelächter. Maddy empfand eine ungeheure Freude, die ihr bis ins Mark drang. Sie wußte, daß dies die größte Liebesaffäre war, die sie je haben würde. Lebenslang. Bedingungslos … Aber wenn sie es recht bedachte, gab es schon ein paar Bedingungen: keine keimfreien Kinderliedchen mehr, keine Krippen-Intensivkurse, und nie mehr durfte Kacke für dekorative Zwecke in Betracht kommen.

Die Segel vorbeifahrender Schiffe blähten die Backen vor dem Wind. Wasser leckte am Bug wie eine Katze. Die Sträflingssaga, Teil zwei, dachte Maddy. Wie vor zweihundert Jahren ihre Vorfahren machte auch sie einen unrühmlichen Abgang übers Wasser aus dem Mutterland. England hatte sie hergelockt: ein einziger Liebesbrief, der von Jane Austen zu Vita Sackville-West reichte, von John Donne zu Alexander Drake. Nun war Jack das kostbare Postskript dazu. Und damit für Maddy das Wichtigste am Mutterland. Das Problem war, daß sie den geheiligten, desinfizierten Mythos der Perfekten Mutter für bare Münze genommen hatte. Das war der Denkmalsockel, auf den sie sich gehievt, ach was: per Stabhochsprung befördert hatte. Doch wie bei allem, was auf einem Sockel steht, strömte das wirkliche Leben an einem vorbei, blieb man einsam, allen Unbilden ausgesetzt und voller Vogelscheiße zurück.

England ächzte unter der Last von Denkmälern für muffige alte Admirale und längst vergessene Premiers. Was Maddy gern gesehen hätte, waren Denkmäler für «Die unbekannte Soldatin – Mutter von fünf Kindern». Sie wünschte sich eine Inschrift wie «Ein Säugling *und* eine volle Stelle».

Bischöfe und Minister wurden nicht müde, vom sittlichen Wert der traditionellen Familie daherzuschwafeln. Doch Maddy konnte sich nicht erinnern, dergleichen je wirklich erlebt zu haben. Nicht in den armseligen Sozialsiedlungen. Nicht bei den Müttern von Stepford in den Mutter-Kind-Gruppen. Auch nicht bei den in Internaten aufgewachsenen, von Kindermädchen abhängigen Angehörigen der Mittelschicht. In Wahrheit war die «traditionelle Familie» nicht mehr als ein psychologischer Erlebnispark, den zwar gelegentlich ein paar Politiker und Babybücher-Gurus besuchten, in dem aber niemand wirklich wohnte. Teufel noch mal, dachte Maddy, der ganz mau wurde, das hört sich fast schon weise an. Weisheit. Ha! Sie schlürfte von ihrem Whisky. Weisheit ist der Bikini, den dir das Schicksal nach dem Gebären gibt, wenn du Schwangerschaftsstreifen, Zellulitis und hektarweise geplatzte Äderchen hast.

Am Horizont hing ein schiefer Mond. Über dem Land ging die Sonne unter. Ein schummriger Strahl vanillegelben Lichts glitt durch die düsteren Wolken und ergoß sich über das Deck. Die Gischt des Schiffes glitzerte in regenbogenfarbigen Lichtfragmenten.

Einen Augenblick lang sah sie dort im leuchtenden Schaum das Glück als Möglichkeit aufblitzen. Sie küßte die halb geschlossenen Lider des gegen den Schlaf ankämpfenden Jack. Immerhin war sie jetzt weise genug zu wissen, daß man das «Sie lebten fortan glücklich und zufrieden» am besten von Tag zu Tag anging.

Epilog

34. Nachuntersuchung

GILLIAN spendete glücklichen Paaren Dutzende von Eiern, dann wurde sie auf natürliche Weise mit Vierlingen schwanger – von ihrem Gynäkologen. Ihre Privatversicherung zahlte nicht für die Geburt, die Medien um so mehr. Gillian verkaufte die Exklusivrechte an einen Baked-Beans-Hersteller, was ihr unglaublich viel Geld und fünf Heiratsanträge einbrachte.

Im Vorfeld der allgemeinen Wahlen fielen die zahlreichen Fotoreportagen über ALEXANDER DRAKES glückliche Ehe mit Petronella de Winter auf. Er selbst war zu dem Schluß gekommen, daß er durchaus glücklich verheiratet sein könnte, wenn nur die Gattin nicht wäre. Seine Sorgen verschärften sich noch, als seine transplantierten Haare den Schriftzug «Schwein» zu ergeben schienen.

EDWINA PHELPS wurde aufgrund einer Reihe von Kindesentführungen verhaftet und zu sechs Jahren in Holloway verurteilt, wo sie nun ihrerseits von einer unversöhnlichen Psychologin gepiesackt wird. Ihr Berufungsverfahren läuft, doch traut sie zwölf Leuten, die zu bekloppt waren, um sich vor der Geschworenenpflicht zu drücken, nicht allzuviel zu.

DETECTIVE SERGEANT SLYNNE hat den Dienst quittiert, um sich in ein psychodynamisches, buddhistisches Rebirthing-Zentrum in Brighton zu begeben. Seit er seine Frau zugunsten von Edwina Phelps verlassen hat, um von dieser prompt den Laufpaß zu erhalten, ist er zusehends in Richtung Männerbewegung abgedriftet. Er wurde zuletzt beim Umklammern anderer haariger Männer mittleren Alters in einem Wald in Connecticut gesichtet.

PETRONELLA DE WINTER hat festgestellt, daß es Jahre dauern kann, ein Blitzerfolg zu werden. Sie vertreibt sich die Zeit damit, Alex' Anzugtaschen zu durchwühlen und zwischen den Zeilen seiner Kreditkartenabrechnungen nach Anzeichen von Untreue zu suchen. Die Presse beschreibt die Temperatur ihrer Beziehung mit – rektal gemessen – null Grad. Petronellas einziger Trost sind ihre wöchentlichen Reitstunden mit Captain James Hewitt.

MAMA JOY hat ihre «Einkaufstasche» endlich an den Nagel gehängt, seit sie von einer großen PR-Firma rekrutiert wurde. Ihr strategischer Weitblick (wie flüchte ich aus einem Polizeiwagen), ihr kühner Wettbewerbsgeist (wie vermeide ich erneute Verhaftungen) und ihre kreative Buchführung (wie klaue ich am besten was) sind beste Voraussetzungen für eine Karriere als Unternehmerin in der Investorengesellschaft von New Labour.

SPUTNIKs Autobiographie «Kistengeflüster» wurde von der Gefängnisreform-Lobby unter der Führung der Feministin vom Dienst, Harriet Fielding, positiv aufgenommen. Die Filmrechte wurden an Michael («Ein Mann sieht rot») Winner verkauft, und in diesem Fall ließ sich vom Film durchaus auf das Buch schließen.

RUPERT PEREGRINE strandete als Animator im schwimmenden Club-Méditerranée-Dorf, das die Franzosen vor dem Mururoa-Atoll vertäuten. Bald darauf wurde Trüffelchen von einem Leguan verspeist.

HUMPHREY. Nie werde er es schaffen, hieß es; und genau das tat er auch. Er ging seiner Stellung als Angehender Hofdichter verlustig, als seine in betrunkenem Zustand geschriebene Veräppelung der königlichen Familie unter dem Titel «Ich, Corgi» in der satirischen Zeitschrift *Private Eye* erschien.

Madelines Mutter, MRS. NARELLE WOLFE, erhielt den Anruf eines Mannes, der sich als Prince of Wales ausgab. Sie griff zur Vergewaltiger-Abschreckpfeife.

Am 25. März feierte JACK WOLFE seinen ersten Geburtstag Sand essend am von betrunkenen englischen Rucksacktouristen übersäten Bondi Beach. Seinem sonderbaren Gen-Durcheinander zum Trotz konnte Jack zu diesem Zeitpunkt sowohl laufen (mit dem O-beinigen Gang eines Berufsjockeys) als auch sprechen (Virginia Woolfsche Was-mir-durch-die-Rübe-rauscht-wird-entsprechend-aufgebauscht-Bewußtseinsströme im Guguga-Stadium). Ihm dämmerte auch, daß er seiner Mutter bald schon mit 80 KPS (Kollisionen pro Sekunde) davonlaufen können würde; und das Meerschweinchen in den Mixer stecken und andrehen konnte er wahrscheinlich schon *ganz alleine*.

MADELINE WOLFE hatte ihrem kleinen Sohn den Anfang einer unglaublichen Geschichte erzählt. «In alten Zeiten, als das Wünschen noch geholfen hat, hatte Mami ein Hirn, Karrieremöglichkeiten und noch keine Schwangerschaftsstreifen. Da trug es sich zu, daß sie deinen Papi traf, eine Abenteuerreise ans andere Ende der Welt machte und zum Schluß ein paar Windeln zuwenig für die volle Ladung hatte.» Sie war sich nicht sicher, ob die Geschichte ein Happy-End hatte oder nicht. Ihre Freundinnen allerdings meinten, sie hätten sie noch nie so zufrieden gesehen. Maddy schloß daraus, daß sie vielleicht tatsächlich glücklich war – oder ihre Hormone waren einfach etwas durcheinander.

ENGLANDS OFFIZIELLE MUTTER DES JAHRES badete und zog ihre Kinder an, brachte sie in die Spielgruppe, putzte das Haus makellos sauber und sprang dann von der in Selbstmörderkreisen beliebten Archway Bridge. In ihrem Abschiedsbrief schrieb sie: «Billionen und Trillionen von Lemmingen können sich nicht irren.»

KINDERERZIEHUNGS-AYATOLLAHS wie Penelope Leach, Miriam Stoppard, Sheila Kitzinger u. a. schreiben weiterhin unverdrossen frömmlerische, Schuldgefühle erzeugende Bücher über die Perfekte Mutter, die es im Gegensatz zum Weihnachtsmann und der Zahnfee schlicht nicht geben kann.